有时右逝
X
不空文化
BuKong culture
作品

北京联合出版公司
Beijing United Publishing Co.,Ltd.

目录

目录

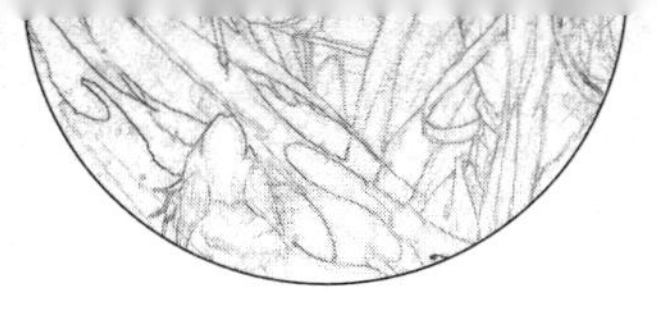

楔子

惊天变

明朝正德十六年，距离京城三十里的万秋山净通寺。

天刚微微亮，寺院里已经如同往日一般散布着众僧咏颂经书的浑厚佛音，借以祈福天下太平。大方丈照例跪在巨大恢宏的天鼎前面，等待着天鼎摇出今天份儿的“平安”签。

唯独每日奉命前来取签呈报于皇上的锦衣卫，时不时抬起脖子看看东升的日头，略显焦急。天已经微微亮，按平日里来说，自己现在早就该捧着今天的平安签奔波在去见皇上的路上了。只见他略显不安地在大雄宝殿门前走来走去。

门口拴着的良驹正在低头吃草，似乎难得享受这种宁静。不远处的山岗上，两名和尚打着哈欠顺着楼梯攀爬而去，从方向看得出两人是要去敲钟报时。这让门口的锦衣卫更加不安了。

“已经卯时了吗……”锦衣卫一边喃喃自语，一边把目光转向了大雄宝殿之内。

这可能是大明境内唯一一座没有佛像的大雄宝殿。里面供奉着开朝皇帝所铸造的巨大“天鼎”。

相传，开国皇帝耗尽京城之内所有黄金，才打造出了这尊高三丈有余的三足巨鼎，而在正面镶铸着一尊三面观音像：正面观音手持经箧，右面观音手持莲花，左面观音手持念珠，传说随着阴晴日夜、旱涝春秋的变换，观音也会展现出不同的表情，栩栩如生，如天神下凡。

由于是纯金打造的，即便在夜里，这尊神鼎也会散发出微微的佛光。

这尊天鼎并不是用来焚香的普通火器；当时的皇上请来了一位得道高僧，耗了足足十年时间，用净通寺门口的竹林一段一段砍成竹筒，然后再用沾了金粉的佛墨，一件一件写上同样的两个字：平安。

没有人知道这位传说中的高僧到底写了多少支签子放进了天鼎之中，有人说是一千支，也有人说是一万支。无论如何，这里面的平安签，似乎取之不尽用之不竭。

从天鼎被放进了平安签的那天起，圣上正式赐此鼎名为“天”。历代皇帝每天的第一件事，就是来这里求签。

高僧曾在开国皇帝面前取出来了第一支签子：只见他仙风道骨，轻轻叩击天鼎，整个三面观音像就会发出轰鸣，震得天鼎之内的平安签也摇动不已，继而会从正面观音像的手中，抖出来一支签子。

高僧当时看了签子，一脸惊恐，跪在皇帝面前，颤抖着呈上。

皇帝也迷惑不已，接过来一看，确实是平日里准备的竹筒，只不过上面写着的却并非“平安”二字……

而是金光闪闪的四个大字：天下大吉。

高僧跪在地上对皇帝谢罪，坦言自己准备了不知多少平安签，却从未写过“大吉”二字，这支签子出现在天鼎之中，只能说是天意，是上天的冥冥之力所拟写。看来大明江山，必定千秋万代。

皇帝很满意，随即叩拜了天鼎，并且安排了全国上下的得道高僧，日夜在此咏颂经书，为朝廷祈福避祸。

说来也怪，那名高僧在天鼎铸成之后就没了音信；而从此以后，历代皇帝每天第一件事都是派人来此求签，且一般都是平安签。而天下也确实太平。

只不过，当偶尔有诸如圣上得子或者太子继位一类的事情时，那枚平日里遍寻不到的“天下大吉”签，一准儿会从观音手中赐下，足可以见识到天鼎多灵，乃是举国的神器，人人传颂。

今天就是这样一个日子，所以门口的锦衣卫才会着急。皇上昨天刚刚得了皇子，龙颜大悦，特命锦衣卫领军一大早来此护签。按道理来说这是一份美差，得了大吉的签子送呈龙颜，赏钱自不必说，指不准自己嘴甜一点，趁着皇上一高兴，顺便加官进爵。可是今天偏不巧，签子迟迟不出来。

莫不是……锦衣卫心中有不好的预感……莫不是，里面的平安签已经用完了？毕竟自己一直听说天鼎里面的平安签乃是神赐，远非取之不尽用之不竭……想到这里，他不禁打了个冷战，急急忙忙跑到了大雄宝殿门口，朝着里面张望。里面的大方丈依旧在叩击着天鼎，祈求着今天的签子。

只不过今天，似乎连观音大士塑像的表情也不似平常。

“今日似乎迟了些许……”锦衣卫碍于佩刀，是断不可迈入佛堂圣殿之中的，所以只能在殿外赔着笑，小心翼翼地提醒着似乎还没睡醒的老和尚：“大师，还请速速得办……下官还要回去交差呢……万一皇上醒了以后，察觉这平安签要是还……不是，这大吉的签子要是还没有送到，咱们可能都不好交代啊……”

“慌什么……”大方丈头也不回，轻声喝道，“施主，心诚则灵。”

随着一句心诚则灵，天鼎如若往日一般浑厚而响，紧接着，终于有一枚签子落入了观音手中。

锦衣卫算是长出了一口气，而心里面则骂了面前的老和尚一万句：该死的秃驴，净他妈故弄玄虚吓唬老子。

大方丈接过签子，径直走出来，递给了锦衣卫：“施主，请拿去。阿弥陀佛，善哉善哉……”

锦衣卫躬身抬手，接过了这根比命还重要的签子，正准备像以往一样速速拿锦绸包裹住；但是他无意间扫了一眼签子，顿时失声惊叫，而手里的签子也掉在了地上。

大方丈眉毛都立起来了：“施主！这可是天下吉兆，你竟敢如此冒犯！如若皇上知晓，你这可是要被杀头的……”

锦衣卫慌乱之中连滚带爬地捡起签子，嘴唇已经是死尸一样的惨白，一句话也不能多说，只能勉强抬着胳膊，颤抖着递给老和尚。

大方丈疑惑几分，还是抬手接过，匆匆一扫，转眼间也是面如死灰：

“这……这一定是有奸人所害，才……”

说几句话，大方丈已然语无伦次。

面前的签子和以往的一样，散发着陈年的墨香。只不过上面的书法并不是以往的小篆，而是一种支离破碎的鬼画符，清楚地拼凑成了两个字：

“极凶。”

锦衣卫带着哭腔，问大方丈，这可怎么办？要不要如实禀报皇上？这皇上刚得了皇子，你说不是“天下大吉”，来个平安签也就算了。现在来这么一出，要是龙颜大怒，你我的脑袋可是要搬家的啊……

大方丈紧咬着嘴唇，双眼睁得死大死大的，不可置信地盯着手里的签子……

奇了怪了……怎么回事……大方丈现在彻底糊涂了。

昨天晚上，方丈刚刚得知皇上得了皇子的消息，自己就关了大殿之门，然后亲自爬上天鼎，将签子全部请出，然后放进去了百八十个早就准备好的“天下大吉”的签子啊……即便自己老眼昏花，误了那么一两个平安签留在天鼎之内，但是却万万不可能有这种“极凶”的荒诞签子在里面……

这是一个只有净通寺历代大方丈才知晓的秘密。现今大方丈成为住持时，前代方丈才告诉了自己关于天鼎的蹊跷：博龙颜一悦，靠的就是偷梁换柱。平日里，抽出平安签后，一定要数着日子，抽空补一些签子进去，防止哪天平安签用完；如果真有什么喜事，皇上觉得应该是天下大吉时，那就去大雄宝殿的暗房之中，里面有早就准备好的一摞一摞的“天下大吉”的签子以便替换天鼎之内的平安签。

现今的大方丈已经这么做过三次了；第一次是天子继位，第二次是大将军打败东瀛倭寇凯旋；第三次则是皇上不久前的一次大病初愈。

每一次都很顺利，但是偏偏今天……

大方丈开始有点后悔了：是不是有人捣乱还不清楚，错就错在自己不该看也不看就把签子交给了锦衣卫。如果是自己发现的，大不了息事宁人，悄悄重新抽个签子也就罢了。现在可好，这件事已经见了光，可如何是好……

按道理来说，天鼎关乎着国家命脉，一天之内只可由时任的大方丈敲击一次。这是死规矩，其他任何人胆敢擅自进入大雄宝殿，那可不仅仅是杀无赦，更是要诛九族的重罪。

表面上大雄宝殿周围似乎无人看守，那都是为了避一避寺院内的佛气；抛开每日都在寺院周围镇守的三千御林军之外，宝殿四周十丈之外，有着一排排持刀守卫防守森严。如若是人，除了大方丈和每日来取签的人之外，断不可能有其他人进得去大雄宝殿的。

那么，是妖？

大方丈想到这里，抬头看着天鼎，摇摇头。且不说这寺院之内法力浑厚的高僧不少，曾经确实有过千年古妖不知天高地厚，闯入大雄宝殿想要掳走天鼎；但是纵然有千年修为，那古妖碰到天鼎的一瞬间就被佛光吞噬，化为石像，周身上下被刻满了上古的经文。

妖对天鼎是一点辙也没有的……唔，倒也说不定是有妖怪来此，然后站在宝殿门口，扔了一根签子进去？但是，之前大方丈也试过，随便的签子放进天鼎之内不出一刻就化作尘烟了，必须是开过光的佛物，才得以保留。妖怪的签子肯定有着妖气，天鼎怎可能没有反应呢？

而且，一个妖冒这么大的风险进入大雄宝殿，就为了扔进去一根签子，然后看笑话吗？想到这里，大方丈也顾不得锦衣卫就在门口注目，自己三步并作两步，踩着观音托着玉净瓶的手，翻身探视天鼎之内。

没错，里面借着烛光，可以清楚地看到，横七竖八的都是自己昨天放进去的“天下大吉”的签子。

见了鬼了……大方丈趴在天鼎之上，头上的冷汗开始流下来。因为他意识到了，就算真的不知道什么原因，里面多了这一根“极凶”的签子，但是为什么就在今天，自己摇出来了呢？

难道真不成，是天鼎显灵了？

难道真的是……

锦衣卫在门口看着大方丈上蹿下跳不明所以，以为高僧被吓得走火入魔了，于是清清喉咙，勉强喊道：“大师……”

“赶紧去禀报皇上。”大方丈终于开了口，“要出事，要出大事！”

巳时，皇宫内。

宫里的小太监们都啧啧称奇：平日里，是见不到这么多御林军和锦衣卫的；昨日刚刚听说皇上喜得龙子，今日里本来还期盼着赏钱，未曾想到赏银没见着，倒凭空多了这么些个兵将。

“小皇子刚刚出生，倒也不怕冲了皇宫之内的和气！”太监们忍不住牢骚几句，但是被几名带刀侍卫瞪上一眼，就该干什么干什么去了。

皇宫此时已经被御林军从外团团围住；各个出入口，都由锦衣卫重重把守；就连宫殿之顶，也蛰伏着二十多名大内密探。

而此时，皇帝正在太宫之内祭祖，以慰告上苍喜得龙子。灵牌所在的灵虚宫的四面墙壁上，镶嵌着往日里所抽的平安签。和门外近在咫尺的兵荒马乱不同，这里面依旧乐享太平。而今日跪在门口的不仅仅是负责传签的锦衣卫统领，还有当朝国师。两人却不知该如何开口，只能捧着大凶的竹签，被两名大内密探紧紧按住跪在地上，抖得像筛糠一样。

“传旨。”皇帝在香炉里插上了手里刚刚点燃的千年香，一股温和平静之意四散飘开，“净通寺大方丈尸位素餐，赐凌迟。净通寺众僧护国不力，但念得往日里咏颂经书有功，赐全尸。另，即刻选举国内高僧入住净通寺，接任方丈一职，为国祈福。”

外面有人得令，匆忙地跑了出去。国师听完圣旨已经几近昏倒，而地上跪着的锦衣卫统领好歹也是武将，若不是咬紧了牙关，恐怕此时已经要失禁了。

皇帝走了出来，轻描淡写地接过竹签，并没有顷刻间龙颜大怒；相反，皇帝似乎还带着几分兴趣。

“起来吧，与两位爱卿无关。”皇帝说道。

两人只是口称罪该万死，却依旧没有起来。

皇帝倒无所谓他们起不起身，他带着竹签转身走进了灵虚宫；虽然这不是一根平安签，但是皇帝照例找了一个位置，放下了这根祸源。

外面的日头高悬，虽然还未到午时，却晒得人头昏脑涨。

跪着的两人已经满脸是汗，汗水簌簌落地后很快蒸发，但两人既不敢擦拭也不敢起身。

之前传令的人很快跑回来跪地禀告圣旨执行的结果，皇帝的声音从灵虚宫传出："大方丈死之前，可有什么遗言？"

"天地祥和……不似是天灾人祸……"那人恭敬回道，"大方丈之前已经入禅请神，说怕是有人要对皇上龙体不利。"

"那么说，是刺客？"皇帝耸耸肩，不以为然，"怪不得整个京城的兵马都被调过来了。"

说着，皇帝放眼远眺："满城尽是精兵强将，如若真有谋反之人，也如同螳臂当车……何来大凶之兆？况且，近几年内，虽然天下归心，但是东瀛、南苗、西蛮、北山，各个都有窥探中原之意，刺客之事虽未曾声张，但也有过那么几次。只不过，每日只要取得平安签，朕必会化险为夷、逢凶化吉。今日之事……"

说着，皇帝顿了顿。

只是，没有人敢接这个话茬。

"罢了，谅你们也没人敢说。"皇帝依旧一脸事不关己的样子，"昨日得了皇子，今日天鼎就赐我大凶之兆，很难让人觉得没有关联。你们一定有人猜测，昨日的皇子，就是凶兆之源……"

"这……"国师终于接住了话茬，"这无从说起啊……皇上乃是天子，天子所诞龙种，乃是我朝臣民所幸，保我江山可传千秋万代，实乃天下大吉……"

"啰里啰唆的。"皇帝打断了国师溜须拍马，吓得国师不再开口，"总之，你能保证，皇子和大凶之事无关吗？"

国师思忖良久，只能垂下头去，不敢再有丝毫表态。

"传旨。"皇帝拍了拍身上的香灰，看来是准备起驾回宫了，"昨日所得皇子，即刻投入永生井，不入玉牒；诞下皇子的妃嫔剁为肉泥，做长善包子分送给贫苦百姓。另外……"皇上顿了顿，转过身继续吩咐道，"令御膳房准备点开胃的点心，朕有些……饿了。"

皇宫之内，如同往日一般平静，除了一两声不会被人听到的惨叫之外，流水般地到了夜晚。似乎大凶之兆只是一个假象，今天又会是一个平安的日子。

今日是十五，月圆得如此好看。本来准备的赏月大会，也无疾而终。宵禁提前了不少，刚刚入夜就已经听不到什么喧哗之声，只有几声蝉鸣，不远不近。

而皇帝此时并没有入寝，依旧在书房里批着奏折。抛开近日里国务繁忙，皇帝其实也很想亲眼看看究竟是什么样的刺客，能让天鼎给出“极凶”这样撼动大明江山根基的预示。

整个皇宫内灯火通明，能点起来的灯笼已经全部挂上了，加上月色正佳，整个京城之内简直恍如白昼。

夜入三分，皇帝终于起身挪步至书房门口，旁边的太监急忙递过茶盏。皇帝接过来抿了一口，抬头看着月亮，不由得带着几分遗憾：“多好的月色，何来大凶之……”

梆子响了一声，紧接着，有人撕心裂肺地高喊：“有刺客！”

“有刺客！有刺客！”本来静如死水的皇宫突然间人声鼎沸，喝叫声之中伴随着各种兵刃出鞘的厉响。书房里去取外衣的太监连滚带爬到了皇帝脚边，惊慌不已：“圣上，有刺客，您还是……”

皇帝笑了笑，并未理会：“看不见的刀剑才有危险。既然已经发现了刺客，还有什么担心的？朕就是在想，这刺客到底是人是妖，竟然可以闯入宫中才被侍卫发现……”

平时口齿伶俐的太监却没有应声附和，皇帝转头，发现太监已经丢了魂似的跌坐在地上，不禁皱眉：“朕不是说了吗，有什么担心的，竟然失了体统……”

皇帝没有说下去，因为发现太监似乎并没有在听自己说话，太监抬起手，指着外面——确切地说，是指着天空的方向。皇帝回身，抬头望去……

月色真好啊。

正是因为明月当空，才能清楚地看到，有数个身影从天空之中不断落下。同时，细细聆听的话，能够耳闻什么东西摔在地上发出的闷响。

而守卫皇宫的禁军，此时也已经方寸大乱。天空之中确实有人在落下来；一开始，几个禁军教头还以为是有高手腾空而至，急忙唤来了大批的弓箭手严阵以待。看得出那些个在高空之中的家伙离地几十丈，绝对是高手中的高手，大家不免紧张。奇怪的是，身影落在地上，就如同不会轻功的普通百姓一般，摔得四分五裂化为肉泥，而这一幕不断重复，一时间皇宫之内坠落的尸体比比皆是。

几个教头顾不得那么多，当先冲了上去，却又被一阵恶臭熏了回来。细细望去，这才发现，那些个跌落的所谓“刺客”，死因似乎并不是高空坠落，而是……

在跌落之前，这些所谓的刺客，已经是尸体了。

这些尸体腐烂不堪，爬满了蛆虫，骨肉几乎已经被啃噬殆尽，看来就像是已经埋掉数年，最近才被人挖出来一样令人作呕。特有的尸臭越发浓厚，仿佛要遮天蔽月一样，在皇宫之中久久不肯散去。

这并不是幻觉，月亮似乎真的在消失。

埋伏的弓箭手锁定了目标；不，准确地说，是锁定了目标的方向：敌人必在半空——举眉，上箭，挽弓——然后一个个又由于惊讶与恐惧，缓缓松了弓弦，作不得半点声响。

越来越多的尸体落下，越来越多的人抬头，而本来人声鼎沸的皇宫，却越来越安静。

半空之中，凭空里悬着一柄巨大的黑影，正在缓缓落下。是的，乍看起来，这柄天空落下之物好似一根棍子；唯一的不同在于，借着月光细看之后就会发现，这根一度遮蔽了月光给人无限威压的棍子，是由无数腐尸密密麻麻交错、缠绕而成，看起来格外瘆人……

简直就像是一根爬满了蚂蚁的糖棍。

而三三两两坠落的尸体，就如同夏日里滴落的雨水一般，点点滴滴地将整个世界的不祥倾泻而下，令人觉得每次呼吸吐纳恍如寒冬，不寒而栗。

皇宫之内已经鸦雀无声。

“来人，护驾！”皇帝大声喝道，本能地觉得这绝不能是一般刺客。

然而，虽然这一声断喝在皇宫内盘旋回荡，却没有任何一个人响应。因为所有人都清楚地听到了一声非常、非常轻的笑声；一个如同在每个人耳边诉说着噩梦般的，令人毛骨悚然的笑声。

就是这么轻的一声冷笑，已经让所有人被一股煞气死死扼住喉咙，又仿佛身体上的每一根骨头都被碾盘细致地磨碎，连分毫都动弹不得。

仿佛是为了衬托和响应这声异笑，尸棍和地面上那些本该死去的尸体，一起颤抖着发出了巨大的悲鸣——似乎是在诉说自己的痛苦，又或者是在痛诉自己的不甘……

而更多的，则像是对于刚才那声冷笑的无尽恐惧。

伴随着这声阴笑，一个蹲伏的煞影出现在了斜挂着的尸棍顶端；那身影似人非人，似鬼非鬼，而且像是嘲弄着众人一般，一只爪子在不断地抓痒。众人抬眼望去，看不清这大胆的刺客到底是何人；只不过，煞影之下却有一双血红血红的眼睛，扫视着大地，令那些放肆的张望之人，没了继续抬头的力气。

皇帝和其对视不过弹指之间也不由得冷汗直流，不禁接连后退几步，若不是身后的太监急忙扶住，可能会跌倒了。

“朕……”皇帝想说什么，但是第一句话却卡在了喉咙，清了清嗓子才重新喝道，“朕乃当朝天子！来者何人！竟然在此放肆！”

“区区一个皇帝……”尸棍上的煞影缓缓搭了腔，语气之中充满了不屑。紧接着，尸棍横着飞起——不，不是飞起，而是被那个煞影抬手抡了起来——

“吾乃……”

尸棍笔直地落下，光是划破的风声就足以媲美天崩地裂。

只是短短一瞬。

从皇宫南城门开始，半个皇宫在眨眼间轰落得无影无踪，剩下的只有断壁残垣；待到尘埃落定，众人才看清，那柄尸棍，笔直地切开了皇宫。哀号之声终于开始此起彼伏，不少人已经被砸得四分五裂，其他可动之人，已经失去了全部战意，哭喊着四散逃离。皇帝终于站立不住，跌坐在地。

更恐怖的是，明明有人已经被砸得失去了半副血肉之躯，却仿佛仍没有办法死去。只见骨肉迸飞后的那些肉块，似乎被什么吸引着一般，缓慢而又平静地挪动着自己残存的身体，朝着那根劈开了整个皇宫的尸棍，固执地前进。而尸棍上那些不完整的腐尸，纷纷缓缓抬起手，拉扯着新的死者，将他们融进了尸棍之中。

“传人，传……”皇帝颤抖着喊道，回头望去，身边的太监应该是被飞石崩到，只剩下了半个脑袋，单目圆睁，好像是来不及反应自己是如何丧了性命。但是，听到了皇上的诏命，太监的身体还是动了一下，继而慢慢爬了起来，一步一步，任凭脑浆从自己被削去的半个脑袋里倾流而出。

遗憾的是，他似乎听到的并不是皇帝的声音。

血水溅落在地上，但是太监似乎没有感觉，只是朝着不远处的尸棍麻木前行。每一步虽然只有短短一刻，这副肉身都会比上一刻更加腐烂，仿佛已经过了十年、二十年一样；待走到了尸棍之前，身上不再有一块好肉，也不再有一滴鲜血。而这具尸体，仿佛终于心满意足，自顾自爬上了尸棍，和别的尸体缠绕在一起。

天上的煞影心满意足，伸出爪子——新的尸棍像是有了生命，霎时间拔地而起，掀翻了差不多整个皇宫，自己飞回到了煞影手中。

皇帝明白此时已经回天乏术，只得闭上眼睛，等待刺客落下杀招。

只是……

良久，没有动静。当皇帝再次听到脚步声接近时，他睁开眼。外围的御林军已经冲进了皇宫，领头的将领并不知晓刚才发生过什么，只是看着已经是一片废墟的宫殿瞠目结舌。

“皇上！皇上！”几名御林军好不容易找到了被砸垮了半面的御书房，看到了地上的皇帝，想认又不敢认。

因为皇帝此刻已然满头白发。

同一时间，净通寺的天鼎，悄然地裂开了一道裂缝。

皇宫近百里之内，所有熟睡的百姓都在半夜被一声巨响所惊醒，然后纷纷感觉到了一阵地动山摇。

第二天，有人谣传说，昨夜里有人叛乱，大军烧了半个皇宫。

也有人说，怎么可能，昨夜的巨响乃是南山崩塌所致。

还有人说，嗨，瞎扯，明明是神机营的炮仗而已，不值一提。

只不过，没有人说出来昨夜所做的共同的梦。

在所有人的梦中，都有一副狰狞的嘴脸，伴随着那声毁天灭地的巨响，清清楚楚地说出了六个字：

“吾乃……齐天大圣。”

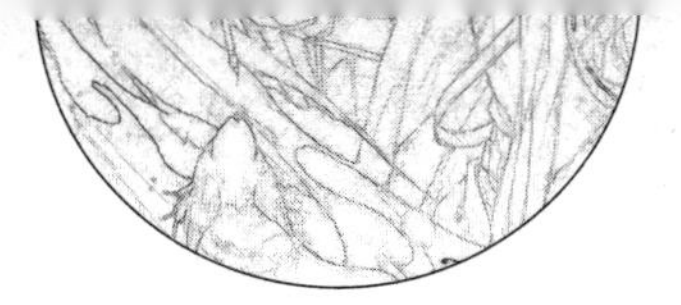

第一章

南秀城

“客官里边请！您几位？”

“两位。”

“打尖还是住店？”

“除妖。”

“什么？”

“除妖。”

京城正南约一千六百里，南秀城。

距离朝廷那场惊天变，已经过去了五年。皇宫之外的草民似乎都已经不太记得那天夜里的巨响。

对于南秀城的人来说，最头疼的不是当年千里之外的大地异动，而是眼前的灾劫——闹妖了，而且是蜘蛛妖。

南秀城地处于山区，接壤于南疆苗族，先皇征战天下时一度视其为边陲重镇，曾经也算是繁华一时。只不过这些年却因为连年灾害民不聊生，去年更是雪上加霜，被朝廷赐了红钱。这红钱是朝廷新的敛征手段，由户部甄选一些地区，之后下达给这些地方税官，地方税官通过掷红钱决定次年缴纳赋税的多少：掷出红面，须翻倍缴纳该年税贡，反之则全免。此等量化税赋的方法不依人口、土地的数量，说来可笑，却全看地方的运气。南秀城便是走了霉运，去年掷出红面，免不了怨声载道。

今年年初，南秀城总算是有了些许转机：雨水终于愿意抚慰这片干涸的土地，给百姓一线生机。但是好景不长，刚刚有了一丝生气的南秀城，很快再次遭到了灭顶之灾。

且不说村外的耕田已经许久无人照看，村子里也是人声罕见。就连屹立在村中央的那扇开朝皇帝亲笔所书的牌匾，现在也失去了往日的光泽，布满了沾染灰尘的蛛网，以及妖怪留下的一道不深不浅的爪痕。

去年年初时，南秀城的村民还没有发觉到异象，只是觉得村子里上上下下多了不少蜘蛛。而到今年，竟然从山上爬下来几只耕牛般大小的凶狠蜘蛛，满身都是墨绿色的眼珠子，进了村子后不仅掳走了牲畜，连活人也抓走了不少。

直到出了人命，村民们才惊恐地发现，局势已经无法挽回。

西山的洞穴，已经被那妖物占山为王了；出了村口不多几步，放眼望去，那山脉如同大雪皑皑，漫山遍野都是银丝。

偶尔也会有几个命大的人，被捉走后侥幸逃回村子……但是这些人的肚皮上都长出了大大小小数十个肉疙瘩，没过几天便会被几只蜘蛛从肚子里面啃咬致死。

村子里已经上了几次万民状，期待着朝廷能够为民除害。官府每次批复都是一样：待有司议处，少安毋躁。但是眼下全国各地妖变四起，哪里顾得上南秀城这个边疆小镇呢?

马上马上，来日方长。

被掳走的人化作了那妖物的口粮；还活着的人只能期盼着几乎不会发生的奇迹……

无奈之下，村长挨家挨户凑了些银两，找村子里的秀才写了几份除妖告示，让逃难去的村民四下发散。

“这便是南秀城眼下的处境。”

青玄皱着眉头看着手里的除妖告示，叹了一口气。良久，只能继续颂咏着左手缠绕着的念珠。他此时一袭粗麻白衣，俨然一副行僧打扮。

站在青玄身边的吴承恩随手递过去一个馒头："刚才的老板听说咱们是来除妖的，硬是不肯收钱。"他嚼了几口手中的馒头后，一脸的愧疚，仿佛自己占了天大的便宜。大袖一卷，遮住了那张满是书生气的面孔。

一黑一白的两个人，走到哪里都有几分扎眼，但在这群兴冲冲前来除妖的人群里面，算是最普通、最没存在感的。

眼下这群人有三十余个，都是要来帮南秀城"除妖"的。

而牌匾上却已落满了乌鸦，聒噪着，仿佛在嘲笑着下面这群人的渺小。

村长也没有想到，这除妖帖散出去没几个月，小小的南秀城竟然一下子来了这么多能人异士，一度灰暗的生活总算是涌现了一线希望。

这群人里面，有的袈裟披身，一脸超凡脱俗；有的则面目狰狞，腰间甚至还挂着几颗妖怪的脑袋；有的仙风道骨，比画着手中的桃木剑念念有词。

相比较而言，吴承恩和青玄反而像是来看热闹的村民了。

此时在村子唯一的水井旁，放着一尊老旧的香坛；里面并没有祈福用的香火，反而堆满了全村人募集来的铜币。如果真要细数的话，也应该有几十两银子。而村子里几乎所有人都来了，围看着中间那群被除妖告示请来的各路贤能；更有不少村民翻身便拜，嘴里不住歌功颂德，生怕怠慢了任何一个人。

村长站在井口旁，絮絮叨叨地说着感谢各位恩人的套话；而下面的这群人，似乎早已不耐烦了：

一个虎背熊腰、手里攥着九环金刀的大汉向前迈了一步，把身边的吴承恩撞了个踉跄，但他丝毫没有理会吴承恩责怪的眼神，径自亮开了嗓门，语气里是不耐烦的焦躁："老头儿，莫要在此空耍口舌！我就问你，听说南秀城去年得了朝廷的红钱，是不是真的？"

村长一愣，继而痴痴地点头；一时间人群里发出了窃窃私语。

吴承恩愣了一下，转头看看青玄。

金刀大汉嘴角露出了满意的窃笑，转而换了副语气高声说道："得了红钱的村子，基本上说是下了油锅被朝廷扒了皮吮了骨髓都不为过。现在你们又遭了妖……唉，也是个惨。”

说罢，那大汉悻悻然捧起了一把香坛里面的铜钱，然后张开手掌，任凭那些铜币一枚一枚悉数滑落。

“估计这些也只能值上几十两银子而已……不过，你们村也只能拿出这么多钱了吧？”金刀大汉的口气里不乏怜悯，听得下面的人不知所以；而那大汉一个转身，跳到了井沿儿上，“这样吧……这些钱乡亲们拿回去，或者给下面的这些人凑些盘缠……南秀城妖孽这个事儿，我就应下了，就当是为我修点阴德！当然了，要是村长有心不想让我白白劳苦一番，那便将朝廷赐下的那枚红钱赠予我，权当是留个念想……”

此言一出，其他拿着除妖告示的人一片哗然。

不消一刻，四下里叫骂声便起来了。牌匾上一直聒噪的乌鸦，拍拍翅膀四散而飞，可见下面这群人里不少都动了杀气。

人群中的吴承恩也忍不住高声骂了一嗓子“不要脸”。有人在吴承恩身边轻轻附和几句，语气里净是挖苦：“这小子倒精明，还看不上这几十两银子。现在谁不知道，京城黑市里一枚红钱起码也值万两……”

下面的人与金刀大汉互相叫骂着，而那金刀大汉似乎早就预料到了此等局面，忽然间就把手里的兵器重重劈下，半个刀身“嗡”的一声埋进了土里。刀身上的几个金环发出一阵细细的蜂鸣，继而那声音越来越强，像无孔不入的风一样包围了四周的所有人。一下子不少人都情不自禁捂住了耳朵，也各自握紧了手中的刀剑，随时准备拔出来一战。

“各位仙友，话都说到这里了，大家就别他妈藏着掖着了。”大汉见稳住了局势，从容将兵器缓缓抽出，重新扛在肩上，“既然大家都是为了红钱而来，咱们索性就敞开天窗说亮话。”

“既然大家目的一致，那怎么也该讲究个先来后到吧？”一个站在青玄身边、鹤发童颜的道士似乎颇为不满，一边说着一边拿起了铜铃和桃木剑，直指着那大汉的鼻子骂道，“这是哪里来的匹夫，一点儿规矩都不懂！要不本仙师送你

回娘胎里，学学怎么说话？”

“嘿嘿嘿，这位前辈说得有道理！只不过……”金刀大汉听到这儿，微微转身，朝着那道士咧嘴一笑，“我的道理更厉害一些！”

说时迟，那时快。

“不好！”青玄和吴承恩同时说道。

下一个瞬间，还没来得及还嘴的道士已经被青玄一把按倒在地；而吴承恩则抬起左手，双腿分成马步，立地生根后生生挡住了这横着劈过来的一刀。

一声闷响。

两人摩擦处半丈之内的几人都被震倒在地，但金刀大汉却也没有讨得什么便宜；他眼下生疑，听刚才的这个动静就知道这书生宽大的袖口里指不定藏着什么乾坤。

那道士摔了个狗啃屎，抬手刚要推开青玄，这才发现自己侥幸避开了金刀大汉的必杀一击。

“刚才你想闹出人命？”

吴承恩揉了揉自己的胳膊，冷冷朝着大汉说道。刚才这一刀力道着实不小，绝对不是单纯想要耍耍威风、展露身手的意思。

这一刀目的很明确：杀人，要命。

金刀大汉淡淡地看着蹲着的青玄和吴承恩，朝怀中摸索了一会儿：“唔，倒是有些本事……喏，在下的名帖，还望两位卖个面子。”

金刀大汉从怀里掏出来一段刺绣，递给了吴承恩。

吴承恩抬手接过，略看一眼便瞠目结舌，转而递给了青玄过目。青玄看了一眼后，也是默不作声。周围的人纷纷探头探脑，张望着那张所谓的名帖。

在看清楚那段刺绣之后，众人纷纷咋舌，继而一下子失去了刚才的气势。就连一直盘旋于半空的几只乌鸦，也嘎嘎叫着，振翅而逃。

那段刺绣上面，用金光闪闪的金线刺着几个耀眼的大字：

镇邪司二十八宿·震九州。

吴承恩掂量了一下手里的刺绣，同时看了一眼青玄。青玄摆摆手，示意吴承恩不要多说话。

“不错。”金刀汉子双手抱拳，勉强算是客气了一下：“在下就是锦衣卫二十八宿，人称‘大环金刀莫相让，刀光剑影震九州’。一般朋友给几分面子，就喊我一声震九州。”

众人你看我，我看你，却没有人吱声。眼见众人畏惧的反应，那金刀大汉不由得一脸满意：“喏，还望各位仙友给我几分薄面；这种事，还是交给朝廷来解决为好。不然……”

说着，那汉子手里的金刀又发出了嗡鸣，似乎是在挑衅众人。只不过，这一次没有人再敢造次。毕竟这几年锦衣卫镇邪司的名号响彻天下，而二十八宿更是传说中的高手。

与朝廷为敌？这可不是小事。

没多久，有人上前抓了一把香坛里面的铜钱塞进囊中，瞥了一眼那金刀大汉后，转身离开。很快地，下面的人三三两两，纷纷效仿着刚才那人的行动，也是取些钱，径自离开。

最后剩下的人里面，除了吴承恩、青玄和那金刀大汉外，只有那个刚才被踩了一脚的道士，还有那个腰间挂满了妖兽脑袋的赤发怪人。

吴承恩静静地看着人越走越少，而香坛里的钱也几乎见了底儿。看得出，吴承恩一直想张嘴骂几句那群拿了钱后离开的家伙，屁也没干竟然还有脸去拿村民们的血汗钱。

倒是青玄依旧面无表情：“这群人，要是真去除妖，起码要死大半。”

吴承恩噘噘嘴，其实心里明白青玄的顾虑。毕竟这群乌合之众当中，刚才能看得见金刀大汉出手的不会超过八个。真的到了妖怪面前，刚才那群人大部分连自己是怎么死的都不会知道，就一命呜呼了。

“人数还是多了一些啊……”金刀大汉耐心地等了一会儿，确定不会再有人离开后，啐了一口唾沫在手心里，拎起了自己的大刀：“怎么着啊几位，要不然咱们就在这儿先比画比画？别一会儿上了山，有人见钱眼开背后捅刀子。”

“大人，大人！”村长刚才一直苦着脸看着别人拿走了香坛里面的铜币，心里叫苦不堪却又不敢言语；此时此刻，万万不能再由着这汉子胡闹了，“妖怪就在西边的山上，老朽拿命打包票，若是哪位恩人除去了那蜘蛛，老朽一定将朝廷的红钱双手奉上……只是千万不要在村子里打打杀杀了。”

言外之意是，金刀汉子已经轰走了这么多人，万一这剩下的几个人再有个闪失，死的死、伤的伤，那妖怪可就真没人对付了。

金刀汉子听完之后，鼻子里哼了一声，扛起自己的兵器，朝着村子的西口迈步而去。没一会儿，那道士和赤发怪人也徒步出发，朝着西山的洞穴甩开了步子。

吴承恩这才开口朝着青玄问道：“话说……二十八宿里有这么一个人吗？”

“没必要和他起冲突。二十八宿里面确实已经有人来了南秀城。”

青玄抬手指了指村口的牌匾。

吴承恩抬起头，顺着青玄手指的方向望去，看到刚才散去的乌鸦们已经重新聚集在了牌匾上。那群乌鸦叽叽喳喳，仿佛叫丧一样让人头疼。

而其中的一只黑鸟，只是啄啄自己身上的羽毛，歪着脑袋直勾勾盯着下面的吴承恩。吴承恩目光和这只乌鸦对上之后，总是觉得心里发毛，有一种很不舒服的感觉。

“唔……”吴承恩搔搔头，不明所以，“总之，锦衣卫镇邪司已经来了是吧？那南秀城的事情交给他们就行了？”

“不，”青玄说道，语气里是斩钉截铁，“正相反，咱们即刻上山除妖，片刻不能耽误。”

牌匾上的乌鸦忽然张开嘴“啊——”的一声，叫得凄惨无比。

吴承恩明白了为什么青玄会如此焦急，因为那只乌鸦的羽翼竟然如此丰满，让人一看，心中凛然。

毕竟有些符号、有些传说甚至有些名字，会让人不由自主地心生恐惧。

“六翅乌鸦·血菩萨……”吴承恩喃喃自语，然后觉得自己的头皮开始阵阵发麻。

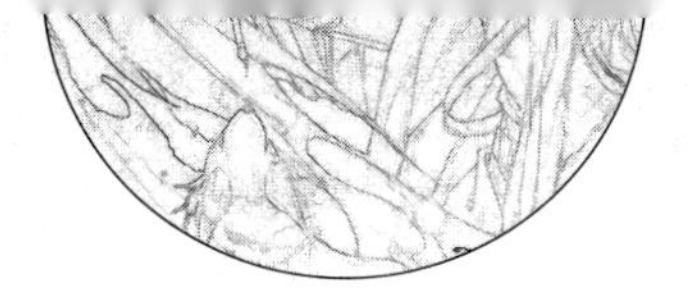

第二章

夜袭

虽然漫山遍野净是蛛丝，但是通往那蜘蛛精盘踞洞穴的方向依旧格外好认。吴承恩和青玄上山的路上，几乎是尸横遍野：大大小小的蜘蛛尸体七零八落，喷溅出的墨绿色汁水铺出了一条血路。

“这几个人身手可以啊……”吴承恩小心地下脚，防止自己踩到这些黏稠的汁液，同时有感而发地赞叹了一句。

青玄和自己只是晚了一炷香不到的时间上山，而前面的几人已经披荆斩棘杀出了一条小道；眼下，即便他们俩已经到了半山腰，依然没有追上那几人的背影。

可见前面上山的那三人脚程之快、身手之高，并没有被沿途的蜘蛛们耽误些许工夫。

青玄并没有作声，单单瞅了一眼附近的那些妖物的尸首——这些妖物大部分的背部都呈现出嫩绿色的花纹，蜘蛛脚末端的爪子虽然锋利却也几近透明，看来都是些刚刚孵出来不久的幼虫而已。

虽然说这些蜘蛛格外凶猛，獠牙和尖爪也格外锋利，但是充其量只能算是猛兽。

真正的除妖，还没有开始。

终于在洞穴口处，见到了那个在村子里灰头土脸的道士。

准确地说，吴承恩和青玄是听到了铜铃声，才认出了眼前的人。

洞穴口在一片山脊之间，显得异常宽大，足有两丈余高；而洞穴门口悬挂着厚厚一层蛛网，像门帘一样垂在地上，仿佛一张屏障。这层蛛网和山上随处可见的蛛丝略有不同，织网的蛛丝足有人类的手指头般粗细；蛛丝表面丝毫谈不上光滑，反而是充满了密密麻麻的倒刺。但是这张蛛网与看上去的厚重感不同，竟然还可以随风微微荡漾，十分诡异。

那道士已经被缠进了蛛网之中，正在尽可能地扭动着自己的四肢；道袍已经被割出了七八道口子，身上也是血淋淋的。他左手的铜铃一直声声作响，右手的桃木剑也在徒劳地劈砍，却不能斩断这些在自己身上越绕越紧的银线。蛛丝密密麻麻，倒刺随着道士的动作越陷越深，道士身上血淋淋一片，挣扎的动作越来越无力；蛛网周围蹲伏着不少蜘蛛，似乎对于落网的猎物无动于衷。

“救……”道士挣扎之余，抬眼终于扫到了身后的吴承恩与青玄，拼尽全力深吸一口气喊出了一个字。

显然，这么做是不明智的。

在道士吸气之时，几条蛛丝顺着这口气飘进了他的嘴里；一下子，道士上下嘴唇都被蛛丝上的倒刺割破继而缠绕，眼下连一个字也说不出来，眼睛也开始向上翻，看起来撑不了多久了。

吴承恩心下一动，向前迈了一步，右手伸进了左边的袖管之中——青玄抬手挡住了他的胳膊，示意他不要冲动。

“人命关天！”吴承恩急急地对青玄说，却看到青玄只用口型对他说：“有人监视。”

吴承恩立刻咽下后面的话，静静地站着，只见因为暴晒而干裂的地面上，两个巨大的阴影慢慢地盘旋着。

每个阴影都有尖锐的头部和六个扇动的翅膀，忽远忽近，静默的空气也被扇动出细微的“唰唰”声。

两只乌鸦。

吴承恩和青玄交换了个眼色。

青玄看了看那道士，慢慢走了过去：“从南秀城一直跟了过来，估计是冲着我们来的。你已经露了相，眼下万不能让人看到你的招式。”

吴承恩愣了一下，悻悻然放下了自己的右手，然后发泄似的踢了一块脚边的石子。

青玄已经走到了蛛网旁边，轻轻伸出右手，拽住了那道士的手臂——但是即便这动作再轻微，也很快被几根锋利的蛛丝缠了上来。

“小心！”吴承恩忍不住开口提醒道，却看到青玄藏于袖中的左手已经捏起了念珠。只听得一声溪水的响动，道士忽然被青玄从密密麻麻的蛛网里拖拽而出，甩在了地上。更神奇的是，那道士虽然受伤，但浑身上下竟然没有带下来一根蛛丝。

道士躺在地上气喘吁吁，但是依旧点头致谢。

“咱们进去。”青玄朝着吴承恩招手，然后对那道士说道，“大师，烦请您继续摇您的铜铃，我们一会儿出来后再带您下山。”

道士点头，疲倦地抬起手，握着铃铛轻轻摇晃。

吴承恩略有不解地看了一眼道士，但还是走到了蛛网帘之前。青玄照旧是左手捏紧藏起来的念珠，然后右手拍了一下吴承恩的肩膀。

溪水声之后，两人已经从蛛网正面横穿而入，片叶不沾身。洞穴之内，可谓伸手不见五指；身后的洞穴口，从内望去也只有微弱的光亮。

“一把火烧了这蛛网不好吗？起码有点光亮。”吴承恩摸索了一下四周，发现连脚下的路都看不清楚，忍不住抱怨了一句。

“留得这蛛网，起码能困住六翅乌鸦一段时间。”青玄显然是有着自己的盘算。果然，蛛网门帘微微掀动，同时传来了乌鸦的声响。看来那畜生也想要有样学样跟进洞穴里来，却被门口的蛛网缠住而不得脱身。

吴承恩这才点头，然后俯下身，从自己的行李里面翻扯出了一张宣纸，平铺在地上，又在左袖里摸索一番，拿出来了一根笔。

“说起来，你让外面那道士摇铃是什么意思？”吴承恩趴在地上，舔了舔笔尖后，在宣纸上小心地书写着什么，顺势朝青玄问道。

“避妖铃。”青玄回答道，“只要铃响，周边的妖物便看不到他。”

“这法器携带方便，使用简单，回头有空我也寻摸一个去。”吴承恩说着，收起了毛笔匆匆爬起。而他手里的那张宣纸正中，书写着一个“灯”字。说也奇怪，刹那间，洞穴竟被那宣纸微微照亮。

洞穴之中，遍布洞口、石路，错综复杂，攀附交错，几乎辨不清方向。而青玄借着这层光亮，指了指不远处的一个洞口：旁边的石壁上，落着一道清晰的刀痕。

吴承恩点头，看来这便是那个什么金刀震九州选择的去处。

两人快步前进，走了百十来步之后，果然见得洞穴里面豁然开朗，竟然是一片方圆几十丈的空地，借着顶上山脉的豁口洒下几分光亮。吴承恩见得光亮，匆忙撕掉了手里的那张宣纸，青玄则拉了一把吴承恩，伏在地上细细勘察。

那金刀大汉正站在这片空地正中，闭目而立；而右手的金环大刀上面，沾染了不少汁液。

洞穴里格外安静，只能听得几声“嗖嗖”的细响。

几个庞大的身影，灵巧地侧身匍匐于石壁之上，以极快的脚程移动着。爪子落在石缝之中，发出了窸窸窣窣令人不舒服的坚硬声响。

“两只。”青玄仔细听了一会儿后，小声对吴承恩说道。

话声未落，一只如同耕牛般大小的墨绿蜘蛛猛地蹿到了金刀汉子身前几丈的位置张牙舞爪，后背上更是齐刷刷睁开了几十只血红色的眼珠子，瞪视着那金刀汉子。

金刀大汉立马抡刀而起，朝着那妖物劈去——那妖物似乎不甘示弱，直直奔着汉子冲了过去。

只是在他身后的青玄和吴承恩却看得清楚：前面那只蜘蛛其实只是在遮掩视线，真正的杀招却是另一只潜伏于金刀汉子身后的蜘蛛。只见汉子身后的那只妖物无声无息地落地，缓缓张开了自己锋利的口器，然后朝着那毫无防备的金刀汉子的脖子处就是一跃！

“噌”的一下。

吴承恩忍不住揉了揉自己的眼睛，怀疑自己看错了刚才发生的那一幕。是的，那个震九州确确实实是朝着自己面前一刀劈出——只不过这一刀砍得实在是有失水准；刀口落下的位置，明显是砍空了的架势。

那只背后的蜘蛛明明是奔着汉子的脖子而去，半空里竟然中了邪一般，径自朝着刀口落下的位置攀了过去，硬生生顶到了刀锋之下，脑袋被劈开了花。

同样被这诡异的一幕镇住的，还有金刀汉子面前那只大蜘蛛。

“来，到你了。”金刀汉子脚踩在死去蜘蛛的头上，用力拔出了自己的兵器，同时招手对面前活着的蜘蛛说道。

震九州再次举起了手里的金环大刀，然后双手握刀，朝着自己面前猛然一个横劈——

吴承恩这一次清楚地看到，那本来小心翼翼、死活不肯上前的大蜘蛛，竟然和刚才的牺牲品如出一辙，中邪似的径自猛冲到了刀锋的位置，然后被震九州一刀劈成了两半。

“旁门左道。”青玄明白了个中玄机，“刀上的金环乃是引妖铃。他只要抡刀时晃动一下刀身，发出动静，妖怪自然要奔着声响发出的地方一探究竟。”

“只不过，发出禁制的位置正好是刀锋……这倒是方便。”吴承恩听完后扫兴地点点头，仿佛一个好玩的戏法被人说破了一样委屈。这些年自己磨炼的技艺算是白费了。

“对付小妖还好，如果遇到了这洞穴的主人……”

正在这时，吴承恩忽然听到空气中隐约的嗡嗡声，青玄反应更快，张口冲震九州喊出：“小心。”

震九州想不到青玄和吴承恩在此，愣了一下，话声未落，忽然觉得自己不能呼吸；他低头一瞥，不知道什么时候，自己脖子上竟然被套上了蛛丝——来不及做出任何反应，蛛丝忽然一绷，将这金刀汉子生生原地拽起，吊在半空中打晃。汉子满脸通红，手中的金刀已经脱手，双手只能徒劳地死抠着脖子上的蛛丝。

“救人！”吴承恩恍惚了一下，转眼醒过神来，起身要冲出去，却被青玄一把抓住。

“先注意看！”青玄说道，捏紧了左手的念珠。

一个高大的人形身影从黑暗中走了出来——这次吴承恩看清楚了，这身影确实是走，不是爬——虽然这身影几近人形，但是却是四脚四手，肚子如同水缸般粗细。他的脑袋上此时竟然还没有五官，只有一条硕大的舌头突兀地露在外面，垂到地上。

就快能化成人形，吴承恩知道眼前这只蜘蛛不好对付，但救人要紧，只能拼尽全力了。思及此，吴承恩第一时间亮出了藏在袖中的毛笔，然后一跃而出！

蜘蛛精抬起手，喷出一张硕大的蛛网，横着将跃在半空的吴承恩盖在了地上。吴承恩挣扎几下，发现这张网虽然不沉，但是极为黏稠，硬是把自己黏在了地上起身不得。

青玄没有丝毫迟疑，直接跃步向前，挡在了吴承恩和那蜘蛛精之间，左手亮出念珠做出了合十的动作。

只见他双掌忽然展开，做了数个手印，以智吉祥印为根本，左手安于胸前，手掌向上，右手覆其上，掌心间似有流火攒动，那流火化作一缕金丝缠绕着念珠。

被黏在地上的吴承恩顿时觉得周围像点了七八个篝火似的，呼吸都变得灼热起来。

“叱！”随着青玄的一声低喝，金丝从念珠中似缓实快地抽出来，一分为二，二分四，转眼间化作八道小型的火蛇直冲着蜘蛛精蹿去，那蜘蛛精顿时陷入火蛇的包围中，配上八只“手脚”，像个燃烧的草球。

吴承恩心中大叫“师兄厉害”。

没想到“咕噜噜”一阵水声，“砰”的一下，火球像被一团水从里面炸开般浇灭，焦黑黏稠的液体纷纷散落在地上，发出恶臭，竟是那蜘蛛口器里的液体。

青玄也是微微一怔，按道理以他的五行之火正克蜘蛛精才对，不过想来这蜘蛛精能称霸南秀一带也确实有几分本事，不禁动了动眉毛，收拾心情，打起十二分精神。

上面吊着的震九州本就被勒住脖子，缺氧而挣扎不休，这会儿被焦臭的味道一熏，更是有出气儿没进气儿，几欲死去。

吴承恩看他翻白眼，双手双脚踌躇，忍不住竖起手指指着上面叫道：“师兄动作要快！”

蜘蛛精被青玄这么一烧，废了不少妖力，显然恼怒非常，长舌头处突然狂喷出一大片蛛丝。这片蛛丝喷出来时浓稠，到了高空却突然涨大，铺天盖地地照过来，显然想一网打尽。同时四条腿抓地，猛地从地上蹿起，一跃丈许，四只手化作毛茸茸的镰刀爪器，爪器泛着银光，凛凛挥动，向青玄的脑袋劈砍过来，舞动速度极快，料想若是碰到了身上，一瞬间血肉骨骼都得被切成碎片。

青玄沉着脸不闪不避，也就是这电光石火的工夫，他脑袋里已经转过七八种念头，主意一定，连续做了几个手印，佛珠快速旋转，五行之力翻滚，先是火力腾升，一瞬间将蛛网烧穿，接着土力涌出，带动地上的土石向蜘蛛精的身体裹挟而去，将蜘蛛精裹在一个大土球中。

蜘蛛精只觉得八肢、身体都像嵌进了焦灼的泥中，满身的眼珠也逐渐被泥敷满，看不见、动不得。在它想用妖力内爆震掉泥石时，却陡然惊觉裹着身子的泥石里鼓动着什么东西，它本就是蜘蛛精，何曾怕过什么蛇虫鼠蚁的涌动，可是偏偏那鼓动的感觉紧紧贴着皮肤、眼睛，接着有一些细小纤长的丝状物从泥里钻出来，贴着它的身体滑动，每经过一处缝隙，就试图往里钻。

那一瞬间，它感到了极度的恐惧！

不，它绝对不能让那些东西钻进它的身体，它有预感，如果被那细丝缠住，它将死得凄惨无比。即使这一刻自爆内丹，用爆炸之力摆脱束缚再炸死这洞里的几个人，只要给它足够的时间慢慢恢复，它能重新结丹。再说修妖结丹先从下丹田，再结中丹田，最后结上丹田，它的中丹田结丹已经开始，即使爆了一个，顶多妖力损失一半而已。

青玄看蜘蛛精挣扎不休，再次催动木力，令泥球里的菟丝草加速生长，却也因此隐隐感到体力有些透支，额头冒出了细汗。

就在此时，忽然间在青玄的背后，传来了一声声由远及近的熟悉的怪叫。

“哑！哑！”

青玄不可置信地回过头去，是的，那只六翅乌鸦，已经挣破了洞口的蛛网，跟着二人的踪迹飞了过来。照旧，那乌鸦不急不缓地落在附近，歪着脑袋啄啄翅膀，继而饶有兴趣地盯着地上的吴承恩。

“不要动……”青玄悄声说道，却没有能够劝阻地上的吴承恩继续挣扎。

“现在让我出去！上面那个什么九州快不行了！”吴承恩吃力地说道；抬眼望去，那震九州已经两手下垂，双腿抖颤，股间濡湿一片，嘴角也涌出了胃液。

然而，青玄这迟疑的片刻，五行之力一放松，那边裹着蜘蛛精的泥球突然急速翕动三次，接着猛然爆炸开来，泥土像箭似的四溅开来，青玄忙撑起结界保护自己和吴承恩。

蜘蛛精从泥球中一跃而出，肚子上破了一个大洞，涌出恶臭的体液；几只眼睛也变成了白色，似损失了不少妖力；其中一只手一只脚也分别发生奇怪的扭曲，上面还缠着菟丝草坚韧纤细的藤蔓，显然是藤蔓弄断了他的手脚。

这时，那六翅乌鸦的存在引起了蜘蛛精的注意，要知道，鸟类和虫子天生就是敌人，即便是青玄伤了它在先，可是它本能地先去看六翅乌鸦。顿了顿，它忽然抬起另一只手，掌心急喷而出一根细长的蛛丝，远远甩了出去，准确地套住了那只看热闹的六翅乌鸦。六翅乌鸦似乎完全没有想到这一幕，一下子又被蛛丝拽着，接着被拉扯到了蜘蛛精手里。

虽然落入了妖物手中，但是那六翅乌鸦似乎完全不怕，只是继续刺耳地聒噪着，同时用力扑棱着自己的翅膀，时不时还用鸟喙啄上一口那妖怪的手指。在旁人看来，与其说那畜生是在蜘蛛精手里挣扎，倒不如说是在挑衅。

忽然间，一声惨叫，打断了青玄和吴承恩两人的行动。他们抬头望去，看到那蜘蛛精显然已经被六翅乌鸦触怒，继而手上用了力气。

六翅乌鸦再也叫不出声，看来是被攥碎了内脏，嘴里面开始流出猩红的血水，一滴一滴地落在地上，继而血流如注。蜘蛛精满意了不少，随手将鸟尸甩在了地上。

只不过，这乌鸦嘴边的血水流得有些异样，就连那蜘蛛精也有所察觉：为何这只乌鸦仿佛咕嘟咕嘟吐不尽腹腔中的血水，仿佛决裂的堤口，流起来没完没了。

而落在地上的腥血，却也没有融入泥土，反而越聚越多，渐渐地涌成了一汪血池。

不消片刻，一条枯黑的手臂，从那摊血池之中猛地伸出，摸索一番后扶住了附近的地面；而后，一个枯萎的身影，借着刚才那只手用力一撑，整个从血池之中攀爬而出，毫不忌讳地蹲伏在蜘蛛精的身边。

地上的那摊血水自动聚集于这人的脚下，顷刻间便被悉数收入了这人体内。这人心满意足，终于站直了身子，扫视了一下周围，先是俯身将那死去的六翅乌鸦捧在了手里，继而问道：

“两个问题。”

“第一，你们四个，谁招惹了我的鸟？”

没有人回答。

这人似乎也不见怪，摆摆手自顾自继续说道：“无所谓了。第二个问题，你们四个……谁是吴承恩？”

吴承恩本能地张开嘴，刚要回答，青玄急忙拦住了他。

但是这个动作没能逃开那人的双眼。

那人枯笑了一声，抚摸了几下手里的乌鸦，淡淡说道：“在下锦衣卫二十八宿，血菩萨。既然人到齐了，那么……”

那六翅乌鸦忽然拍了拍自己的翅膀，重新站了起来，耀武扬威地在自己主人手里发出了一声凄厉的鸣叫——

“咱们开始吧。”

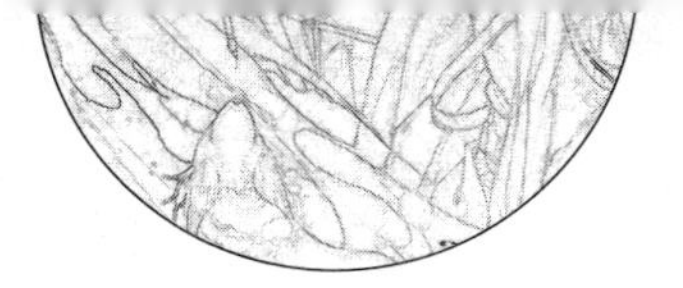

第三章

袖里乾坤

不用青玄提醒，吴承恩心里也知道对方不好对付。只是，眼下吴承恩压根儿也不想与之为敌，且不说旁边还站着那蜘蛛精，毕竟洞顶上面还吊着一口子呢。

局面容不得僵持。

“你救人，我对付他。”吴承恩对青玄说道，揉了揉肩膀，向着旁边走去，意图引着对面的血菩萨过来，“毕竟是冲着我来的……”

“你不是他的对手。”青玄抬了抬眼，看看上面的震九州还能坚持多久。

“放心。”吴承恩迈了几步故作轻松地说道，用眼神随便瞄了一下不远处，随即笑了笑，“我有帮手。”

吴承恩迈了几步，突然间朝着血菩萨的方向猛然一跃。血菩萨冷笑一声，完全没有把吴承恩当回事。只是，吴承恩并没有贸然冲上去；他的目标，乃是刚才震九州手中脱落的那把金刀。只见吴承恩用尽全力飞起一脚，脚面正中刀柄；那大刀应声而起，朝着血菩萨旋了过去。

血菩萨全无慌乱，抬手一把稳稳接住了金刀：“雕虫小技，想要趁人不备，你还是嫩了些……”

而那六翅乌鸦，反而叫出了声，仿佛提醒着自己的主人小心。

刚才还站在一旁的蜘蛛精似乎受了刺激，猛地朝着血菩萨甩出一道蛛丝。

“唔？”血菩萨恍惚了一下，才注意到自己的身子被那蜘蛛精甩出的蛛丝紧紧缠住，上半身动弹不得。紧接着，那妖物吸吐着长长的舌头，朝着血菩萨走了过来。

太好了！正如吴承恩预料的一样，此刻血菩萨和乌鸦都分身不得。事不宜迟，趁着血菩萨被干扰的宝贵瞬间，吴承恩已经朝着半空的震九州掷出一张宣纸，同时甩开自己的笔，舔舔笔尖后凌空在纸上写了一个“鸢”字。

青玄默契地朝着同一个方向提前纵身一跃，一只脚轻踏在了那张宣纸上；那宣纸非但没有被踩出褶皱，反倒是勉强驮着青玄朝着洞顶飘翔而去。

眼见得青玄已经升到了五六丈高的位置，即刻就能救人得手，突然间一个黑影闪烁而过，将他脚下那张宣纸穿了个透凉——

“谁告诉你们——我只有一只鸟？”

以迅雷不及掩耳之势破了宣纸的，是另一只六翅乌鸦。这畜生得手后即刻飞回到了血菩萨肩头，速度之快，简直如同离弦之箭。

幸而青玄反应神速，早已看到了冲过来的乌鸦，千钧一发之际总算是勉强一跃，高举着的右手终于摸到了震九州的脚踝。顷刻间震九州便从蛛丝中滑落，两人一下子坠在了地上。

青玄顾不得自己摔得多重，急忙抬手试了试震九州的鼻息，冲吴承恩点了点头。

吴承恩总算是松了一口气，跑过去帮着青玄将那震九州抬到一边，这才真正开始全心全意面对着不远处的血菩萨。

血菩萨并不慌乱；六翅乌鸦即刻飞起，用翅膀切割着绕在自己主人身上的蛛丝。

蜘蛛精显然没想到此人有此一招，匆忙张开了三只手，一并甩出三道蛛丝——一道重新绕上了血菩萨的手脚，让他动弹不得；而另外两道蛛丝则是捆上了那两只乌鸦，想要阻止它们再次飞起来切断蛛丝。蜘蛛精见这一回合自己得手，得意不已，腹腔的位置发出了难听的吱呀声，仿佛是在欢笑一般。

“趁着他手脚不便，我们动手？”吴承恩看到这一幕，小声朝着青玄问道，“我负责对付乌鸦，你想办法对付血菩萨；三打一，怎么也有些胜算。”

但青玄并没有动，那蜘蛛精叫的声音越发响亮，撕裂般的吱呀声在洞穴里来回盘旋，异常刺耳。

“不过……”血菩萨似乎被这笑声惹恼了些许，抬头朝着那蜘蛛精说道，“谁告诉你——我只有两只鸟？”

话音未落，顷刻间几十只乌鸦从血菩萨身上腾空而起，朝着那蜘蛛精飞袭而去，切割、啄食着那妖怪的肉身。蜘蛛精甚至来不及做出任何反应，便被吞没在一片黑色羽翼当中。等到吱呀吱呀的惨叫声散去后，那些乌鸦重新飞向血菩萨。

血菩萨身上的蛛丝已经被悉数斩断。他抖落了身上的蛛网，枯黑的身影屹立于原地，仿佛一棵等待众鸟归巢的古树。收拾一番之后，血菩萨抬眼看着对面的青玄……

还有那目瞪口呆的吴承恩。

“唔，计划不变吗？”血菩萨朝着吴承恩问道，显然是听到了刚才的那番密谋，“你对付我的乌鸦，身边那个行者对付我？”

吴承恩立刻故意放声大笑，放言让血菩萨洗干净了老实等着；然后他悄悄对青玄说道：“估计打不过，跑吧？”

青玄摆手，却也没动。

“你们人多，而我只有一个；就这么逃了去，岂不丢人？”血菩萨歪着脖子，和肩膀上歪着脑袋的六翅乌鸦如出一辙。这句话虽然平淡无奇，却足以让刚才还信心满满的吴承恩面红耳赤。同时，几只乌鸦从血菩萨身上腾空而起，扇扇翅膀落在了吴承恩和青玄退路的方向。

吴承恩抿抿嘴，忍不住大声说道：“你耳朵倒是好使！”

青玄叹气，瞥了一眼吴承恩：“不是耳朵，是那些乌鸦。”

“这样打下去，胜算不大啊……”青玄盘算着，除非……

血菩萨似乎并不着急攻过来，反而是俯身，查看着蜘蛛精支离破碎的肉身。细细端详之后，血菩萨抬手一指，肩膀上一只乌鸦起身飞去，在蜘蛛精的尸体上四下叼啄，很快将一块不规则的淡黑色石子，带回了主人手里。

血菩萨将这石子举高，似乎是在查验成色；没多久，血菩萨放下了手，将那石子扔向了吴承恩：“压根儿算不上精修，这内丹勉强算是成形了……怪不得这妖怪化作人形后竟是这个鬼样子。”殊不知蜘蛛精的内丹已然被青玄废掉了一个，这个则是那个未成形的。

那枚淡黑的石子跌跌撞撞，落在了吴承恩和青玄脚下。细看下，那石子虽然顽陋不堪，此刻却如同活物的心脏一样，微微跳动。

“内丹是什么，你们知道吧？”血菩萨照旧歪着脑袋，似乎是在试探。

吴承恩和青玄互相看看，不晓得对方是什么意思。

“自然是知道的！”吴承恩心中不服于对方戏谑的口气，大声答道。

内丹，乃是每一只妖物的核心。差不多来说，妖怪的内丹好比是一般人类的魂魄。

当妖物有了最初的灵性之后，便会自然而然将妖气萃成实体，继而凝丹，这便是内丹的雏形，日后修炼之时用来运转储存体内的妖气，同时开始打磨凝练。

越是修为高的妖物内丹，外表越会圆润无瑕，成色更加晶莹剔透，大小也自然会有所变化。

只是妖物内丹吸取的所谓精华，大多都是作孽后留下的业障，所以此物也一直被视作不祥之物。一般人绝对不能像血菩萨这样以皮肉碰之，否则多少会被妖气感染，甚至灼伤。就像刚才所说，内丹和魂魄几近相同，妖气会以不自然的形式侵入人的魂魄之中；一旦如此，那下一步，就是妖变。

虽然不晓得为什么血菩萨在此明知故问，但是显然，对方有着自己的目的。

“动手吧。”血菩萨见吴承恩动也不动，开口催促道。

青玄皱眉，捏紧了左手中念珠，右手搭在了吴承恩的肩膀上；而吴承恩也立刻上前一步压低了身段，紧握纸笔。

对面的血菩萨似乎发觉自己用词不当，重新说道：“不是与我动手，是内丹。”说罢，血菩萨喃喃自语，“与我动手……你们疯了吗……”

吴承恩愣了愣，回头看了看青玄，似乎是在询问。

青玄显然也没想到对方会来这么一出，一下子打乱了自己的算计。

如何是好？难道要让吴承恩在镇邪司面前露出自己的绝技？但是，听血菩萨所言，似乎这也不是什么秘密。

“别藏着掖着了。”血菩萨仿佛看破了青玄的犹豫，开门见山，“在京城时，镇邪司便有人发觉这书生的能力不简单。只是，我却觉得这说法太过玄虚，所谓眼见为实；如果你真有这本事，咱们倒是可以好好聊聊。但是，如果只是江湖戏法……”

血菩萨没有说下去，而他身边腾起的几十只已经不耐烦的乌鸦，算是补充了后面半句话。

果然……那天在京城时，吴承恩已经被盯上了……

思及此，青玄实在是有些后悔。之前不让吴承恩显露本事，就是担心会有人垂涎于此；不过既然对方已经知晓这个秘密却没有动杀招，说不定事情还有转机。

吴承恩点头，将手中的宣纸向上一抛后抬起左手，宣纸尽数落入袖中。然后，与平时散乱叠在一起的纸张不同，吴承恩从腰间小心翼翼摸出来了一本书，盘膝而坐后细细翻开——

除了开头的几页有着笔墨外，这本书基本上全部都是白页。

吴承恩看了青玄一眼。青玄明白吴承恩的意思，虽然还是不放心面前的血菩萨，终究还是松开了搭在吴承恩肩膀上的手。

但见吴承恩闭目些许时间，猛然将手中的笔尖轻点了一下身边的蜘蛛精内丹；顷刻间那淡黑色的内丹失去了原有的僵硬，笔尖轻易融了进去，蘸上了内丹的颜色。紧接着，吴承恩似乎心无旁骛，开始在手中的书卷上奋笔疾书。而内丹逐渐被一笔一笔蘸取，很快便耗去了大半。

青玄一开始还目不转睛地盯着血菩萨，生怕他会趁着这个当口动手偷袭；但是很快，青玄发现对方应该没有这个意思。

此时盯着地上吴承恩的血菩萨那原本枯黑的脸上，说他现在两眼放光也不足为过。

大概一炷香的工夫，吴承恩长出一口气，收起笔后双手在膝头摊开了书卷，用嘴吹着未干的墨迹；而地上的那块内丹，也已经消耗殆尽，没留下一丝痕迹。

一只六翅乌鸦在青玄身边盘旋了几圈，落在了吴承恩的肩头，歪着脑袋看着吴承恩手捧的书卷，嗅了嗅，然后抬头朝着自己的主人“哑哑”叫了几声。

“精彩。”血菩萨说道。

“那当然了……”听到这句话，吴承恩才回过神来，“这每一篇故事，都是我绞尽脑汁后才落笔的，不过这个故事……”

“我不是说你写的故事，而是你的手段。”血菩萨打断了扬扬得意的吴承恩，继续说道，“还以为只是碎了内丹而已，但是，那内丹的业障、戾气经你一笔，竟然烟消云散，这比高僧的超度还要精进一层。”

正说着，所有乌鸦全部展翅，飞回了血菩萨身边，融入了这棵枯树；只剩下了最开始的那只，依旧蹲在血菩萨肩头。

“你叫吴承恩是吧……”血菩萨一边说着，一边朝着洞穴深处回头；其实不仅是血菩萨，吴承恩和青玄也隐隐听到了有什么东西正从洞穴深处走出来。

片刻之后，之前进入洞穴的赤发怪人，拖拽着两只蜘蛛的尸体，走进了众人的视线。这赤发怪人显然没有防备，看到面前出现的几人后吓了一跳。

血菩萨也不搭话，只是抬手朝着那赤发怪人一指，肩上的乌鸦立刻朝着那人的脖子飞了过去——血光一闪，那赤发怪人连惨叫都没有发出，脑袋便齐整地被削掉，在空中旋了旋后掉在地上，继而整个身子朝后仰去，重重摔倒。

“你做什么！”吴承恩喊道，不明白为何血菩萨突然就下了杀手。

“不要让别人看到你的身手，以免枉生事端。”

血菩萨定睛看了看那血流成河的赤发怪人，转头继续对吴承恩说道：“你这功夫，理应为朝廷鞠躬尽瘁。”

青玄恍然，明白了血菩萨是在杀人灭口。青玄低头看了看那个晕过去的震九州，咬牙抬头：“既然吴承恩的秘密不能被人知道，下一个是不是轮到我了？”

吴承恩听到这里立马跳了起来，收好了书卷后抽出了一把宣纸：“你敢！”

“不，留着你，照看他。”血菩萨摆摆手，那六翅乌鸦立刻落在地上，张开嘴，缓缓呕出连绵不绝的鲜血。渐渐地，如同刚才一样，地上的血液凝化成了一汪血池。血菩萨略微挪动身躯，踩进了血池当中，那摊血水仿佛深不见底，血菩萨整个肉身开始缓缓下沉：“这小子的能力格外有趣，万一死了，岂不扫兴。今天开了眼，够了。”

说着，血菩萨整个身躯全部浸入血池之中。在一旁的六翅乌鸦也随着主人跳入了血池；顷刻，那汪血水突然四散而开，融入了大地。

青玄和吴承恩互相看了看。

“鬼才去呢。”吴承恩忍不住骂了一声。

而青玄只是看着洞穴中的现状，叹了口气。

“可惜那个汉子，来不及救他……”青玄的语气充满了自责，指了指那赤发汉子的尸首，“可以说，他是因为我们才死无全尸的。”

“怎么办？”吴承恩这才意识到，那赤发怪人确实死得有些冤枉。

“起码也要埋了他。”青玄看了看还是没有醒过来的震九州，说出了自己的想法。

吴承恩点头答应，朝着那赤发怪人的尸首奔去，但是没走几步，吴承恩忽然停下，然后吃惊地指着前面喊道：“青玄，你看……”

不用吴承恩提醒，青玄也已经看到了异状：

那赤发怪人的身躯竟然动了动，继而摸索一番寻找着什么。很快，便摸到了身边被乌鸦劈下的头颅。那赤发怪人心满意足，急忙像是戴帽子一样，将脑袋重新安在了躯干之上，然后一个鲤鱼打挺，径自站了起来！

“这真是奇了！”吴承恩瞠目结舌，一下子不知道该作何反应。

但是很快地，吴承恩才知道，自己这句话说得早了。

那赤发怪人摸了摸自己的脖子，擦拭了伤口附近的血迹后，显得有几分虚弱；他简单打量了一眼吴承恩和青玄后，转身俯下，朝着自己刚才拖过来的两具妖尸张开了血盆大口，开始大快朵颐……

第四章

李棠

震九州醒来的时候，猛地一握右手，心中轰地一空——竟然没有握到熟悉的刀柄；他闭着眼睛一个翻身，试图坐起来，手腕却觉察到有什么东西搭着，他不敢再动，勉强睁开眼睛，只见一个道士，鹤发鸡皮，胳膊和脸上都有渗着血丝的新伤，那伤势之重并不亚于自己。道士干枯的手指搭在自己的脉门上把着脉。

这是南秀城的客栈二楼，震九州抬眼看看窗外，窗纸乌黑，应该已经是后半夜了。

“哎哟，大英雄醒啦？没有大碍吧？”道士看到床上的震九州睁开了眼，带着一副看热闹的语气挖苦道，“不得不说您这身子骨结实，一般人挨完打这么快就能起身？您啊，了得！”

震九州咬咬牙没言语，也顾不上对方是个干枯的老人，抬手便一推；道士被推得一个踉跄，摔在了地上。震九州摸了摸自己的脖子，上面的血痕依旧；这旧伤让震九州一下子想起了之前发生的一切，于是他掀开被子直接下了床。

“妈的，小人！”震九州没头没脑地骂了一句，四下一张望，转身朝着门口走去。

那把金环大刀被人安稳地放在房间的门边，刀口已经被人小心地擦拭干净，似乎一直在等待着自己的主人苏醒。震九州过去一把抄起自己的兵器，抬脚踹开门——

楼下大堂，村长正在设宴招待着南秀城的几位恩人。一张四方桌子上摆满了酒菜，而桌子周围落座的，除了吴承恩、青玄之外，俨然还有那赤发怪人；三人各坐一边，单单留出了正东的位子空着，看情形也不像是村长的位子。最为显眼的乃是桌子正当中，摆放着一段黄绸，上面安放着那枚众人魂牵梦绕的……

红钱！

没人有心情吃饭。大家的眼睛都盯着饭桌正中的红钱，没有人开口。

沉默，令人难堪的沉默。

大约过去一炷香的时间，村长小心翼翼地开了口："所以，这红钱到底归属于哪位恩人，不如等一会儿恩人们自行商议……"

一阵破门的响动。众人齐刷刷抬头看去，只见震九州横刀而立，瞪着下面的一桌人。随后，那道士也跌跌撞撞追了出来，站在震九州身后，却也不敢近身。

"醒了？"吴承恩抬头望去，寒暄一句，算是打了招呼。

震九州一时间怒目圆睁，猛地拔地而起从二楼一跃而下，不管不顾举刀欲砍——那赤发怪人倒也不是等闲之辈，眼见此景倒也不慌，只是张开了自己的血盆大口，右手从自己的喉咙里面拔出一把五尺钢叉捏在手中。

这番情景倒是令震九州迟疑了片刻。赤发怪人立刻朝着楼上纵身一跃，用手里的钢叉接住了半空中震九州的刀刃，硬生生将他顶到了一旁制住。

"松开！"震九州试图将大刀从那怪人的钢叉里抽出来，却发现那怪人力气惊人，大刀仿佛被那钢叉吸住一般纹丝不动："这事和你没关系！我要砍了那边两个背后捅刀子的东西！"

村长急忙起身，劝说着震九州先把刀放下大家有话好说。而震九州则是一脸愤慨，直言自己之前凭一己之力降服了妖怪，末了却被奸人设套所害，差点被吊在洞穴里一命呜呼。

"我他妈可是朝廷命官！"震九州抵不开眼前的赤发怪人，只能侧身朝着吴承恩和青玄的方向喊了一句，说明了事情轻重，"你们这是谋害朝廷的人，懂不懂！万一我他妈有个好歹，二十八宿追查下来，别说你们逃不了干系，雇了你们上山的南秀城恐怕多少也得被牵连！"

坐在旁边的吴承恩总算是明白了这汉子发脾气的缘由：合着他当时打败了两只小妖后就以为自己功成名就，结果紧接着被最后瞅到了一眼的吴承恩和青玄暗算了；不过，这倒也不算什么稀奇事。

毕竟那蜘蛛精手法极快，可能这个震九州被套上天后都没来得及有什么反应就晕了过去。看来，他连后来血菩萨的事情也浑然不知。所以，现在震九州怀疑是青玄和吴承恩设计陷害自己，倒也算是正常。

那赤发怪人听完了震九州的辩述，忍不住摇头冷笑，嘴里发出了“呜哇呜哇啦呜啦啦”的怪声。

震九州愣了愣，不晓得这怪人是什么意思：“你他妈的，跟老子说人话！再呜哩哇啦，我他妈一刀砍了你！”

“他说，他看到了，你当时是被蛛丝捆的脖子，乃是妖物所为，同我与青玄没有关系。”吴承恩耸耸肩膀，替那怪人翻译了几句。也难怪震九州听不明白，那怪人说的是南苗土语。

怪人点头，继续呜哇吗哇了几句。

“他还说……”吴承恩仔细聆听之后，朝着震九州说道，“以你的身手，能活着回来就不错了，哪里还有脸面在此邀功。要知道，你可是我和他一起抬下山来的。”

“这……”震九州脸上猛地白了一阵，又迅速转红，低头想了想，一拍桌子，“我怎么知道你们是不是一伙儿的，合起伙来诳我？”

楼上的道士听到这里总算是能插进一句话了：“对对对！他俩抬的你，我帮忙扛着你的刀！难不成我们都是一伙儿的吗！你说你，就你这三脚猫功夫，除妖不行，充大头蒜你倒挺在行！”

一番话，说得那震九州面红耳赤，手上渐渐卸了力气。

怪人抬头看看那道士，最终吐出了一句“呜咯咯”，同时也将自己的兵器让开——

“他还说你脚臭。”吴承恩故意捏住自己的鼻子，大声说道。此言一出，不仅震九州一下子暴跳如雷，也引得青玄和赤发怪人同时扭头，盯着一脸坏笑的吴承恩。

“也罢，没时间与你们这些市井小儿争执。那咱们现在就说说，这红钱怎么分吧。”对方人多，震九州一看自己怕是占不了便宜，嘴硬了一番，算是给自己打了个圆场，说着便拉开椅子坐了下来，只见满桌酒菜却没有人动，自己拿过一个白瓷大碗，从酒坛子里倾了半碗酒出来，仰着脖子一口喝干，另一只手把一个装得冒尖的牛肉盘子扯到自己面前——

所有人一起大喝一声：“别动！”

噗！震九州一口酒含在嘴里，被吓得喷了一地，抬眼看去，人们都盯着那盘牛肉看，村长早就扑了上来，双手护在盘子上。

“他妈的，老子还以为是蜘蛛精又回来了，卖了这么多力气，命都差点搭上，吃个牛肉怎么了？你这老头也忒抠门！”

“不是不是，这猪蹄髈、炸羊肉片儿、大鸡腿，您随便吃，只是这牛肉不行，这是给一个姑娘留的。”村长边赔着笑边把牛肉端得远远的。

震九州向着人群扫了一眼，一个个高的高、矮的矮、丑的丑的男人，哪有什么姑娘？

“这姑娘，说起来也是您的救命恩人，您前半晌昏过去的时候……”

“谁他妈昏过去了！我那是，那是闭目养神！”

“对对对，您闭目养神的时候，山上的妖怪杀了回来，好像来报仇……”村长急忙改了口，才继续说道，“正巧赶上这姑娘路过此地，只身一人便赶走了所有妖孽。南秀城的不少百姓都亲眼所见，我们好说歹说才留下人家吃顿饭，人家也说了，有牛肉就行。刚才趁我们准备饭菜这会儿，人家啊去洗个澡，看来是个讲究人。你说人家就点这么一个菜，再被您吃了……”

“一个人就赶走妖怪？”震九州放下酒碗，早把牛肉忘一边去了，只反反复复琢磨着这句话，半信半疑的，“我震九州活了半辈子，女高人也见过几个，她们联起手来也许能打退妖怪一阵子，这一个人就……她使的什么招数？”

“说来也奇怪，也没有什么招数，就是这么一走，妖怪就自动退开了……”

“胡说！有这本事，除非她也是妖怪。”

“哎哟哟可不敢这么说，”村长慌忙地摆手，“那小姑娘长得眉清目秀的……”

“你老头儿没见过世面，等会儿她来了，我会会她，就知道是人是妖了！”

震九州得意地一笑，又倒了一碗酒。

“你说谁是妖怪？”一个脆甜的声音从门口传来。

震九州忙抬头去看，高大的男人们站满了一屋子，只从人群的缝隙里看到一片红衣，一团乌发，越走越近。人群让出一条路，震九州仔细看了看，却是一个娇娇小小的姑娘。

村长半鞠着躬笑着请姑娘坐下，震九州这才看清，姑娘头上用金钗松挽着一个髻，发梢还滴着水，沾湿了胸前的水红色短衫；细瘦的蜂腰，腰后露出银色剑柄；想必刚才洗澡水烧得太热，她的双颊还是鲜腾腾的红润，额上带着一层细密的汗珠，扫视了一圈屋子里的人，漆黑的瞳仁飞快地一转。

所有人都红着脸低下了头……

“没没没，不敢不敢……”被少女隐然的气势所慑，震九州说话结巴起来。

“吃。”姑娘又说。所有人像得了命令一样乖乖拉了一把椅子坐下，齐刷刷地拿起筷子，却不敢动。

“那我先吃了哦。”姑娘说着把那盘牛肉揽到自己面前。

“只看过各种小说里小姐都是喜欢零食甜品，酱牛肉这种东西是绿林好汉才下酒用的。这我还真是第一次见。”吴承恩低头嘟囔，青玄瞪了他一眼，他赶紧闭上了嘴。

可是这一声还是被姑娘听到了，她脸上白了一白，似乎不大自在，然后放下筷子：“我吃饱了。”

“姑娘别客气，您刚才降妖费了大力气，得多吃点儿。”村长忙给她添了半碗小米饭。

姑娘笑笑：“也没费什么力气，我只是走了一圈儿。妖怪怕我而已。”

“哟，不战而屈妖，本事可以啊。”一直冷眼看着的震九州终于又开口了，“但是村长，你想好了，我可是实打实除妖！一个人砍死了两只蜘蛛精！她眼下不晓得用了什么媚术哄走了妖怪，说不定哪天那些妖怪还会回来的！你若是肯将这红钱交予我，以后南秀城有事，我随叫随到！”

“哎呀，”村长又跑过来对震九州说，“咱们先把饭吃完再说红钱好不好？”

“少废话！”震九州突然拈起那枚红钱，“啪”的一声拍在桌子正中央，“大伙都是为这个来的！你们对这个丫头片子如此恭敬，不会是想把红钱给她吧？打这个主意，先问问老子手里的刀答应不答应！”

“我不叫丫头片子，我叫李棠。”姑娘也款款站起来，盯着桌子中央看，“这红钱……”

李棠歪了歪脑袋，竟然径自抬手拿起了桌子上的那枚钱币看了看，之后又小心放下，满脸不解。

那赤发怪人和旁边的青玄看到了李棠的反应，同时都加了几分小心。

看来李棠也知道……

没等得李棠开口，吴承恩先发话了：“我看，既然这头功在你……那这钱币便交由你，可以吧，震九州？只是你要做到，但凡以后南秀城有事，即便你在天涯海角，也得随叫随到。”

那震九州听闻于此，脸上布满了惊诧的神色，似乎没想到事情会这么发展。他小心翼翼地看了一眼旁边的赤发怪人，似是询问；但见那赤发怪人也只是略微一点头。

震九州即刻抬手，一把抢过了桌子上的红钱，揣入怀中：“放心，既然大家这么给我面子，日后南秀城我保了！当然了，上山除妖这件事，大家也是辛苦……”

说着，震九州掏出了重重的一锭银子，放在了桌子上。

那赤发怪人忍不住笑了一声。

“之前，都是误会，我震九州多有得罪……日后大家便成了朋友，若是有了麻烦，随便报我二十八宿震九州的名字！”震九州双手抱拳，拿起酒一饮而尽，口说告辞，丝毫没有怠慢便起身离开了客栈。

没多一会儿，从远处的街上传来了急急的马蹄声和酒疯一般的欢呼：

“发财了！发财了！”

村长看到此情此景，面色却越发沉重了起来。

一直在旁边默不作声的青玄这才看了看身边的赤发怪人。

“阁下看来早就知道这其中缘由，目的不在红钱，想来必是为内丹所来……”青玄长出了一口气，轻松不少，抬手将桌子上那锭银子交给了赤发怪人，“毕竟阁下也有恩于南秀城；那妖物的内丹还未成形，估计也就这个分量差不多……如果不介意的话……”

赤发怪人倒也不客气，揣上了银子便起身离席。只是他临走前还是偷偷看了看李棠，同时抛给了青玄和吴承恩一个眼神。

青玄感激地点点头，知道对方是在提醒自己小心。眼前这个突然冒出来的女子身上，确实有不少未解之谜。赤发怪人选择离开此地，也是怀着多一事不如少一事的心态。

只是，青玄和吴承恩还不能走。

吴承恩拉开了一把椅子，让给李棠。

“李棠姑娘……”青玄揣度了一下自己的语气，终于开口道，“你是怎么发现那枚红钱是假的呢？”

李棠愣了愣。

而在一旁一直陪酒的村长，却瘫软着跌坐在了地上。

其实当村长把红钱放在桌子上时，青玄和那赤发怪人便同时察觉到了这只是一个粗劣的赝品，看起来应该是村子里的人匆忙之中随便找了一枚钱币染上了几笔猪血。未曾说破的道理也是简单：

赤发怪人只是单单觉得自己并不是为红钱所来。

而青玄则是明白，村民也是万般无奈，知道凑的银两不够让人动心，才故意用红钱这个伎俩引诱了不少能人来此。只不过，一旦南秀城掷出过红钱，那么红钱理应就会被送到其他村子继续开始轮掷。所以，青玄在出发之前，就明白想在南秀城找到红钱的机会并不大。倒是那震九州自称锦衣卫二十八宿，对红钱的真假却不辨，要么是真傻，要么是冒充的。

只是眼下这李棠看上去很像个世家涉世未深的小姑娘，如何一眼知晓红钱真假，着实令人吃疑，毕竟红钱可不是一般的稀罕物。

李棠眨了眨眼，忽而一笑：“想知道？可我为什么要告诉你呢？”

青玄和吴承恩对视一眼，倒没有再追问，而是在心里默默猜测着眼前少女的来历。不知她跟这诡异的红钱究竟有什么渊源。

距离南秀城不到五十里的山路上，一路骑马疾奔到此的震九州有些惊讶地看着拦在面前的两个黑衣人，本能地察觉到了危险，他握紧手里的金刀，上面的金环声声作响。只听震九州警惕问道："来者何人？"

他不知道，这将是他人生中的最后一句话。

眼前这两个黑衣人佩戴着同一款式雪白色面具，看到震九州的防备动作，似乎也不以为意。

其中一人随意扫了一眼震九州举起的大刀，缓缓抬起了自己的手，继而淡淡开口："送。"只见震九州仿佛得了命令，一刀狠狠劈下，顿时血光四溅。只不过，这一刀，是劈在了自己的肩膀上；伤口之深，已经切筋断骨。

一切却只是刚开始，那黑衣人再次抬手，而震九州则重蹈覆辙，朝着自己又是一刀。

其实，震九州早在第三刀时就已经一命呜呼，但是那僵硬的尸首却足足又砍了自己七八刀，才颓然倒地。

那两名黑衣人这才信步走到震九州的面前，俯身翻弄着他的行李。摸索一番后，两人很快便发现了震九州贴身藏着的那枚"红钱"。其中一人急忙将它放在鼻子的位置，细细嗅闻。

"没错。"一边说着，那人一边甩手将那钱币扔下了山崖，仿佛对那枚钱币本身极其不屑一顾，"上面，是少主的味道……"

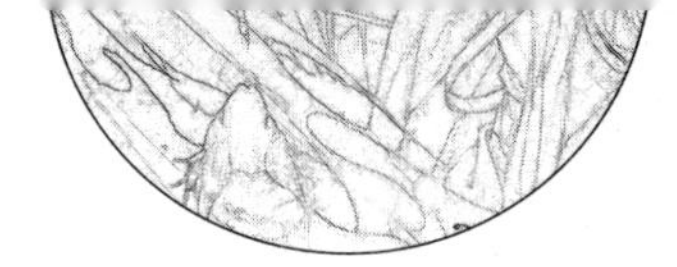

第五章

同行

“师兄，咱们这次被镇邪司盯上，是不是因为之前在京城发生的事情？”

“现在唯一的问题是，那件事他们知道多少？”

“那我们还继续除妖吗？”

“你想回去了？”

“蜘蛛精的事，我想了一晚，也没有能写出好故事来……那日在京城也许真的只是运气好。”

“不要急，只是时机还未到。”

天刚亮，吴承恩和青玄洗漱干净出发时，在楼梯口碰到收拾好行李准备离开的道士。两人错肩让开了半步，那道士却挑着行李站住了，似乎是在等他们。

“多谢。”道士唐突地冒出来了这么一句。青玄皱眉，似乎不晓得内里缘由。

“洞口时救我。之前那震九州也在，我没好意思开口。”道士看了看青玄的表情后，直言道。良久，这道士又低下了头，一脸羞愧，“贫道学艺未精，连妖怪洞口都进不去就差点丢了性命……唉，这次出来丢人现眼了……”

青玄和吴承恩笑了笑，摆摆手，示意此事不提也罢。

“不过，关于红钱的事情……我倒是有些消息。”道士似乎思忖了一番，下了很大决心后继续开口，“距离南秀城西北不到百里，深山之中就是黄花镇。其实，本该留在南秀城的红钱此时便或许就在黄花镇……不过，前些天我听人说，黄花镇中亦有妖物作祟。原本还想除了这蜘蛛精之后便一并……”道士终究没有说完，自己刚刚从蜘蛛精手中捡回一条命，哪里还敢把这“除妖”二字放在嘴边，只是摆摆手，再没有说下去。

青玄站定细看了几眼道士，轻轻地点了点头。

“去与不去黄花镇，你们自己定夺，我也算是仁至义尽了……总之，在下告辞。”道士长出一口气，显然觉得自己还清了人情，下楼离开。

青玄并没有去喊住这道士的意思。毕竟这人本领实在一般，且不说降妖除魔，红钱本身也会引得重重杀机挥之不去，银子再好也没有命重要。走了便走了，能够看开一些最好。

青玄与吴承恩对视一眼，随即打定了去黄花镇一探的念头。

眼下这道士离去之后，这客栈中便只有昨日那位自称李棠的姑娘让他二人颇为在意。

李棠的房间在这客栈走廊的尽头，两扇雕花的小门紧闭。

吴承恩轻轻叩门两下：“姑娘？”

室内没有声音。

难道还没起床？不会已经走了吧！还是出危险了？莫不是那蜘蛛精去而复返回来寻仇了吗？吴承恩与青玄对视的眼神里闪过一片疑惑。

“喂。”楼下一个脆甜的声音，“你们是不是要去黄花镇？我已经恭候两位多时了。”

吴承恩和青玄回过头来，只见楼下的大堂门口，李棠正站在一片阳光里面微笑。

一路上，吴承恩忍不住朝着身边的青玄小声抱怨了几句，实在不明白青玄为何答应了李棠提出同行的要求；青玄一言不发，瞥了身后一眼：李棠一直跟在他们身后三五步远，他们快些，她便快些，他们慢些，她也慢些，头都不抬地捧着一摞书稿看。

“你也有女看官了。”青玄用口型对吴承恩说。

吴承恩冷着脸转过头去看路边的风景。

“我看到你嘴角在笑了。”青玄又说。

吴承恩扯起领巾遮住半张脸。

“写得不错。”李棠看完，随手把书稿往吴承恩怀里一扔，“这些你是从哪里看来的？”

“看来的？这是小说，都是我自己想出来的。”

“别的你能想出来，但你说那蜘蛛精有七个，你怎么知道？”

吴承恩愣了一下，确实，他和青玄当日所见蜘蛛众多，但真正能算上成精的也就两个，他只是觉得想必还有其他几个没出来，于是随手写了“七”这个数字。易数里以七为正，以九为变，怎么着写成七个，看起来都更像模像样，似有其事。不过他也就是瞎蒙一番，但看李棠的反应，是真的知道蜘蛛精的数量。

不过李棠也没追问下去的意思，青玄忍不住又看看李棠，她此刻因为出门行走，换了一身鹅黄色的窄腿府绸裤子，配着月白色的短袄和一领防风的天青色斗篷，越发显得干净爽利。然后他的视线怎么也无法从李棠腰后的那把唐刀上离开。

“李棠姑娘，你——”青玄斟酌了一会儿词句，发现自己实在不善于嘴上周旋，还是有一说一的好，“你佩的那把刀……”

“它有名字，锦绣蝉翼刀。”李棠边说边踢开路边一个石子。

“看样式，可是唐宫旧物……”

“什么刀？”吴承恩同时也回头问着，待反应过来李棠嘴里说的是“锦绣蝉翼刀”，禁不住失声，“那把传说中极凶煞的刀？”

他和青玄对视了一眼，两人沉默下来。锦绣蝉翼刀，据说乃唐太宗李世民弑兄之物，也曾被武则天用来号令唐室。朱温灭唐后第一个点名寻找的宫中宝物便是此刀，它薄如蝉翼，轻如鸿毛，砍人头颅血不喷、尸不扑，站立十二个时辰直到血液自然凝固，因为沾染的怨气太多，江湖传说此刀已经成精，如果使用它的主人不幸毙命，刀还能自行杀人十二个时辰。

“我……能拿来看看吗？”吴承恩看了看李棠的脸色，没有什么不悦，鼓起勇气说。

李棠干脆地答应，解下刀来扔过去，吴承恩吓了一跳，忙伸出双手去接，只见那刀并没有横飞出去，也没有直直落下，而是像一片羽毛，或者干枯的树叶，在风中轻轻地盘旋着，盘旋着……

然后轻飘飘地落在了吴承恩的怀中。

一点重量也没有。

“好轻。”吴承恩脱口而出。

“那当然！”李棠爽朗一笑，随后任由吴承恩把玩自己的那把刀，她则四下张望，欣赏周围的景致。

先前吴承恩与青玄也曾想盘问李棠此行的目的，但李棠坦言自己只是闷了，便离开家出来走走，并没有什么明确的去处。

吴承恩与青玄自知不好深问，只是将信将疑。但二人自然是想不到像现在这样能够自由自在地游历四方，却果真是眼前这名女子从未体验过的。

当李棠的目光再次落到小心翼翼观摩锦绣蝉翼刀的吴承恩身上时，李棠忍不住想到他那些书稿，这吴承恩倒是有点意思，写的故事比自己以前在家看的话本跌宕起伏多了，也不知道他到底是怎么想出来的。至于……

李棠察觉到另一旁投来的视线，不动声色地回视过去，果然对上青玄审视的目光。

相较吴承恩的单纯可欺，这青玄能一眼识得自己的佩刀，怕是不简单……

不过对方如何她并不在意，此刻她好不容易出了家门，只盼着多见见这外面的奇闻异景便好。她只觉得跟着这两人说不定会遇到些什么好玩儿的事，而且……而且必要的时候也好为自己打个掩护。

因为这几日李棠本能地觉得，家里派来寻她的人应该……已经在路上了。

从南秀城出来之后，已经是第三日了，但是依旧寻不着那黄花镇的影子。

青玄确实记得，那云游道士说过“黄花镇离此地西北不足百里”这句话。未曾想到，一行人一路在深山之中朝着西北前行，却在荒郊野岭中前不着村后不着店了整整三天。

如果只是吴承恩和青玄两个人还好，但是现在偏偏还带着一个李棠。

眼下三人被困于此，李棠倒也不抱怨，就是跟着。

可是吴承恩要忍不了了，他很饿，饿到五脏庙隆隆作响——带着路上充饥的大饼昨天就吃完了，今天他和青玄两人只摘了些野菜野果充饥。这倒不是最难挨的，关键是李棠的小牛肉似乎一直吃不尽，这是上路之前村长夫人硬塞给她的。相比之下，吴承恩越发觉得野菜难以入口，可是在姑娘面前抱怨饮食未免有失风度，他又不能问李棠索要牛肉干，只得面对一堆野菜不得不装出一副吃得津津有味的样子。

“方向没错，白天的时候确实也是一直朝着西北走的。”吴承恩说道，似乎自己也没办法解释到底是怎么回事，“但是……我们好像走回了昨天的地方。”

眼下倒也不是无路可走，吴承恩知道还有别的办法，但是这件事需要征求青玄的意见：“请出土地问问？”

“土地乃是福仙，怎可以随意叨扰。”青玄摆了摆手。

吴承恩忍不住朝着地面跺了一脚，然后假装没有看到青玄的瞪视：“不是说几百年前，土地经常被人喊出来帮忙么，现在知道如何叫出土地的人少了，说不定他老人家也闲得难受，巴不得有人同他闲聊几句呢。大不了给土地上些供，不叫他白跑一趟便行了吧？”

“荒郊野岭的，去哪里寻得贡品？”

“白天在山上摘的野果子不是还有半袋吗？”

“这一草一木本来就是人家土地的，借花献佛也不是这么个道理。”

吴承恩一下子火了，刚要反击回去，又看看一旁的李棠，有她在侧，他总是不由自主地让自己讲话的声音放得温柔一些。不过，看着细嚼慢咽牛肉干的李棠，吴承恩眼睛一亮。

李棠刚才还吃得津津有味，笑嘻嘻地看着他们斗嘴解闷，等到发觉吴承恩的眼神是落在自己的零食上后，慌忙扣住了自己怀中的小食盒。

“眼下便是这样的情景，没有贡品，如何叫出土地？”吴承恩倒是得理不饶人，显然不打算让李棠独善其身。

李棠耐着性子，听着吴承恩胡乱说了一番，终于吞下了嘴里的肉干，忍无可忍站了起来，拿起锦绣蝉翼刀朝着地面敲了三敲。

霎时间，一股青烟从平地升起；紧接着，一个穿着布衫的老头儿，从青烟之中显形，一脸困乏和不满。

此老者，正是本处的土地爷。

“何人，何事，何故！这都什么时辰了，你们这也太没分寸了！”还没等得青玄和吴承恩反应过来，那老者倒是先开了口，不爽的语气之中夹杂着一个没睡醒的哈欠，似乎随时要走人的样子。

霎时间吴承恩同青玄都慌了三分，纷纷站起身，抖抖衣服上的尘土，拱手作揖；两人还未开口，便被那土地先声夺人：

“有点儿门道会点儿法术，便以为自己是根儿葱了？没大没小！现在的年轻人，不懂礼数！真是要不得！”

一番话，抢白了正打算赔礼的青玄。这土地顺着吴承恩说话的方向一望，才看到了地上坐着的李棠，一下子脾气更大了：“那边的女子！见了本仙怎么一点规矩也没有！”

李棠皱着眉，也不说话，只是随手掀开了自己的裙摆，悄悄亮了亮自己的一枚腰坠——这腰坠乃是一只金鱼玉雕，不同凡响处在于这金鱼可不止是栩栩如生，甚至正在围绕着腰坠的红线翩翩游动。

土地先是一愣，紧接着揉了揉自己的眼睛，定睛细看了一会儿；那李棠耐了耐性子，终于还是放下了裙摆，小心打开食盒，又拿起了一小块牛肉放入了嘴中，对那土地再也不理不睬。

“土地大人，我等此番叨扰，实在是事出有因……”青玄一直低着头，见那土地不再说话，急忙想要分辩几句。

“别，别什么大人！”土地缓过神来，立刻换上了一张笑脸，急忙抬手示意吴承恩和青玄不必多礼，“哎呀，我就是个土地而已啦，何必这么客气，倒是伤了大家的缘分！不知几位仙友招呼我出来，有何贵干啊？”

青玄和吴承恩面面相觑，并不晓得李棠刚才做了什么，竟然弹指间就让这土地没了脾气；更有甚者，这土地拉着青玄和吴承恩席地而坐，随手拿了些蘑菇给众人充饥。

蘑菇用小树枝架在篝火上烤着，发出些美妙的香味，吃着蘑菇的吴承恩一脸轻松：“你看，我说土地老人家也想找人唠嗑闲扯吧。在这种荒郊野岭地界儿当土地的，本来就很寂寞……”

“我们想去黄花镇，”青玄匆忙拿起一块蘑菇堵住了吴承恩的嘴，小心地朝着土地问道，“但是，已经三天了却走不出这深山，还望上仙指点……”

土地捋着自己的胡子，假装没有听见吴承恩的那番口水，依旧一脸和气：“走不出去，只因为这山着实有些门道。想去黄花镇倒也简单，别看这里地形复杂，来这里的人却基本没有迷路的……只要闻着咱山上那股子黄花香，自然就能找到去黄花镇的路了。”

黄花香？青玄和吴承恩互相望了望，然后同时用力吸了吸——哪里有什么黄花的味道？进了鼻孔的，分明只有李棠身上的胭脂香。

“怪不得走不出去，原来是因为你身上胭脂的味道！我还一路好奇呢，你这胭脂味道虽淡，却不管远近都能闻到，一定有古怪。”吴承恩仿佛恍然大悟，一下子找到了迷路的症结所在。

“李棠姑娘，你身上这香气，是为了避妖吧？”青玄这才开口。

李棠脸一红，点了点头，扔下牛肉干站起来，转向土地。

“上仙不能直接告诉我们黄花镇的所在吗？”

但是那土地却出人意料地摇头：“即便小仙，也得顺着花香去找那黄花镇……除此以外，小仙别无他法。”

李棠瞥了吴承恩和青玄一眼，又看看身后不远处的一条小溪，叹了口气：“罢了。”她从篝火里抽了一根冒着火苗的松枝走到小溪边，松枝插在溪水边松软的沙地上，橘红色的火苗一跳一跳的，把李棠的背影染上了一层柔和的光晕。

一阵清冽的水声，火光之下，她撩着溪水清洗着两颊的胭脂。

“这溪水也算有名儿，配得上给姑娘润脸。”土地抚摸着怀里的麋鹿，笑眯眯地说，“诸位有所不知，这里乃是濯垢泉，想当年那可是……”

倒是那吴承恩看着李棠缓缓起身的样子，竟看得呆了三分，隐约吟了一句“清水出芙蓉”。不施粉黛的李棠，反而愈发清秀可人，作为喜欢舞文弄墨之人，他忍不住想说点什么，但一旁的青玄只冷冷地拽了一下土地，示意不用理会吴承恩的胡言乱语。

李棠带着一脸的水珠回来，像是跟吴承恩赌气似的一甩手，水珠溅到吴承恩的脸上，吓得他向后一躲。李棠又解下身上的胭脂盒，挂在旁边的树上，问道：“土地公公，这样便可以了？”

“还不行，李姑娘的胭脂盒可香百步……走出这个范围后，自可闻到黄花香气。”土地连忙补充道。

“多谢土地公公指点，就不多打扰你了。”李棠说道，然后重新轻轻敲了敲地面。

那土地作了个揖，化作一股青烟，消散于三人眼前。

果然，三人在山里面走了一会儿后，渐渐不再有胭脂的香气。细嗅之下，果然闻到了越来越浓的黄花香味。纵然夜色当头，但是即便闭上眼睛，只要深吸一口气，脚下的路仿佛便清晰了起来。

但是，与之前不同，李棠的脚步再也不是游山玩水，反而急促了些许。吴承恩和青玄第一次走在了李棠身后，稍有奇怪。

“说真的，我不怕妖怪。”李棠突然说，“只是，没了那胭脂的味道，追过来的可远比妖怪可怕……”

“还有什么比妖怪可怕？”吴承恩不明所以，在他看来，妖怪就已经挺可怕了。

然而李棠却突然缄口，自顾自朝前走去。从背影看，似乎是带了几分不安。

吴承恩皱了皱眉，还想再追上去问个究竟，却被青玄拉住。

只听青玄低声问道：“刚才那土地……你不觉得有些不对劲吗？”

“唔？”吴承恩显然没有任何多想。

“那土地未曾和李棠寒暄半句，是怎么知道李棠的姓氏，开口便道李姑娘？”青玄低声说。

“说不定，人家确实是大家闺秀，家产万贯经常给土地上香也不意外啊。”吴承恩抬头看了看前面不远处的李棠，猜测道。

“这次也许你说对了。”青玄难得地没有反驳吴承恩历来没头没脑的推断；但是，在得出相同的答案后，青玄反而更加不安了：“只不过……这世上，能让众仙众妖俯首低头的‘李家’，可只有一宗……”

“呃？你是说……”听到这里，吴承恩的神情一下子严肃了不少。

青玄不再言语，只在内心里希望自己猜错了。

否则的话……

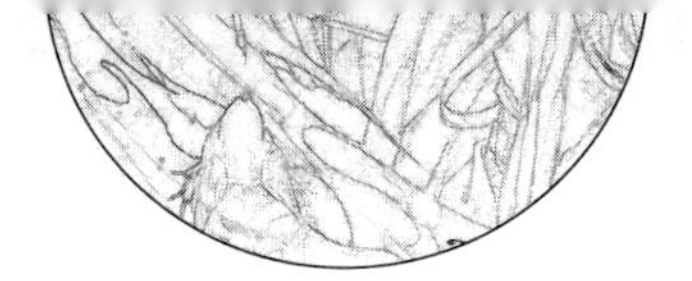

第六章

红钱

明朝嘉靖五年，春，未时三刻，京城。

天色就这么阴沉了半月有余，却始终见不到一丝雨水。

户部门口三十步之外的望春茶楼的门板刚刚被伙计揭开，手里拿着一块干巴巴的抹布，似有似无地擦拭着上面的尘土，应付着差事。抬眼望去，街边别说是客人，连个人影都没有；照这么下去，茶楼非得关门不可……

一想到家里还有老母需要赡养，伙计就觉得心里憋上了一把火。

伙计好不容易擦完了门板，远远就听到了马蹄声。

几匹高头大马驮着几位官爷，耀武扬威地从大街正中穿堂而过，扬起了一路尘土。伙计一边怯怯地退到了屋檐下面，一边苦着脸嘟囔了几句脏话："刚才的活儿算是白干了……"

倒是那个一直露宿在茶楼街边脏兮兮的傻子丝毫没有受到马蹄声的惊扰，照旧鼾声如雷，哈喇子已经流到了台阶上。似乎这天灾与他毫无关系，每天醒了之后只要去扒拉扒拉泔水，入夜以后倒头一躺，这日子便过去了。

伙计忍不住踹了一脚那傻子，将他踢到了街上；傻子在地上滚了几滚，嘴里只能发出几句"呜啊呜啊"的嗓音，没多久便定了神，转头开始抓自己身上的虱子解闷。伙计看了看刚才过去的几个官爷并没在意这边的事端，赶紧张嘴出声骂了几句那个傻子，算是解了恨。骂完后，伙计心疼地拍打了几下自己的鞋底，生怕被那傻子满身的泥垢弄脏，万一在店里面踩出来乌漆麻黑的脚印儿，着实不好跟老板交代。

这已经是连续第三年大旱，市面上的生意都不好做；莫说这茶楼的生意眼瞅着要泡汤，就连几家名震京城的青楼，都快供不起姑娘们洗澡了。

不过，对于户部尚书来说，大旱并不是什么问题，毕竟皇上天恩浩荡，院子里已经挖出了三口甜水井。真正能算得上问题的，应该是现在站在户部门口的那几个锦衣卫镇邪司的人吧……

锦衣卫镇邪司。

这是一个近几年在京城里让人谈虎色变的名字。

在朝廷那场惊天变之后，锦衣卫几年间屡立奇功，颇得皇上重用。他们以极其丰厚的俸禄遍寻能人异士，千里挑一之后组成了今天的二十八宿。

短短一年时间，锦衣卫的势力在京城里已经一手遮天。

不少大臣纷纷上书进谏，有意向皇上提及锦衣卫的势力太大，任由其发展颇有些结党营私、祸乱朝纲的嫌疑。奇怪的是，当今圣上看了这如山般的奏折后，反而下了一道旨意：

以二十八宿为首，组建镇邪司，主帅为三品大员。勒令以后任何与妖怪有关的事情一并交由锦衣卫镇邪司全权处理，不必上旨过问，实际上给予的权势已经超越了大理寺。

旨意下达的同一天，净通寺的天鼎里赐下了久违的“大吉”签子。

几位老臣在早朝时听闻太监宣读了圣旨之后，几乎当场气晕：难道皇上不怕锦衣卫造反吗？而且天鼎赐下的吉兆更是有待推敲，毕竟这么多年了，传运“平安签”的职责一直都是落在锦衣卫身上。

万一，只是万一——

万一是这些狼心狗肺的家伙糊弄了皇上，在路上偷换了签子，这可怎么了得？

于是，几位老臣私底下见了一面，决议搜集百官签名，以他们几个为首，冒死进谏皇上。

不然，如果任由镇邪司这么发展，总有一日会权倾朝野，非得天下大乱不可！

只不过，这件事最终还是不了了之。听说锦衣卫镇邪司只是派了一名同文武百官有些交情的遣使，分别同那几个想要领头进谏的大臣聊了聊，便兵不血刃地解决了这场弹劾之危。

那名遣使，便是二十八宿中唯一出身于太医院、一直官居五品的麦芒伍。坊间一直流传，说麦芒伍这人通妖术，坏了那些个大臣的心智，才让锦衣卫同文武百官达成了和解云云……

不过……这些传言对于户部尚书来说，什么锦衣卫，什么镇邪司，无非几只朝廷养的鹰犬而已……他接到通禀之后，足足耽搁了半个时辰才出来见过了几位——反正听门卫的反映，镇邪司并不是来宣读圣旨的，既然不是皇上的事儿，便不急。

起身，养胃，赏花，更衣。待到下人第三次来通报，户部尚书这才摆出一副刚刚午睡完的模样，进了自己的厅堂会客。落座之后，户部尚书抬起眼皮，瞅了瞅站在门外的几名锦衣卫，略略抬手，算是免了礼数。

“几位同僚，到此有何贵干啊？”户部尚书一边品着管家刚刚从对面茶楼拎回来的好茶，一边张嘴问道。管家猫着腰，使了个眼色询问自己的主子。尚书摆摆手，表示不用对这几个人看茶。管家这才站到了一边，换成了高高在上的神色。

外面的几人起身，排开站好。为首的一人站在大堂门口，穿戴与旁人略有不同：除了戴着斗笠遮住了眼睛之外，腰间隐约可见一串玉珠悬着的桃木令牌，上书一个“伍”字。抬起头细看，这人身架略微纤细，怎么看也不像是习武之人，倒是脸上横着三道整齐的伤疤平添了几分肃杀之感，笑起来却也带着暖意。

“镇邪司‘二十八宿’的麦芒伍……”管家瞅到了腰牌，低声朝着尚书提醒道。尚书这才勉强抬了抬下巴，随即发出了一声足够外面这些人听到的冷笑。

这群匹夫又来要银子吗……真是的，虽说镇邪司这几年越来越得到皇上的重用，但匹夫就是匹夫。

“原来是伍太医啊……”尚书又品了一口茶，不急不缓，“您从太医院调职之后，还是第一次见到您呢。看来，你们锦衣卫忙啊……”

“尚书大人过誉了。”伍太医缓缓鞠躬，似乎听出了尚书语气中的挖苦，“朝廷正在用人之际，自然是忙一些的。”

“那么，伍太医到此，到底有何贵干？”尚书懒得与这种下人斗嘴，开门见山。

伍太医双手抱拳：“尚书大人，年前税赋所收银两已全部纳入国库，我等是来通报此事的。”

听到这里，户部尚书略有惊疑，张嘴问道：“皇上前日里已经着人来报了，还赐了赏旨，不知几位今天是……”

“哦，今日之事和圣上无关……我等是奉了锦衣卫的密报，有些事情想询问一下尚书大人。”伍太医继续说道，解释着自己的来意。

听到这里，户部尚书却没有答话，只是坐直了身子，舌头在嘴里面蠕了蠕，随即吐了一片茶叶在地上，转头对管家说道：“人都死绝了吗？这茶泡得不好也就不说了，连咱们户部分内的事情都让外人通禀，怎么着，户部养的都是饭桶吗？”

“你们是何身份，也配来找我家老爷问话？”管家自然是明白了主子的意思，一张口便咄咄逼人。

“尚书大人，可知道民间这两年流传的红钱为何物？”伍太医抬起头，略微掀开了自己的斗笠，嘴角的笑意越发明显。

管家愣住，转头看着尚书。尚书依旧没有抬起眼皮的打算，淡淡回了一句：“略有耳闻。”

伍太医并不着急，只是在怀里摸索几下，随即掏出了三枚铜钱，朝着大堂抛了过去。几枚铜币稀稀拉拉落在地上，这铜币表面看起来并无异常，但是每一枚都有一面被涂上了血色。

“大胆！”管家喝道，“竟敢在户部放肆！”

“大人，”那伍太医弯腰作揖，似乎并没有收敛的意思，“近年来，我大明屡遭天灾，妖变四生，民间疾苦不堪，饿殍遍野，莫说给朝廷缴纳的税赋了，就连活下去都要靠几分运气；后来，有几个聪明人便打起了这铜钱的主意。说来也简单，只要拿一枚铜钱，用牲畜的血染红一面，然后让地方税官掷一掷铜币即可决定哪里缴赋税。这些人一共印了九九八十一枚这种铜钱分送于全国各地，而且管这红钱叫‘天意’。听说，这铜币掷出了黄面还好，一旦掷出血面，那……”

“荒谬！”尚书忍无可忍，拍了案儿，“我大明江山受上天眷顾，千秋万代，加上吾皇英明神武，每日都有净通寺的平安签昭告太平！尔等在这里搬弄口舌是非，简直是大逆不道！来人啊！都给我押下去！待我禀报了皇上，看不诛你九族！”

随着尚书的一声怒吼，脚步声渐渐在四周响起。不消一刻，护院的亲兵已经带着兵器，围住了中间的锦衣卫。

“只是听说……”伍太医对着面前的剑拔弩张依旧不急不躁，继续说着刚才的事情，“一旦铜币掷出了血面，便任由这地方百姓饿死不算，尸首还要被他人果腹……如此一来，即便人吃人，也是天意。天意这个东西很有意思，就跟每天的‘平安签’一样，老百姓是信的。所以呢，有了红钱以后，就不是朝廷逼死了人，而是天意逼死了人，老百姓就怪不着咱们了。皇上也说，这个办法不错，既没有激发民变，税赋也收得上来……户部想出了这么好的主意，也算是有功。只是……”

伍太医搔了搔头，嘀咕了一句，似乎有什么难言之隐。

“麦芒伍，你到底想说什么？”尚书已经有些怒不可遏，不晓得这个下人在这里东南西北地胡扯一通目的何在，“红钱这件事，确是老臣指使，但是也是无可奈何之举，不然，每年税收怎么来得如此顺利？皇上也首肯了，还轮得到你们锦衣卫指手画脚？怎么，难道你这站着说话不腰疼的有异议？你们知道自己每年要花多少银子吗？简直是整个朝廷就养着你们这群锦衣卫！现在倒想着反咬一口了？”

“传皇上口谕。”伍太医摘了斗笠，站直了身子。

尚书一下子慌了，匆忙起身跪下。管家本来也想跪下，但是又急忙先跑到门口，招呼了一声外面的亲兵，这才随着众人齐刷刷跪在了地上，不敢抬头。

伍太医径自从袖口里摸索了一会儿，掏出了一根针，插在了自己的脖子上，手指略微那么一旋，整个人的眼睛变得乌黑至极，嗓音似乎也变得稚嫩很多：

“户部近年着实有功，朕深感欣慰……”

户部尚书没有抬头，但是这分明是听到了皇上的声音。

“只不过，红钱一事到底爱卿瞒了什么，朕倒是有了几分兴趣。遂着镇邪司前来调查此事。至于爱卿嘛……”

尚书的身子在不断颤抖——当今圣上的脾气，他是了解的。只不过，等来等去，都再也听不到皇上的下一句口谕了。思忖良久，尚书微微抬头，发觉那伍太医已然银针在手，斗笠也重新戴在了头上。

“谢恩吧。”伍太医说道。

尚书叩头，却再也没有了站起来的力气。

“还有一事，”伍太医的嗓音，已经变了回来，看来，皇上的口谕就到此为止，“今时今日，虽说我已离开太医院，但是手底下的耳目还在。尚书大人，您能解释一下，为何这几年内，您府上每次领药，都会独独多上一份幽篁吗？”

尚书一愣。

幽篁，乃是一味长于乱葬岗的草药，倒也算不得金贵，只不过人如果被妖物啃咬，服用此药之后可以巩固丹田，抑制妖气在体内乱窜。

就是因为这个，这味草药实在令人有些避之不及。

尚书的嘴唇不断泛白，屡次张开嘴想要辩解什么，却又一个字都吐不出来。是的，幽篁……但是自己也已经万分小心，每次购入此药都是七绕八绕，重金从黑市上入手的。为何锦衣卫会察觉此事？莫非……

跪在门口的管家抬起头，瞅了一眼有如筛糠的自家主子，自己有种说不出的担心。

“大人请起，尊卑有别。”伍太医抬起手，似乎想扶一把跪在地上的尚书，只不过他那带着笑意的态度，却越发像是挑衅了，“其实我们也替皇上好奇，这红钱明明只是沾染了畜生的血，为何这血迹一直洗不掉呢？而且尚书大人也知道，我们锦衣卫的鸳鸯刀，都是挑的上好的寒铁锻造而成……这银子还是您批的呢。只不过在我们府上，几个二十八宿已经试了几次，无论刀劈斧砍，都不能在这红钱上留下哪怕一个豁口……到底这红钱是怎么来的，还望大人为了自己全家的性命，明示在下。”

尚书已面如死灰，仿佛被看破了一切。他抬起头，向着伍太医的方向望了一眼——一直跪在伍太医身后的管家，略微摇了摇头。

“其实，红钱是……”尚书终于叹口气，张开嘴。

刹那间，不绝于耳的簌簌声忽然从天而降。众人抬头望去，看到了漫天的蝗虫从半空坠下。正当所有人忍不住拍打着身上的虫子、抬头张望之际，管家一个虎步，紧贴着地面朝着户部大门爬了过去。

“早就知道是你了。”伍太医的声音，在管家背后响起。紧接着，管家忽然觉得手脚一麻，抬手细看，发现不知何时自己的手脚分别被扎入了银针。

随即，管家发出了吱呀的吼叫声，转过头来怒视着众人；只不过，此时的管家已经半脱人形，分明长出了一张蝗虫似的脸。

“封住你的经脉，妖气上不来，是不是连本体都化不成了？”伍太医转头，信步踏去，语气之中不乏奚落，“说起来倒是挺讽刺的……修炼多年就为了能成人形，如愿之后，却又不得不褪掉人皮……”

而刚刚打算招供的尚书，此时已经再也不能说话了——刚才的蝗虫落地之后，纷纷展翅，不管不顾地涌向尚书开始啃食，甚至从他喊疼的嘴巴冲进了他的体内。伍太医的银针出手压住管家时，尚书已经丧了性命；现在这短短一刻过后，大堂里只剩下了一副干干净净的骨架。

“无所谓……他死了，你们什么都不知道了！”管家得意地大声说道，但是双眼却渐渐凸出。

“怎么，难道你还想一搏？”伍太医俯下身，摸了摸管家的后脑勺。抬起手之后，管家的脖子上又多了一根银针，“其实他死不死不重要，该知道的，我们早就知道了……无论你的主子是谁，烦请您转告一声，别太小瞧了我们镇邪司……唔……不过，估计你是没机会了。”

伏在地上的管家身子挣了一挣，两只眼睛猛地胀大、胀大，最终“噗”的一声，连同脑袋一起血肉模糊地爆开，半人半妖的肉身一下子瘫软，不再抽搐。

户部门外，伍太医带着自己的手下小心地走出来，然后帮忙关好了大门。不远处的茶楼门口，伙计正在哄打着那个躲避着蚂蚱的傻子。伍太医望了望，走了过去。

伙计急忙换上讪笑的面孔，热情招呼道："大人，喝茶啊？"

伍太医没有答话，只是走到了傻子旁边，抬手一挥——电光石火的一瞬间，伍太医手里多了一根银针。

刚才还满地打滚的傻子晃了晃，然后站了起来。

"管家是妖。"傻子摸了摸自己的脖子，然后说道，"真他妈阴险，知道我是个傻子，每天晚上都喂我吃药渣，替他销赃。不过，倒也让我尝出来了端倪，里面确实是幽篁。"

"关键除掉了。"伍太医说道，同时抬起手，试图帮那个傻子拍打身上的尘泥，"这半年，辛苦你了。"

"红钱一共八十一枚。"傻子止住了伍太医的胳膊，继续自顾自说道，似乎对自己的一身污秽并不在意。

"朝廷已经收回来了十六枚。"伍太医点头。

"朝廷收回来了十六枚……懂了。"傻子笑了一下。

"剩下的在哪里，大概也有了眉目。"伍太医摆摆手，示意傻子不要声张，"倒是你之前说的那个姓吴的书生，让我有些在意。"

"是啊，他当日在京城中离开时，我确定他手中是有一枚红钱的。"

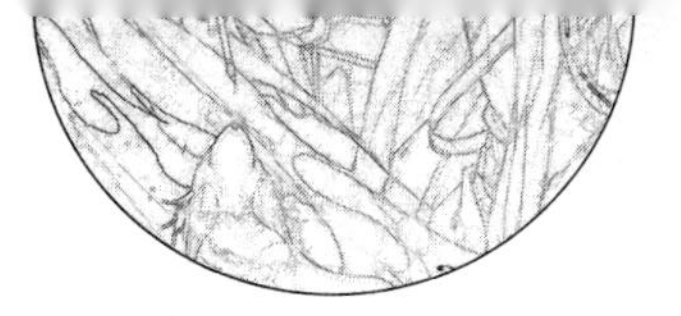

第七章

黄花镇

吴承恩三人得了土地的指引之后，终于在半夜里寻到了这黄花镇，连夜投了客栈好生休息。看来几天山路确实颇为叫人疲倦，连一向不睡懒觉的青玄，清醒之后才发觉已经过了午时。

青玄把吴承恩拖起来，两人简单洗漱一番，只见李棠早就坐在客栈的天井里往嘴里丢牛肉干。

黄花镇正如其名，满城都是黄花浓厚的香气。从客栈出来没走多远，就找到了一家饭庄。李棠直接进去坐下，随手将兵器放在了桌子上。而吴承恩则先是偷偷看了看口袋里的银子，才带着青玄走进了饭庄。

青玄等吴承恩点好饭菜之后，眨了眨眼示意吴承恩，吴承恩恍然大悟一般，起身去找掌柜。

“李棠姑娘，”青玄想了想，却又觉得似乎没有什么好隐瞒的，便简单说道，“如今我们已到了这黄花镇中，不知你有何打算？”

李棠抬起眼，略有所思地望着青玄：“我当日听你们要来，就想起之前在家里听他们提起过，我也没别的地方去，便想来看一看。”

青玄一愣，想再说什么，话到嘴边又改了口：“你的本家带出来的这刀，还是不要横在桌上，万一被官府的人看见，少不得又得与你口舌一番。”

李棠却不理："官府的人，我倒是不怕。"

"问清楚了，旁边便有书肆。一会儿吃完，可以去买些宣纸回来。"吴承恩高兴地跑回来，还未拉开椅子坐下，忽然听见一阵脚步声，三人抬眼望去，却见一队士兵拥着两个身着朝服的人信步而来。领头那两人光是看穿戴就明白一定是位高权重之人，腰间隐约露出的令牌，也透露出了他们可以在京城里畅通无阻。细看之下，更觉得两人大腹便便，绝对不是锦衣卫那种过着刀口生活的粗人，反而称得上是雍容华贵。

"怎么这么多官兵……莫不是有什么事端？"吴承恩假装好奇，同掌柜的搭讪一句。

店里的掌柜抬头看了看后，神色倒轻松得很："那是光禄寺派下来的官员，估计是要来我们黄花镇购一批糕点而已。我们这里的黄花饼口感细滑，年年寿宴都得买去个三五百斤。"

青玄和吴承恩听完之后都松了一口气：还好，不是冲着自己来的。只有李棠说："光禄寺？做和尚也贪嘴吃？"

掌柜颇为奇怪地瞅了几眼李棠，吴承恩急忙岔开了几句闲话。掌柜这才不再多说，继续忙活去了。

倒是一旁的吴承恩匆忙对李棠解释道，那光禄寺并非普通寺院的寺，而是同大理寺一样并列"五寺"其中，可谓是国家权位最高的衙门之一。大理寺主管律法、裁决，而光禄寺主管寿宴与膳食。为博皇上一笑，自然是访尽天下美食也不在话下。其他的五寺还有太常寺、太仆寺、鸿胪寺，乃是世间常识，千万要记得，否则惹人生疑云云……

"不过由此可见，这里的黄花饼确实值得一吃。掌柜的，来上一盘。"吴承恩见李棠似乎对自己的谈话渐感无趣，甚至打了个哈欠，连忙补充道。

掌柜的应承一声，不消片刻，便让店小二拿着一个黄瓷盘子放在了桌子上，而上面的黄花饼焦黄喷香，映衬着盘子的颜色显得煞是好看。

"能用黄瓷盘子可是有讲究的。"青玄看了看那盘子，似乎也开始对黄花饼好奇了几分，"它代表着宫里曾对这项美食施以称赞。"

李棠早已拿起一块糕点，掰下一小块后却也没有着急入口，反而喂给了自己腰间的那串金鱼玉坠。那玉坠竟然知道张开口，甚至轻轻咀嚼了几下。

青玄和吴承恩对视了一眼，这李棠的来历，越发令人好奇。吴承恩漫不经心地拿了一块塞进了嘴里，只是尝了一口后便开始狼吞虎咽——这玩意卖得贵确实有几分道理，竟是如此好吃。

李棠喂饱了那腰间的玉坠，自己才不急不缓掰下一小块放入口中。无须咀嚼，这黄花饼入口即化，融成一片香甜。李棠这才情不自禁露了一个微笑："确实好吃。"

吴承恩倒是不忌讳自己吃相难看，吃完了第一块之后随手又拿起一块，大口一啃，半个黄花饼就进了肚里。果然，这饼香甜无比，而且入口后一点也不黏牙，就是连着吃上几块也不会起腻："青玄，你尝尝看啊……这糕点到底怎么做的，回头我寻摸一个方子，以后咱们就有口福了。"

青玄听完后，拿起一块黄花饼放在鼻子下面嗅了嗅，笑着说道："看来，我没口福了，闻味道，里面应该有几分米酒才对，然后，还有些许杏花，还有……"

青玄又仔细嗅了嗅，并无进展。看着李棠和吴承恩期待的眼神，青玄索性用手一掰，将糕点一分为二，端详着内瓤想看个仔细："里面应该还有甘蔗、揉碎的米粉和……"

就在这时，青玄左手中的半块黄花饼里有些响动。片刻之后，一个手指大小、穿着杏黄色衣服、少女模样的灵物，从那半块糕点里睡眼惺忪地冒出了头来。

青玄一时间愣住，和那灵物四目相对。

"呃……虫子？"吴承恩看到这一幕，一时间也没有反应过来，脱口而出替青玄补充道。

那灵物听得吴承恩开口，转身看着吴承恩稚声稚气地说道："才不是虫子！"

那灵物噘起了嘴，全然不怕这些差点随口吃掉自己的人。

李棠此时也呆住了，急忙轻轻掰开了自己手里的黄花饼，确定自己没有错口吃掉相似的灵物后才长出一口气。

缓一缓神，三个人最终一起盯着那从黄花饼里跳到桌子上的灵物——只是青玄的手抬得略有些高，这小家伙不慎差点摔在了盘子里。

“这是妖怪吗？”吴承恩把手里剩下的半块糕点叼在嘴里，然后随手掏出毛笔，用笔尖戳了戳那灵物，“莫非是……饼精？”

纵是笔尖再软，那灵物还是被捅得摔了一个跟头。显然，这次那灵物真的生气了，重新站起来之后朝着吴承恩稚声稚气地喊道：“才没有这么难听的名字！”

李棠这才回过神来，当即制止了吴承恩的此番乱来，抬手护住了桌子上的灵物：“你干什么！怎么欺负人！”

青玄看着眼前的一幕，迟疑良久，说道：“确实是妖……但是，却又和我们平日见的妖有些不同。她……”

她太弱了……

青玄都不忍心当着那灵物的面说出这句话，生怕自己言语上有所闪失。要知道，一般的妖物即便隐藏着妖气，进了青玄三丈范围内他都会有所察觉。而这灵物纵是躲在青玄的手中，都没有被青玄发现……

吴承恩在一边点点头，收起了手中的毛笔。

倒是李棠反而上下端望，瞧了个稀奇。那灵物显然不喜欢被人如此打量，噘起了嘴巴：“小瞧人，我怎么不是妖怪……”

就在此时，街边有人尖声喊道：“有妖怪！”

吴承恩不急不忙咽下糕点，回头刚要斥责喊叫的人小题大做，却见得街边的人四下逃命。

原来，就在客栈不远处，两只硕大的半妖突然从天而降，看起来是某种虫子所化，已经初具人形，落在地上之后亮出了手里的两把斧头，紧接着开始追砍那些官兵。而那两名命官见得此景，吓得抖如筛糠，连逃命都顾不上了。

降妖是使命所在，吴承恩不假思索，一个箭步飞身而上。青玄也立刻亮出左手的念珠，紧跟着吴承恩朝着两个妖物奔去。反而是旁边的李棠不为所动，只是逗着桌子上那灵物：“你看，那才是妖怪，你不是。”

街边，其中一只妖物已经砍伤几人，转头后径自朝着那要官奔去，举起手中的斧头便要夺其性命——危急之际，只见一张宣纸横空飞来，上书一个“剑”

字，斩断了举着斧头的妖爪后嵌进了后面的墙里。

吴承恩长出一口气，庆幸自己这随手一掷还真是准。那妖物发觉到了旁边有人，转头朝着吴承恩掷出另一把斧头。青玄从吴承恩背后一跃而起，吴承恩心领神会，抬手甩出一张宣纸，在上面草草写上一个“盾”字后扔在青玄前面。斧头劈在纸上后被泄了力道，甩在地上打转。

青玄直接飞起一脚，将那妖物踹到街边，阻止它继续伤人。

“还有一只！”青玄落地后继续压制住那妖物，同时张嘴喊道。另一只半妖已经追上了另外那名朝廷官员，嘶叫着就要下杀手。

吴承恩抬手一摸，却发现已经没了宣纸，顿时心下一急。眼见得那官员便要一命呜呼，吴承恩一咬牙，左手缩回袖内，再伸出来时，多了一柄火铳在手。

时不我待，吴承恩顺势抬手便是一发火铳，朝着那半妖打了过去——

砰！

“急急如律令！”

一声断喝！突然之间，一阵黑云在街口团集，紧接着落下了两道黄符分别劈贴在了那两只半妖身上。青玄看到这般情形，急忙向后跃了一步——半妖连挣扎都做不到，登时惨叫连连，跪地化为一股青烟。

整个过程行云流水，短到吴承恩来不及发出第二发火铳，便已经全然结束。一个黄袍道士飘然落下，瞥了一眼吴承恩同青玄之后便不再理会，继而大声问道：“朝廷的大人，可安然无恙？”

“腿！腿被那妖怪咬了！”倒在地上的那名官员带着哭腔，声嘶力竭地哭喊着，脸上一把鼻涕一把泪。果然，那人裤子上全是血，中间还多了一个冒着青烟的小洞……

吴承恩看清之后慌忙高举左手，让手里的火铳落入袖中又立马放下，低头回到客栈，火铳这东西好用不好用另说，但毕竟是非法的。过了一会儿，青玄也走了回来。

街上已经是人声鼎沸，一群人围着那黄袍道士感恩颂德，口呼上仙。相反，似乎完全没有人注意到刚才也去除妖的吴承恩与青玄。

不过，这倒正合适。

“许久没练，生疏了……”吴承恩低头扒拉着桌子上的吃食，勉为其难替自己辩解着。但他心里，其实认定自己当时已经打中，如果不是黄袍道人出来，他也能把妖怪给除了。毕竟这个级别的妖怪，还经不住弹丸的威力。

倒是李棠似乎颇感兴趣，朝着吴承恩伸出手：“拿来，我看看。”

“什么啊？”吴承恩明知故问，假装糊涂道。

“刚才那炮仗。”看到吴承恩如此反应，李棠噘噘嘴，“你看你把这小家伙吓得……”

一番话，才让吴承恩和青玄想起来刚才的那个灵物，只见她躲在一块糕点后面，身子抖个不停。

“你不用怕，刚才那是火铳，是用来……”吴承恩张口安慰道。

“谁怕你那炮仗……”不等吴承恩说完，那灵物勉强抬起头，小心翼翼地朝远处望了一眼，“我怕的，是那妖怪！”

“那两个妖怪，已经除了。”

灵物听了，面露惊讶，指着那黄袍道士小声颤抖着说道：“他也是妖怪啊！”

吴承恩愣了愣，同李棠一起看向黄袍道士，道士正护着官员离开。反倒是路两边的百姓越聚越多，“上仙”“上仙”地叫个不停。

“这道士确实像有点本领，但是这也……”

“不对……”青玄皱着眉悄悄说了一句，同时朝着那黄袍道士张望了一眼。吴承恩和李棠看着青玄如此凝重，也转头顺着青玄的目光一望——

那道士的脖子上，挂着一枚正在闪闪发出凶光的红钱。反倒是周围的人仿佛都对这凶光视而不见，只有那血色的光芒张牙舞爪，似乎正要吞噬掉身边的一切……

吴承恩下山以来，虽然一直都很低调，也算见过世面，幻化成人形隐匿于人群的妖怪也见过，但是这样张扬的却第一次见，更别提把红钱这样的东西挂在脖子上了。

当晚，他们继续在客栈里住下，借着夜色，吴承恩和青玄悄悄打开了客栈的窗户朝外张望着。大概一里之外的地方，有着模糊的血光正在不断闪烁，想必是那黄袍道士所在。

屋子里面，李棠捧着那灵物，格外开心："你裙子真好看，这么小，是怎么做的呀？"

"我人小，裙子也小，针和线都小，你们的衣服是怎么做成的，我的衣服就是怎么做成的！"小灵物在李棠的手心里抬起头，一板一眼地说。

"这个小饼精，还挺认真的。"吴承恩忍不住笑着说。

"都说了我不是饼精，我是杏花仙！"小灵物显然生气了，声音也高了不少，在李棠的手心里跳起了一寸高，"我只是不小心住在了饼里！都是那个可恶的老板，他往黄花饼里加杏花，不知道为什么把我摘了下来，我再醒来时就被包在饼里，扔进蒸笼了！"

"好好好，杏花大仙人，你告诉我们你是怎么知道黄袍道士是妖怪的？"吴承恩指了指身边的青玄，略有为难，"如果真是妖怪，这位大师没理由看不出来啊。"

青玄点头，确实，妖就是妖，即便幻化人形，近了自己身边也定能瞧出端倪。可是白天时自己实打实和那黄袍道士有过接触，却未曾见到任何破绽，甚至当时连红钱都没注意。

况且……如果真的如这杏花仙所说，这黄袍道士是妖怪，为何黄花镇的百姓如此平常？

那灵物眼见几乎没人相信，忍不住噘嘴生气道："因为我是仙女，你们是人。"

就在这时，街上忽然一阵响动。青玄和吴承恩同时一激灵，冲到了窗户边去一探究竟——还好，并不是妖怪，只是百姓们开门的动静而已。

开门的动静……而已……

青玄同吴承恩已经有几分目瞪口呆，吴承恩急忙招呼着李棠"快来看"。李棠不知道两人为何如此惊讶，径自走到了窗户边上——

每一户人家皆打开了大门，老老少少全部走了出来，虽然睁着眼，却如同行尸走肉一般毫无生气，他们纷纷将自己手中拎着的鞋子毕恭毕敬地放在地上，之后赤着脚跪在路边。

远远地，一个身影由远及近，仿佛在游动一般左摇右摆，带走了每一户人家门口供奉着的草鞋。周围的人开始欢呼，嘴上不断喊着“上仙英明”。到了隔壁街，吴承恩才定睛看清，这人却是白天的黄袍道士！

“归顺于我。”黄袍道士不急不缓，声音漫布于整个黄花镇，令人听了觉得背后阵阵发凉，“归顺于我，我便信守承诺，带尔等凡人，前往永远的桃花源……”

即便那黄袍道人近在咫尺，青玄依旧看不出任何端倪——杏花仙口中一直叫嚷的“妖怪”，无论如何在青玄眼中，依旧只是一个面色枯黄的老头儿而已。

青玄认真地问道：“那个穿着黄袍的老者，真是妖怪？”

“老者？”蹲在窗户边上的吴承恩听到青玄这么问，不由得愣了愣，悄悄掀开了窗户重新确认了一下后才继续说道，“那个黄袍道人顶多也才三十岁吧？”

青玄恍惚一下，皱眉说道：“那满脸的皱纹和山羊胡子，怎么看也得六十岁了。”

“哪里来的皱纹和山羊胡子？”吴承恩似乎也是丈二和尚摸不着头脑，不晓得青玄在说什么，“那人不是插着发簪吗？”

李棠在一旁听了个大概，忍不住站了起来，捧着那灵物走到窗边略微眺望：“那黄袍道人明明是一个三十来岁的妇人啊。对吧，小杏花？”

三人各是一呆：缘何一个黄袍道人，竟然被人看到了三张面孔？

李棠抬了抬手，将杏花仙捧到了窗户边上。只见杏花仙抱着自己的小脑袋趴在李棠手心里，身子止不住地颤抖，连朝窗户外面瞧一眼都不敢：“你们都中毒了，所以才瞧不出他的真身。那黄袍道人是个很厉害的妖怪，已经杀了我不少族人……你们不要管我，快逃命吧……”

中毒？

青玄和吴承恩面面相觑。毕竟走南闯北这么久了，关于吃食方面，两人还是格外小心注意的。尤其是这几天，吴承恩有信心：三人绝无可能着了毒物这方面的门道。

街上的黄袍道人已经巡游了整个黄花镇，甩了甩自己的袍子后摆，看着方向似乎是打算打道回府。李棠眨了眨眼睛，用眼神询问青玄和吴承恩接下来怎么办。

就在这时，吴承恩当着李棠和青玄的面，直接打开了那扇窗户，然后朝着黄袍道人的背影喊道："喂！那黄袍大仙，请留步！"

一时间，吴承恩的嗓音甩在了空荡的市镇上空，盘旋不肯散去。

隔着两三里远的黄袍道人停下了脚步，转身后定睛看着客栈的方向，显然是看到了吴承恩等人。

李棠被吴承恩突如其来的一声大嗓门吓了一跳，贴着心口护着手里的杏花仙。

"现在他露了正脸，那我们就来分辨分辨，这黄袍到底是人是妖。"

李棠瞥了一眼吴承恩，径自走到窗户口处，抬眼望去——

只听那黄袍道人声如洪钟，径自问："施主，何事？"

吴承恩顿时也不知道如何接话茬，总不能开口说自己认错了人吧？

"闪开！"青玄大吼一声，一脚踹在了窗户正当中的吴承恩的腿上；吴承恩一个趔趄，撞在李棠身边后横着摔了出去。

而刚才吴承恩站着的位置，两道邪光带着尖锐的嘈杂声刺了进来，扎穿了房间后面的木墙。抬眼望去，那黄袍道人霎时间变得面目狰狞，杀气腾腾，扶摇着身子飘上了半空。刚才那两道邪光，正是从黄袍道人双眼之中喷出。

那黄袍道人此时已经升到半空，左摇右摆地朝着客栈飘了过来。吴承恩来不及想只能从袖口中摸出了毛笔，即刻舔了舔笔尖，甩出一张宣纸后落笔一个"剑"字拼了全力掷向了那半空中的黄袍道人——这工夫了哪里还有时间同对面讲道理，自然是先出手再说！而李棠也跟着起身，先是看了看那灵物有无大碍——还好，杏花仙并没有受伤。

却见得那黄袍道人并不慌张，也未见任何动作，凭空里那张扑面而来的宣纸忽然在他眼前一丈左右的距离将将定住。虽然看不到任何东西，但是吴承恩确信自己听到了皮肉被刀刃劈裂开的声响。

这一步倒是阻止了那黄袍道人继续向前，反而抬起手端详着自己的手掌；片刻后，那黄袍道人落在了地上，抬起头朝着二楼客栈里的人痴痴一笑："倒是小瞧了诸位施主，没想到……你们还有些本事！！"

最后一句话，明显听出那黄袍道人动了怒气，嘶吼的声音如半夜惊雷一般震耳欲聋。

"快逃啊！"李棠手中的杏花仙听到这么一声大吼，急忙朝捧着自己的李棠说道。

听到杏花仙的声音，黄袍道人先是一愣，然后心满意足地大声邪笑起来。

"哪里逃！找到你了！杏花仙！"

第八章

蜈蚣精

但见那黄袍道人落地之后，突然间俯下脑袋朝着客栈直直冲了过来，仿若炮弹，一击便将整个客栈撞碎成一片断垣残壁。待到烟消云散尘埃落定，那黄袍道人没事人一般抖了抖身上的灰尘，转头看着躲在一旁的青玄和吴承恩。

幸好那灵物提醒得及时，不然吴承恩是断然想不到这一招的。

"两位施主，现在将那杏花妖交出来，然后，我便可允诺诸位，带你们去永远的桃……"黄袍道人开口道。

"我要是不给呢？"

黄袍道人歪歪脑袋，看着自己的右手边。不知道何时，李棠已经无声无息地站在了自己的面前。她随手将杏花仙放在了青玄手中，转身拔出刀来，那刀身真是好看，蝉翼一般，几乎透明，朦朦胧胧地映着月光……

空气中划过一声脆响，声音不大，细若蚊吟。

"锦绣蝉翼刀……"黄袍道人顿了顿，开口叹道。黄袍道人上下半身被圆整地切开，断作两段。

李棠轻轻喘着气，看了片刻确信那道人再无反应之后，挥手收了自己的兵器。旁边的吴承恩和青玄自是瞠目结舌，没想到一番苦战还没来得及展开就收场了。

"小杏花呢？"李棠紧握着刀，回头朝着青玄跑过去开口问道。青玄摊开手，那小小的杏花仙还保持着抱头蜷缩的姿势，浑身颤抖得如同一片风中的花瓣。

她被吓坏了。

李棠露出了笑容，摸摸她小小的额头："你看，有我在，你不用害怕……"

"百足之虫，死而不僵。"一个熟悉的声音突然响起，那语气中充满了从容，"不晓得李家的姑娘是否听过这句话？"

三人不可置信地回头望，连杏花仙也把手指张开一条缝偷偷看去，那黄袍道人的上半身此时侧卧在地上定睛看着他们，而他的下半身朝着自己转过身来，继而用腿踢起了自己的袍子，盖在了断开的躯体上面。微风滑过，袍子重新抖落，而那黄袍道人赫然已经完好无损地站在了众人眼前。

"我明明……"李棠此时略有几分惊讶，不可能啊，刚才那一下的手感，自己应该是得手了的。

"你没有砍到他的要害啦！"杏花仙在青玄手中，用颤抖的嗓音悄悄提示她。

"可是，我，我明明……"李棠着实不知道如何分辨眼下局势。

杏花仙慢慢放下捂着脸的手，整整身上小小的黄裙子，"嘿"了一声，好像下了什么决心似的，突然从青玄手中翩然飘起，浑身散发出了耀眼的金色；然后她用细嫩的手掌，朝着青玄的天灵盖轻轻一拍——

青玄恍惚一下，扭了扭自己的脖子；再次抬头看那黄袍道人时，忍不住倒吸了一口凉气。

那杏花仙急忙又翩然飞到了李棠和吴承恩面前，如出一辙地朝着两人的天灵盖轻轻一拍。

吴承恩和李棠一下子觉得，有一股清新的味觉替代了一直在这黄花镇蔓延的腻人的花香，顿觉神清气爽，两人再准备对付那黄袍道人时，也和青玄一样，脸上露出了惊异的神色——

哪里有什么黄袍道人！眼前分明是一只套着那黄袍、身长达十丈有余的黑皮蜈蚣！而这妖怪身边，横着一截子断掉的躯体，流了满地的污血。

"花香！"青玄似乎想到了什么，脱口而出。

吴承恩一愣，轻声问道：“什么意思？”

反而李棠一下子明白了青玄的猜测，抬抬手在自己的鼻孔边轻轻扇动，看来，眼前的妖物是将自己微弱的妖气混在了这附近的花香之中，引人嗅之。这花香掩盖住了妖气特有的气味，加上妖气着实不多，所以他们三人并未发觉有任何不妥，不知不觉中已经中了毒。

而且，毕竟三人在这附近已经盘桓了几日，吸入的毒物累积下来，也不由得产生了幻觉。

也难怪青玄等人无法参破这妖物的花招了。

一般的妖物变化，大多数是针对自身而行，幻化人皮包裹住自己的肉身。对于这种妖物，青玄自然是能识破。但是这黄袍蜈蚣精却与众不同：他是让所有人看到幻觉，而自己本身，从始至终都没有发生过任何变化。

那杏花仙似乎用尽了浑身力气，落在了李棠的肩膀上：“就是花香……你们来这里时日尚浅，我才能解得开这幻术。如果再耽搁些时日，我也没有办法了。”

“既然你能解毒，为何不在我们见面时就动手？”吴承恩语气之中略有责怪；确实，如果杏花仙一开始就走此一招，那么现在三人也不至于身陷险境。

杏花仙似乎有难言之隐，想要开口却最终沉默，只是朝着李棠身后躲了躲。

“只怕，这小小的杏花妖物没有自信还有解毒的法力。”那黄袍蜈蚣开口说道，继而身子盘旋，攀爬着身后客栈废墟，重新立在了众人眼前，“没想到，找了你这么久，你竟然自己送上门来了！”

“既然你们都是妖怪……”李棠抬起手，护住了自己肩膀上的灵物，似乎略有不解，对着那黄袍蜈蚣说道，“你为何要伤害她？”

“我本不愿与李家为敌，不过今日，这杏花我是不得不带走……”

那黄袍蜈蚣忽然盘旋起自己巨大的身躯，猛地向着李棠的肩膀蹿了过去。

李棠并不惊慌，反手挥出锦绣蝉翼刀，迎面朝着那蜈蚣面门的正当中竖着一劈——但是那蜈蚣显然早就料到了李棠有此一招，翻卷了一下身子，瞬间在空中打了个结绕到了李棠背后，张开身躯正前方的血口就朝着李棠啃了下去！

李棠没防备到妖怪竟然声东击西，一下子失了先机；只见妖怪朝着李棠狠狠下嘴，却不由自主地猛地弹开——原来青玄已经一个箭步站在了李棠身边，左手拿着念珠，右手则搭在了李棠的肩膀之上。

“金！”青玄轻声断喝道。

那蜈蚣本打算品尝人肉的美味，眼下却如同啃到了满嘴的刀剑一般，一口牙崩坏不少，却未曾伤到李棠分毫。李棠自己也是一愣，转头才看到了自己身边的青玄。而她肩膀上的灵物已经被吴承恩默契地一把护住，带到了一边。

“你怎么看，青玄？”吴承恩将那杏花仙放在了自己的肩膀上，摸了摸自己的鼻子。

“能修炼到这种程度，不好对付。”青玄松开了扶在李棠肩膀上的手，做了一个合十的动作，盯着那甩着自己身子发泄疼痛的蜈蚣。

吴承恩点头，整个人朝着半空一跃的同时，从袖口中甩出十几张宣纸，上面各书一个“刀”字——那黄袍蜈蚣纵是身躯灵巧，却依旧略显巨大，猝不及防被吴承恩的宣纸贯穿了肉身后牢牢扎在了地上。

而青玄一个箭步迈到了蜈蚣精的脑袋旁边，右手捻起念珠，左手轻轻搭在对方的脑袋上。黄袍蜈蚣见机会难得，张嘴便啃——

“土。”青玄开口。

话音一落，念珠爆出土黄色的光芒。霎时间那黄袍蜈蚣顿觉头上顶了一座高山，整个身子被死死碾压住，陷进了土里将近三寸。这下别说啃人了，就连抬头喘气都做不到。一下子，那蜈蚣开始乱甩着自己的尾巴，似乎想要逃命。

吴承恩走上前去，从怀里掏出了火铳顶住了那蜈蚣精的脑袋，同时小声对自己肩膀上的杏花仙说道：“捂住耳朵。这声响，大着呢。”

眼见得似乎胜局已定，李棠却突然喊道：“住手！”

吴承恩一愣，转头看着李棠，似乎想要责怪几句。突然间，一柄镰刀砍在了吴承恩的肩头上——怎么回事？

吴承恩几乎被砍翻在地，倒下之后一个翻滚，托住了差点摔在地上的杏花仙后大口喘气——还好，砍的是另一边的肩膀，不然这灵物估计就一命呜呼了。

青玄也即刻向后跃了几步，似乎对刚才的一击也全然没有预料。

怎么回事……

黄花镇的村民，不知道什么时候都聚在了一起，手里拿着锄头、镰刀等农具作为武器围住了李棠等人。吴承恩扭头看去，刚才砍伤自己的，赫然就是白天里吃饭聊天的饭庄老板。

“上仙英明！”饭庄老板眼神飘忽，嘴里来来去去嘟囔着这么一句话，继续朝着吴承恩走来。其他的村民，则也是念叨着相同的语句，一拥而上开始动手扒弄着禁锢着黄袍蜈蚣的那几张宣纸。那宣纸本来锋利无比，几个上手的村民一下子皮开肉绽；但是自打那宣纸染了人血后，一下子又变回了柔脆的本质，三下五除二便被村民撕碎。

顷刻间，那蜈蚣精重新盘了起来。

李棠捏着自己的武器，却不晓得如何是好：这兵器可着实厉害，如果刚才自己上去帮吴承恩一把，那些村民自然是不在话下。只是这柄唐刀实在是过于锋利，而那些村民似乎又丝毫不惧于死亡，自己贸然出手，估计死伤会不计其数。

只不过，没想到自己片刻的优柔寡断，却害得吴承恩身受重伤。

在一旁的青玄一下子看穿了李棠的迟疑，只能俯身先将吴承恩拉出了人群。确实，如果刚才自己是李棠的话，即便机会千载难逢，也是不会出手的。

那蜈蚣咬牙切齿，正欲再次袭来，远远地却传来了一声鸡叫。黄袍蜈蚣愣了愣神，不可置信地抬头看看天色，最终还是收了身子，朝着自己的道观爬去。

夜空之中，本来缠绕着的黑色粉雾已经散开，露出了将要圆整的明月。

而那些围上来的人，仿佛得了号令一般，纷纷做鸟兽散，各自回家，关门。只是门口摆放的草鞋，已经悉数不见。

黄花镇顷刻间重新安静了下来。李棠顿了顿，本想拎着唐刀追过去，却被帮着吴承恩包扎伤口的青玄喝住：“穷寇莫追。”

李棠咬咬嘴唇，最终还是把刀收了起来。

吴承恩捂着自己流血的伤口，语气倒还轻松，逗着手里的杏花仙。李棠急忙一把将杏花仙护在手里：“她都吓坏了，你还逗她！”

吴承恩笑了笑：“说起来，刚才那妖物为什么这么恨你啊？看他的模样，说要吃了你都不足为过啊……”

那杏花仙愣了愣，抬头看了看眼神关切的李棠，然后又看了看面前轻轻喘气的吴承恩，终于忍不住“哇”的一下子哭了出来……

黄花镇西北，黄花观。

黄袍蜈蚣敏捷地爬行着，蹿入了道观之中，撞翻了不少香火后在地上抽搐。身上的伤口或浅或深，真是好久没有伤得这么重了。

没想到……自己大意了……一招不慎竟然伤得这么重……这三人竟然颇有一套。特别是那个李家的小姑娘，肯定是她，这些人才能进到黄花镇来。但多年来自己就顾着自己这一亩三分地，与李家井水不犯河水，怎么现在……

不过……

那黄袍蜈蚣翻了翻身子，将胸前挂着的红钱放在了嘴边，轻轻舔舐着这枚散发着血光的铜币。

不过，不妨事。黄袍蜈蚣止住了疼痛，重新思量：哪怕李家势力再大，既然来了这黄花镇，也未必是我金目的对手。经营多年，如今就差一步，这黄花镇就完全成为自己一个人的天下了，现在只要抓到杏花妖……

只要自己调息一晚，明天取他们的性命简直易如反掌！到时候，倒要让你们见识见识我金目大仙的厉害！到时候，你们便会……

黄袍蜈蚣突然一惊，然后屏息细细聆听。

没错，脚步声……有脚步声在渐渐接近自己。

莫不成，那些人追来了？哈哈哈，看来自己刚才小瞧了他们，不过也好，这三人倒是自投罗网！

唔……不对，脚步声只有一个人……

那黄袍蜈蚣急忙重整身姿，盘窝于漆黑的墙角隐了身子，脸面正对着道观的唯一入口。

借着月光，却见得一个花臂文身的高大身影背着一张大弓，信步走进了黄花观之中，走到那香炉面前，上了一炷香。

“墙角的，鬼鬼祟祟在干吗？”那花臂文身的汉子看也不看，抬手在案台上放下了一枚红钱，张口说道：“要是听得懂人话，便麻烦出来与我聊聊，你们口中一直说的桃花源，究竟是个什么玩意……”

那黄袍蜈蚣看着眼前这个花臂汉子，不得不说内心有几分不安。只是因为，这人的一言一行都太过从容，摆明了是个不容小觑的角色。

再加上他背上披挂着的那张引人注目的蛇皮大弓，单看弓弦的粗细……略略揣摩，也得是把九石弓吧；这种兵器，试问世间能够拉得开的人有几个？况且，掷在案面上的那枚红钱，也能说明几分此人的实力。

自己此时有伤在身，硬拼之下，未必占得了便宜。

不过这人进了自己的道观之后，先上了一炷香——这是表明了不抱敌意吗？思及此，那黄袍蜈蚣索性耸了耸身子，幻化成了道人形象，将红钱藏在了袖里后，才从阴暗的角落里信步而出：

“施主深夜来我道观，所为何事？只要力所能及，小仙愿意一听。”

花臂汉子也不客气，寻了张椅子坐下，抬手拿过旁边立着的神位放在面前瞅了瞅，淡淡念道：“金目大仙……”

黄袍道人忍不住咬了咬牙，险些本能地一扑而上：这举止，可颇为有些不敬了。

只不过，让黄袍道人恢复了理智的并不是那花臂汉子本人，反而是他身上的那一片文身。

借着月光，黄袍道人瞧得此人胳膊上的文身隐隐发出银亮色，看起来煞是漂亮。细细端详，此人文身大体应该是只狼的样子，那狼口的獠牙，文得更是精细，并布于那人的五根手指上。尤其是那只狼的双眼，简直栩栩如生，一直瞪视着自己。

与那双狼眼略微对视，便有一种深深的绝望感挥之不去。

“是的，小仙便是金目大仙。”黄袍道人微微躬了躬身子，算是客气了一句。

“原来是金目大仙，失敬失敬。”那花臂汉子言行不一，嘴上客气，但是语气却带了几分懒散。

金目大仙虽然心有怒气，却依旧不敢怠慢：“未请教，阁下是……”

花臂汉子指了指自己的胳膊，算是回答。

唔……不过，单单想靠这文身就猜测出他的身份，未免有些困难；这世上，金目大仙可听说过好几个高手，都是清一色狼印在身的——锦衣卫里有，李家里有，散仙里面也有。

所以，金目大仙依旧拿不定对方到底是何方神圣。

“桃花源是怎么回事？听闻最近不少地方，都流传了这么一个名号。这是个世外桃源还是一个什么组织？既然大仙知道桃花源，还请务必说与在下听听，也让在下长长见识，开开眼界。”那花臂汉子见金目大仙不再搭话，索性自顾自问道。

唔……对方的目的很明确，既然如此……

“桃花源事关重大，请恕小仙不能随便透露。”金目大仙匆匆开口，同时双手横着撑起了道袍，脚下退了半步，整个人进入了一个伺机待发的姿势。

桃花源乃是近来京城暗中崛起的一个组织，人不算太多，而且有妖怪加入。金目大仙自己其实也并没有摸到多少门道，只知道桃花源的掌柜名叫铜雀，他有两个美貌如花的助手，好像是叫金角和银角……

想起自己之前去京城与铜雀的交易，金目大仙脸色变了变。这个组织有人有妖，神秘莫测，恐怕就连自己与对方的合作也仅仅是对方高高在上的施予而已。不过这并不妨碍他主动向桃花源示好。比如说，有人来打听桃花源的时候，就将对方骗走，不透露半分桃花源的事情。

如果对方翻脸，那么自己立时便可化作几丈大小的原形，完全可以挡住对方的任何去路；看此人用的兵器是弓，应该不擅长近身搏斗。而且，这个距离内，金目大仙有把握自己不会失手。

倒是那花臂汉子全然没有提防，反而搔搔脑袋，一脸为难：“大仙这个举动，莫非是要动手？我就是随便问问……怎么，惹得大仙不高兴了吗？”

这略带调侃的语气，着实惹人心烦，无异于火上浇油。金目大仙自觉忍无可忍，身子略一摇晃，身躯骤然膨胀成了巨大的蜈蚣，匍匐在了花臂汉子面前，张牙舞爪。

无论面前这花臂汉子道行是深是浅，今天自己免不得要一探究竟：“如果施主一定要问的话，便只能……”

话说至此，那金目大仙顿了一下，仿佛灵光乍现。很快，他便收了自己的身段重新幻作了人形。是啊，这花臂汉子看来并不好惹；既然如此，自己何不用他一用……

“施主，如果一定要打探桃花源的事情，小仙虽然不敢多嘴，但是在这城里倒是有人知道来龙去脉。”金目大仙假装自己迟疑片刻后，接上了之前的半句话，“黄花镇客栈里现在就住着桃花源的几位贵人，两男一女。如果施主真的对此好奇，去了一问便知。还望施主不要为难小仙。只不过……”

“只不过什么？”花臂汉子似乎已经有点耐不住，张嘴问道。

“只不过，但凡您这么唐突去问，是问不出个大概的。”金目大仙装作一副痛下决心的样子，咬牙说道，“这样，您去了就说是我金目大仙的朋友，说不定对方也会给我这小仙几分薄面。唔，不，说是挚友也不为过……”

花臂汉子看着这金目大仙，眉梢一松：“这便好办了。那行，眼瞅着天都亮了，我就不打扰大仙歇息了。镇上的客栈是吧……”

那花臂汉子径自起身，随手抓起桌上的那枚红钱收入了怀中，然后朝着夜色之中走去。

金目大仙在其身后，一直目送着这人的身影渐渐远去，嘴角露出了一个得意的邪笑：很好，斗吧，尽管斗吧。

待你们斗个两败俱伤，我便也养好了身子。

第九章

执金吾

李棠微微睁开眼睛，一片雪亮的阳光就洒满了视线，这时已经是第二天的午时了。

果然啊……

李棠打了个哈欠——就如同杏花仙昨天夜里描述的一样：在黄花镇之中弥漫的那股花香，导致这个城镇是没有上午的。

街上渐渐热闹了起来，其中夹杂着客栈老板的哭喊声：“怎么回事！好端端的房子，一夜之间就塌了大半！这日子还让不让人过了！”

李棠忙抬头看了看天花板，还好，自己所在的这一半还算坚固，起码能避避风寒。

再听那片热闹声，分明是村民们七嘴八舌好心地劝说着老板不要过度难过——看来，他们并不记得昨天夜里自己的所作所为，只是中了妖术被那妖物驱使而已。

其实村民们也在疑虑：眼见得这房子都塌成了这副模样，昨天夜里为何没有人听到一丝响动呢？

李棠站起身来，扒着断墙朝下望去：青玄依旧在人群中端坐着，一言不发，眼神安定如初。她不禁有点钦佩，昨天夜里她和青玄让吴承恩睡在房间里，还给杏花仙用小毛巾做了一张小床。两人轮流值夜，各睡两个时辰，她此刻困怠难忍，青玄却毫无倦色。

倒是吴承恩那家伙，安安稳稳地睡了一夜。她边活动着在墙壁上靠麻了的胳膊边推门进去，打算把吴承恩从床上拉起来丢出去，一只脚刚迈进房间，却像钉子一样钉在了原地——

她昨天一直守着门来着……是什么妖怪如此厉害，竟然能从她眼皮子底下溜进房间？

眼前的吴承恩还在甜睡着，胸脯一起一伏的，嘴角还带着笑容——是做美梦了吧？他怀中一个姑娘，穿着杏黄色的裙子，浅色的长卷发从枕上垂到地上，袖子里伸出两条藕节似的白胳膊，正抱着吴承恩的脖子。

李棠踮着脚尖退了出来，把门小声地关上，朝着楼下的青玄看了一眼，青玄敏捷地接过目光，看到李棠用口型对他说：

“有妖怪。”

青玄一凛，几步就上了楼，李棠指指里边，又做了个披拂长发的动作，青玄看不懂这是什么暗语，不过能把李棠吓成这样，应该是个非常可怕的妖怪。

青玄压低声音：“你退后，我来。”

李棠摇摇头，“嘶”的一声拔出唐刀。

两人点了点头，却听到吴承恩一声惨叫：“妖怪啊——”

“我来救你！”青玄和李棠同时喊了一声，踢门进去，只见吴承恩脸色惨白地坐在床上，那个黄衣女子大概刚刚被吴承恩推到地板上，把床边的椅子都打翻了，她蜷成一团，卷发凌乱地披在肩上，急急地喊了一句：

“不要砍！”

锦绣蝉翼刀已经举在半空了。

女子抬起头：“我是杏花仙……”

“转！”李棠忙低喝一声，刀在空中转了一个小小的角度，擦着杏花仙的额头飞了出去。

杏花仙随着声音转头看了看，两行眼泪扑簌簌地滚了下来：“呜呜呜，好险，好可怕……”

青玄和李棠都呆立在门口，看看杏花仙，又看看吴承恩。

未等得杏花仙开口解释，楼下传来了一片嘈杂声。

“这里是黄花镇唯一的客栈吗？”

“是的……实在不行，您找个地方借宿也未尝不可。”

“说要住便要住。”

“客官，客官！您倒是开眼瞧瞧，这客栈已经塌了半截，实在是没有客房了！您这不是为难小的吗？”

“唔，倒也不为难你。我且问你，这客栈里面是不是住了两男一女？”

“啊？是啊。他们确实在小店投宿……”

两男一女？……青玄等人听到这里，不由得提高了警惕。吴承恩甩给青玄一个眼色，青玄点头，伸手示意李棠不要作声，自己朝着门口摸去——

“在下李晋，乃是金目大仙的朋友，还望楼上的三位出来一叙。”楼下，那花臂汉子正抬着头，对着吴承恩的房间大声说道。

“哪三位啊？”杏花仙看了看屋子里的四个人，迟疑了一下说道。

“金目大仙？”吴承恩也是愣了愣，觉得这名字好耳熟。

“那蜈蚣精的朋友？”青玄揣摩一下，也是有些惊疑。

只有李棠，纵然也是愣了一下，语气却与平常天差地别：“李……晋？难道是……”

脚步声从楼梯附近一步一步传来，同时，那个人的声音，飘忽而至，带着满满的不耐烦：

“几位既然避而不见，那在下便不请自来了。”

不怀好意的脚步声越来越近，吴承恩已经穿戴好了自己的一身披挂，示意青玄自己已经做好了战斗的准备。无论那金目大仙的所谓朋友是何居心，反正不会是来找楼上的几个人喝茶聊天的吧？既然对方都已经率先自报家门，看来八成就是打算寻仇……那索性不如先下手为强，省得被那妖怪的朋友占了先机。

李棠也留意到了这脚步声，暂且丢下杏花仙不问，从门缝里朝着下面偷偷瞄了一眼——那银狼的文身，背后的大弓，以及那让人看上一眼便气不打一处来的神态……

“是他！”李棠低低惊呼一声，神色慌张地转过身来。来不及细说，外面的脚步声已经到了门口。李棠没解释，吴承恩和青玄眼看着她飞跑到床头的衣柜前，“砰”地拉开柜门躲了进去。

门发出一声可怕的巨响，被人从外面推开了。

吴承恩忙用手护住杏花仙的头，青玄立刻跳起来，挡在吴承恩的面前。门口的李晋见到这房间里的两男一女——确切地说，是床上的一男一女和门口的一男……看来那金目大仙说的所谓“三位贵人”就是他们了。

既然如此……

“在下多有冒犯，还望诸位不要介意。”李晋移开目光表示了自己的歉意，不再去打量这三人，同时用手半遮着自己的脸以示避讳。

这番举动先是让吴承恩恍惚了一番，继而赶紧指着杏花仙辩解道：“不是，你误会了，我们……”

那李晋也不搭话，照旧在怀里摸索一番，掏出了一枚红钱摊于掌心，异样的红光缓缓飘落，杏花仙看到如同曾经挂在金目大仙胸前那一模一样的红钱后自然是心里一惊，不禁把吴承恩的腰抱得更紧了些。

吴承恩也看着那红钱眉头一皱，一只手已经朝着自己的袖管摸去。

李晋并有在意，只是自顾自开口：“听闻三位乃是神秘组织桃花源的朋友，在下冒昧打扰便是为了此事。还望三位不吝赐教，指点在下一二……”

话音未落，一张写着“剑”字的宣纸旋转着飞向了李晋的脸。李晋略微一皱眉，抬眼望去——看来是那床上的书生以迅雷不及掩耳之势发了这一招。想必对方此刻也是恼羞成怒，倒也合情合理。

李晋打算好了，向左挪上一步便可避开这一击——虽不知那宣纸到底是何物，不过，听着这破风而来的动静，似是利器。只不过，他却忽略了身边的青玄。青玄先是一步附身，然后朝着李晋的下三路就是一脚。

没错，青玄也早就计算好了：自己这一脚虽然九成不会得手，但却可以逼得这花臂汉子先退出房间，引他到街上去打。否则，如果在巴掌大的房间里动手，便未必能够顾得那杏花仙的周全。再加上还得留意莫名其妙躲在柜子里的李棠，显然胜算陡减。

“砰”的一声闷响，接下来的一幕，大大超出了青玄一开始的算计：

李晋翻滚着直接被青玄踢下了二楼，身上的银狼文身在半空中留下了好看的残影，之后便直直落在了一片废墟之中。而那宣纸自然是扑了个空，斜插在了门梁上。

吴承恩安抚下了杏花仙后匆忙起身，看到这一幕也是有些不可置信，迟疑一下朝着青玄问道：“得手了？”

“若是这么容易，天下早就太平了。”青玄说道，示意吴承恩小心，“此人器宇轩昂，绝不应该是个简单货色。”

果不其然，楼下传来了一阵李晋的冷笑；两人探身望去，那李晋摔得纵使狼狈，却似乎全然没有大碍一般，只是从容抬手扫了扫自己身上的碎瓦。

“这一脚厉害。”李晋抬头，对着楼上的两人说道，“来而不往非礼也。接下来，便轮到我了……”

说着，李晋似乎准备站起来，手也朝着自己背着的弓箭摸去；而身上的文身，也如同活了一般，死死盯着楼上的二人。

此人行动蹊跷，虽然带着这如此显眼的大弓，却不曾见到身上携带着任何箭矢；吴承恩心下一紧，明白对方可能和自己的法术异曲同工，以无形化有形。

虽不知晓对方到底打算以何物化作箭矢，单看那柄巨大的弓箭，便能猜测到这一击极有可能势不可当。

显然，青玄也明白这个道理，急忙用手搭在了吴承恩的肩膀上——论起身手，自己还是略胜吴承恩一筹的，此刻自然是先保着吴承恩周全才是上策。

那李晋翻身便起——然后身子略一摇晃；青玄即刻起了念意，默念一个“水”字。吴承恩的身影也开始仿佛湖面一般微微随风荡漾。

只是，李晋迟迟没有动手，反而身子一侧，重新翻倒在地。

“呵呵呵呵，没想到啊。”李晋看了看自己的身子，然后抬头从容说道，“暂且住手吧，一来在这里大动干戈，可能会伤及无辜；二来……”

“你还有脸说什么伤及无辜？”吴承恩忍不住在楼上大声喝道。李晋这番话说得确实有几分冠冕堂皇，在旁人听来却可谓是无耻至极。那金目大仙如此祸害此城百姓，此时竟然还找如此借口？

“二来……”李晋完全没有理会吴承恩的意思，只是自顾自指了指自己的下盘继续说道，“我腿断了。能否帮在下叫个大夫？”

吴承恩同青玄一时间摸不清了局势：该说楼下这个花臂汉子是深不可测呢还是单纯就是脑子摔坏了？

正当双方形势纠结之际，一尾金鱼忽然间从二楼的客房里面翩然游出，了无声息地浮在半空片刻，便欢喜地朝着李晋游去。

只听得衣柜中传出了李棠的一声“坏了”，紧接着便捂着腰间从柜子里面冲了出来——只是晚了，金鱼已经朝着楼下而去。

李晋看到二楼有异物飘下，误以为是杀招已至，先是本能地抬手一挡，继而发现这金鱼并无恶意，只是绕着自己的胳膊盘旋。

李晋低头细看，略微惊奇：“灵感！你怎么在这儿？你不是一直陪着咱家……”

而楼上，李棠正在手忙脚乱地追出来，还险些一个趔趄撞到吴承恩——吴承恩一把扶住了李棠，同时想起来，那金鱼正是之前李棠腰间的玉坠，李棠还曾经喂过它黄花饼呢。

“小姐，你在这儿，怎么还躲着在下啊！”李晋终于换掉了脸上那副目中无人的表情，流露出了一丝惊讶后脱口而出。

吴承恩和青玄一脸茫然，抬头看时，只见李棠怒目看着李晋。

“原来都是误会，我是小姐的家仆，专门负责看守正门的‘执金吾’。小姐当日逃婚出来，还是我给小姐出的主意，说从偏门……”

“小姐？逃婚？”吴承恩开口惊讶道，他本来以为李棠身上或许有什么不得了的秘密，但是却没想到，竟会是寻常小说中的烂俗桥段……

而青玄听到了“执金吾”这三个字后，不禁微微皱眉……能用得上这三个字，就说明李棠的身份确确实实就是那个“李家”。

“呃？”楼底下的李晋显然更是惊讶，“莫非小姐逃婚的缘由，就是打算同身边的这个混……这位公子私奔？平心而论，这位公子浑身上下到底哪一点能配得上小姐一丝一毫？请恕在下冒昧直言，你看他长得比他身边那个和尚还丑。”

吴承恩耐着性子听完这句评价后点头微笑，捏起了笔就准备下去跟李晋拼命。反倒是李棠先开口了：“李晋，你是不是得了我哥哥的命令出来找我的？我告诉你，我是绝不会回去的！我逃出来就没打算回去！”

“并不是。”李晋倒是痛快，直接否了李棠的猜测，语气还带着几分委屈，“小姐您忘了吗？当日还是我好心放您离家出走的，我肯定是站在您这一头的啊！而且在家里那些爱戴着白面具装模作样的小钻风们找您的时候，我故意指了别的方向。”

这一番说辞倒是让李棠的表情缓和下来。

“小姐，属下还有一件事得跟您说明，免得您不安心。这次属下离家，其实是因为……”

说着，李晋再次亮出了红线，想要解释个分明。

“好了好了，我知道了，既然你不是来带我回去的，那本小姐也不是小气的人。你可以先在这里住下。”李棠也算熟知李晋性格，听他否认完，便放下心来，“至于你自己接了哥哥给你的什么任务，不必向我禀报！”

李晋闻言，收起红线，对吴承恩挑了挑眉，好像在说，看吧，我家小姐还是向着我的。

吴承恩捏着笔想了想，最终没理会他。

几人这一番误会终于解除，李棠托客栈老板给李晋找了大夫，但这断腿是一时半会儿好不了了。青玄自打斗之后一直沉默不语，不停地打量着李晋和李棠，吴承恩跟他说话也不怎么搭理，而吴承恩讨了没趣，在客栈晃了几圈，忽然觉得不对，跑到一直在角落没出声的杏花仙旁边。

“对了，说起来你昨天不还是小小的……”

“我那天……”杏花仙柔软的腰晃了一晃，低头用手整理着两颊的乱发，说，“去后山上那片杏花园看看花开得怎么样，自从族人不断被那金目所害，这方圆二十里杏花的花开花谢只能我管。半路上我有些口渴，山谷里虽然有小溪，可是溪水边有好几只麻雀，我不敢过去，我们花最怕鸟了，它会啄我们……可是我好渴，我就吃了……吃了……”

“吃了什么？”三个人一起问，他们也算见多识广的人，但从未听说过江湖上有让人——不，让妖迅速缩小的灵药。

“吃了路边一棵野苹果树的果子。我吃到一半才发现它有一点腐烂，可是来不及了，腐烂的果子有酒的味道，我只要喝一点点酒就会变小……你们别笑……别的妖怪不会这样，因为他们太强大了，而我只是一个小小的……我……”杏花仙的声音越来越低，眼圈也红了，好像两片娇弱的花瓣，吴承恩不禁心疼起来。

这一路上见过了借人产卵的蜘蛛精、幻影无数的蜈蚣精，好像个个都能随时置他们于死地，突然发现一个连酒精都能摧毁身体的杏花精……

“你简直，比李晋还弱……”吴承恩脱口而出，语气里带了几分同情和挖苦。

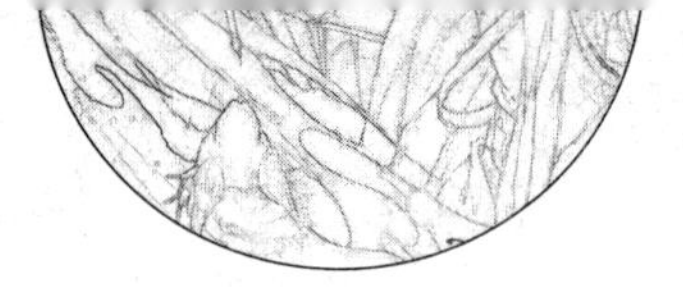

第十章

鬼市

京城，皇宫之内。

从未时起，尚膳监的大厨便早早地跪在门槛旁边，等待着皇上今天的口谕。没多久，皇上身边的太监不紧不慢地走到了门口，也不寒暄，眼睛朝上传达了皇上的意思后即刻径自转身离开；那高高在上的样子，仿佛跪在自己面前听宣的是一个泔水桶。

太监的脚步声消失后，大厨这才长出一口气；跪在身后的徒弟急忙过来扶了他一把。

“皇上说，准备的糕点不错。”大厨擦了擦自己脑门上的汗珠，淡淡说道，“尤其是那黄花饼……皇上这都连着吃了三天了。”

“所以，是喜讯？”徒弟在一旁听到此，几乎要喜极而泣了。

“嗯，皇上赏了不少银子……”大厨忐忑的心情总算是得到了一丝缓解，忍不住露出了一个惨淡的笑容；伴君如伴虎，在自己之前掌管着尚膳监的厨子十个里面有六个都死在了任上。

他们是被赐死的，一朝龙颜怒，人头不周全。

所以，今天自己早早听说皇上有口谕要传尚膳监时，大厨已然心如死灰。未曾想到，竟然是好消息……

黄花饼……对对对，要紧的是这个。大厨拿定了主意，急忙让自己的徒弟放下手里的活儿，跑着去一趟光禄寺准备飞鸽传书，让他们的外派抓紧多采买一些黄花饼回来。算算日子，那些外派的官员此时应该已经到了南疆的黄花镇吧……虽说冰窟里那一百多斤仍然松软可口，但是终究已经是去年的东西。既然皇上点名了说这东西“好吃”，自然是得买新鲜的备着了。

难得有皇上能够连吃三天都不腻的糕点，这不，今日里皇上还吃了两块；大厨感叹，如果每一样天下美食都能获得皇上如此的青睐，那自己的工作就简单多了。

只是……大厨瞅着那黄花饼，不禁入了神——这玩意有那么好吃吗？当初采买回黄花饼，大厨和徒弟们就都尝过，不过是个边疆小镇的特产，吃个口味新鲜而已，甜香可口也没错，但一定说它是什么珍馐美味，似乎还有些勉强……

对于一向喜怒无常的圣上来说，如此钟情一种食物，确实也太过反常了。

心里面抱有同样疑问的，不止大厨一个人。

“皇上午后吃了萃雪芙蓉糕、黄花饼、冰须绒和八方报喜。”御花园的角落里，一个小太监跪在地上，头也不敢抬，对站在另一面的麦芒伍毕恭毕敬。

麦芒伍摆摆手，示意对方可以离开了。那小太监立刻起身，匆匆离去。

已经连续三日了，皇上都没有换掉那黄花饼。这和往年吃上一口便再也不提这一茬可不太一样……

皇上的膳食事关重大，乃是光禄寺全权负责，别的衙门一贯不许过问；但是有几样朝廷之外采集而来的糕点、小吃，一直都在锦衣卫的监控之下。

这黄花饼便是其一。究其缘由，只是因为这些小吃的发源地虽然都是朝廷的“领土”，却不是朝廷的“地盘”。小心驶得万年船，定要防着一些花招才是。

毕竟尚膳监只能测毒，却查不出别的东西。

眼下，最好的办法便是弄来几个皇上吃的黄花饼。只要交到镇邪司手里，便能一知究竟；可是，从五寺手里拿别的东西还好，这皇上的膳食却含着别的意味。但凡自己碰了皇上吃的东西，万一龙体出了状况，那镇邪司可是万万担当不起的。

思来想去，麦芒伍知道自己只有一个选择，而做出这个选择，还有另一个原因。

最近一段时间，京城内有些人心惶惶：且不说最近京城内调兵遣将颇为频繁，甚至今天五军大营里有个把总突生妖变，闹了祸害，死伤将近三十人。要知道，近日里五军可是围着皇城的部署，这可实打实是在天子脚下发生的乱子。

麦芒伍带着锦衣卫的人赶过去的时候，却被拦在了五军大营之外。通报的士兵说得倒也简单：“人，已经烧了，灰都不剩。这点小事，就不麻烦伍太医您过目了。你们锦衣卫忙啊……”

话里话外，客气点说是送客，直白点说，就是“滚”。

虽然自己下面的人都忍不住骂骂咧咧，而麦芒伍本人并没有与之争执；或者说，他并不打算现在就与五军有所摩擦。所以麦芒伍只是点头，随即便带着人回了镇邪司。

妖变吗……当日，回到镇邪司的麦芒伍将自己锁在了天楼之内，同时手中摆弄着一颗棋子细细揣摩。按道理来说，皇城四周方圆二十里之内，除非有人动了手脚，否则是不会发生任何妖变的；毕竟整个京城有镇邪司坐镇，对于这一点，麦芒伍有十足的把握。

既然五军之中生了妖变，那麦芒伍可以断定，此事必有蹊跷；只是目前自己手头掌握的信息实在是寥寥无几，如果可以抓一个五军大营中目睹了整个妖变过程的人回来细细拷问，那多半可以知道个大概。

但是从五军大营里面拿人，谈何容易。

或者是对那具号称已经被烧掉的尸首下手。如果真的妖变了，多多少少也会有些内丹凝练于躯体之中；而且，内丹单纯用火是烧不掉的。只要内丹到手，来龙去脉起码也能知道个七分。

要找到那些内丹，以及要找到黄花饼的来源，最大的可能，只有鬼市。

在鬼市里，没有用钱买不到的东西。麦芒伍深知这一点，倒不如派人前往鬼市，向他们悬赏一笔银子，引得他们去偷取妖变之人的内丹——内丹换银子，所以才会有鬼市的人出手。即便鬼市的人失手被五军抓住，“为了银子铤而走险”这个动机也是再正常不过的了，反正鬼市的人本来就是目无王法。

甚至，只要价码够高，五军之中会有吃里爬外的人私底下悄悄倒卖出那人烧剩下的尸骨也不无可能。

进鬼市这事，对麦芒伍来说，可大可小，麦芒伍一向为人低调，但这次，他知道，自己只能来次大的。如此想着，麦芒伍走出宫门，挥了挥手，不远处干枯的树干上，一只羽翼丰满的乌鸦“啊”的一声，展翅飞了出去。

鬼市位于皇城郊外正西，一共有三个门可以进入这个诡异的市集。

第一个大门正对皇城，修建得也算是金碧辉煌；有些钱财的人，自然而然都是走这扇门进来。

第二扇门在鬼市的北面，入口是一个长满了青苔的石洞，连接着一条悠长的隧道；这便是鬼市卖家走的路了。毕竟每次带回来的东西不一定干净，名义上还是得避一避朝廷的耳目的。

至于第三扇门，知晓的人则寥寥无几，能够有资格走进这扇门前往鬼市的人，更是屈指可数。此门位于鬼市偏东，门口有一片长满了水草的黏稠湖水；说湖水也奇怪，除了一条鬼市的人专门用来摆渡的小舟之外，这水面上浮不得任何东西。船下去船沉，人下去人死。

而今日，趁着夜色走入这扇门的不是别人，正是麦芒伍。

由此门进入鬼市后，便是鬼市的内集；这里有不少鬼市的人看守。看到麦芒伍在内集出现之后，有几个人立刻认出了他的身份，匆忙让路。而麦芒伍只是端详了一下这些打手，觉得多了不少生面孔。

但是，这与自己无关。

今日麦芒伍屈尊亲自前来鬼市，是要找它背后的老板有事相商。前几日，麦芒伍已经打发下人来代自己传话。当天午夜，一个锦盒被隔着墙扔进了镇邪司之内，打开之后只有白天出门的那下人的衣物，而且沾满了鲜血。

麦芒伍明白这是对方给了一个态度，也明白事情耽误不得。所以今日处理完所有政务之后，麦芒伍乔装打扮一番，独身来了这鬼市。越是夜深，这鬼市反而越发热闹；即便这里已经是行家才能涉足的内集，却也称得上是人来人往。

“伍先生。”一个穿着寒酸的银发老头儿，朝着站在市集正中的麦芒伍招了招手。

麦芒伍立刻走了过去，简单寒暄几句后，一言不发地跟着老者走进了边上的一间半地下的民宅。屋子里面一片漆黑，老者巍巍颤颤摸着黑锁上门之后，点上了一支蜡烛。

霎时间整个屋子都被照亮了。与门口看到的穷酸破旧不同，这屋里绝对称得上是内有乾坤：进屋子的大堂整体下沉，仿佛一个干涸的池子，足有十几丈方圆；而在这个池子内堆积着如山般的金银财宝。

那老头儿哆嗦着老寒腿，一抖一抖爬上了那金山银山，然后竟然毫不顾忌地在麦芒伍面前侧卧横躺，举止何其嚣张。

麦芒伍脑袋略略低下几分，俯下身子拱手抱拳："今日前来叨扰老板，实在是事出有因。前几日……"

"先等等，等我宽衣了再说。"那老头打了个哈欠，似乎有些不耐烦地招了招手，随即竟然大大咧咧地开始宽衣解带——

麦芒伍却也不动声色，只是沉着脸看着他。

眼见得那老头儿已经不知廉耻地褪去了衣裤，赤身裸体后却仍不住手，竟然抓住自己的头发撕扯；很快，满头白发便被他拉扯掉了。而后整张人皮也渐渐褪去，一只尖锐的黑色利爪从人皮里伸了出来，青色泛着银光的鳞片摩擦在小山一样的珠宝上，发出"嘶"的一声——

"好了，总算舒服了……"老者的皮囊被小心收在一边。现如今在麦芒伍面前侧卧着的，竟然已经是一条青碧色八爪巨龙！

麦芒伍似乎一点也不惊奇，只是保持着刚才的姿势一动不动。

"能让你亲自前来见我，想必不是什么小事吧……说吧，是不是想求雨了？"那巨龙打了个哈欠，随即飘在半空盘了盘自己的身子，继而在脚下的金银之中开始游弋，哗啦啦的金银响动不绝于耳。末了，他似乎终于给自己找到了一个舒服的姿势后，才张口问道。

"……老板如此这般，对在下似乎有些太不见外了。"麦芒伍终于抬起头，却又不忙着说正事了，"在下实在是有些受宠若惊。但是依照您和朝廷定下的规矩，是不能在凡人面前展露真身的，还望老板三思……"

"哎哟，你又不是凡人，你是烦人！"那巨龙似乎毫不在意，反而得寸进尺一般开始用爪子给自己抓痒，“这规矩那规矩，一天到晚的……我在自己的宅子里脱了衣服都不行？京城里我又不是没去过！日头热的时候，多少爷们儿光着膀子上街呢！回头逼急了我，我就回我的碧波潭，好生逍遥自在去。”

说着，那巨龙开始肆意打滚，让自己的背脊蹭着金银搔痒。麦芒伍不再作声，深知自己肯定劝不住眼前的这位。

巨龙翻滚了一会儿，似乎终于泄了疲乏，心满意足，这才稳稳地趴在了金银之上，眼睛半眯着紧盯着麦芒伍，用爪子捋着自己的龙须：“说吧，什么事？一会儿我要睡觉了。”

“请教老板，最近鬼市上是否……”麦芒伍低着头，抱着还算友好的语气发了一问。

“没有。”巨龙略微不耐烦地回答道，“都说了，要是有红钱流进我鬼市的话，我会通知你的。反正你们朝廷也有钱，卖给谁都一样。”

麦芒伍点头，明白这句话可信度极高；只不过，今天自己来这里并不是问这件事的。

“并非红钱。”麦芒伍的语气轻松不少，开口继续问道，“近日鬼市里，可有黄花饼？”

“啥玩意？”巨龙舔了舔自己的嘴角，似乎完全不理解麦芒伍这番话的意思，但是显然被挑起了几分兴趣，“吃的吗？好吃吗？”

麦芒伍得到了自己想要的答案，长出一口气说道：“有机会的话，下次我带一些来给老板尝尝。”

“一言为定。”那巨龙听完这句话之后略微失望，忍不住又打了个哈欠。

麦芒伍直起身子，从袖口里掏出一个包裹放在了地上；小心打开后，里面正是前几日那下人的一身染血衣物。巨龙抬起头瞅了瞅，并不感兴趣，很快重新趴下龙身，做出了一副送客的样子。

“另外，前几日是在下失礼了，不该派人来传话。但是，老板与朝廷定过规矩，不可在京城内随意取人性命……”麦芒伍丝毫没有退让，语气不卑不亢地加重了三分。

“规矩规矩规矩，这儿是鬼市，不是你的衙门！面子这玩意儿，可是有价格的。你们既然瞧不起我鬼市的面子，就该有准备。既然到了我这儿，就按照我的规矩办！”巨龙盘了起来，用一只爪子支着自己的下巴，居高临下地瞪着自己面前渺小的人类，同时鼻子喷出了一口气在麦芒伍的脸上，摇晃着尾巴指着对方，“咋着？你还想黑吃黑啊？”

麦芒伍并未辩解，只是端端正正在地上摆放下了七颗闪烁着黑光的棋子，内里似乎能够瞧见人影；然后他又从袖口里掏出了一沓银票，放在了巨龙面前，同时身子微倾，双手抱拳：

“诚如老板所说，鬼市的规矩就是世间万物皆有价。这是千两银票，万望老板高抬贵手，给在下几分薄面。”

显然，这已经是麦芒伍最大的让步了。

巨龙眯着眼睛看了看，然后用尾巴搔了搔鼻子：“一次带了七个二十八宿的人来，你是从开始就打算好要在我这里动手吗？”

“在下不敢在鬼市放肆。”麦芒伍保持着自己谦卑的姿势，语气却不容置疑，“只是，我镇邪司退了这一步，此后这世间便没了分寸。”

巨龙无趣地甩了甩自己的尾巴，然后张开嘴，吐出了一口海水；转眼间，海水漫延开来，浸湿了地上的衣物。那衣服吸了海水，渐渐饱满混成人形……半炷香的工夫，海水终于退去；银票已经不见了，取而代之的是地上一个溺水的人穿上了刚才的那身衣物，正在微微咳嗽。

“感谢老板。”麦芒伍扶起了地上的人之后，微微弓腰，表达了自己的谢意，准备离开。

“说起来，前些日子鬼市来了个有趣的家伙。”巨龙并无挽留之意，反倒是自顾自唠着闲话，“那家伙外形是个黄袍道士，不过浑身散发着奇怪的花香，不知道是不是跟你们说的黄花饼有关。他跑来鬼市，说什么自己的七个师妹被镇邪司的一个人害了，悬赏了不少银两托人杀镇邪司的老大雪耻复仇。唔……当然了，我一直对外说，镇邪司的老大就是你啦。”

说罢，巨龙又嘟噜了一句：“因为我讨厌你。”

麦芒伍假装没听到最后半句话，却依旧一点都不意外，只是淡淡应承道：“又不是第一次了。在其位谋其政，难免得罪人。”

“是啊，我知道。只不过……”巨龙点头，忽然哈哈大笑起来，整个池子因为他的笑声而波澜骤起，隐约竟有海洋上风暴的气势，“一看就是个土包子，还花钱悬赏……有点意思。”

麦芒伍停了自己的脚步，转过头来，看着那巨龙。

“其实一般来说，我也懒得与你们朝廷为敌。”巨龙眨眨眼睛，似乎想要摆明自己的立场，“我先说啊，这一次，鬼市上确实有人接了这活儿。”

唔……这句话，倒是大大出乎了自己的预料：按道理来说，鬼市的人应该不至于这么不知道天高地厚。想要打镇邪司的主意，几个脑袋都不够啊。

“鬼市的意思，是否代表老板的意思？”麦芒伍为求谨慎，唐突问了一句。

“这几年，这里有了个新的组织……没错啦，就是在我的眼皮底下。按照我和你们的约定，鬼市的人只能单干，不能拧成一股……不过呢，他们也算是懂鬼市的规矩，所以我也只好睁一只眼闭一只眼。”巨龙把自己的目光移开，并不在意这个情况，“我老了，不想掺和进其中。”

说罢，那巨龙缓缓俯下，闭上了眼睛。

“感谢老板提醒。”眼见得对方昏昏入睡，麦芒伍点头告退。

事情似乎不太一般；否则，依那巨龙贪睡的脾气性子，绝对不会平白无故喊住自己的。

巨龙既然提到了这些细枝末节，自己自然是不能小瞧。

这短短几天之内，简直可以说是风波不断。越来越多的东西，闯入了麦芒伍的脑海之中不断翻滚。

表面上，这一系列意外毫无关联；但是似乎又有一条隐隐的线将所有支离破碎的线索穿在了一起。

究竟自己在这盘棋局上看漏了什么呢……

麦芒伍陷入了沉思。

“黄花镇，附近有我们的人吗？”麦芒伍回到镇邪司天楼，血菩萨早等在那里。

“九剑就在附近。”

“正好，九剑心性坚韧，武功高强，让他过去吧。”

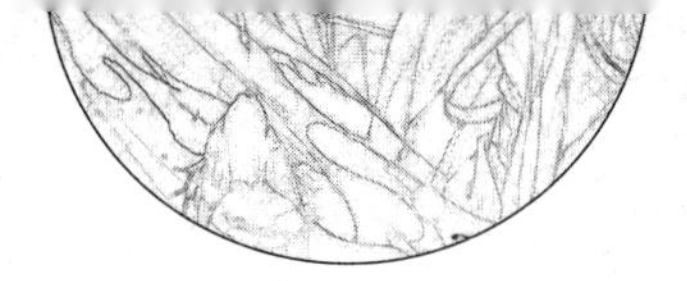

第十一章

百妖蛊

黄花镇的花香越来越浓郁了，但身在镇中，几人竟慢慢开始习惯这花香，至于蜈蚣精在干什么，几人都没有头绪。他们听李晋说，蜈蚣精的道观在镇上西北五里处，但是一方面他们总觉得李晋这个人的话不能当真，另一方面却觉得主动去挑战那金目大仙，凭现在几人，也没有胜算，只有李晋偶尔嚷嚷着要去寻仇。

李棠不理他，自顾自一边打开手里的油纸包：“黄花饼谁要吃？”

李晋登时一愣：“这就是黄花饼？”

“是啊。”吴承恩走过去，顺手拿起了一个，“你有口福了，赶紧尝尝，味道简直……”

话声未落，吴承恩手中的黄花饼已经被李晋打落在地。还没等得吴承恩发作，李晋即刻将桌上的点心连带着盘子都推在了地上：“这个不能吃。”

看着满地的碎屑，吴承恩这下算是彻底被李晋惹恼了：“怎么不能吃？这可是当今皇上都赞不绝口的手艺，你知道多贵吗？”

李晋勉强坐直了身子，朝着李棠说道：“小姐有所不知。前些日子，在下因为同一些不三不四的家伙打过交道，他们当时正在押运货物前往京城。而车上的，正是满满一车这黄花饼。”

“他们自称是桃花源的人，干的都是月黑风高的买卖……”李晋自顾自继续说道，“后来我一想，我这番旅途正好缺些盘缠，一路上饿着肚子也不是个长久办法，加上大家聊得很开心，萍水相逢也算是缘分，索性就抢了他们。啊，小姐放心，上苍有好生之德，我没有伤人性命。”

一番话说得格外自然得体，但是显然除了李晋自己之外，其他人都不太能理解他的逻辑，错愕之余甚至连插话都忘记了。李晋倒是没有想到这一层，只是摸着自己胳膊上的文身，语气略微心疼：

“之后，我一想，哮天也饿了好几天，顺势便纵它吃完了那车黄花饼……它尝出了一些端倪。”李晋深吸了一口气，然后继续说道，“里面，掺杂了妖花罂粟。”

罂粟！别的人倒是没有反应，青玄心里不禁一惊：那可是会令人致幻成瘾的妖物，绝不是什么平常物。这可倒好，怎么会掺在一般百姓做的点心里？而且是整整一车的黄花饼！这点心万一流落到了市面上，岂不是……

“哮天？”吴承恩显然不晓得罂粟为何物，倒是被这个没来头的名字弄得有些糊涂。

李晋也不多说，只是指了指地面——“铿”的一声，一道银色的光影从李晋身上呼啸而出，萃聚成身影之后，伏在了地板上。

众人这才看清，房间里突然凭空多了一只一丈大小、毛皮呈银色的露出獠牙的猛兽，似狼似犬，背上的鬃毛像是闪电一般好不威风。转头再看那李晋，身上的半臂文身消失殆尽。

吴承恩和青玄互相看看，面露惊讶之色。这一招倒是与吴承恩的招式颇有些异曲同工之意……

李棠似乎对这一幕见怪不怪，她从容地俯下身，摸了摸那哮天的脑袋。别看那魔物长相凶狠，此刻却显得无比温顺，懒洋洋伏着身子伸出了舌头，乖巧地舔了舔李棠的手掌心，而身后的尾巴更是摇得那叫一个欢实。

“好大的狗！”

吴承恩见状，心中也是一动，俯身蹲在了李棠身边，想要如法炮制去摸一摸这哮天的脑袋——还未来得及伸出手，那哮天顷刻之间便已经换了模样，咬牙切齿地发出了“呜噜”声，獠牙渐露。

“小心！”李棠来不及多说，一把推开了吴承恩。吴承恩摔了一跤，爬起来之后不明所以。

李晋看着这一幕，倒是颇为无所谓：“要不是小姐好心救你，你刚才就少一条胳膊了。可别怪我没有警告你们，哮天可与我这好脾气不同，它可是天狼，万一出了事……”

“汪！”话声未落，那哮天似乎没有解恨，朝着吴承恩跌倒的方向吠了一声。

“唔，天……狼？”青玄听到这一声后，意味深长地看了一眼李晋。

李晋顿了顿，然后点头道：“对，天狼。”

“但是它的叫声，似乎是……”

“我可告诉你，哮天通人性，能听懂人说的话。你可别胡乱猜测，伤了大家和气。小姐，你倒是说句公道话呀！”

那李晋一脸生气，似乎不愿意再和青玄争执。

而李棠没理李晋，只是托着那哮天的下巴，帮它挠着痒痒，哮天被这么抚摸了几下，舒服得开始在地上打滚。那吴承恩见状之后依旧不死心，趁着一个不注意，照旧探身伸出手，想要摸一摸哮天身上柔顺的皮毛。

青玄忽然心里一惊，张口喊道：“停手！”

已经晚了。青玄的话声未落，那哮天忽然间变了模样，眼神充满野性，瞬间化作一道闪光呼啸而出，将吴承恩撞翻在地。

只是，这道闪光的目标并不在吴承恩的身上，反而在空中打了个旋子，之后笔直地朝着李晋扑去——确切地说，是李晋身边的窗口。

一只巨大的半妖无声无息地从一楼攀了上来，身上长着六手六脚，拎着几把匕首，正瞄着李晋的脖子准备下刀。这哮天，毫不迟疑地从刺客的身上掠过。顷刻间，半妖抖晃了一下身子，从二楼跌了下去，身上多了一道锋利的齿痕。

电光石火之后，那哮天重新落在屋子里面，挡在了李棠身前。李棠赶紧护住了肩头上还在酣睡的小小杏花仙，另一只手摸住了自己的兵器。

“有客人来了……”青玄松了一口气，快步走到窗边，朝着下面张望一番之后，开口说道。不知道为什么，黄花镇似乎没有傍晚，天色已经擦黑，街上一个人影都看不到。取而代之的，是数十个聚集在客栈周围的硕大身影，纷纷从地表下面攀爬而出。这些半妖无一例外，都是六手六脚，比画着手中的兵器。

“怎么样？”吴承恩也一个跃身，同青玄并排朝下望了望，手中则握紧了那柄火铳。

“没想到这么多。”青玄语气略微沉重，似是在思考对策。着实，今天这境况有些凶险……杏花仙那丫头自是不必多说，这么多敌人一围，李棠也不见得能全入全出。再加上还有一个折了腿的李晋……

要打或是要逃，胜算都不会太高。

而且这些都是半妖，还未充分妖化，竟是些不怕死的魔物。

倒是李晋被踩了一脚之后不声不响，坐直了身子朝着下面望了望——那些妖兵成群结队，甚至还有一只半妖摇晃着手中的旗帜坐镇于正中。大旗上面，只有简简单单的三个字：

桃花源。

“奉金目大仙口谕。”那半妖张嘴，口中吐出的却已经是不甚清晰的人语，“杀。”

一大群半妖围紧了整个客栈，放眼望去，那些妖兵黑压压一片，肩膀顶着肩膀形成了铜墙铁壁，简直密不透风。

青玄侧身关上了窗户，只留下一个缝隙窥视着外面楼下的动静。没一会儿，吴承恩从屋子外面轻轻走了进来，小声说道：“后面也有不少，但只是守着，似乎没有攻进来的意思。”

“只是因为天还没黑透。”李晋借着窗户缝也瞄了一眼，随手把玩着刚刚那妖物手中所持的匕首，“小姐，你看这匕首……看着像铜铸的，用的却又不是正经铜，反而含着妖气……总之，尽量不要被他们的兵器所伤才好。”

吴承恩向窗外看了一眼：“外面可铺天盖地都拿着这种颜色的兵器，想要全身而退的话……没那么容易。”

“看着那细手细脚的模样，倒像是钱串子成的精。”青玄开口说道，“就是蚰蜒……那虫子腿脚虽然也多，但是没什么力气，所以即便是成了妖孽，也只拿得动匕首这一类的轻兵器。不过，这种妖物可是异常灵活的……”

“那为什么围而不打？”吴承恩一边收拾着自己的行李，一边问道。

“它们不喜欢光。”

吴承恩点了点头，他此刻的想法其实也颇为简单：“在这里和金目大仙的手下打斗有害无益。倒不如主动出击，去找那金目大仙落脚的地方直接下手比较妥当。擒贼先擒王嘛。”

不须多言，几人很快有了一个很统一的答案：避。

青玄快速收拾好了行李，吴承恩目光扫过一旁的李晋，倒是想起了前日李晋见面便打，而且居然……居然骂自己丑，此刻只不屑地打量着李晋的断腿：“唉，总有些人大言不惭，又偏偏学艺不精，到头来还是得我背你不是？”

“嘀——”李晋“噌”地从椅子上跳下来，“谁用你背？我可以单腿跳。”

“好，那你单腿跳吧。”吴承恩嘻嘻一笑，没有再坚持。

“你要是非要背我，我也可以勉强让你背一下啊！”李晋忙喊。

“不要喊啦！她都要被吵醒了。”李棠朝李晋比了一个低声，指着自己手心里已经和衣大睡的杏花仙。

“万一她醒了，看到外面的虫子又该害怕了。”李棠说着。

“唉，她什么时候变小的？”吴承恩这才想起杏花仙明明变大了。

“刚刚她不是说，自己一喝酒就会变小？”李棠忽然拿起桌上剩下的半壶酒。众人看向杏花仙，就见小小的她在李棠手心翻了个身，小嘴动了动，似乎是梦到了吃东西。

“啊！你给她喝了……”李晋恍然大悟。

李棠嘿嘿一笑，她只是试验一下，没想到真的喝酒会变小。

吴承恩和青玄看着小杏花仙，忍不住扶额，这种时刻，他们几人都有防身的办法，唯有这杏花仙，法力低微难以自保。况且，她明显就是这金目大仙的头号目标。不过此刻恰好歪打正着，变小后的杏花仙便于藏匿，反倒安全了些……

蓦地，青玄猛地抬手掀开了窗户——

“走！”

吴承恩第一个冲了出去，同时向着下面的妖兵撒了几张宣纸。一下子，地上被照亮了不少，每张宣纸上都写着一个“灯”字。果不其然，那些多足怪纷纷避让开了光亮，闪出了一条路。

“赶紧走！”吴承恩略微心虚地喊道。这些灯能燃多久，自己心里着实没谱。

几人匆匆而下，朝着那黄花观便要动身。

一声异响从天空传来。青玄最先听到了这个声音，不自觉地抬起头——

天上什么都没有。

但是，确确实实有什么东西落了下来。划破空气的尖锐声响也越来越大，而那声响，也越来越近……

“轰”的一声巨响，整个黄花镇似乎都震了一震——

青玄等人站稳了脚跟，四下望望，却没有看到任何东西。

仿佛刚才有什么厚重的物体，重重砸在了黄花镇的地面上。但是，似乎众人只能听见，却不能看见。只见得周围尘土纷飞，想必落下来的东西分量一定不轻。

吴承恩缓过了神，继续朝着黄花观的方向奔去——没走多远，却仿佛鬼撞墙一般，顶到了一层无形的墙壁，却也不疼。李晋和青玄同时抬手去摸了摸，发觉到手掌心碰触到了一阵刺骨的冰凉。青玄来不及多想，右手祭起念珠，然后左手一掌拍在了面前——

空气开始诡异地凝固，形成了肉眼可以看到的半透明的金色薄膜——只是这层黏乎乎的薄膜铺天盖地，仿佛一个罩子一般，包裹住了以客栈为中心、方圆三四十丈之内的所有地界儿，滴水不漏。

如果远远望去的话，就仿佛客栈附近建起来了一个高达二十丈的巨大的盖子，将吴承恩他们装在了里面。同样地，那些妖兵也被禁锢于这个罩子之内。

李晋神色一变，语气倒是依旧轻松：“如果这是那金目大仙的法术，那他还真是有些本事。”

“青玄，破了它！”吴承恩背着李晋，越来越觉得吃力，所以催促着青玄赶紧动手。

但是，青玄看着眼前的这道妖气形成的墙，似乎有几分眼熟。

青玄用手指叩了叩那金色的墙壁，显然是理解了李晋刚才那番话的含义：

"这是百妖蛊，一般来说，从里面是跑不掉的。"

"百妖蛊？李晋，这是什么意思？"李棠早已按住刀柄，但这罩子，她的刀也没啥用处。现在李棠更担心的，是装在自己衣服口袋里的杏花仙。

"百妖蛊，起源于南苗秘术。南苗炼蛊时，会把一群各式各样的毒虫放入一个壶中，然后便封上壶盖，任由里面的毒虫互相厮杀。等到只剩下最后一只活物时，那便是炼出来的最毒最毒的蛊虫。这种方式虽然成本颇高，但是养出来的毒虫不仅厉害，而且成蛊的时间非常快。"

自然而然，这种急功近利的方式，被某些别有用心的家伙移植到了炼妖方面进行了大量尝试。

"因为这种妖蛊会自发以内中大量妖怪的妖力支撑，因而坚不可摧，笼住的妖怪越多，法力越大，就越难打破。"青玄补充道。

吴承恩恍然，哪怕其中有个妖怪最厉害，如果不把所有妖怪杀掉，而是去专心打破百妖蛊，也等于是在对抗所有的妖怪的妖力，甚至包括他自己的妖力。

好奇特的炼蛊炼妖方法！

"就只剩一个……活物……"李棠看着周围密密麻麻的半妖。

"只不过，这种妖类同类相杀、互食内丹的做法实在是过于惨烈。而且最后胜出的妖怪，多数也会因为吸食了各种各样的内丹而走火入魔，最终不能成妖，反而沦为完全没有意志的魔物，落得一个被排遣于轮回之外的悲惨下场。"

确确实实，这巨大的罩子，正是金目大仙耗尽元气扔出的"百妖蛊"。只不过，平日里方圆十丈左右的百妖蛊已经称得上是巨大；今时今日，吴承恩等人看到的百妖蛊，远远超越了对于一般妖怪水平的认知。

青玄不由得有些后悔，因为第一次同那蜈蚣交手时自己和吴承恩占了上风，所以内心里还是小瞧了那金目大仙几分。之前在客栈里觉得不对劲时，应该早点离开。现在想起来，那些多足怪，只是来拖延时间的。

真正的杀招，正是这百妖蛊之中退无可退、避无可避的百妖……

第十二章

天地一色

“既然走不掉……”吴承恩见没有人再说话，直接将李晋扔在了地上，然后掏出了毛笔，“那便只能一战了吧？”

“没那么简单，因为……”青玄开口道。

一个多足怪已经从李棠脚下猛地钻出了半个身子，挥舞着手中的匕首就要去刺李棠——旁边的哮天一个激灵，一口叼住了那个多足怪，然后咬着牙就是一甩，将其整个从地下拔了出来。

果然，这多足怪身板并不是那么结实，直接被甩成了两截飞了出去。

这一套动作快到李棠全然没有反应过来，等到哮天发出“呜呜”声之后，李棠才醒过味儿来。

“小姐还不知道这东西的凶险，千万要当心……”

李晋在地上揉着自己的屁股，接上了青玄的话，同时抬手指了指不远处——刚才被哮天干掉的那只半妖的尸首刚刚落地，就化作了一团漆黑色的雾气；而它身边的另一只多足怪，不自觉地将那团雾气吸进了体内，继而抽搐了几下，然后重新站直了身子。

平平望去，这妖物似乎比身边那些个如出一辙的多足怪高了小半头。

“百妖蛊不是普通的罩子，里面的妖气是散不掉的。”青玄对吴承恩和李棠摇摇头，他们把事情想简单了，“在这个蛊里，每一只战败妖怪的内丹，都会成为离它最近的另外一只妖怪的食粮……”

也就是说，在这蛊中，妖怪们虽然是越杀越少，但却也越杀越强。

地面一阵松软，吴承恩大喊一声小心，哮天瞬间驮着李棠向上跃去，硬是用爪子扒住了那金黄色的蛊壁。几只多足怪同时蹿出了地表，朝着吴承恩和青玄胡乱挥舞着手里的兵器。

“你也跳！”青玄招架了几下，同时朝着吴承恩说道。吴承恩没有任何迟疑，也朝上一跃——但是自己尝试了一下想要留在空中却不能，只得一把抓住了哮天的尾巴。

“嗷呜！”哮天一下子觉得身子沉了不少，扭头看到了半吊着的吴承恩，即刻露出了自己的獠牙表示不满。吴承恩只能赶紧给了一个笑脸，同时小心朝着李棠问道：“它不会咬我吧？”

地上的青玄立刻俯下身子，单手按住地面，佛珠流火闪现。片刻之后，那些个露着半截身子的多足怪忽然间挣扎了起来，身上还冒出了依稀的黑烟，似是被烤焦了一般。李棠伏在哮天身上，看到下面的一幕。

“能把大地变成……*烫烫烫*！能变成火，你也算是……*烫烫烫*！妖怪已经死了，你赶紧收手吧！”坐在地上的李晋本打算开口称赞青玄一句，却被地面那火热的温度弄得狼狈不堪。

其实，无须李晋嘱咐，青玄脸上已经有了汗珠，随即抬开了自己放在地面上的手掌。

照旧，那些半妖化作了黑色的雾气，被其他的多足怪吸入了腹中。

站在众多多足怪之中的会说人话的半妖，似乎颇有些不耐烦，挥舞了一下手中的旗帜。很快，又一只多足怪从李晋的脚下冲了出来——

这一只多足怪的体型明显比之前的半妖要大上整整一倍，硬生生将李晋顶到飞起，同时抡起匕首朝着李晋便是一刺。幸好，吴承恩也发觉到了不对劲，直接松开了自己抓着哮天尾巴的手，任凭自己垂垂落下，顺势用尽全力一脚踹在了那多足怪的脑袋上。

想不到那多足怪丝毫没有退缩，反而继续用力，硬是将吴承恩撞飞了出去。看来，这妖怪明显比刚才的几个多足怪要壮实太多。

那妖物顶飞了两人之后，得意不少，整个身子也都攀出了地面，想也没想就朝着青玄杀了过去。

一道银光闪过——

那妖物不可置信地停住了自己的身躯，尽了全力想要回头去望一眼——在它身后，落在地上的李棠已经是收刀的姿势了。

而哮天则是死死盯着眼前的妖物，以防不测。

顷刻间，那妖物被锦绣蝉翼刀自正中一分为二，倒在了地上。

但下面的情形，让几人明白，这才是刚开始。那被劈开的妖物，冒出了比刚才几具尸首更多的黑色雾气，被围着几人的多足怪吸进了体内。

夜色越来越沉，人在晚上能看到的东西越来越少。再这么拖下去的话……

那会说话的半妖再次挥舞了旗帜，这一次霎时间二十几只多足怪直接跑着杀了过来。哮天甩了甩身上的毛，一声低吼便朝着这群妖兵扑了上去。

只是，越来越多的多足怪从地表下面钻了出来。吴承恩急忙甩出一沓宣纸，每一张上面都写了一个“网”字；霎时间所有宣纸连在了一起，成了一张沉重的大网覆盖了几人的脚下。果然这一招还算是比较奏效的，一般的多足怪拼尽全力也只能冒个头，却顶不开头上的巨网。只有两三个体型格外巨大的半妖，能勉强钻出半个身子。

土层下面的那些个小个多足怪，挣扎了一会儿之后改变了策略，从土里面伸出握着兵器的手臂开始切割那些宣纸。李棠不得不重新拔出兵器，时不时朝着脚下面就是随便一刺——但是，几乎每刀必中！

李晋把这一幕看在眼里，略加思索后得出了一个不太好的消息：“难道说，咱们脚底下已经堆满这些个家伙了？这个百妖蛊里到底有多少妖物啊……”

青玄这时才意识到自己可能误算了一点：他之前也和李晋一样，理所当然地觉得这百妖蛊里应该有一百只妖怪；但是，这种常识其实只是针对一般的百妖蛊。

金目大仙造出来的百妖蛊可要比一般的大上几倍……也就是说，这个蛊里的半妖，很有可能数量远超一百！

别看现在，几人似乎占了上风；尤其是那哮天，横来竖去无人可挡，一扑一啃便能除掉一片多足怪，单凭一己之力就挡住了正面的攻击。但是，且不说这几个人法力是不是撑得住，体力也是个大问题……就连哮天现在也在撕咬落地后先喘上一喘，才能继续发力了。

眼下，该怎么办……

“你们不是说这是炼蛊吗？”李棠似乎已经快没力气了——她已经朝着地面刺下去了二三十刀，却依旧止不住这片大地的颤动，“不是说百妖要在这里互相厮杀吗？为什么它们只对付我们？”

“估计那个摇旗的家伙，就是上一次百妖蛊的赢家。”李晋抬手，指了指那会说话的半妖，“所以，这群家伙才……”

说者无意，听者有心。

青玄几乎是一拍自己的脑门，率先反应了过来：“对啊，这么简单的道理，刚才怎么没去想……”

“想什么？”吴承恩倒是丝毫没有疲倦的意思，不断地在地面上继续铺着网阻挡着脚下的攻势，时不时在宣纸上写几个“剑”字插进土里。摸了摸袖子，短短一炷香的时间宣纸已经耗去了大半。

“这不正如你所说，师弟。”青玄笑了笑，朝着吴承恩打了个手势，“擒贼先擒王，但是不仅仅金目大仙是王……”

一番话，同时也令李棠和吴承恩茅塞顿开。

是的，他们四个人从一开始便打算避而不战，所以压根儿没有想过去击杀掉那个站在多足怪堆最中间摇着旗的半妖。

眼下既然已经有了解决办法，那便……

“只对付一只的话……”李晋坐在地上想了想，抬手招呼道，“哮天！”

哮天即刻奔了过去，而李晋，第一次摘下了背后的大弓。

吴承恩看到这一幕，不禁皱了皱眉：这李晋现在连站起来都做不到，又岂能拉得开手里的九石弓？

哮天接下来的行动，倒是让吴承恩瞠目结舌：只见李晋仅仅用左手举着弓摆好了一个架势，右手却丝毫没有要去拉弓的动作。反倒是那哮天张开嘴叼住了弓弦，四爪着地，然后向后扯去——

远处那会说人话的半妖，显然意识到了什么，手中的旗帜一摇，便涌上来了几只格外巨大的多足怪挡在了自己跟前。

“小姐闭上眼睛……”李晋嘱咐道。

“嗖”的一声，弓弦归位。

一道长长的闪光笔直地扑了出去——是的，吴承恩看到了，射出去的东西，是张牙舞爪扑过去的！

是哮天！

紧接着，哮天似乎化作了一道闪电，带着尖锐的噼啪声，而且整个身躯愈来愈亮！一开始仅仅是刺眼，继而照亮了整个百妖蛊，紧接着整个黄花镇恍如白昼，再然后——

“天地一色。”

什么也看不到了，只剩下耳边传来了李晋轻轻的声音。

光芒散去后，过了许久，几个人才能再看清楚东西。地上多了不少土坑，看来那些多足怪都躲了起来；外面只剩下了那几只巨大的多足怪被贯穿的尸首。而那只会说话的半妖，已经不见了踪影。

吴承恩搭住眼望了望，迟疑道：“射偏了吗？”

“汪！”不知何时，哮天的声音在吴承恩背后响起，借着安静的夜色显得格外嘹亮，吓了吴承恩一跳。吴承恩急忙转身，却见得那哮天摇着尾巴，嘴里叼着那面被烧焦了的旗帜。

安静没有持续多久，地表下面渐渐传来了涌动声。很快，兵器的碰撞声、血肉被劈开的滋滋声、半妖特有的惨叫声，不绝于耳。

“这便是炼蛊？”李棠听着周围凄惨的嘈杂声，言语中透着几分惊讶和不忍，“它们就不能停手吗？就因为是妖，就要被人这么戏耍、利用？”

没有人答话。

吴承恩躺在李晋身边休息，招呼着青玄也过来坐下。

“你们就真的不为所动吗？”李棠见三人似乎毫不在意，忍不住问道。

“哎呀，这，怎么说呢……刚才它们可是想要咱们的命呢。”吴承恩不知道该如何应付，只能扯些有的没的，“总之，咱们就等着它们互相杀戮，留到最后一只再动手就好……”

“是的。”青玄说道，“留剩下最后一只，即便妖力大增，但是经过了这么久的厮杀，气力却不能恢复。等到收拾了最后一只，我们便去找那罪魁祸首——金目大仙算账。”

李棠不再说话，知道自己这个时候不该耍脾气……

一切都很顺利……李棠只能这么安慰自己。

一切都很顺利，说不定，自己怀里的杏花仙一觉醒来，这一切就已经都结束了。

对吧，小杏花……

百妖蛊之中，持续了一夜的厮杀声已经逐渐变弱，看来这个蛊里面的半妖已经互相消耗得差不多了。果然，那些半妖就像大家推测的一般，只会攻击自己身边的妖物。青玄他们靠在角落里，落得了一份清静。

吴承恩疲倦地蜷缩在百妖蛊的一角，忍不住靠在青玄的肩膀上打了个哈欠；身边的李棠却已经躺靠在哮天的身上，发出微弱的呼声，看起来睡得很甜。李晋则问了问吴承恩他们饿不饿，在屡次三番得到了否定的答案后，他才从怀里掏出了一个馒头自己吃了起来。

吴承恩瞥了一眼，已经懒得争执了。

“这黄花镇里，是没有上午的。”青玄手扶着地表，抬头看看天色：似乎从两个时辰以前就是这般阴郁，迟迟见不到东方露出日头。

而百妖蛊的正上方，同样抬头看着天色的，还有那金目大仙。

那金目大仙是在三个时辰之前到的，当时手中还拎着一把缠绕着符纸的槐木剑，从那黄花观里腾云驾雾一番之后，轻轻落在了这百妖蛊的正上方。

李晋抬眼看了看，认出了那道符纸乃是“神元归灵”，只要打入妖物的肉身之中，便可以在短时间内恢复目标的体力。

很明显，这金目大仙并非第一次用这百妖蛊；他自然也是知道，蛊里面最后炼成的妖物虽然汇集了百妖精元而妖气颇盛，但是气力方面却捉襟见肘。一般来说，炼成的妖物起码也得恢复十天半个月才能派上用场。

但是，如果将这缠着“神元归灵”符纸的槐木剑直接插进妖物的内丹，则可以让它不眠不休地再战一天一夜。

那金目大仙本来设计得周全，私底下早就算好了时辰，打算自己美美睡上一个饱觉养精蓄锐，待到百妖蛊快要破除之际再来收拾残局。万没想到，李晋那惊天一箭着实吓到了在黄花观里疗伤的金目，匆忙奔至门口，但见得一道银光呼啸而去——

谁人这么大的本事！如果刚才这一招打在自己身上的话……

想到这里，金目不禁打了个冷战，自然是不敢怠慢；他急忙带齐宝物，来到了这百妖蛊之上伺机而动。等到了跟前，才看到了之前见过的那个花臂汉子，正在和自己的三个仇人坐在角落里休息。

不成……自己必须抢占先机；金目明白自己一旦错过百妖蛊化开的瞬间机会，那么很有可能好不容易炼出来的巨妖会在顷刻间被那几个家伙杀掉。

李晋等人自然也是想到了这一层，所以才让青玄始终按着地面，探查到底还有多少半妖生存。只不过，青玄只能摸得个大概，却不如在百妖蛊顶端的金目大仙知道得详尽。

这两三个时辰，虽然双方没有任何接触，但是心里却都绷得紧，可以说是一触即发。

只剩下三四只了吧……

李晋活动了一下筋骨，拖着自己的一条断腿慢慢站了起来，走到李棠身边，俯身叫了一声：“小姐——”

李棠眼皮一动，举手挥刀便砍，幸好那李晋本能地一躲，才逃开了被劈成两半的下场。

旁边的吴承恩目睹了这一幕，忍不住摇头惋惜：“唉，堂堂锦绣蝉翼刀也有失手的时候？你的身手要是能快半步该多好……”

“我没睡。”李棠睁开眼睛，辩解道。

“小姐，我要收了哮天了。”李晋虽然摔得狼狈，倒也丝毫没有计较，这百妖蛊已经快完成，李晋怕哮天如果再留在这里，很可能也会被百妖蛊算进其中，说不定会沾染上那些半妖的妖气。只是李晋刚走两步，身前的衣服被划开了一个口子，从里面又滚落了四五个馒头。李晋急忙挪挪身子，挡在了馒头前面。

旁边的吴承恩依旧目睹了完整经过，还是忍不住摇头，越发惋惜刚才李棠没有一刀得手了。

李晋捡起馒头，朝着哮天招手。那哮天倒也不急，先是帮着舔了舔李棠的头发梳理一番，这才信步朝着自己的主人一跃——一道光芒闪过，之前李晋身上的半臂文身重新浮现在了肉身之上。

一只巨大的多足怪忽然间从不远处破土而出，狰狞着挥舞着手中的数把兵器；吴承恩猛然清醒，本能地掏出了毛笔准备迎击——却不想，下一个瞬间，一只更大的多足怪猛地从旁边一跃而起，横腰斩死了之前的同类。

在蛊顶上的金目看到了这一幕之后，俯下了身子，做好了准备。

“时候差不多了。”青玄点点头，拎着念珠站了起来。见得青玄如此，吴承恩、李棠也纷纷摆好了架势。

李晋倒是依旧坐在地上，口中吩咐道：“看那金目的行动，似乎也知道马上这百妖蛊就要完成；倒是他聪明反被聪明误，这么大的蛊，他在顶上，妖在土里，他反而离得太远。活下来的妖物现在很虚弱，需要咱们一击而杀，然后再对付那金目。他之前扔出了这么大的百妖蛊，想必妖气已经所剩无几，咱们胜算很……”

“天亮了吗？”一个细弱的声音突然说。

“小杏花，你终于醒了。”李棠歪着头看着肩膀上的杏花妖。

那杏花妖的酒还是未醒透，依旧拇指大小，嘴角留着些口水的痕迹，双手揉着自己的眼睛。晕乎乎的，险些从李棠的肩膀上跌落下去。

李棠急忙一把扶住了她，嘴里说道：“再睡一会儿便好了。”

“等一下……”吴承恩忽然间一个激灵，“李晋是不是说，只要是妖……”

李晋不明所以，回头看了看吴承恩的表情，同时也恍然大悟！

杏花仙，杏花妖！

她也是妖！她也在百妖蛊之中！

就在众人慌神的一刹那，又一只多足怪被杀——整个百妖蛊之中传出了一声震天嘶吼；紧接着，一只三丈大小、浑身乌黑发亮的多足怪，全身沾染着同类的血迹，从地里面爬了出来。

“正是时候！”蛊上面的金目大仙明白时机已到，一边怪叫着一边挥舞着手中的槐木剑，纵身朝着那只多足怪就是一冲；只不过，他的面门直接顶在了蛊壁上面，撞了自己个头晕眼花、头破血流。

哎？这百妖蛊为何没有化开？难道说……

那多足怪吸足了刚刚杀掉的半妖的妖气，转过身来四下张望，抬眼便瞧见了隐隐发光的李晋。这多足怪也不含糊，直接挥舞着手里的兵器就冲了过来。只不过，这妖物才奔了几步，便顺势摔在地上，整个身子颤抖不已；而浑身上下，竟也是冒出黑光。

金目在上面看到这一幕后悔莫及，知道自己不该一次性在百妖蛊里扔进这么多妖怪：现在这好不容易炼成的妖物，肉身已经扛不住这么多妖气，撑破了内丹。

就在那具多足身体崩开的一瞬间，百妖蛊登时消失，而多足怪身上的妖气喷薄而出！

那金目急忙腾身而起，暗中观察地上的变故。

只见那多足怪身上散出来的妖气越来越多，逐渐汇聚成了一团——

“小心！”吴承恩大声喊道。

只不过，已经晚了。

但见那团妖气在半空盘桓了片刻，随后直奔着李棠肩膀上的杏花妖而去。杏花妖不明所以，本想躲开，却偏偏差了那么半刻，妖气正撞在她身上！

杏花妖被磅礴的妖气撞得跌落在地，很快恢复了成人体态！肉眼可见的妖气在她周身横冲直撞，仿佛一团黑色的火焰包裹住了她。而杏花妖的身子似乎也开始越变越大……

“好烫！好烫！救命啊！”杏花妖这才彻底醒了过来，开口呼救道。

说时迟，那时快。

青玄一个箭步冲到了杏花妖跟前，抬手便是一掌，木力倾巢而出。这一掌不为别的，只是为了先令杏花受木力刺激而现出原形，顺势助她排除部分外来妖力。否则再维持人形，入侵妖气扩散不出，肉身必被撑爆无疑。

然而也就仅限于此了。

青玄并没有什么别的办法来彻底摧毁这团妖气。眼下他虽然将笼罩在杏花妖身体周围的妖气拍散，令她躲过肉身崩坏这一劫，但之前那团妖气横冲直撞的时候已经有大部分都注入了杏花妖体内，所以即便青玄将杏花妖打作原形，却依旧消除不了这似火的妖气……

而吴承恩几人看过去时，已被眼前的景象惊得愣在原地。

——仅是一瞬，整个黄花镇，百亩杏林，倏忽间铺天盖地地开满了杏花，漫天粉红花雨，如焰似火。

第十三章

亢金龙

金目见势不妙，飞快腾云离去。

他咬牙切齿、杀气腾腾地回到了黄花观之中，嘴里大喊着“来人”。

此刻，他心里已经打定主意，要带上这里的全部妖兵，去和外面的家伙们拼个你死我活。

金目心机颇深，留了不少妖兵镇守家门。这些妖兵，可都是之前这几年大小妖蛊里面留下来的精兵悍将。至于自己的妖气，只要啃食上十来个妖兵，自然是能登时恢复。

但是，金目大仙的一嗓门，空空荡荡回旋在黄花观之中，却没有任何声音响应自己。没有任何一个妖兵从地面爬出来回应自己。

奇了怪了……金目大仙这才左右看看，心里纳闷：自己明明把剩下的将近两百多足妖兵安插在此，为何现在连个屁都不见？这俗话说得好，活要见人，死要见……

一阵风吹来，金目听得头上的响动，忽然抬头，然后一下子失了力气，跌坐在地上。良久，金目大声狂叫，失去了理智，气得几近发狂。而他的肉身也保持不住人形，化作巨大的蜈蚣，在黄花观之中狂扭着自己的身子。

黄花观的屋顶上，悬着不下百具妖兵的尸首，无一例外是被人用绳子悬住脖子勒死，挂在了横梁之上。

定是客栈那些个家伙趁自己不备，端了自己的老巢！金目大仙显然没想到对方会有这么一手，他懊恼不已。这些多足怪不仅是自己一手培养，更是耗了自己不少精元。金目遭此一难，对他来说与灭门无异。此仇不报，何以存世！

冷静了片刻，金目急忙顺着墙壁攀爬蹿上了横梁，想要解开尸首。但是，这些绳子似乎有些门道，无论如何都无法解开上面的死结。甚至，金目不顾形象上嘴去咬，那绳子也丝毫没有断开的意思。忙活了几乎半个时辰，金目硬是连一具多足怪尸首都没有救下来。

既然如此……金目思忖片刻，不再浪费时间，张开嘴，就在横梁之上，开始了大肆饕餮。

啃了几个妖兵之后，金目终于恢复了几分理智，开始回想刚才的状况。最让他没想到的是，这百妖蛊，最后得利的竟然是那不起眼的杏花妖，不过，那漫山遍野的杏花开放，也让他更加肯定之前的计划没有错，只要拿到杏花，配合红钱以及自己多年炼制的毒雾……

就在这时，金目眼光忽然扫到两个身影，就在黄花观外站着。

是自己眼花了，还是刚才被气得太狠，这两个人的样子，像是在这里等候已久，可自己先前根本没注意到。

哦？是两个绝色女子？

金目大仙眉头一皱，站起身来，但见得这两个女子丝毫没有慌张，微微施礼："桃花源金角、银角参见金目大人！"

原来是桃花源的人，铜雀的手下……

金目大仙听得对方自报家门，匆忙还了一礼。双方随即客套了一番，说了些有的没的。金目表面上试探了对方几句，心里却一直在打鼓：莫非是来催讨黄花饼的？这可有些强人所难……才几天啊，对方未免也太操之过急了吧！

想到此，金目不自觉地摆上了几分脸色，话说得也难听了几分，里外都是些牢骚，意思是桃花源掌柜的未免有些小人肚量。那金角、银角却也没有在意，依旧笑吟吟的。

真不愧是铜雀调教出来的……

想到铜雀……金目不由得想起了自己专赴京城鬼市的情形。

当日他亲赴京城，与“桃花源”掌柜的面谈了一番。那掌柜的虽然慈眉善目，但是金目大仙背后的冷汗从来就没有停过。虽然掌柜的看起来是如此弱不禁风，只要自己现出原形，一口就能将其毙命，但是……

此人危险。

金目大仙的本能告诉自己。

幸好双方谈得不错。

尤其是那掌柜的，得知了自己可以用妖花炼毒一事之后颇为感兴趣，这毒是金目的得意之作，无色无味不易觉察，但却能扰人心智。临末了，金目大仙不仅得了一笔银子，而且还带回了一大批妖铜兵器用来组建自己的势力。

至于交换条件嘛……

黄花镇一直都是光禄寺的大人们颇为照顾的地方；只要他将自己做的那些掺了罂粟的黄花饼卖给朝廷的人，剩下的事情就不必过问。

甚至为了协助他，铜雀当场给了他一枚红钱，以提升妖力，天下间竟然有如此便宜的买卖！

想到这些，金目对着金角、银角拍胸脯保证，自己定会加紧赶制，只需三日，下一批黄花饼就可做好。

谁知道，当金目大仙说出这个好消息时，那金角“扑哧”一笑，摆摆手示意对方误会了自己的来意：“我们是奉掌柜之命，前来问大仙借一样东西应急。如果不是走投无路，也不会特意叨扰大仙。不过，大仙大可放心，桃花源一定有借有还，而且一定会连本带利。”

“哦？”这番话倒是勾起了金目大仙几分兴趣，“不知道两位女施主，所借何物？”

“喏。”银角倒也不客气，指了指金目大仙的胸口。

金目大仙一时迟疑，低头看了看自己。自己的胸前，除了挂着的红钱之外，并没有什么宝贝啊……

又过了一会儿，金目才反应过来，登时一怒：“简直儿戏！你们是说……”

“是的，正是想问大仙，借上您的红钱一用。”金角毫不避讳，开口说道。

金目大仙差点当场发了脾气。

红钱？没了红钱，自己的计划怎么施行，这个时候来拿红钱，铜雀到底是何居心？

但是随后他却冷静了几分。

一来，自己日前扔出了百妖蛊后一直没有休息，身上已经没了什么妖力；二来，这两人既然是桃花源派来的，想必也有几分本事。思来想去，如果当下便撕破脸皮斗起法来，自己是要吃亏的。

倒不如先缓上一缓。

思及此，金目收了自己的脾气，双手抱拳毕恭毕敬地说道："这红钱，本来就是桃花源掌柜铜雀大人赠送的，既然是桃花源掌柜的开口，那小仙也只能勉为其难。只不过，黄花饼还未筹备妥当，两位正好可以在小仙这里游玩几日。待得小仙准备完毕，自然是将红钱一并奉上，两位便可以起身回京城了，一举两得。"

金角和银角互相看了看，然后露出了阵阵媚笑："等不得那么久……掌柜的着急呢！不过既然大仙开口，我们也不能不识趣，否则伤了和气。不如这样，我们就在这里住上一日，来的路上也瞧见这镇里有吃饭落脚的地方。明天返程倒是合适，也能给大仙一个准备。"

一天？

金目大仙顿时心里窝火。对方面上说得好听，仿佛对自己让步几分，实则竟是自说自话，全然没有把自己放在眼里。既是如此，自己便也没什么好客气的了。

"那好，还请两位暂且休息。明日，小仙自然准备妥当。"金目还是作了一揖，以退为进。

金角、银角点点头，转过身，扭着身子离开了后山。

是可忍孰不可忍！

金目咬牙切齿，待到那两人身影消失之后，又回身爬上横梁，继续吞噬那些死去的妖兵！

现在的他，急需妖力！

忽然，金目动作一顿，他看着横梁上这些原本属于自己的妖兵，似乎明白了什么。

——是那两个女人做的！

金目舔舔嘴角残存的血，目露凶光：等本仙恢复了妖力，除了生吞活剥外面那几个家伙，还要让你们两个永世不得超生！

再说那金角、银角，别了那金目之后倒也并不着急，直接奔着黄花镇唯一的饭庄而去。

白日里路过此处时，便闻得一阵香甜，自然是打算来这里饱一饱口福。只是推门进来，金角、银角霎时间瞥见角落里坐着一个惹眼的花臂大汉，正闷头喝酒。

双方互相警觉地对视了一眼。

之后，金角、银角出于小心，找了另一个角落坐下，点了酒菜。

那花臂汉子正是李晋。

原来当日破了百妖蛊之后，青玄几人住的客栈已经倒塌，现在暂时借住在镇边一户穷苦人家里，能讨到的也只是些粗茶淡饭。

李晋自告奋勇出来给大家买些酒菜回去，其实，他只是不想跟那吴承恩和青玄待太久。

虽然相处日子不长，但这两人的来路着实奇怪。

吴承恩道行一看就不深，估计修行也就十来年而已，但能力却十分有趣。而青玄则深不可测，五行之法用得炉火纯青，打斗时看不出来，但那一掌打出杏花妖身上的妖力，绝不是等闲之辈。

说起来，这青玄使用的法力他好生熟悉，在他的记忆里，似乎曾经也有这么一个人善用五行之力……那是多久以前呢？

十年？不，不是近几年，应该是一百……两百年前？

他的脑海里再次浮现青玄的脸，这张脸……似乎真的见过呢！有些东西呼之欲出，可偏偏又记不起来了。

就在李晋沉思的时候，整个饭庄中的空气，忽然凝重起来。继金角银角之后，又有一个人，撑着一把怪伞走进了饭庄。

此人进来之后并没有落座，随意看了一眼坐在角落的李晋，然后，径自走到了金角、银角附近。

金角、银角抬头看看面前的男子，笑脸吟吟。

“没猜错的话，两位是妖。”那人开门见山，没有一句废话，一边说着，一边收了伞握在手里。

“公子猜得没错，不知公子有何贵干？”金角、银角并不避讳，对着面前的汉子坦言道。

“那事情就简单了，逢妖必杀。”那汉子倒是光明磊落，客客气气地指了指外面，“烦请两位移步，与在下出去一战，省得惊了附近的百姓。”

“想必公子有些来历，在下还未请教呢。”金角、银角立时站了起来，并无慌张，反而散发出两股杀气。

“在下镇邪司二十八宿，亢金龙·九剑。”

整个饭庄一瞬间杀气弥漫，九剑和金角、银角正对峙，却听到背后“咣当”一声，几人看去，只见李晋倒在地上。

原来看到这阵仗，李晋就想着悄无声息地溜走，哪知刚起身没两步，断的那条腿就磕在了门口的板凳上，李晋疼得“哎哟”一声就摔在了地上。

“不好意思不好意思，喝醉了喝醉了……你们打你们的，我就看看，就看看。”

金角、银角看到这副架势，不由得多瞅了李晋几眼。

李晋立马吹胡子瞪眼：“怎么着，饭庄你家开的？看热闹不许吗？！哎哟你看看这些妖怪嚣张得啊……这位拿伞的壮士，速速动手收了这两个霸道的妖孽，堪称为民除害！”

那九剑见此，也并没有多说什么，只是做了一个手势，将金角、银角在众目睽睽之下请离了那饭庄。

李晋目送这一人两妖离开，周围也没人注意，内心才不由得长出了一口气。这场争斗，李晋是无论如何也不愿意卷入的。

正如李晋那日对李棠说的一样，他这一次离开李家的理由，并不只是为了寻找李棠，而是另有任务——家主想让他找机会混进锦衣卫镇邪司，打探朝廷的消息。

李晋在寻找大小姐的时候，也曾跟家里的白面具们碰过面，交换过消息，对方说有一个自称镇邪司镇九州的人，曾对李棠不敬。

不过，在李晋的认知中，镇邪司的人应该不会如此明目张胆地挑衅李家。

虽然家主擅自给李棠定了婚约，但对李棠还是很关心的，毕竟就这么一个妹妹。倘若真有什么人对李棠不利，家主肯定不会放过对方。

至于他自己……则另有打算。

只是没想到，在他一路上游山玩水打发着时间、盘算着主意，这走着走着便遇到了吴承恩一行人，以及……李棠。

既然已经找到李棠了，那其他的……都可以暂时放一边。

现在，李晋心中的目标就只有一个——少生事端。

李晋一边喝酒一边琢磨，却听得外面已经远远打斗了起来，而且隐约听得到惨叫声。

嗯，那两个女子一看就知道不好惹，看来镇邪司的那位小哥八成要葬在这里了。

只不过事不关己，李晋并没有在意，只是按照出来前李棠的吩咐买了些酒菜，左摇右摆地回去交差了。

咱们再说九剑。

之前为了完成麦芒伍交代的任务，九剑其实已经在南秀城待了一段时日，行踪倒也简单。

每日天还没有亮透，他便从客栈讨上一些茶水、干粮，然后走到前往南秀城的必经之路上一坐便是一天。

等到入了夜，九剑便拍拍屁股，起身回到客栈休息。

南秀城的百姓见九剑虽然面相凶狠，但是为人温和，而且一直都是谦卑有礼，自然也是相安无事。

大部分百姓只当他是没有赶上之前悬赏的能人异士罢了，甚至偶尔也会和他攀谈几句。

但其实，九剑在人们不知道的时候，早就斩杀了五只已经成精的蜘蛛怪。

这些蜘蛛怪凶恶异常，徘徊在南秀城周围，不肯离去。而且，它们有一个共同的特点，就是曾被妖力催化过。

九剑推测，应该是它们的头领被之前路过的捉妖人干掉，漏掉了这几个不成气候的蜘蛛怪，而它们不知道要去哪儿，智化程度也不如原来的蜘蛛头领，所以习惯性地在熟悉的地方徘徊，并依靠本能去捕杀猎物。

对捉妖人来说，这几个被妖力催化过的半成品蜘蛛怪不成对手，可对百姓而言就是大患了。好在九剑一直奉行镇邪司铁令——逢妖必杀——自然要把看见的妖怪都除掉才对得起自己的身份。

后来血菩萨的乌鸦带来消息——南秀城一共就七只蜘蛛精，之前他与吴承恩等人灭掉两只，剩下的五只都被九剑消灭，南秀城已经无甚危险，而现在任务有变，麦芒伍要他赶快赶到黄花镇，活捉金目大仙。

是的，活捉。

这虽然与镇邪司铁令有违，但麦芒伍一向运筹帷幄，而且从没有错过。九剑知道，自己无须质疑，只须执行命令即可。

九剑顺着浓烈的花香，倒是不难找到黄花镇，而且花香里的确夹杂着妖气。想来定是那金目大仙无疑了！

然而等到进了镇子，九剑顺着那黄花饼的香气找到一家饭庄——却发现，这镇上竟不止金目大仙一个妖怪！

他最先注意到的便是饭庄最里面的角落里坐着的那两个妖艳女子。即便这两人化为了人形，也丝毫没有打算掩盖身上散发的妖气。如此明目张胆，想必一定有些本事吧。

至于正对门口坐着的那个花臂汉子，眉宇之间倒是带着一股正气，想来与妖无关。只是自打自己进门，这人便频频与自己眉来眼去，不知是何用意？

九剑也没多想，目前最重要的，还是先把那两个女妖引出去再说，免得伤及无辜。

出了饭庄，九剑与那金角、银角斗在一起，几招之内便知对方俱是高手。当即决定边打边退，向着人稀的郊外引去，以免伤及无辜。

那金角、银角自不是普通小妖，桃花源能在鬼市有今日之盛，她二人便是掌柜铜雀最得力的手下。

此刻两人虽然依旧保持着人形，双手的指甲却已经有四五寸长短，而且坚硬无比。随随便便抬手一抓，便撕透了九剑腿上的铠甲，留了五道血痕。

九剑知道自己大意不得，即刻抛起巨伞——那伞在半空中展开，幻化成九把残刃在半空中画圆。紧接着，九剑比起两根手指抬手一指，最终大喝一声“龙”！

那九把兵器忽然间便有了生命一般首尾相接，如同龙形一样朝着金角的脸面破风而去。

金角之前一直占着上风，即便感觉到兵刃已在眼前仍不慌不乱，抬手一挡就护住自己。

电光石火之间，哪晓得九剑忽然间抖了抖手指，自己的兵器便在空中灵动一番，最前面的兵器绕了一圈，从背后刺向了金角的背脊！

那金角却没有坐以待毙，反而四肢腾空向前一跃，顺势在半空中攀爬着这九把兵器，朝着地上的九剑杀了过去。在金角吸引了九剑足够注意力的同时，银角已经不声不响，在九剑身后死角处的泥土之中冒了出来，同时瞄准了九剑的脖颈。

虽然九剑年纪轻轻就有了这御剑的本事，但是金角和银角早有准备，对付他最好的办法便是贴身而战。再加上目前可以前后夹击，料得九剑这小子下一刻便在劫难逃。

果然，眼见得面前的金角逼了上来，那九剑只能收了刚才的攻势。九把兵器顿时回了九剑身后，重新画圆，所有剑似乎都蓄势待发准备扑出去一般嗡嗡作响。而九剑也收了身段，双手垂下，似乎想找出金角的破绽。

就是现在！

银角抓住时机，抢在九剑揣摩着重新出招之前挥舞着利爪冲向了他的死角。

金角自然是全盘入眼，立刻心领神会，张嘴便朝着九剑大吼一声，掩盖住了银角刺杀的身法带起的风声。

得手了！

“虎。”

九剑的一声冷笑，惊到了近在咫尺的银角。金角顿时也是一愣：奇怪了，刚才还悬在九剑背后的那几把兵器，为何在自己眨眼间全不见了踪影！莫不成是……

等等！金角突然注意到，那九剑比着的两指，此刻依旧未松开。看起来九剑仿佛垂手而立，但是换个角度去想的话，也可以认为他是在指着地面……

难道是？

正在迟疑之际，一股飓风从天而降，仿佛猛虎扑食。

“闪开！”金角大声喊道。

已经晚了。九把兵器不知何时已经从九剑背后移开，悬在了半空之中；就在金角察觉到了不对劲时，这几把兵器齐刷刷地垂直刺下，遍布于九剑周身！

幸好金角提醒得及时。

凭那银角的身手，匆忙之际勉强向那从天而降的剑雨缝隙间躲避过去。

但事情却出乎金角和银角的预料，这落下的九把兵器，每一把的周身都缠绕着厚厚的剑气不断旋转——即便是兵器与兵器之间的缝隙，也早被这凌厉的剑气所填满、覆盖。

银角听到了金角的提醒，几乎本能地停下了自己的步伐避开那些个剑气——肩膀猛然一疼——好险，看来只是一些皮肉伤。

银角看着掉了一层皮的伤口，觉得并无大碍。

幸好，这家伙用的这些个兵器都已经残破不堪，看来连刀刃都卷了也说不定……

但是，很快银角就意识到了问题：为何自己被剑气所伤之后，并不是被切开一个口子，而是掉了一层皮？

是的。这当中的秘密，才是九剑的真本事。

就像刚才金角看到的一样，九剑的兵器周围并不是附着了剑气，而是被不断飞舞盘旋的剑气所缠绕。那银角只是擦伤了一下，本想伺机而动，却不由得整个肉身都被吸了起来，搅进了剑气形成的漩涡之中。

这漩涡之中乃是层层锋利的剑气，可谓避无可避，霎时间银角的肉身便是血光飞溅，惨叫连连。金角知道大事不好，这么下去不消一刻，别说肉身，银角的内丹都会连渣都剩不下了。

这一套“虎式”，九剑耍得简直行云流水，威力和速度与最开始的“龙式”简直判若两人。看起来，九剑也明白自己以少打多胜算不高，所以刚才的第一招刻意隐了实力，为的就是引得金角、银角大意，以求一击必杀。

这个时候，再察觉到九剑的心思已经晚了。

金角自知不妙，拼尽全力也要先救下银角。迎面扑了上来——九剑抬起右手比着二指微微弯曲，登时另外八把同样缠绕着剑气的兵器拼成了一个剑阵，横着挡在了金角面前。

金角不管不顾，伸手想要挡开这剑阵，却一下子觉得自己将被吸进无底深渊似的，整个人使不出力气。

金角急忙作法，瞬时间自断指甲才躲过了一劫。看到这一幕，九剑不禁皱了皱眉头：想必对方已经看穿了自己的招式。

“厉害。”金角落地之后，并没有再急于进攻，只是看了看自己流着血的手掌，淡淡说了一句，“倒是小女子小瞧了公子……刚才听说，公子乃是二十八宿的九剑？”

九剑不晓得这妖怪为何到了这步田地，反而从容了起来。

身后的银角元气大伤已经撑不住了，难不成眼前这金角还有别的手段不成？

只见得那金角退后了一步，在怀里摸索一番，掏出了一个葫芦轻轻捧起。

当九剑再一次审视眼前这个女子的时候，他只感觉到了一股不同之前的杀意。

本能地提高了警惕，准备小心应付。

只见金角朱唇微张，淡淡说道："银角大仙。"

霎时间，一阵飞沙走石袭过，九剑急忙手腕一翻，本来面前横着的剑阵立时将自己包了进去，应付着可能出现的暗器。

但是，并没有任何东西飞过来。

奇怪了，刚才那阵从自己背后而起的阴风到底是……

不好。

九剑一个激灵，猛然转头。

果然，自己背后的那只妖怪，不知何时已经逃离了剑气的漩涡，不见了踪影。

当九剑回过头看向眼前的时候，清楚地看到遍体鳞伤的银角，已经气喘吁吁地蹲在了金角身边。

"九剑公子。"那金角就那么平静地望着九剑，嘴角却露出了一丝微笑。

此时在她手中的葫芦正朝着九剑又一次举了起来：

"我叫你一声，你敢答应吗？"

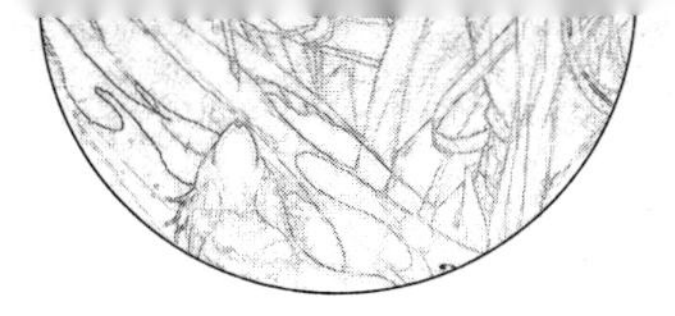

第十四章

棋局

黎明刚刚驾临了整个京城，天色微微亮。这个时辰，恐怕大部分百姓还没有从睡梦中醒来。而身着官服的麦芒伍，已经毕恭毕敬地在大殿门口跪了将近半个时辰。

周围繁杂的脚步声丝毫没有引起麦芒伍的注意。太监们来去匆匆，准备着皇上起床后的种种琐事。

没多久，麦芒伍还远远地听到了一声马嘶，过了一会儿，军靴的摩擦声伴随着深远的洪钟一并从自己身边掠过——麦芒伍抬头看了看天色，按时辰来说，想必是今天求下来的平安签刚刚被使者传到了。

大殿的偏门被人悄悄打开，里面露了一个胖公公的脑袋，探首张望了一下，看到了门外的麦芒伍。那公公急忙奔了几步，跑到了麦芒伍身边小心站住。麦芒伍抬头看看，认出了这是皇上身边的魏公公。

“伍大人辛苦，来得竟然这番早。”那魏公公满脸谄笑，对着麦芒伍并手做了一鞠。

“魏公公辛苦。”麦芒伍回了一礼，顺势准备起身。

“伍大人……”那魏公公看到此情景，急忙开口拦住了麦芒伍，“皇上传话，说是近日里精神不振，自己还没起身，就不面见伍大人了。”

麦芒伍心里一时间有些迟疑——今天按日子来说，照例是自己给皇上请脉的日子。

纵然皇帝正值少年，身体强硬，但这两三年来，从来没有在这件事上耽误过。

今日皇上既然已经觉得身子上有些不爽，为何反而特意将自己隔在大殿之外呢？

更重要的是，五军营的调动，皇上不可能不知道。如果再加上今天皇上对自己的避而不见……

除非，有人在中间阻挠。

眼见得麦芒伍的眉梢皱了起来，那魏公公急忙从怀中掏出了一卷银线交到了麦芒伍手中。麦芒伍看到此物，心领神会，捏住了其中一端。

魏公公见得这麦芒伍并没有刁难自己，感激地擦了擦头上的汗，同时朝着旁边奔走的小太监大声呵斥道："没见得伍大人已经跪在这里有些时辰了吗！不长眼的东西们！也不说给大人拿一张垫子！"

小太监匆忙去取草垫，而魏公公则是满脸堆笑，牵着银线的另一端，朝着大殿内走去。

看来只是皇上身上困乏，今日里想要令自己"悬丝诊脉"，省些工夫。

麦芒伍想到此，忍不住笑着摇了摇头自嘲：这几日，京城里面变故颇多，自己的神经也是绷得太紧了些。是的，皇上虽然喜怒无常，但是怎么想也不会干出这等荒唐事。

眼下，自己还是应该秉公职守，干好自己分内的差事要紧。思及此，麦芒伍将左手手掌放平，屏息后右手捏准了手中的银线。

过了一会儿，那魏公公又颠颠地从大殿里跑了出来："已经准备妥当，烦请伍大人上手。"

麦芒伍点头，然后两根手指掐准了银线，双目紧闭——奇怪，这银线竟然没有丝毫震颤。

麦芒伍略有些惊异，微微抬头瞥了一眼那一脸好奇的魏公公——那魏公公虽说是宫里的老太监，懂得避讳的规矩，但又哪里见过这等新鲜事；此刻，他自然是翘首踮脚想要瞧个仔细，为了日后同别的太监闲聊多攒一笔谈资。

旁边有个小太监拎着一块草垫跑到了麦芒伍身边，讨好地说着一些奉承话，同时想要上手给麦芒伍的膝盖下面铺上草垫。

麦芒伍没有多说，抬手便是一根银针，以迅雷不及掩耳的速度扎在了小太监的脖子后面。

即便那魏公公一直看着，眼睛也没有捕捉到麦芒伍这极快的一手。

那小太监晃了一晃，接着便像没事人一样，朝着大殿奔去，继续忙活去了。

过了一会儿，小太监从大殿里重新走了出来，和麦芒伍擦身而过——

“银线直接悬进了内殿，并没有碰到东西。”小太监丢下了这么一句话。

麦芒伍不做回应，只是再次出手收了银针——那小太监忽然间一个激灵，朝着自己的脖子上打了一下，然后摊开手看了看掌心的血点，嘟囔了一句：“这蚊子真是鬼精。”

“你个不要命的狗东西！莫要惊了伍大人！”站在远处的魏公公张口斥责道。

那小太监愣了一愣，左右看看后急忙低着头退了下去。

“莫不是见鬼了……怎的大白天失了神。”那小太监嘴里絮絮叨叨的，完全不记得刚才这半炷香时间里发生的事情。

同样觉得见了鬼的，还有跪在地上的麦芒伍——看来，银线并没有碰触到任何东西，脉象没有受到干扰。

宫里的太监是断然不敢这样故意刁难自己的。以这个脉象来看，只能推断出一个结论——一个麦芒伍说都不敢说、问都不敢问，甚至想都不敢想的结论：

有人敢用皇上的名义来戏弄他，甚至最坏的打算，皇帝已经驾崩了……

“伍大人！可以了吗？”那魏公公抬了抬头，眼见得这日头都要上来了，过不了多久皇上可还得上朝；但是这麦芒伍已经跪了这么久，却一声不吭，到底是何解释？可别一会儿耽误了时辰！可是，那麦芒伍的样子看起来又格外让人害怕……这些锦衣卫的粗人，真是让人近身不得。所以，魏公公只能远远地提醒了一句。

眼见得情势陷入了僵局，大殿之内又走出了一人。

麦芒伍抬头一看，原来是刚才传平安签的那位将士。

那人刚出殿门，就朝着麦芒伍大声说道：“那边跪着的是太医吧？对就是你！皇上让你进去。”

一番喧哗，惹得旁边的魏公公忍不住斜着眼瞪了几瞪，口角了几句：“你当这里是什么地界儿，门口买肉买菜的集市吗？要不是传的是皇上口谕，光是这当庭喧哗的罪过就能问斩了！而且你才几品官？竟然跟招呼狗一样对伍太医呼来喝去的，你倒是神气个什么！”

倒是麦芒伍点点头，起了身子，并没有在意。

此人举手投足十分利落，显然是军伍出身，也难怪不太懂得朝廷里面的规矩。

麦芒伍和这人擦身而过，由魏公公领着，到了内殿门口。

“皇上！伍大人到了！”那魏公公替麦芒伍通报了一句，转念一想，匆忙又低了几分嗓门说道，“哎呀伍大人，您看您每次都这么操劳，天不亮就早早候着皇上。宫里的小太监们要是能有您一半勤勉，也能让皇上少生不少气。”

说罢，那魏公公朝着麦芒伍挑了挑眉毛：这后半句话，明显是说给内殿的皇上听的。

“传。”皇上的声音传来，让麦芒伍松了口气。

“有劳公公。”麦芒伍低声说道，手摸进袖口，递出一锭银子交给了魏公公；这宫里的规矩，麦芒伍自然是吃得透透的。魏公公假意推托了一下，急忙收好了银子，退了出去。

剩下了那麦芒伍，整理了一下自己的仪表，手里捏着银线，走了进去。

皇上依旧没有起身，躺在榻上养神。桌子上，除了一盘子点心外，还摆着一副棋盘，上面已经走了几子。

而麦芒伍手中银线的另一端，则是被牢牢地拴在了内殿的柱子上。

麦芒伍只是瞥了一眼那银线，随即跪地：“皇上。”

“平身吧。”皇上摆摆手，示意麦芒伍不必如此拘谨。

麦芒伍站了起来，眼神没有避讳，直视着柱子上的银线。

“其实，早该喊你来看看。”皇上稍微直了直身子，喝了一口茶水，“伍爱卿，朕最近身体不舒服。你知道朕哪里不舒服吗？”

麦芒伍收回了自己的目光，重新跪下：“微臣不知，恳请皇上明示。”

皇上笑了笑，再次说道：“不必拘谨。朕，是这里不舒服……”

麦芒伍抬起头，看到皇上用手指了指自己的脚下。

“是朕的江山让朕不舒服……所以，今日里来，特意让爱卿帮朕的江山把把脉，帮朕好好看一看，朕的江山到底生了什么毛病。”一字一句，皇上脸上的笑容渐渐消逝，似乎连同着麦芒伍的心跳一起剥离。

这种不怒自威，碾压住了麦芒伍的呼吸和思考，想不到皇帝年纪轻轻，就有如此气势。麦芒伍不禁想起了先皇，按说，皇帝与在惊天变驾崩的先皇本无血缘关系，为何气势的威压却如此之像呢。

“别紧张……朕只是和你开了一个玩笑。”皇上看到一语不发的麦芒伍，重新挂上了笑容，同时捡起了一颗棋子，放在了棋盘上，“这盘棋，你陪着朕断断续续都下了半年多了；今天朕偶有奇想，必能破了你的棋路。来来来，你倒是看看，朕这一步走得如何？”

麦芒伍起身，朝着那棋盘一望——虽然说上一次自己在这里落子，已经过去了将近两个月，但是这盘棋麦芒伍一直熟记于心，有空就会自己摆弄。实话实说，皇上的这一招确实在麦芒伍的算计之内；只是，这一子，也是麦芒伍这两个月里能推断出的皇上最好的一步棋。

门外传来了一阵响动。继而，听到了一个太监提醒道：“皇上，是时辰该上朝了。”

“今日身子不适，不去了。将折子带过来。顺便叫人来收了那碍眼的银线。”皇上随口说道。外面的太监即刻进来拾掇一番，然后安静退下，不再多问。皇上转而看着麦芒伍，说道，“今日得闲，不如索性与爱卿下完这盘棋。”

“皇上这一步，走得着实精彩。”麦芒伍不是一个喜欢溜须拍马的人，这句话只是实话实说，“微臣得细细想想。”

“什么时候，连你都变得油嘴滑舌了。”皇上口上责怪，语气倒没有分毫介意，“你可别就此弃子认输……朕可是足足想了两个月，才想出了这么一步。若真是这么一步就赢了，多少扫兴。”

“皇上日理万机，心系天下，若不然以微臣的棋力怎么配与皇上对弈。”麦芒伍说道，“且容微臣试一试。”

说着，麦芒伍捏起一枚棋子，斟酌着准备落下。

“那便好。能陪朕下棋的，普天之下就只有你了。下棋么，最难找对手。加上朕贵为天子……”皇上点点头，语气似乎复杂了几分，“你也知道，之前请来的几位先生，赢了朕以后已经被诛了九族。毕竟，区区凡人怎可以下犯上，赢过天子呢？朕不喜欢。可是，输给朕的人，又是一些心怀鬼胎的下贱玩意，只是为了哄朕开心，故意行差踏错……欺君之罪，按罪当斩，朕自然也不会饶恕……”

印象里，皇上并不是一个喜欢说话的人，难得今日里竟然同麦芒伍讲了这么多。

说着，皇上抬眼看了看麦芒伍，此人依旧不为所动。皇上就是满意麦芒伍处变不惊这一点，所以亲切地赞赏道：“这几年，每一次都能与朕下成和棋的……就只有爱卿你了。若不是你还有锦衣卫的事务，朕恨不得天天把你招过来下棋解闷。”

“皇上抬爱了。陪皇上散心，乃是微臣的分内之事。”麦芒伍嘴上说着，眼睛却重新紧盯着棋盘。

“分内之事……说得好。”皇上笑了笑，重新躺下，“总是这样的话，估计你也会腻吧？不如这一次，朕和你赌些东西，也叫你别总是这么白忙活。”

“微臣不敢……”麦芒伍急忙说道。

“这样吧……如果你赢了朕，朕只杀你一人，绝不株连九族。”皇上却无视了麦芒伍，自顾自说道，之后，皇上又细想了想，说道，“白白便宜了你这么多人命，可谓前无古人。自然你要是输了，也得有个说法。不如……”

“不如，你若是输给了朕，朕就将除了你以外的整个锦衣卫连根除去，免了你那些繁碎琐事，专心磨炼棋艺陪着朕下棋，爱卿意下如何？”

麦芒伍抬头看了看皇上似笑非笑的表情，捏着棋子的手僵住了。

赢的人，输的人。皇上的意思很明白了。

太强的人，怎能留得？

太弱的人，留着作甚？

在麦芒伍看来，整个朝廷就是皇上手中把玩的一个蛊而已，里面养着包括锦衣卫在内的众多势力，相互之间牵扯、撕咬。

弱肉强食，在朝廷上也该是这么个道理。

也许，锦衣卫最大的原罪，就在于这几年过于风生水起了吧……

只是皇上突然在今天发难，实在叫人有些摸不着头脑。

“至于除掉锦衣卫的理由嘛……还真不太好说出什么。”皇上的语气略微为难，似乎自己也不好办，“平日里你们尽忠职守，确实也没出什么纰漏；除了贪污了一些钱财，倒也算是忠心耿耿……而且，也才贪污了九文钱，这件事还真不好办。算了，先下棋，先下棋。”

九文钱。

巧合吗？麦芒伍心里面一紧：这和锦衣卫镇邪司之前私下保管的红钱数目竟然一致……

有些东西，已经在麦芒伍的脑海之中渐渐串成了一条线：之前自己带人血洗了户部尚书的宅院，为的就是斩草除根，想要摸清关于红钱的来龙去脉；而皇上似乎也一直被蒙在鼓里，自己一度觉得这件事简直天衣无缝。

但是……何故最近兵部调动频繁，皇上却不闻不问？平日里二十八宿难得能够凑在一起，而自己却又出于周全考虑，调遣了十几人回京城；眼下看来，此举岂不是方便“有心人”瓮中捉鳖？这么一想，似乎自己的每一步都被一只无形的手牵引着，迈向了最坏的地步。

麦芒伍本还以为自己有时间查清黄花饼的事情。

其实他早该注意到这些日子以来皇帝的变化，本还以为皇帝要励精图治，开始钻研帝王之术，但事到如今，麦芒伍可以确定，皇帝已经被人蛊惑了。

而能在自己眼皮子底下蛊惑住皇帝的人，只有从黄花饼这一条线索查过去。但这一招，太险，一旦暴露，无异于向那个如今控制着皇帝的势力宣战。

镇邪司自然不怕开战，只是，这一旦开战，会牵连的关系太多，特别是当朝的皇帝……

而皇帝在这个时候宣自己进来下棋，只可能是一个原因，那就是，查黄花饼的事情败露了。

那现在黄花镇上，九剑会遇到的就不只是金目大仙了。

对方派去的是人还好，如果是妖，以九剑的性格，恐怕事情会很难收拾……

不过，还有更重要的事需要麦芒伍考虑。

“啪。”

棋子利落地落下，置于棋盘一角。

“微臣领命。”麦芒伍淡淡说道。

同一时间，刚刚和麦芒伍擦肩而过的那个将领已经出了皇城大门，快马加鞭朝着五军营大寨前进。

不到一炷香的时间，就到了大寨之内。

“怎样？”一名刚刚提拔上的掌号头官急忙帮着牵住了马，开口问道。

前一段时间，五军营发生的妖变弄得人心惶惶，很多握着兵权的将领都死在了那场变故之中。自然，这笔账被兵部的大人们算在了镇邪司的头上：如果不是二十八宿那些个家伙搞鬼，京城之内怎会有妖变这等事？

即便没有真凭实据，也万万不能束手待毙……

“传皇上口谕。”那将领气喘吁吁，口干舌燥，“准备信鸽，急召神机营午时以前移至我北大营。还有，皇上特意嘱咐，让他们把两百门大连珠炮全部带上。”

北大营……

从围城的方位来看，那里是距离镇邪司衙门最近的地方。

思及此，那掌号头官嘴角忍不住露出了一丝窃笑。

待那传令的人走了之后，他急忙将刚才得到的密旨在绸缎上抄录了两份，然后准备了两只信鸽，分别将绸缎绑在信鸽腿上发了出去。

其中一只鸽子乖巧无比，拍拍翅膀，直接奔着神机营大寨飞走。

而另一只鸽子，却在空中盘旋了一周之后，挣扎着褪掉了身上原本的白色羽翼，硬生生从肉身之中迸出了六扇乌黑的翅膀。

然后，这“信鸽”拼命地朝着京城内的镇邪司衙门而去……

第十五章

求雨

京城，午时，镇邪司衙门大院门口。

血菩萨独自一人靠在门柱上，抬头看着天色——奇怪了，按照平日里去觐见的时辰来算，麦芒伍早就该回来了；即便皇上有什么事情要留下他的话，那送麦芒伍过去的马夫也应该按规矩回来通禀一声。

要知道，二十八宿现在基本都集中在镇邪司里；若不是麦芒伍一直主持大局，这群家伙说不定早就惹得整个京城鸡飞狗跳了。血菩萨不善于言辞，自然是习惯独善其身。况且，这群家伙酒后经常吐一些大逆不道之言，自己借着酒劲真说不定会与手足大打出手。

眼不见为净，血菩萨总是习惯于退避三舍，省得麻烦。

这晴空万里，日子也实在是叫人身上乏倦，倒不如回得大堂，找个地方……

“嗯？”血菩萨心中一动，莫名抬头，果然看到了空中似乎有一个略微熟悉的鸟影。由不得多想，血菩萨即刻一跃而起，几乎是本能地朝着半空中的鸟影方向掠去。

没多久，血菩萨便落脚在京城外面，他四下看看，眼见得周围一个人都没有，这才抬起了自己的手，吹了一声口哨。

果不其然，一只六翅乌鸦从半空中飞得歪歪斜斜，身子上滴着血翩翩而至。

细细看去，那六翅乌鸦身上插着三四支箭矢，却依旧奋力拍打着翅膀，忽扇几下后乖巧地落在了自己主人的手里。血菩萨抚摸了几下乌鸦的羽毛，心里除了略微的心疼之外，还迟疑了一下：

咦，这是……

“在这边！”不远处，传来了几个人的喊叫声；很快，一队弓箭手打扮的人全副武装杀气腾腾，从街尾步伐匆匆地追了过来。血菩萨看看手中乌鸦身上的箭矢，又瞄了瞄对方箭篓里面的兵器，基本上可以断定就是这群人下的手。

果然，这群人跑了没几步，就注意到了站在街边的血菩萨，以及他手中抚弄着的六翅乌鸦——

这群弓手多少有些见识，显然认出了身材高大的血菩萨，一下子显得紧张起来：锦衣卫里面，这厮疼爱自己豢养的畜生可是出了名的，搞不好一怒之下大开杀戒也未可知。一时间这群人也顾不得什么规矩，纷纷半蹲着身子从背后抽了箭矢搭在弓上。只不过，眼下这群人瞄着的，却已经是血菩萨本人了。

血菩萨倒没有打算动手的意思，只是伸手用力地扯出了那些插在自己乌鸦身上的箭矢后摔在地上。

“毕大人……”为首的一人，看其穿戴应该是弓手之中的把总；此人见得血菩萨似是不想起什么争端，急忙先抬手拦住了身后的手下，然后毕恭毕敬地缓缓移步过去，作了一揖。

血菩萨斜眼瞥了一下，摆摆手，说道：“现下叫惯血菩萨了，之前的事情不必多提。”

“那……血大人，在下姓刘，乃是五军里的一名把总。”那人长吸了一口气，站直了身子，“我等皆是五军营里的弓手，奉命保护皇城周全。之前见有异鸟振翅而入，自然是按规矩办事。没想到，竟然是您的乌鸦……还望大人高抬贵手，不要见怪。毕竟这是皇上的意思……”

血菩萨点点头——确实，前几年皇宫之内便有这“铩羽令”：除了六部、五寺、三军可以飞鸽传书之外，另外罗列了几种可以驯服的鸟儿；如果这些可以被豢养的鸟类进了皇城，那便要射杀。

这条命令下达时，明里是防止有细作在京城活动，暗里朝廷上的人多多少少都猜测着皇上是针对镇邪司下的旨意——毕竟乌鸦这种鸟类太不吉利，皇上自然是不喜欢的。

所以，在京城内时，血菩萨从来不会在白天将自己的乌鸦放出去玩耍。今日里这件事，确实是自己落了别人把柄，所以血菩萨也不大能发什么脾气。

“刘把总辛苦……”血菩萨开了口，打算给双方一个台阶下，“这畜生自己多事，各位将士秉公办理，乃是本分。现在这畜生已经死透，事情算是了了，请诸位将士回了吧。”

一番话，说得倒是天衣无缝。只不过，对面的那些人不仅没有离开的意思，就连手中的弓弦都没有松开。

看到这般情形，便是血菩萨再三忍让，也不由得动了几分怒气，对那领头的刘把总说道：“怎的，大人这算是什么意思？”

“是这样的……”那人盯着血菩萨手里的乌鸦，迟疑片刻，勉为其难地开了口，“有人看到说，那乌鸦脚上似乎带着类似于信件的东西。您也知道，最近京城里风头正紧，颇有些草木皆兵。事关重大，在下也马虎不得。还望大人可以让在下带回去那只乌鸦，也好交差。”

既然此人认得血菩萨，自然也该知道六翅乌鸦乃是血菩萨绝不露人的法宝；五营现在提出要带走乌鸦的条件，已经不是强人所难的程度了，简直可以说是骑在锦衣卫脑袋上拉屎。

血菩萨耐心地听完，沉吟片刻，冷笑了一声：“那我若是说‘不行’呢？”

那领头的刘把总知道血菩萨厉害，听完这句话，吓得忍不住退后了一步；不远处的弓手们也警觉了起来，抿抿嘴唇，手指略微活动了几下。

刘把总屏息了片刻，赔了一个笑脸：“大人何必认真呢，反而伤了咱们同僚之间的和气。在下就是那么一说，如果大人介意的话，就当在下没有提过。”

说着，刘把总再次作了一揖，退了回去，朝着自己那群弓手喊道：“都收了都收了！那乌鸦已经死了，你们比着弓箭对着锦衣卫的大人成何体统？”

一番喧闹，那些弓手互相看看，总算是松了弓弦。

血菩萨不再理会这些人，转过身挡住了自己的胳膊：那乌鸦亲昵地啄了啄自己的手心。血菩萨早注意到了绑在六翅乌鸦脚上的绸缎条，急忙轻轻拆开，扫了一眼之后神色并没有太多变化。只见血菩萨摊开了自己握着绸缎条的手掌，手心里面涌出一摊鲜血，渐渐将那字条连同那只乌鸦一起溶进了自己的身体之内。

“哎，皇上……”血菩萨叹了口气，摇了摇头后仰望着天空，“您为何要如此这般呢……”

风响。

血菩萨匆忙回头一望——那群弓手并没有如约离去，反而列了阵队，在那刘把总的指挥下，趁着血菩萨回头的当口一起发箭。

平日里，在这个距离想要暗算血菩萨是不大可能的。只可惜，刚才血菩萨感慨之间一时露了破绽。等到血菩萨警觉之后，事情已经晚了——七八支箭矢贯穿了他的肉身，力透筋骨。

正所谓明枪易躲，暗箭难防。

血菩萨低头看了看自己身上的伤口，抖了抖身子，嘴里涌出了一口鲜血。

即便五军和锦衣卫已经水火不容，那血菩萨也万万没有想到，他们竟然敢在京城动手。

那刘把总见自己这边占了先机，脸上已经不见了刚才的卑微，反而换上了一副胜券在握的得意，手臂也再次举了起来：“大人，您何必为难我们这些当差的呢？不过，大人尽可以放心，今天京城外面有所调动，已经驱走了闲杂人等，大人即便在我们这些小人物手里翻了船，也不会有人知道的。所以大人的名声必然保得周全。”

这番话的言外之意，血菩萨听得很明白：不会有人来帮自己了。

那群弓手已经按照命令再次搭弓上箭，刘把总的语气也越发嚣张了：“顺风，上一，放！”

箭矢再次袭来，横七竖八地贯穿了血菩萨的身体，将他射倒在地。

“去把他的头割下来，尸首带回去烧了。”刘把总背着手，吩咐着自己的手下斩草除根。几个手下收好了弓，抽出了腰间的弯刀。

躺在地上的血菩萨忽然间笑了笑，咳嗽了几声后重新站直了身子。

几个上前的人顿时一惊，匆忙退了回去。

“私下谋害朝廷命官……”血菩萨擦了擦嘴角的血迹，似乎并不在意，“刘大人，您这番举动，试问该当何罪？”

刘把总显然意识到大事不好，急忙勒令其他人再次上箭。

“感谢刘大人刚才明示在下。既然大人敢在这里动手，那想必真的不会有人来这里碍事了。”血菩萨甩了甩袖子，双手抱拳。不知什么时候，几只乌鸦已经蹲在了血菩萨的肩膀上，一边叼啄着自己的羽翼，一边瞪视着对面的人。血菩萨身上的乌鸦越来越多，他开口说道：“既然知道了这里不会有人来，那么……大人，您说是您的箭快呢，还是我的乌鸦快？”

那刘把总深吸一口气，嘴里酝酿的再也不是“放”字，而是一个“逃”字。

只是，他还没来得及说出口，漫天的黑色羽翼便铺天盖地而来，顷刻间吞没了众人的身影。

血菩萨耐心地等待一切都结束之后，抬抬手召回了乌鸦。

之后，血菩萨闭上眼睛略微运气，身上的箭矢全部被吸进了自己体内，而那些伤口也在顷刻之间愈合。

十几丈之外，刘把总那群人刚才站着的地方，只剩下了满地的兵器、盔甲，而不见任何人影，地上也不见任何血迹。

这群人就仿佛凭空消失了一般，什么痕迹都没留下。

“这样处理的话，日后老五也不会为难了吧。”血菩萨咳嗽了几声，嘴角的鲜血又流了出来。

虽然血菩萨明白自己伤势不轻，但是眼下还不是回衙门的时候。

按照自己刚才看到的信息，神机营马上就要移到距离镇邪司近在咫尺的地方了；关键时刻，身为镇邪司头脑的麦芒伍却又不能临阵而动……

倘若现在自己回镇邪司报信，那二十八宿里面可有几个家伙都和镇九州一样，是出了名的炮仗；麦芒伍不在的话，自己可压不住这些家伙，说不定一语不合几人就顺势造反了。但是单靠自己，想要拖住神机营……

情况紧急，血菩萨此时脑海里倒是冒出来一个可以帮忙的人。

思及此，他即刻动身，朝着京城西边的鬼市疾奔而去。

一路上，血菩萨已经琢磨明白了不少事：

是的，此时此刻，能拖住神机营的只有一人——那个和麦芒伍私交不错的鬼市老板。

只是，到底自己手里这段锦条是哪位朋友传过来的，却无从知晓……

单看笔迹，也不似是自己认识的人。

日后如有机会，必当对此人厚礼相报才是。

那血菩萨脚程极快，没多久便到了鬼市东边的湖泊处。放眼望去，摆渡用的小船远在对岸，而且也不见艄夫。这下不由得血菩萨有些着急：自己倘若是幻作乌鸦，这湖水倒也拦不住。但是，如此一来便是硬闯鬼市，恐怕刚刚落地就得厮杀一场。

且不说自己有伤在身，鬼市也不是好惹的。对于这点，血菩萨心里明白。

思忖了片刻后，血菩萨俯身蹲在湖边，用手指叩了叩那湖面，如同敲门一般，在湖水上激起了一丝涟漪。过了一会儿，水面上似是回应一般冒了几个泡泡。很快，两个鱼脸的半妖爬出了水面，呆呆看着面前的血菩萨发愣。

“嗯……不是伍先生啊。”其中一个鱼人仔细看了看来人之后，支支吾吾说道。

“灞波儿奔，我有事要请老板帮忙，请帮我传个话。在下镇邪司血菩萨。”血菩萨之前曾经见过这两个家伙，所以并不寒暄，直接开口说道。同时，他也按着平日里鬼市的规矩，递过去了一沓银票。

“认错了，我是奔波儿灞，脸黑的才是灞波儿奔。”那鱼人指了指自己身边的同伴，并没有伸手接那银票，而且语气里夹杂着几分不满。

毕竟被人认错这种事，说来也确实尴尬。

这奔波儿灞和灞波儿奔两条鱼精，都是鬼市里老板的手下。

传闻中说，奔波儿灞原本是老板养在鬼市池子里的一条鲇鱼，后来得了仙气日久成精。而那灞波儿奔的来历则更是传奇：它原本是老板从集市上随手买回来的一条黑鱼，扔给后厨交代要做成一盘子红烧鱼下酒，结果后厨一时大意，把这道菜给烧煳了，然后这道烧得焦黑的红烧鱼也日久成精，变成了今天的灞波儿奔。

两个家伙虽然修行不足，但是在老板的调教之下却也能化成人形。再加上他俩一直对老板的“知遇之恩”心怀感激，索性就赖着脸皮留在了老板身边，帮着跑腿打杂，顺便在鬼市里继续精修，打算日后能有所成，成为老板的左膀右臂。

日复一日，两人也算是大有长进：那奔波儿灞练就了一副好体格，在陆地上跑得不比人类慢多少；而灞波儿奔则更是出神入化，几年下来，一手红烧鱼做得是越来越好吃，就连老板尝了都赞不绝口。

“不过你俩练这些东西有个屁用？”老板每每赞赏之余，还是会忍不住咕哝几句。

论起忠心，这两个家伙倒也算是数一数二。所以老板才留这两个家伙在身边，跑跑腿传传话，也算是个身边人的差事。

血菩萨自问自己在鬼市的面子并不如麦芒伍那般大，喜怒无常的老板未必会见自己；而且说话办事方面，自己也肯定不如那麦芒伍周全。所以一番权衡下，才找了老板的人代为传话。

眼见得这两个鱼人没有帮忙的意思，血菩萨知道自己刚才失言了，一时间有些不知所措——他甚至连赔笑都不擅长，只能勉强自己翘起嘴角，摆出一个自认为是致歉的表情。

倒是这个诡异的表情吓住了奔波儿灞和灞波儿奔，两个家伙纷纷后跳了一步，开口便是语无伦次，口称自己可是老板身边的人，若是在此动手的话老板势必不会善罢甘休，况且鬼市和镇邪司一直关系不错，大家何必弄成这样云云……

血菩萨点点头，受到了启发似的自言自语道：“两位的意思是，只要在下动手，老板就会出来了？”

奔波儿灞和灞波儿奔先是拼命点头，想了想后又拼命摇头。

“总之我们先去传话……”那奔波儿灞一把扯过血菩萨手里的银票，给灞波儿奔使个眼色，两个家伙迫不及待地一起跃入湖中。

血菩萨也没有耽误工夫，匆匆找了一根树枝，在附近的湿地上画弄了一番。不到半炷香的工夫，眼见得对岸的小舟朝着这边摇了过来。远远地望去，那小舟上除了奔波儿灞和灞波儿奔以外，还赫然坐着一个银发老头儿。

血菩萨知道，这是老板答应要见自己了。只是没想到，老板竟然亲自出了鬼市来见自己。

但血菩萨误算了一点：老板的脾气，向来是没有什么耐性的。这一番亲自前来，并不是打算给血菩萨几分面子；恰恰相反，老板是奔着来找血菩萨打架的。

隔着老远，老板便阴阳怪气地开了口："那麦芒伍是不是不长记性？上次差了下人来见我，今日里又来……怎么着，真拿我鬼市当成菜市场了？那边的大个儿！今儿我就拿你打牙祭！"说着，老板便纵身一跃，置身于湖水之中。

片刻后，血菩萨只见本来还隔着自己百十丈远的老板，已经赫然化作龙形，在面前的湖水里探出头，舔舐獠牙瞪视着自己。而老板身后本来平静的湖水，顷刻间掀起了惊涛骇浪，形成了一道坚不可摧的水壁！

血菩萨知道老板亮了真身，肯定是发了脾气。但是他并没有多说什么，只是做了一个动作——一个让眼前的巨龙略微一愣的动作。

只见血菩萨端端站好，然后用尽了全身力气，跪了下去。血菩萨的身躯本已枯黑不堪，这一跪，膝盖位置传来了几声脆响。

"在下镇邪司二十八宿，血菩萨。"血菩萨忍着剧痛，毕恭毕敬地开了口，"今日前来求见老板多有得罪。只要老板肯帮在下一个忙，日后哪怕是要在下的人头，在下也……"

"给老子起来说话，老子是来找你打架的！"巨龙顿了顿之后，开口骂道。

血菩萨跪着没动，而巨龙瞧见那血菩萨膝盖的位置，已经皮开肉绽，血流如注。看来，血菩萨并不是不想站起来，而是站不起来。血菩萨的身子在也微微颤抖着，看得出是在忍受着剧痛。

巨龙嗅了嗅弥漫在空气中的血腥味，失去了刁难对方的打算，被血菩萨面前的几寸图画吸引了注意力："这是……京城的地图吗？"

"是的。"血菩萨没有抬头，但是知道巨龙指的就是自己刚刚画好的图样。

"你们镇邪司，这次要我做什么？"巨龙的鼻须抖了抖，给自己挠了挠痒痒。

"我想……"血菩萨微微起身，用手指点在了目前五军北大营的位置上，一字一句地说道，"请老板在此落一场雨。"

血菩萨知道，神机营多是火器；如果今日突然来一场瓢泼大雨，势必可以让他们巧妇难为无米之炊。这一点是之前麦芒伍在和血菩萨下棋时，无意中提及的。

幸而血菩萨将之记在了心里……不然，打死他也不会想到找鬼市老板求雨这条路的。

那巨龙听到这个要求，似乎一脸为难："嗯，这件事啊……这件事有点……"

"老板似乎有难言之隐？"见得那巨龙吞吞吐吐，血菩萨抬起了满是汗珠的脸，开门见山地问道。

"我就直说了，你知道我和麦芒伍是多年旧交，我也知道你俩关系不错，所以我不会刁难于你。但是，有人特意嘱咐过我，今日不能降雨。是的，特别指定的日子，就是今日。说白了吧，你们锦衣卫得罪人了。而且交代这件事的人……"巨龙抖落抖落身子，渐渐回了人形，又成了那个睡眼惺忪的银发老头儿，"你们惹不起。"

特别指定的日子？惹不起的人？

两条线索连在一起，血菩萨不由得心里一紧。迟疑许久后，血菩萨倒吸一口凉气，斗胆开口问道："交代老板的，难道是，当今圣上？"

"不，不是。"老板慌忙摆手，语气之中也带了几分提心吊胆，"这条嘱咐，是来自……你我都惹不起的，更上层。"

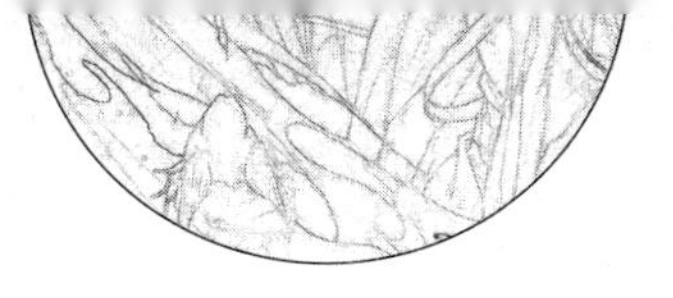

第十六章

卷土重来

“奇怪了……”

李棠摇晃着手里的酒壶，面带疑惑地看着杏花。

——李晋带回来的这瓶酒基本上已经被杏花喝完了，但是眼前依旧嚷嚷着口渴的杏花却始终没有变小。

李棠甚至还小心地嗅了嗅酒瓶，然后忍不住捂住了自己的鼻子：

“明明是这么烈的酒……”

青玄其实隔着老远就闻到了这股酒气：“杏花现在比以前强了不少，看来那从百妖蛊里滋生的百妖之力不容小觑，上次我虽然帮她驱散了一些，但还有不少进入了她的身体。万一她喝了酒失了本性，妖变之后，就会……”青玄斟酌着词句，半晌说，“就会很麻烦。”

这一番话听得杏花忍不住吐了吐舌头，她紧紧抓住吴承恩的手，显然有些被吓坏了：“我不妖变，我不妖变！你们放心，我永远不会变坏的。”

“好好好。”吴承恩也急忙附和道，“你不妖变，你这么善良，当然不会变坏了。”

其实自百妖蛊破后，杏花虽然装作往常一样，但却无论喝多少酒，都再也变不回小杏花的样子了。

大家虽然嘴上不提，但心里都明白，这就是妖气聚集的结果，那日青玄及时将妖气拍出，避免小杏花当场妖变，但仍有不少妖气凝聚在杏花的身体里。

而且这些，都是戾气最强的妖气。不知道什么时候就会发作……而一旦发作，不知他们是否还能如上次一般成功制止。

李棠不太甘心地放下了酒瓶，嘴里小声说了句“杏花还是小了可爱”，也不知道杏花有没有听到，但李棠的心里其实想的是，杏花要是能变小，才能证明她还是安全的。现在杏花体内有百妖之力，可谓是一个极大的隐患。

但杏花只是忽闪着大眼睛急切地看着每一个人，那眼神还是在说“我不会妖变的”。

李棠也只好压下心中的担忧，安慰道：“是是是，我们都相信你！”

杏花这才开心地笑了起来。

“说起来，李晋，”吴承恩咂吧着嘴巴里面的东西，开口问道，“你刚才出去的时候，是不是出了什么事？我们听到外面打起来了。”

听到吴承恩突然没头没脑这么一问，李晋心里略微一慌，连身上的哮天也探了探头，耳朵耸了起来。

李晋急忙抬起手，朝着哮天做了一个“嘘”的手势，然后大大咧咧地转身对吴承恩回道：“没事啊，几个醉汉打架而已……不过你们对我的本事大可放心，万一真的出了什么事也千万不要去救我。只要你们照顾好我家小姐，那李某便多谢几位了。”

说着，李晋双手抱拳，一副江湖大者的气魄跃然一体。

“啊，我们很放心的。”吴承恩看到李晋似乎严肃了几分，急忙解释道，“青玄当时还说要出去看看，结果我们一商量，大家觉得只要哮天不出事就好，后来就算了。”

其他人纷纷点头，然后继续闲聊。

“等等，什么叫哮天不会出事所以就算了？我也可能出事啊？”虽然吴承恩没有继续追问，但是这番话还是让李晋莫名地不爽。

“哎呀，你不是李家的那个什么金吾嘛，多厉害。而且哮天还会那个狗急跳……不是，是天地一色。”青玄甩给了吴承恩一个眼神，吴承恩这才注意到了

自己的口无遮拦，顿了一下才继续说道，“反正哮天会保护你的。”

李晋当即就有几分急眼，拼命解释着“是我本人会天地一色，不是哮天啊”这一类的说辞，却仿佛没有任何说服力。

李晋说着说着有些面红耳赤，情绪也渐渐激动，连身上的哮天文身也吠了几声，似是在应和自己的主人。

杏花听到哮天叫喊，歪着脑袋，情不自禁“咦”了一声。

那李晋急忙捂住了自己的文身，一瘸一拐逃到了院子里。

“怎么了？”吴承恩递给青玄一个馒头的同时，注意到了杏花的反应。

“哮天刚才说……”杏花一脸迷茫的表情，“叫我们不许欺负杨晋，不然就咬我们。”

“杨晋是谁啊？”吴承恩满不在乎地吃着馒头，倒也没有过多在意。

“他以前的名字。”李棠回答道，“他去我家当上了执金吾之后，赐姓李。”

“原来如此……不过，你竟然能听懂狗叫？你们杏花的语言和狗的语言难道是相通的吗？”吴承恩好奇地看着杏花，杏花不好意思地拨了拨散在额头上的刘海，脸上的开心却根本隐藏不住：

“倒不是相通的，但是我朋友很多，狗妖啊，猫妖啊，穿山甲妖啊，我听得多了，就多少会一点点了。”

李棠酒足饭饱，站起身抻了抻自己的筋骨，走到吴承恩面前，毫不客气地伸出了手：“拿来，今日的。”

吴承恩转过身翻弄一会儿，递过去了几张纸。李棠接过了宣纸，迫不及待地开始翻读。但是这一次，刚刚读过两页，李棠便皱皱眉，甩手将这几页书稿扔回了吴承恩怀里。

“无聊。”李棠看着目瞪口呆的吴承恩，忍不住抱怨了几句。

吴承恩看李棠的评价，刚才还兴高采烈的眼神忽然暗了下来。

原来这几日一有闲暇，吴承恩就拿出纸笔，想将当日与蜘蛛精的战斗再加润色，但哪知故事不但没有变好看，反而越来越啰唆了。

甚至蜘蛛精这个妖怪，吴承恩也渐渐打不定主意到底如何书写。

七个蜘蛛精，是一公六母，还是七个全是母的？它们是修行千年，还是忽然遇到什么机缘？吴承恩渐渐没了想法，觉得怎么写都不对。

当日他在血菩萨的逼迫下，用内丹撰写蜘蛛精的故事，本来是胸有成竹，就算那内丹还未成形，吴承恩想来也能把故事写出个七八分。

吴承恩把目光投向青玄，怕在青玄脸上看到失望的神情，但青玄只是低头吃饭，并不作声。

“那七个蜘蛛精啊，不是修行，也不是机缘，而是被其他妖怪用法术催化的。”李晋的声音冷不丁插了进来，吴承恩扭头看去，发现自己的手稿已经落到李晋手里，李晋正饶有兴致地观看着。

“原来是自恃写得两笔文章……但是就这行文水准，也配留在我家小姐身边？小哥恕我直言，你也真够得上恬不知耻的。”

李晋一边摇头一边翻弄着吴承恩之前的几篇游记解闷。他一副养尊处优的样子，话里话外充满了对吴承恩的各种嫌弃，张口闭口离不开“癞蛤蟆想吃天鹅肉”，让吴承恩更是心有不爽。

“说了多少次了，我和你们家小姐就是萍水相逢！”吴承恩每每开口反驳，换来的都是李晋一脸假装的惊讶和无尽的冷笑。

“不过，倒是颇有潜质，这故事没头没尾的，也能看得下去。我猜，这故事肯定不是从蜘蛛精开始写的，应该有个开头吧？”

吴承恩本来要反唇相讥，听了李晋这话，愣了一下，摸了摸包袱里的书卷。

“您称自己是李家的‘执金吾’吧？”开口的却是青玄。

“是啊。”李晋似乎对青玄并没有那么深的敌意，口气倒是客气了许多。

“据我所知，‘执金吾’乃是唐朝流传下来的称呼，意思就是可以拿着兵器保护主子的贴身侍卫。”青玄打算问个明白，所以并没有与对方兜圈子，“再加上，你们家小姐姓李，这个‘李家’，会不会就是……”

“没错。你知道的倒是不少。”李晋再一次点头，“就是那个不能说的李家。”

这让青玄倒是颇有些意外，未承想到李晋承认得如此轻松。

若是那个李家，那这位李棠小姐就不是一般的逃婚了，青玄暗想。

“先生之前也说过……你是金目大仙的朋友？虽然后来……”青玄小心问

道；既然是李家的人，那么和江湖上这些散仙邪妖有所往来，也不算是什么新鲜事。

“不是不是，被那妖人诳了。”李晋摆摆手，一副休要再提的表情，“我是先找那妖人，想打探关于最近‘桃花源’的事情。”

“桃花源？”吴承恩来了几分兴致，开口问道。

“你们这些行走大江南北的江湖术士，难道没有注意到最近有什么不同吗？”李晋似乎对于吴承恩的反应颇为讶异，“最近妖怪多了不少，而且似是有了组织。”

青玄掀了掀唇角，心中盘旋的疑虑终是没有开口。

确实，这一年多，自己和吴承恩的足迹遍布大江南北。如果说之前除掉的那些妖都是受了天地异气而成、只晓得顺从于本性的妖魔鬼怪，那最近这段时间遇到的半妖大部分都是穿着盔甲、拿着兵器的。

而吴承恩收录的内丹，也多半是些满是瑕疵的残渣，即使有些看起来完整，可与之前那些集了天地灵气的内丹完全没法比。看起来，这些残次品的内丹仿佛就是没有长熟的庄稼被人施肥强行催化成熟了一般不堪。

与其说这些半妖是些想要害人的野物，倒不如说更像是一群士兵。

如果自己的猜测是正确的，那么李晋现在跟着的这条线就非常重要了。

李晋甩手把吴承恩的那几页手稿扔在了床上：“这些山山水水的都没意思，不是我想看的东西……小姐也不可能看得上这种文笔。你应该，有另写书吧？”

“猜得没错。其实，我一直在写游记……”

“拿来看看。”李晋毫不客气地朝吴承恩伸出了手，“我的意思是，拿来你可以以字化物的那本书，给我看看。”

吴承恩听完之后显然吃了一惊。

李晋倒是丝毫没有避让的意思，只是继续摊着手，重复了一遍自己的要求：“拿来。”

吴承恩看看青玄，青玄沉思片刻，点了点头。

吴承恩见青玄竟也首肯，只好老不情愿地从怀里摸索一番，拿出了那本染了不少内丹所写成的书。

李晋伸手去拿，吴承恩下意识地想收回，但最终还是被李晋给抽了过去。

只见李晋将书卷拿过去，匆匆翻阅了几页，又合上。

“袖里乾坤……”李晋淡淡说道，同时看了一眼面露惊讶的吴承恩，此番话的语气，难得不全是挖苦，“年纪轻轻就有如此本事，后生可畏。哦，说到故事，这几篇倒是越写越好，只是你这字也忒丑了，看得令人头痛。相由心生、落笔描心，懂不懂？人丑字也丑，你应该找个大家好好学学、好好练练。”

李晋的后半句话吴承恩几乎没有听进去。是的，这件事由不得吴承恩不惊讶。吴承恩在宣纸之上写字化物的法术，确确实实就是“袖里乾坤”。说穿了，即是吴承恩将事先封印于书内的东西重新召唤出来。

吴承恩心里明白，自己的技艺还不够成熟，所以用起这般法术还需要宣纸作为媒介，才可以将意象化作实物。听青玄说，有些高人甚至可以以天地为纸，书写出大千世界……

自己在青玄的引导下正在朝着这个方向努力，但是……还是差太远了。

希望不会给青玄拖后腿吧……

吴承恩暗暗想道。

只不过……吴承恩自认在李晋面前其实没用过几次招，那人竟然就识破了自己的底细。

而且，从李晋问他要一本从来没有提及的书来看，显然李晋知道袖里乾坤的来龙去脉。

一时间吴承恩和青玄对视一眼，得出了相同的结论：此人不简单。

李晋又朝着青玄开口道：“至于你那一手五行变化……也是颇为奇妙啊！”

这番话青玄倒是没有太多意外：毕竟对方是李家的执金吾，有这番见识也算是正常的。既然对方还不知道自己这边的底细，那便无妨。

要紧的并不是袖里乾坤和五行变化，最重要的是吴承恩以内丹为书的秘密。这个话题最好到此为止，让李晋以为他自己了如指掌是再好不过的结果……

“你到底是怎么知道的？”吴承恩却不像青玄那般成熟稳重，按捺不住性子张口追问。

听到吴承恩的讶异，李晋得意地笑道：“别看我外表年轻，在你们眼里似是个翩翩美少年，但是其实我的岁数，已经快……”

“呃？”吴承恩搔搔头，情不自禁开口打断了李晋的话，“你最少也得三十五岁了吧？何来什么美少年，还翩翩……”

李晋低着脑袋顿了顿，之后对吴承恩继续说道：“小子，你是打算英年早逝吗？要不是看在我家小姐的分儿上，你这样的家伙……”

“躲开。”李棠忽然拔刀，朝吴承恩过来，将吴承恩从愣神状态激了回来，他本能地往后一跳。

就在吴承恩起身一跃避开了李棠的同时，一只巨大的蜈蚣破土而出，在半空中扭着身子，横着一口咬住了吴承恩。

吴承恩显然没有丝毫准备，霎时间口吐鲜血。

蜈蚣的上百只爪子用力一蹬，促使整个身躯跃上了半空。

一阵炫光之后，巨大的蜈蚣化作了人形。

金目大仙胸前挂着红钱，左手拎着吴承恩，右手紧握着槐木剑横在了吴承恩的脖子上，浮在半空之中瞪视着下面的人。

“哇呀呀呀呀，你们这群杂碎！我今日就先解决了你们！”那金目大仙吃完黄花观的妖兵们，妖力大增，自信能与这群毁了他黄花镇这片世外桃源的人决一死战。

他在空中怪叫着，发出了刺耳的声音。金目将吴承恩朝着天空举起，继而张开了血盆大口，露出满嘴的獠牙——生吞活剥，大概就是这个意思吧。

地面上突然亮起了一道诡异的闪光，不由得引得那金目侧目一视；李晋已经翻身一跃，拉开了背后的大弓瞄准了空中悬停的金目，身上的文身也发出了阵阵银光。

“小姐躲开！妖怪，看我的天地一色！”李晋大声喊道，同时右手松了弓弦，发出了一声脆响！

那金目看到弓箭时，就猜到了上一战时令自己一直惴惴不安的银色光芒是来自眼前的李晋了。金目心里知道这一招的厉害，所以一直提防着。现在见李晋出招，那金目慌忙朝着他甩去了手里的吴承恩，自己也是慌乱一避，手中死死握住了红钱。

青玄眼见如此，不顾自身安危飞身上前紧紧抱住了吴承恩，跌落地面后就地一个翻滚——他也见过李晋的天地一色，若是自己动作再慢一点，说不定那天地一色的威力会波及吴承恩。

只是，这次李晋并没有召唤出百妖蛊那一晚令人咋舌的银色光芒。

确切地说，院子里什么也没有发生。

青玄护在吴承恩身上闭着眼等了一阵，抬起头看看，发现李晋已经又躲进了角落里。

看来那李晋虽然嘴上恶毒，出手时却留有余地，才没有射出自己的绝技。想到这里，青玄忍不住朝着李晋点点头表示了自己的谢意。

“还等什么呢，上啊！”李晋在一旁，手足并用地小声朝着青玄催促道，“我的天地一色一个月只能用一次，刚才是吓唬他呢！你快上啊！”

显然，旁边的李棠也听到了这番话，忍不住一脸错愕地多看了李晋几眼。

青玄嘴角抽了抽，放开了吴承恩，朝着那金目跃去。那金目见李晋已经收了招式，虽然心下生疑，却已经顾不得太多。只见那金目吸了一口气，腮帮子憋得鼓鼓的，朝着手中的槐木剑喷了一口瘴气。

那槐木剑霎时间扭了扭剑身，变作了蜈蚣外形、三四丈长的鞭子捏在了金目手里。金目毫不迟疑，朝着青玄就是一刺。青玄急忙侧身避开，但是这兵器显然有几分诡异，竟然在突进之中扭曲了身子，迅速一圈一圈缠在了青玄身上，然后作势便要张嘴啃食。

青玄见势不妙，急忙将念珠换了手，化作一股清水穿透了这鞭子的捆绑后落在了地上。但是青玄隐隐透明的身子，却清楚地夹杂着几股黑色液体缓缓散开。

“连爪子都有毒。”青玄显然也注意到了自己身体里的变化，急忙祭起念珠，将身体里的黑色液体集中于一点，然后甩在了地上。

这毒液一落地，院子里方圆一丈内的杏花一瞬间全部枯死。

那金目依旧悬在半空，冷笑了一番后，竟然举起手中的鞭子开始在头顶上旋转着挥舞。这鞭子便四处胡乱朝着院子洒下毒液，乱喷乱溅。他自然知道，长久战下去的话会腹背受敌落得下风。不过，既然对方都不会腾云之术，那自己便可以慢慢收拾这些家伙了。

“躲开！”青玄知道这毒液厉害，一边俯身去拽吴承恩一边提醒着其他人。面对空中的敌人，李棠自然是没有什么办法，只能跺跺脚躲进了柴房之中。而那李晋，也一瘸一拐地想要逃离院子，却身法笨拙。

上次他的摔伤本就还没好，之后又在百妖蛊中用了最厉害的天地一色，现在天地一色没办法用，哮天又被他驱使着去保护李棠，李晋自己反倒被未痊愈的断腿给拖累了。

青玄见状，实在是没有别的办法，只能抬手将吴承恩朝着柴房一甩——那杏花急忙伸出手，接住了吴承恩。而青玄已经一个箭步冲到了李晋身边，用手搭在了李晋的肩膀上。

“火。”青玄轻轻念道。霎时间李晋浑身发光，那些朝着两人飘落的毒液还在半空便被蒸发掉了。

“还能这么用啊？”李晋似乎丝毫不着急，反而饶有兴趣地抬起手看了看自己发红的躯体。

半空中的金目不晓得那青玄施了什么法术，竟然可以安然无恙。手中的蜈蚣鞭子抖了抖身子，已经消耗尽了积存的毒液，重新化作了槐木剑。金目见状后，张开嘴，吞下了手中的兵器用牙齿嚼碎，然后朝着下面喷吐出了槐木剑的粉末。

“不好……”青玄看到这一幕，收了自己的法术。

这些粉末顺着风飘散在整个黄花镇。过了一会儿，黄花镇的居民们纷纷拿着镰刀、斧头走出了自己的家门，脸上看上去已经失了神志，朝着金目脚下的柴房聚集而来。

“吴承恩晕了，李棠又碰不到他，情况不妙。”青玄头上已经有了汗珠，说不清是疲劳还是因为炎热。

柴房外面已经听到了不少人的脚步声……

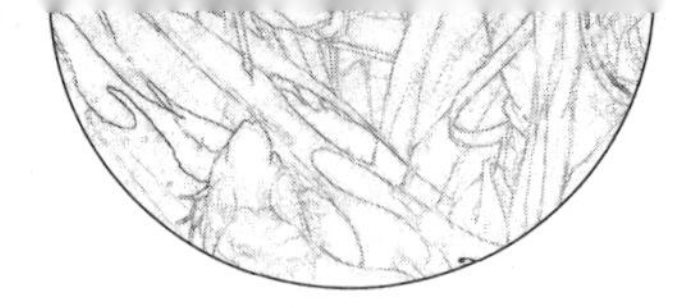

第十七章

死战

金目大仙气喘吁吁地浮在半空之中，嘴里面依旧念念有词。地上那些失了神魄的百姓，拼命地砸着柴房附近的四面院墙，随时准备杀进去夺人性命。

青玄和李晋都捂住了自己的鼻子，尽量不去吸入那槐木剑的碎末。但是在金目大仙眼里，这两人已经是困兽之斗。

看来那个花臂汉子已经没什么本事了，刚刚竟然还敢晃点自己，这会儿走路一瘸一拐不算，甚至狼狈到屈身蹲躲在那个修行者的屁股后面……

大丈夫如此，实在是难看。

只是，这个修行者着实有些手段，之前亮的两三个招式看似平淡无奇，却都让金目自己颇为得意的几个绝技消散于无形。奇怪了……看到青玄的五行变化，金目才想起来自己连日里因为这个修行者吃的大亏。但是看着青玄清秀的面目，金目大仙却无法确定和自己三日前一战的是否是这个家伙。

此事实在是有几分诡异。

柴房里面，吴承恩已经清醒了过来，他调息片刻，急匆匆地跳到了院子的围墙上准备助拳。

但是很快便发现围攻过来的都是一些平常百姓——这下子，吴承恩算是彻底犯了难。

且不说自己的招式已经被那金目看过，面对这些被控制的百姓，要吴承恩下杀手，那也是万万不能的。

既然如此……

吴承恩计上心来，一脚落在了院子里，一边拉过杏花一边问她："小杏花，你怕不怕火？"

"杏花从树上来，当然怕火……"杏花的嘴唇已经吓得没了血色，声音也颤抖了，但仍然在努力保持镇定。

"不是把你丢到火里去，是问你心里怕不怕。"

"我心里……我心里不怕！"

"你如果实在害怕就躲在我身后。青玄！"吴承恩指了指柴房，当机立断，"烧！"

青玄皱皱眉，但是随即恍然大悟，抬手握住了那柴房的门柱。紧接着，一股大火瞬间而起，不到片刻便吞噬了这间柴房。

金目大仙在天上看得一清二楚，猜到了那个书生的打算：看来他是想以大火作为掩护，以退为进……只是，这个想法未免过于天真。

要知道，金目大仙现在驱使的这群百姓说是行尸走肉也不为过，他们根本不会畏惧任何危险。

眼下，自己只要盯紧了下面的这几个人，不要让他们趁着滚滚浓烟逃走便好……

等一下。

金目大仙忽然间一愣，这才看出了一些端倪：为何这柴房烧得如此猛烈，自己却见不到任何火烟呢？

与此同时，吴承恩正在柴房旁边，不断地挥舞着毛笔在自己的书里奋笔疾书，头上也布满了密密麻麻的汗珠。杏花被青玄护在身后，嘴唇虽然吓得雪白，脸色却被火光映得红润可爱，鼻尖上也因为火烤而渗出了细细的汗珠。

和杏花一同蹲在青玄身后的李晋不耐烦地抬起头，朝着正用袖子拭汗的杏花开口说道："姑娘你倒是让一让，你踩到我的东西了。"

杏花听完之后低下头，发现李晋并不是蹲在地上瑟瑟发抖，而是正伏在地上，专心地用手指头勾勒了一幅卦图。这图歪歪扭扭朦朦胧胧，看起来倒像是弓箭的样子。

“我准备好了。”李晋完成了自己的作品后，拍拍手上的泥土开口说道。

言毕，李晋重新拉开弯弓，抬脚踩在了自己画画的位置，瞄准了半空中的金目大仙。

青玄点头，对李晋吩咐了几句：“一会儿你在下面，帮着吴承恩先阻止那群百姓，等我……”

话声未落，李晋已经不耐烦地松开了弓弦——地面上忽然间顺着弓弦的空响声一条土龙样子的阶梯拔地而起，直顶着青玄上了半空。

杏花惊呼了一声就吓得捂住了眼睛，李晋则抬着头，满意地吹了一声口哨：“看到了吧，谁说我离开哮天就没用了？老子什么都能射出去。”

吴承恩一直专心致志地站在柴房旁边，并没有察觉到自己身后的变化。等到他觉得大功告成之际，立刻打开了院子的房门——外面的百姓即刻朝着吴承恩的面门便是一斧头劈下。吴承恩急忙向后一跃，同时扬起手，朝着人群撒下了漫天的宣纸。

每一张宣纸上面都写着一个“烟”字。待到宣纸落地，顷刻间便是浓烟滚滚，浓得让人透不过气来。

浓烟刚刚弥漫之时，似乎没有什么反应。但是很快，外面百姓的行动纷纷变得迟缓，紧接着他们接二连三地倒在了地上。果然，这一切如同吴承恩所料：在这浓烟之中，普通人顶不到一刻便会昏厥。即便眼前这些百姓被妖术驱使，不怕刀劈斧砍，却依旧是肉身。

吴承恩擦了擦头上的汗水，长出了一口气：幸好刚才青玄领悟及时，纵火烧了那柴房，而自己趁势收了不少浓烟；否则以自己的法力，想唤出这么大的烟雾，岂不是要等到猴年马月。

想到这里……吴承恩猛然一个激灵，回头张望了一下：“哎？青玄呢？”

半空之中，那金目大仙已经乱了方寸。

以他的身手，避开李晋朝着自己射出来的土龙倒是未尝不可。关键是，龙头上还站着一个蓄势待发的青玄。

金目大仙纵是使出身段向左一避，却依旧被纵身一跃的青玄用左手死死攥住了脚脖子。

“土。”青玄即刻祭起右手的念珠，吐了一字。

霎时间，金目大仙察觉自己仿佛被逾千斤的力气引入泥潭一般，一下子便从半空中坠了下去。

这种高度，以此时的形态摔下去可不是闹着玩的……

金目大仙知道不好，不得不在空中摇身一变，扭动一番后化作了蜈蚣的原形。

青玄此时抓住的，却只是上百只脚里面的一只；那金目当机立断，斩断了自己的这只行足，甩开了青玄的纠缠。

虽然青玄在其变幻之时就已经有了准备，如果真的见招拆招，倒也不难。只是这蜈蚣体形巨大，青玄不由得朝着下面望了一眼——现在地上还有很多晕过去的百姓。如果这金目就以现在的体态砸下去，恐怕会伤及不少无辜。

本来青玄的计划是将金目大仙化作的道士拽下地面再做较量，现在金目大仙这灵机一动反而误打误撞，打了青玄一个措手不及。

青玄进退两难，只能咬咬牙，将念珠换了手，然后就势朝着地面冲去。看来唯一的办法，便是自己先一步落地，将这一片土地化为湖泊，先让那些百姓沉入湖水躲过这一招。

只不过……青玄知道自己这一招是铤而走险。因为首先，他并没有自信自己的能力可以囊括这么大的范围；其次，那金目大仙距离自己也就片刻之遥，即便自己立时施法，时间上也难说一定来得及。

就算青玄这一招真的成功了，基本上也要耗去所有功力。接下来，到底该怎么对付眼前的金目……

就在此时，青玄忽然闻到一阵花香。

这里距离地面数十米，即使漫山遍野的花丛，也不能把香味传递这么远，毕竟风不是从地上吹到天上的，花也不能从地上飞到天上。

青玄急急地向着地面一看，只见杏花妖朝着空中伸出双手，嘴唇微动，似乎在吟唱着什么，一朵杏花已经从她的手心中长出来，迅速飞到天上，那朵杏花在飞行的同时瞬间变大，如同一张鲜艳柔软的挂毯，在风中摇曳上升。

“躲开！”青玄看到这一幕，即刻喊出了口。杏花想要托住金目的想法倒是好，但是那花瓣太柔弱了，在阳光的照射下几乎透明，它只能被当作一片绮丽的云朵来观赏，想要靠它来挡住金目这庞然大物，是断断不可能的！

“躲开。”一声冷冷的声音带着几分不耐烦，从花瓣顶端的位置传出。青玄顺着声音一望，一下子知道了下面人的主意，立刻将念珠换手，自己直直坠了下去。

原来花瓣并不是为了挡住金目；这一招，和李晋刚才露的一手如出一辙：只是为了送人上去。花瓣的顶端端坐着手握锦绣蝉翼刀的李棠。

李棠闭上眼睛，深吸一口气，然后朝着那近在咫尺的蜈蚣便是一刀！

“我本来不想杀你，但你太过分了！为什么对杏花穷追不舍，为什么对手下的小妖们那么狠？！”

金目大仙在空中只觉得周身一阵冰凉——放眼望去，那李棠已经毫不费劲地连着砍出了七八刀。霎时间金目大仙的身子几乎四分五裂。

金目大仙暗喝不好，知道这丫头片子小看不得。如果任由她这么劈砍，好一点的结果是自己死无全尸，往坏里琢磨一下的话，万一哪一刀劈中了自己的内丹，说不定能把自己切得连渣也不剩。想到这里，金目大仙急忙再次收了自己的原形，狼狈地摔在了地上。

李棠看着这一幕，这才稳稳收了自己的兵器。

原来，刚才危急时刻，哮天突然带着她逃离战场，想来是李晋怕她受到伤害，所以才让哮天护着她远离危险。不过，她是那么贪生怕死的人吗？怎么能在朋友们有危险的时候先躲起来呢？

后来哮天似乎听到了李晋的召唤，才重新回到了战场。李棠自然趁机又跟着回来了。她来不及责骂李晋，当时的情境已经危急万分，她也是灵机一动才想出了这么一个办法。

眼见得那金目摔在了地上，吴承恩正要上去追打，却发现地面上凭空多了七八个金目大仙，一个个都摔得头破血流，哀声载道。看来李棠劈开妖怪的每一截，都顺势成了那金目大仙障眼法的分身。

本来李棠还自信满满，觉得自己总算为对战妖怪出了一份力。结果看到这般情景，也是有些哭笑不得：早知道如此，还不如少砍几刀。现在这么多的金目，倒是怎么分辨才好？

青玄已经落在了地上，二话不说直接奔向最近的一个金目，他只出了一招，那金目便化作了一阵妖烟，被击溃于无形。

“挨个儿对付！”吴承恩看到青玄的举动，明白了金目的这些分身并没有什么本事，那么挨个儿排除的话，便能很快觅得真身。思及此，吴承恩便随手朝着一个金目甩出了一张“剑”字。

没想到，那被吴承恩攻击的金目虽然还有些头昏脑涨，面对攻势却丝毫没有迟疑。他即刻抬手，挡开了吴承恩的这一招后随即凶相毕露，朝着措手不及的吴承恩扑了过来。吴承恩一下子有些发蒙，觉得自己的运气难说好与不好，倒也算是极致：随随便便一挑，便挑到了正在气头上的金目大仙本尊。

但是，一旦这妖物落在了地上，便有些落了下风。这金目还没有够到吴承恩跟前，就被哮天拦腰一口咬住，硬生生推开了几丈远。金目大仙一下子受到了重创，口吐鲜血。倒是那旁边一直无所事事的李晋更为气人，眼见得哮天占尽了上风，却抬手招呼着让哮天回了身边：“哎呀你别乱吃脏东西……蜈蚣本体是有毒的！”

霎时间，哮天松开了嘴巴，心有不甘地甩甩尾巴跃回了李晋身边。

这金目总算是得了空，能喘一口气。他咬牙切齿地看着眼前这群人——本来以为恢复妖力后能与这群人一战，没想到……对方依旧这么能打。

看来自己真的是马失前蹄，倒不如先避其锋芒……再做打算。

想到这里，那金目鼓起了腮帮子，猛地吐出一大口浑浊的毒雾后怪叫几声，表面上做出了一副要以死相搏的架势，但是趁着周围人看不到自己，金目朝着地面就是一蹿，想要借土遁逃命。

没想到的是，自己的脑袋碰到地面后却没有像往常那样如鱼得水，反而像是撞到了铁板上。原来一旁的青玄早就料到对方有此一招，已经按住地面，念出了“金”字。五行不符，那金目自然是潜不进去的。

毒雾渐渐散开，金目已经颓然地坐在了地上，在他面前，吴承恩、青玄还有李棠，已经围了上来。那金目斜着眼睛，喘息着瞧了瞧周遭的局势，想再找条退路，却发现三人后面还有那李晋身边的哮天一直虎视眈眈地盯着自己。拼速度的话，自己肯定不是这畜生的对手……

完了，全完了。

金目大仙颓然一笑，明白自己这次真的是走投无路了。就连自己胸口那枚莹莹发光的红钱，也仿佛在嘲笑着自己的处境。

就差一步啊，就差一步。

自己辛辛苦苦炼制了这迷魂香，又卑躬屈膝，从铜雀那里借来红钱，本以为只要抓住了杏花妖，三者结合以妖力催发，散发着毒物的杏花树将遍布山野，到时候别说整个黄花镇，甚至附近百里内，都会成为只属于自己的独立王国，再强的妖怪和除妖人，在这个范围内，没人是自己的对手。

只是，偏偏遇到这么几个丧门星，没想到自己苦练千百年，到头来竟然落到这般田地。自己的这一生，简直……

“金目大仙在上，小女子这厢有礼。”一个悦耳的声音，不经意间在所有人背后响起。

吴承恩等人回头一望，却见不知什么时候两个女子已经站在了柴房的院子里。这两个女子都生得花容月貌，不过其中一个却身负重伤。

金目颓然抬头，随即目露惊喜——自己不会看错，那是桃花源的金角、银角！哈哈哈哈，简直天助我也！

“你们，刚才人多打人少不是很得意吗？”金目咳了几声，勉强抬起手，依次指着青玄等人，“现在，我的帮手来了！别以为本仙会这样束手待毙……来啊！再战！”

纵是吴承恩有些稀里糊涂，但是青玄一眼便看出了那两名女子绝对不是一般对手。

“大仙您误会了，”那金角扶着银角，听到金目大仙如此一番话，似乎带了几分惊讶，“我们此番前来，只是为了讨要红钱为我师妹疗伤。铜雀掌柜的说了，带着红钱回去时，如果能带大仙的命回去，就再好不过了。至于大仙的私人恩怨……大仙放心，日后小女子一定帮大仙报仇。”

说着，金角肆无忌惮地扫视了一圈院子里的其他人，似是十拿九稳一般面无惧色。这番话，彻底让金目瘫软在地上。

果然……

从金角、银角出现在黄花观向他讨要红钱的那一刻起，金目就知道她们不怀好意。

他也明白，从一开始，他和铜雀便是交易关系，说不定这交易连自己的命也算在内。

看来，这两人是眼见得自己已经伤及根本，准备趁火打劫了。

呵呵，既然如此……

“本大仙——”那金目大仙似是下了什么决心，朝着众人绝望一吼，“这就带你们上路！”

紧接着，金目一把拽掉脖子上悬挂的红钱，双眼一闭，将它吞进了嘴里。

霎时间，地面上扫过一阵妖风，仿佛寒冬提前来临一般，令所有人打了个冷战。只见那金目双目一翻，紧接着整个肉身开始颤抖着散发出属于红钱的光芒；片刻之后，金目大仙的七窍仿佛被什么东西堵死，肚子里的东西无论如何也散不出去，整个身躯渐渐膨胀了起来。

青玄急忙拉了一把吴承恩，带着李棠和杏花一起向后退了几步，同时施法做了一个结界。倒是李晋看到这一幕轻松了不少，直接坐在地上揉了揉自己的腿。片刻之后，他重新站了起来，唤了哮天来到身边。

“小姐，你逃吧。”李晋拍了拍哮天的脖子，然后转身对李棠说道。

“逃？”李棠蹙了蹙眉，怎么又让她逃？

李晋抬头看了看那边的金目大仙，耸耸肩膀：“这厮是打算妖爆来了断自己；他本身的修为再加上红钱的威力，我估摸着方圆十里之内是没有生机的……哮天脚程最快，你现在走，应该能有三成把握逃出去。”

此番话一出，吴承恩下意识看向青玄。杏花也咬住下嘴唇握紧了拳头。

李晋没有再继续解释什么，而是一把抓过李棠，把她扔到了哮天身上。

“走！”李晋大喝一声，哮天像箭一样直蹿出去。

吴承恩也突然反应过来：“呃……那个，金目！不是，金目大仙！你先收手，听我一言！只要你别做傻事，大家好商量……不要冲动啊……我们坐下来好好谈啊……”

只是那金目，躯体和四肢都已经膨胀不堪，做不出任何反应。即便金目此时听到了吴承恩的话，也断断不可能收手了。他死死瞪着不远处的金角，虽然在剧痛之下，却还是忍不住邪笑。

“去死，去死，都去死……”金目喃喃自语，用尽自己最后的力气，诅咒着面前的所有人。

此时此刻，金目大仙的躯体已经红光泛滥，似乎满身的不祥呼之欲出——

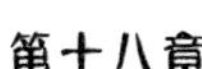

第十八章

大雨

那金角看到这一幕，再看看自己身边的银角，忍不住双眉微蹙叹了口气。

“这一次的买卖，真是亏本了。”那金角开口说道，同时朝着身后一摸，掏出来一个葫芦。但见她不急不缓，摘下了葫芦塞朝着里面瞄了瞄后，举起葫芦朝着那金目大仙大声说道：“金目大仙！”

“叫我？已经晚了！你们都给我……”金目大仙抬头瞪视着金角，嘴里的一句“去死”还未出口，便是一阵妖风袭来。刹那间，只见得金目身躯越来越小，顺势便被整个吸入了葫芦之中。

那金角盖上了葫芦的盖子，然后将那葫芦稳稳放在了地上。紧接着扶着银角后退几步，远离葫芦。

“能撑得住吗？”旁边的银角捂着胸口，喘着气问道。

话声未落，一声惊雷在院子里猛然炸裂，简直是地动山摇。而金角的那个葫芦颤了颤后，歪歪地倒在地上，底壳裂了一道缝，不少黑气从缝隙朝外散出。

金角等了好一会儿，见那黑气散得差不多了，才重新拿起葫芦抖了抖，一块已经不成形的内丹裹着红钱，冒着黑烟落在了地上。那金角翻弄一会儿，挑出了红钱收好，然后抬眼望着旁边一言不发的吴承恩等人。

恰在这时，一个小黑点又从远方箭一样蹿了回来，正是驮着李棠的哮天。

金角摸着葫芦底部的缝隙，转头对着银角一脸苦笑。

“紫金葫芦虽然是天生法宝，但这一破，不知道要多久才能长好。到时候铜雀大人怪罪下来……”

“这次我们的任务是除掉金目，拿回红钱。这两个任务完成，铜雀掌柜应该不会怪罪。先拿红钱来用一下，帮我疗伤。”银角蹲在地上，忍不住一阵咳嗽，虽然已尽量捂住了自己的嘴巴，但还是有几分血迹从指缝之间流了出来。看得出，金角、银角两人并不知道吴承恩他们的立场，所以亦敌亦友之间，银角并不想在对方面前露了任何破绽。

看着对方这几人，应该也是有些见识的。金角清楚注意到，自己翻弄一番、挑走地上的红钱时，那个书生打扮的青年明显注意到了什么，踮着脚一副很着急的表情跃然脸上。显然对方也知道红钱的来历。

现在，如果自己拿走红钱的话，难保对方不会出手阻拦。

只不过，金角目前并不想与对面的四人起什么冲突。且不说这四人应该有些本事，自己这边银角的伤势着实有些严重，这一点已然是不争的事实；再加上刚才自己的法宝紫金葫芦已经被金目那斯破坏得七七八八，如果在此一战，难免会有些棘手。

如此想着，那金角拾起了自己的葫芦后，悄悄瞥了一眼银角。银角心知肚明，右手即刻朝着袖口里面缩了缩，捏住了藏在袖口之中的宝贝。

“几位公子，小女子家里前几日遭了不测，自家的红钱被人劫了。眼下，小女子需要这枚红钱给妹妹疗伤，不知道几位公子是否可以高抬贵手，行个方便……”那金角还是先礼后兵，娇羞羞施了一礼后掩面开口；而银角似乎早就猜到了对方的答案一般，登时就准备出手——

“可以啊，拿去吧拿去吧。”没想到的是，那李晋竟然利落地开口说道，然后一屁股坐在了地上。哮天走到了李晋身边，舔了舔李晋的脸。金角略微惊疑地揣度着李晋的语气，思来想去也不太像是反话。

说真的，刚才金目吞了红钱后李晋已经认定这次在劫难逃，谁曾想突然就轻轻松松躲过了这么一难，说破大天去，自己这边也算是捡了个大便宜。既然对方想要红钱，那便拿去嘛，红钱有什么好稀奇的是不是？

在确定了李晋的意见后，金角不禁盯紧了吴承恩。此书生只是个普通人类，身上没有李晋那种自己熟悉的感觉。而且刚才自己翻找红钱时，他的眼神最为紧张，不晓得他的态度是什么……

“可以可以，拿走吧。”吴承恩发觉对方在看着自己，随即也表态。只要红钱不危害于苍生，用来救人一命也未尝不可。哪怕对方是妖，刚才的临危一举，却救了黄花镇满城百姓乃是既定事实。而且，现在那些百姓由于吸入了浓烟还纷纷处于昏厥之中，眼下分分秒秒救人要紧，也实在是不想起什么无谓的争端了。

吴承恩已经抬头，算是询问青玄的意见，青玄也只是点了点头。

那金角见得三人都答应了自己这个不情之请，不禁有些出乎意料。不过，如此甚好。正当金角再次施礼答谢了对方的慷慨，准备起身带着银角离开时，对面一道红云卷过，瞬间就到了眼前：

“慢着，你为什么只问几位‘公子’，怎么不问问我答不答应？”李棠一边走过来，一边把杏花揽在自己身后，笑盈盈地看着金角，“这些人里面我说了算。”

那金角心里微微地打了几点鼓：自己刚才也算是上下打量过这个阵容了，论资历，领头的应该是那个背着弓箭的大汉无疑；论杀气，那只戾犬则是数一数二的；论棘手程度，那个修行者则是不得不防；论着让自己看不透的，傻乎乎的书生又似乎颇有城府……那只杏花小妖，恐怕只会忽闪着眼睛假哭。这个穿红衣的丫头，看上去眼神虽然精明，其实不过是个养得娇贵些的大户人家的小姐罢了。

谁管你什么大小姐呢？

金角露出一丝微妙的冷笑，刚要说什么，突然间，在金目的内丹附近，空气渐渐扭曲，成了一阵旋风。那金角定睛看了看，嘴里不禁“咦”了一声；自己刚才在收拾金目之前，确实朝葫芦里面看过，里面已经什么都没有了。照理说，应该已经化掉他了啊……

难道是……

金角知道此地不得久留，急忙朝着那李棠侧身施礼，算是为自己刚才的失礼给了一个交代："小姐在上，小女子有眼无珠，眼下红钱救命要紧，日后如能再相逢，一定重谢小姐……"

嘴里这么说，那金角却一直看着旁边这股旋风，看都不看李棠一眼。这副情景在李棠看来，实在是有些目中无人。只不过李棠还未来得及开口，那金角就拉起地上的银角，踩上一块妖云，朝着山下去了。

李棠气得直跺脚。

"妖怪都这么不讲理吗？那个金目不讲理，你们也不讲理。"

众人都不知道那股旋风的来龙去脉，只当是金目残存的妖气挣扎，所以也没在意。

青玄握着念珠，前去救醒那些百姓了。吴承恩则急忙跑到了那金目死去的地方，迫不及待地翻找着那块内丹。

之前的那股旋风忽然间凝固了空气，定格在吴承恩的面前。凭空里，突然间出现了一扇一丈来高的纯铁大门；吴承恩刚刚将内丹放进自己的袖子里面，眼前突然多了这么一个庞然大物，着实吓了一跳。

这只是开始。

门忽然间被缓缓推开，一个身影疲惫不堪地从里面走了出来，之后从外面推上了这扇铁门。霎时间，铁门消失不见，只剩下了这个人和散落一地的兵器。

"没想到……连最后一招都用上了。"那汉子颓然坐在了地上，大口喘气。

李晋则是先伸出手，收了哮天之后才抬头看了看刚才铁门凭空出现的位置，明白九剑现在应该是精疲力竭了。

"年纪轻轻就会遁入虚空……"李晋自言自语道，随即压低声音感叹了一句，"现在的二十八宿都这么厉害了啊。"

此人，正是九剑。

约莫半个时辰前，九剑不晓得金角的法术是何居心，随便一答，便被吸入了那紫金葫芦之中。进去后，九剑只见得一片浅滩，地上薄薄一层妖水，开始侵蚀自己的肉身。九剑知道大事不好，急忙挥动自己的九把兵器想要在这葫芦内壁打出一个缺口，却发现徒劳无功。相反，地上的妖水却越涌越多……

事到如今，他只能用自己的奥义了。

若不是那金目炸碎了葫芦，导致他因祸得福获救，估计他也坚持不了多久。抬头望去，九剑看到了吴承恩和李棠，还有一个修行者在远处忙活，黄衣的姑娘眼睛忽闪忽闪地看着自己，倒是怪可爱的，附近还坐着那个刚才在饭庄见过、眼下却比自己还狼狈几分的花臂汉子。

唔，并没有刚才那两个妖女的身影。

李棠听到声音后，急忙赶了过来。九剑长出一口气，正准备卸了浑身力气，之前一战，已经消耗了太多力气，再打一会儿，自己确实不一定撑得住，不过……他却突然间比出双指，朝着李棠的方向就是一指！

地上一把断刃颓然飞起，朝着李棠便端端刺去！李棠一愣，本能地亮出了自己的兵器就是一挡。

“姑娘闪开！”那九剑开口说道——他的目标绝非李棠，而是站在李棠身后，一脸懵懂地看着他的杏花。

只是九剑多少晚了一步。那李棠抬手一招，硬是将九剑的兵器一分为二，断在了地上。她将杏花护在了身后：“你要干什么！”

杏花“呀”的惊呼一声，躲在李棠身后不知所措。

吴承恩只是愣了下，赶忙掏出纸笔来，却不知道该不该动手。青玄已经施法完毕，算是破了百姓体内的浓烟。听到这边的动静，匆忙赶来。

“逢妖必杀。”那九剑开口，却已经语气不稳，“还望几位不要碍事。在下乃是……”

“镇邪司二十八宿·亢金龙。”

气氛一时剑拔弩张起来。

他们都没注意到的是，之前从金角那个紫金葫芦缝隙里扩散而出的属于金目的黑色妖气离开后并没有彻底散去，而是慢慢凝聚到了一起，悬浮在众人头顶上，不易发现。

所以等大家察觉到妖气萦绕时已然晚了！

那团妖气早就瞄准了杏花，原因无他，这群人里，杏花是最弱的！而且只有她有百妖之力！她却不会用！

只要自己将那百妖之力夺回，便仍有一线生机！

杏花果然不够对手，那团妖气轻而易举进入杏花体内，与之争夺百妖之力。

“啊——”杏花痛苦地喊出声，周身妖气暴涨，把周围的房屋掀飞，甚至将对她有敌意又处于虚弱状态的九剑给震晕了。

“杏花！”李棠有些焦急地想要上前，却没办法靠近。

杏花周围三尺都是灼热烫人的气浪翻滚，旁人根本无法近身。

“青玄，怎么办？”吴承恩询问道。

青玄试了几次，也没办法。

上次他虽然解救过一次杏花被百妖之力侵蚀的危机，但这次，百妖之力被那金目残存的妖力诱发，根本控制不住。

“杏花！快放弃肉身！”不得已，青玄让杏花再次弃掉肉身。

杏花也想到这个办法了，几乎是在青玄刚开口的时候就恢复了树身，且努力将自身妖力都分散到黄花镇所有的杏树上来分担。

这法子看起来不错，众人还未松口气，却发现那些杏树全都燃烧了起来！

妖火一直从杏花身边蔓延，整个黄花镇所有的杏树都被妖火笼罩！

转眼之间，整个黄花镇似乎坠入了火海；一直弥漫在黄花镇里的香气消失了，那些在方才的战斗中昏迷的百姓突然间被热醒，回过神来一看，却瞧见了人间炼狱。

一时间整个黄花镇的百姓像没头苍蝇一般奔走逃命，惨叫连连。

“救我……”杏花妖哀求着众人，她只觉得浑身上下浸入了滚水一般，简直就要融化了。吴承恩伸手想要拍打杏花身上的妖焰，却也被烫得下不去手。

青玄满头大汗，手掌离开了地面。方圆几丈之内，妖火已灭。

看来刚才他是用五行变化，将这一片土地幻化成了水。

这一招倒是能灭火……

只是，这么多百姓，自己如何救得过来?

整个黄花镇越来越热。再这样下去，恐怕就算他们几个，也很难逃出这黄花镇……

李晋倒是不太慌张，看着吴承恩手忙脚乱地帮着杏花，开口说道："我说，你不是会袖里乾坤吗？为何不来一场雨？"

这话说完，吴承恩听得一愣；不过，这似乎倒也是个主意……吴承恩急忙甩出宣纸，在半空之中写下了几个"雨"字。落笔之后，吴承恩一下子体力不支，倒在地上狂喘。

天空阴了一小块，几滴细雨还没落到地上，便在空中蒸发了。

吴承恩眼见得那几张宣纸也没撑多久，便被妖火烧掉，渣都不剩。

李晋在旁边看着这一幕，也只能摇头："学艺未精啊年轻人。不是我说你……就这般本事，也好意思赖在我们家小姐身边，你这是癞蛤蟆想吃……"

"你帮不上忙就闭嘴！"吴承恩大声吼道，心里却无比难受——其实，李晋说得对，若不是自己学艺不精，怎么会落得现在的下场……

青玄已经三四个来回，尽可能地救助百姓。只不过，杯水车薪，而且就连脚下这块土地，也快被周围的妖火包围了。

"真的没有办法了么……"李棠挥舞着手里的兵器，借着剑锋划过的寒气灭火，却也没有什么成效。

躺在地上的李晋想了想，开口说道："倒还是有办法的……"

"什么办法？"吴承恩听到李晋开口，急忙问道。但是，李晋此刻却一脸为难。

"你们想啊，这般妖气，可是连金目都……"李晋不慌不忙，开始娓娓道来，"都是因为那枚红钱……"

"你以后再说！现在该怎么办！"眼见得那杏花已经体力不支，呻吟声越来越小，吴承恩不禁开口喝道。李晋一皱眉，觉得吴承恩真是失礼——但是望过去，看到李棠也是如此表情盯着自己，索性不再开口刁难，伸手向吴承恩抓去。

但这一抓，却被青玄拦了下来："你知道吴承恩这样做的后果么……"

李晋却不说话，就直直看着吴承恩。

"什么后果也管不了了，只要能救人，有什么方法李晋你快说。"搞不明白现在状况的吴承恩在青玄的背后已经急了。

青玄只能让开，只见李晋上前一步，一把抓住了吴承恩的手腕。

"借你的，记得还我。"李晋动作极快，吴承恩还没看清他做了什么，就被他甩开。

他踉跄几步，抬眼望去，才发现自己的毛笔被一枚红钱从当中的眼里套了进去。

霎时间，不仅仅是那枚红钱，连毛笔也开始蔓延上了那异样的红光——

"快写雨！"李晋看到愣住的吴承恩，忍不住大声喊道，"不然，大家都完了！"

吴承恩一回神，来不及细想，便要掏宣纸。

一旁的李晋忍不住踹了一脚吴承恩："宣纸哪里受得住！直接在天上写！你这个榆木脑袋还好意思赖着我家小姐我真是……"

在天上……写？

那红钱蔓延出的红色光芒，即将到吴承恩的手指……

吴承恩不再犹豫，朝着天空利落地挥了一个"雨"字。霎时间，红光像是有了出口一般朝着四面八方迸发。

吴承恩甚至觉得自己体内的灵魂仿佛也都被红光给抽走了。

短短片刻之后，那枚红钱失了光彩，径自跌落在地上。

下一瞬。

天空忽然凭空起了一个炸雷，惊天动地，引起了所有人的注意。吴承恩勉力抬眼望去，这才明白了李晋刚才的那句话：宣纸受不住的……

这何止宣纸受不住！

头上的苍天也被割裂开来，划开了浓浓的云层，露出了久违的阳光——看起来，应该是刚刚午时。但是天色只晴了一瞬间，紧接着，迫不及待地重新乌云密布，浓雷滚滚，霎时间瓢泼大雨倾盆而下！

这是雨么……这简直是瀑布!

大雨瞬间浇熄了黄花镇的大火；而那杏花妖虽然已经倒在了地上，脸色却渐渐缓和。吴承恩也已被淋成了落汤鸡，他痴痴地俯身捡起了地上的那枚红钱。

青玄急忙将手按在了地上，召唤出了一尊古树遮风挡雨。

“这红钱，这么厉害？”吴承恩端详着手里的红钱，惊讶之余对李晋喃喃开口。

头上的雨云并没有任何收敛之势，反而似风卷残云一般，以不可思议的速度越散越大。

“厉害个屁……”李晋抬头看看天空，忍不住摇头，“这红钱本来就是不祥之物，带来的也是天灾……我告诉你，这场雨起码要下三天三夜。”

“啊？”李棠已经跑了过来，听到李晋这么说，不禁担心起来，“这黄花镇若是下三天雨，岂不是淹了？”

“小姐……”李晋苦笑了一下，开口纠正道，“不是黄花镇下三天……是整个天下，都要下三天雨。哎，幸好之前大地一直干旱，否则这涝灾是稳稳躲不掉的；久旱逢甘露，说不定，咱们也算是顺应了天势……”

唔……李晋其实是在安慰自己，不过，其实他也并不是那么担心。

反正这雨是吴承恩弄来的，那枚红钱上也没写名字，真有事的话，自己打死也不承认便是了。

李晋忽然想到另一件事，他赶忙扭头看去，果然见方才还有些精神的吴承恩此刻已经七窍流血倒在地上，失去了意识。

而青玄正姿坐在他的旁边，正用尽全力帮他镇住身体里不断冲突的妖气。

李棠惊呼一声，跑了过去……

而在众人身后的黄花观，仿佛气数已尽一般，顷刻间轰然崩塌。

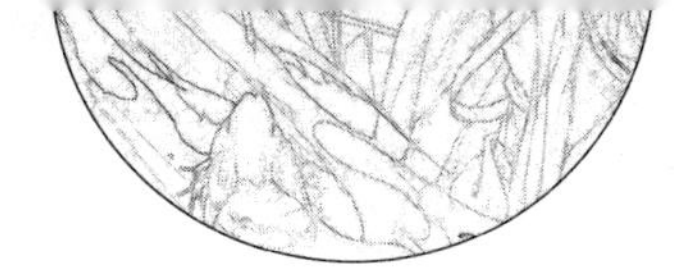

第十九章

背锅

京城，大殿之内。

棋盘前的麦芒伍思忖良久，终于放下了一子。这一步是关键，可进可退；后面自己只要小心把握，将这一盘下成和棋，机会很大。

唔？

麦芒伍抬头望去，刚才还兴致勃勃的皇上却仿佛突然间失了兴趣，移步到了窗边。

“今日不下了。这鬼天气，坏了朕的兴致。”皇上的语气，十分扫兴。

话音未落，外面的雨声陡然而至。

一场三天三夜的大雨，出乎所有人意料地，落在了京城。

一阵清爽的凉风刚刚掠过，肆无忌惮的暴雨便迫不及待地紧随其后坠落在京城。

很快，这场大雨令京城附近正在进行调度的五军和神机营大乱阵脚；尤其是那神机营，本来押送着全部二百门大连珠炮迁寨移营，天色却在一炷香时间之内由万里无云变成了现在的鬼样子。雨水之大，所有人始料未及，连炮筒里都灌进了不少雨水。至于火药，虽然都被油布包着，却依然被浸泡了个底儿透。

神机营的率兵统领已经吓得面无血色：这一场雨，保守估计能毁了万两银子；而且，这大连珠炮可是神机营压箱底的东西。皇上的命令刚刚下达，自己还没来得及立下战功就遇到了这么个幺蛾子，看来自己全家老小性命堪忧了……

因为大家都知道：在上面的人眼里，从来没有天灾，只有心怀鬼胎的人祸。

是的。

这场雨，一定会有人背锅。

而鬼市中，老板伸出了自己的手，不可置信地手心朝上。开始的时候，只是豆粒般大小的雨点三三两两；没到半炷香的时间，这场倾盆暴雨拉开了帷幕，浇得老板目瞪口呆。

鬼市东门的湖水涨得厉害，湖中心的小舟也左摇右晃，看起来随时都要倾覆。奔波儿灞和灞波儿奔已经控制不住小舟，索性便弃了船，潜在湖水里游向了岸边。

血菩萨微微起身，看着眼前的大雨略微迟疑一下，然后心存感激地朝着老板点了点头，双手抱拳："今日里多得老板照顾，日后我二十八宿必将肝脑涂地……"

"别，不是！"老板匆忙摆手，语无伦次地否定着血菩萨的说辞。

"在下自然明白。"血菩萨很快露出了一个默契的笑容，抬头望着阴沉沉的天空，"我们二十八宿只是仰慕鬼市老板平日里的义气千秋而已。这件事，断然和老板无关，日后也绝对不会和老板扯上关系。"

"对啊！是他娘的无关啊！是他娘的真无关啊！"老板几乎带着哭腔，附和着血菩萨的这番恭维。

湖面一阵涌动，奔波儿灞拉着昏过去的灞波儿奔，狼狈不堪地爬出了水面，刚一露头，便见刚刚还气势汹汹的血菩萨已然跪在老板面前。

见得此情此景，奔波儿灞便开始吹嘘自己主人的厉害，语气那叫一个得意："那镇邪司的，看到了吧？我家老板随随便便就能唤出如此巨雨！你生平可曾见过这么大的雨水？你看看你看看，连灞波儿奔都扛不住溺水了差点淹死……它可是黑鱼精哦！你就想想吧，这雨得多大！就问你怕不怕吧！"

血菩萨还没来得及应承，苦着脸的老板随手朝着身后一挥，一道几丈高的巨浪便硬生生将奔波儿灞拍入了湖底。

“这件事，哎……怎么回事啊……”老板有些发蒙，似乎是受了很大的刺激。

倒是血菩萨看到鲇鱼精被老板拍入湖底，颇为懂规矩：“老板既然连自己的亲信都灭口了，看来此事确实关系重大。那么，在下愿意在老板面前自行了断，以解除老板的后顾之忧。如果方便，只望老板能将在下的尸首送回镇邪司……”

说着，血菩萨抬起了手，凝练一股血红之气，然后放在了自己的脖子旁边。

“我他娘的不是说了吗！这件事和我无关啊！”老板被血菩萨手中异样的寒气吸引了注意，猛然回神，抬手又是一掌——巨浪呼啸着将血菩萨冲到了一边。而老板则气得原地跺脚：“灭口个屁啊！你他娘的好歹也和麦芒伍那个王八蛋一样都是二十八宿，有脑子吗？你倒是见过淹死的鱼吗！还他娘的灭口……整得越来越像是我降的雨一样……你们这是强行让我背紧这口大锅吗？老子背不起啊！要出大事的啊！”

血菩萨没有吱声。老板这才醒悟刚才自己出手之际一时糊涂没有留手，抬头一望：果然，血菩萨已经因为刚才的一击飞出去了好远，整个人浑身瘀青昏了过去。一群乌鸦霎时间从血菩萨肉身里腾翅而起，端详了一会儿自己的主人后，齐刷刷瞪视着远处的老板，发出了大有敌意的聒噪。

“吼！”一声颇为不耐烦的巨龙嘶吼嘹亮而出，声如惊雷，震得整个湖面都为之一颤。

霎时间，所有乌鸦即刻闭了嘴，胆怯地看着远处的那个老头儿。

老板顿住了身子，举起了左手——一道浪缓缓托起了昏过去的血菩萨，将他放置在了一块巨大的岩石上面。这湖水涨得厉害，血菩萨刚才倒下的地方，估计一炷香时间以后就要被淹掉了。

老板忍不住摇头，随手抓起倒在岸上的灞波儿奔，朝着湖水走去：“唉，天要亡我啊……要是让我知道是谁这么阴险歹毒，我非得……”

湖边没有了其他动静；而这场暴雨，依旧越下越大。

而此时此刻，麦芒伍已经坐在回镇邪司的马车上了。

今天皇上的一举一动都颇为不同寻常，弄得麦芒伍似乎也摸不清皇上的意思。但是，皇上既然提到了“九文钱”的事情，那势必是在暗示自己，皇上已经知晓了镇邪司私藏了九枚红钱。

不过，既然皇上没有点透这里面的玄妙，那就是说，皇上还是给了镇邪司一个台阶；这件事，还有的商量。

如果想要做得周全，让皇上宽心，最好的办法便是即刻上交那些红钱；但是，独独这件事，麦芒伍是做不到的。

因为，镇邪司眼下只有六枚红钱在手。之前那叛徒逃离镇邪司之际，带走了三枚红钱……所以，即便现在麦芒伍打算向皇上坦白，红钱的数目也对不上。麦芒伍心里很清楚：今日里，表面上皇上是邀请自己下棋，实则是在让自己做出一个决断。

万万没想到的是，今日里皇上竟然大恩大德，放了镇邪司一马；唯独这点，令麦芒伍实在想不通。

总之，事关重大，看来当时自己只让重义气的九剑一个人前往南秀城实在是棋差一招。这九剑一直都没有音信，怕是事情办得并不顺利……

“大人！”车外，马夫忽然间喊了一声，“这雨太大了，牲口走着都害怕，要不然，咱们避一避雨再走？”

麦芒伍听完，掀起了轿帘，本想呵斥几句；毕竟到镇邪司也就几里路而已，哪里有什么避雨的必要，但是，映入麦芒伍眼中的，却是已经齐脚脖子深的雨水。地上的路已经变成了一片泥泞，拉着车的马匹走起来也是摇摇晃晃。街上已经看不到百姓的身影了，来来去去的，只有一队队神情紧张的兵士而已。

唔？为何京城里突然多了这么多亲兵？

麦芒伍心里一紧，抬起手，在大雨之中朝着手心里面接了几滴雨水，然后撂下了轿帘。车子里面昏暗了一些，麦芒伍清楚地看到，手心之中的那几滴雨水，隐隐成血红色。麦芒伍情不自禁抬手轻轻嗅了嗅：没错，虽然很微弱，但是这雨水之中夹杂着淡淡的妖气，还有……

麦芒伍的眉头皱得更紧了，因为他闻到了一股自己很熟悉的铜锈味道。这股异味霸道地蜷缩在自己的鼻孔里，久久不肯散去。

“难道是……”麦芒伍似乎不可置信，思忖良久，最终还是伸出一根手指，沾了沾那雨水，想要放入口中一试。

马夫忽然间向后栽倒，摔进了轿厢之内，双眼泛白，天灵盖上多了一个指印。麦芒伍心里一惊，顾不得再去琢磨那雨水，手中登时变出三根银针。

“不要尝，多脏。”轿厢外面，虽然雷雨阵阵，但是一个清晰的嗓音，却从轿厢上面稳稳传来。

听到这个声音，麦芒伍长出了一口气，手中的银针也收了起来：“是你……怪不得外面街上凭空冒出来那么多官兵，原来是捉拿你的。”

现在外面说话的正是镇邪司二十八宿之一，常年被关在天牢里的镇九州。

“哎，他娘的。我都说了我就是来跟你说句话，但是天牢的家伙们却死活不肯……”轿厢上面的声音，似乎颇为不爽。

“有没有……”麦芒伍听到这里，不由得略微紧张。

“没有闹出人命，都打晕了……一群杂鱼，有什么好计较的。”轿厢上的人显然知道麦芒伍想要问什么，索性直言不讳，“不过，你日后见了皇上，一定要通禀一声，咱们天牢年久失修，漏雨了。这未免有失朝廷的脸面，回头传出去了皇上脸上肯定挂不住。”

麦芒伍点点头，掏出了一根银针，在自己手掌心里刻下了“天牢失修”四个字以便不忘。那四个字隐隐闪烁了几下，继而消失殆尽，不留一丝血迹。

“不过，你猜得没错，”那人虽然没有注视，却是等麦芒伍写完了手里的字，才继续开口，“这场雨，多半是红钱所致。要不然，我也不会在天牢里被浇湿了身子便一个激灵醒了过来。难得老子这几个月睡了个半饱，扰了我的好梦。”

天空之中一个炸雷，紧接着，雨下得更大了。

“外面雨紧。方便的话，下来说话。”麦芒伍听得雨声，索性掀开了轿帘，示意上面的人可以进来躲雨。

“哎呀，你懂不懂规矩？”上面的人并不领情，反而是一阵斥责，“私见天牢死囚，是要以谋反罪论处的。你我见面，岂不是不给皇上面子？我自然是无所谓，反正我已经是死囚了，况且这天下没东西杀得了我，而且天牢里也住得惯……至于你，你可得撑起来咱们镇邪司啊！唉，来得好快……你坐稳啊！”

话音未落，马车前面忽然疾奔过来了一大队官兵。麦芒伍急忙掏出银针，准备出手——顷刻间，麦芒伍觉得自己被抬了起来——不，这不是错觉。整个马车确确实实飞了起来，只是短短一瞬，已经离地百十丈高。

确切地说，麦芒伍坐的马车，是被一阵掌风抛了起来。前面拉车的骏马刚刚醒过神来，看着脚下越来越小的整个京城，不住地四蹄凭空蹬踏，发出恐惧的嘶鸣。

“总之，这场雨应该是有人用了红钱。”轿顶上的人大气不喘，继续说道，“皇上应该很快就会知道这件事。现在，是不是那叛徒用了红钱我们无从知晓，但是，这件事不处理不行了。”

“我会派人过去。”麦芒伍开口答道，同时甩出一根银针，定了那马匹的神。

轿顶上的人听到这里，语气似乎颇为不耐烦：“你心底还是念了旧情，想给那叛徒一条活路。老五啊，如果你一直这么心慈手软，何止皇上，甚至咱们镇邪司势必要被五寺、六部他们拿捏得透筋透骨。他娘的，要是镇邪司毁在了你手上……说真的，你可别给我这个借口让我动手，因为我心里一直觉得同门相残其实挺有乐子的。和你们几个打，绝对不会无聊。”

麦芒伍似乎心事被人看穿，一时间语塞。

“说起来……李家那边怎么样了？这场大雨会不会跟李家有关系？”轿顶上的人见得没有了回应，转移了话题。

“我们的卧底还在，如果是李家用了红钱，他早该有消息传过来。”麦芒伍收拾了一下自己的情绪，换上了一如既往的八风不动。

“之前血菩萨在南秀城，曾经遇到过一个自称是金刀震九州的……”

“这名字他娘的没品。哪天要是让我遇到……算了，估计也就是个杂鱼，懒得想。”

确实，麦芒伍也知道，当初吴承恩他们遇到的所谓的“金刀震九州”，是一个冒名顶替的赝品。

那震九州只是得知二十八宿中有一人从来不曾露面，便精心准备了一套行头，还做了名帖唬人。只不过，他以为是“震九州”，其实二十八宿的人都知道，应该是“镇九州”才对。

但是镇邪司所有人都清楚，天牢其实不太能关得住镇九州，而且他这人最怕无聊，如果当初是他在南秀城……镇九州自己也深深明白自己这性子动不动就一发不可收拾……所以镇邪司二十八宿全体同意将他镇在天牢——包括他自己也支持这么办。

“你坐稳。”轿顶上的人忽然嘱咐道。

周围的风声越来越响，甚至压过了暴雨声。片刻后，整个马车轻缓一顿，那马夫身子略微悬了悬，然后摔了下去，跌在地上。

麦芒伍拿起手边的雨伞，头也不回走下了马车——眼下，马车已然准准落在了镇邪司大门口。

“不回来看看吗？兄弟们都在。”麦芒伍思忖良久，终于还是转身说道——只不过，马车上面空无一人。

麦芒伍顿了顿，不再多想，只身走进大门。

另一边，这场暴雨的罪魁祸首吴承恩，依旧没有醒来。

李棠等人已经问当地的百姓借了一间柴房，让吴承恩躺好。

青玄把着他的脉，神情却一直凝重。杏花妖坐在吴承恩的床边，看着他苍白的脸，两行眼泪默默地流了下来。

只有李晋心态颇好，已经躺下准备睡了。

吴承恩的七窍依旧血流不止，嘴唇上也渐渐失了血色。

“他怎么样？”看着青玄的表情，李棠不禁带着几分担心地问道。

青玄沉默了一会儿，放下了吴承恩的手，然后轻声对李棠说道：“我已经定了他的七魂六魄，虽然现在没有性命之忧，但是有几股妖气一直在他体内乱窜，盖了他的魂魄……我清了几次，却始终没办法破解那横冲的妖气。我也是第一次见到红钱真正的功效，所以不好下结论。但是……”

“凶多吉少”四个字，青玄揣摩再三，还是没有说出口。

“没想到，那红钱竟是这么害人的东西。”李棠唏嘘开口，转而看向李晋，语气微微不悦，“你是不是早就知道这红钱的危害？”

李晋好像没察觉到李棠语气的变化，给李棠解释红钱的来历作用：“小姐可能有所不知，这红钱乃是凝聚了万物苍生所生成的戾气化为妖力，平日里就有不少妖怪舔舐此物以便获得精进。这小子为了灭火借用红钱之力，自然也会被红钱之中的妖力反噬。”

“那你还蛊惑他用红钱？”

“当时那种情况，如果不用红钱，我们都得死，用了红钱，还有一线生机。而且，他也同意了的。”李晋咕哝道，“小姐你不能因为担心他就责怪我吧？我好歹也是给了个办法啊。”

“你既然对红钱如此熟悉，难道没有可以化解反噬妖力的办法吗？”

李晋摇头：“被红钱的妖力反噬，好点的结果是血流不止暴毙身亡，然后被逐出轮回。还有一种可能是，过段时间身生妖变……总之……难啊！”

李棠听到这里是真的生气了，回身摸索一番却找不到顺手的东西，只得抓起自己身边的玉坠，朝着李晋就是一扔。李晋躲也不躲，被砸了个正着。

“哎哟！小姐为何发脾气？这灵感娇贵，乃是李家的宝物，可扔不得啊！”李晋挨了一下，倒也不生气，只是匆忙俯身去捡那金鱼玉坠。

却见那玉坠落下后滚了几滚，落在了吴承恩的身边。

玉坠里面的灵感竟游了出来，在吴承恩的心口附近游来游去，它身上发出淡淡的红色光芒，映照得吴承恩的脸色也有了几分红润。

“笔……”忽然，一声淡淡的呻吟响起。

众人急忙低头，看到吴承恩的右手略微抬了抬，嘴唇也是微微张开。

只不过，虽然他有了些反应，但是似乎依旧没有醒来。

“你说什么？”青玄急忙俯身，附耳倾听。

“笔……”吴承恩胸口轻轻起伏，想必说出这一个字已经用尽了大半力气，“难得……好故事……让我……写……”

吴承恩似乎还是想要起身，却没有丝毫力气，只好勉强抬眼看向青玄。青玄心领神会，急忙拿出了那本刚刚写了几页的书，放在吴承恩胸前，并顺势将他扶了起来，让他靠在自己身上支撑。

杏花妖擦了一把眼泪，帮着掀开了吴承恩的袖口，从里面找出了一支笔，想要递过去。

“都什么时候了，你还想着写你的破书！”李棠噙着眼泪忍不住骂道，一把拍掉了吴承恩手里的笔。青玄皱了皱眉，却没多说什么。

李晋把玉坠捡起来的时候，顺便把被李棠拍掉的笔也捡了起来，他见气氛沉重，大家都不说话，不由得打开话匣子絮叨起来：“算了，你就让他写吧，说不定……这是他最后的心愿呢……”话未说完，李棠冷眼扫过来，李晋连忙改口，“说不定，写一写东西，对他的伤情有所缓解……”说着他将笔放在了吴承恩的手里。

吴承恩握住了笔，长出一口气，表情轻松了一些，似乎心满意足。

“你看，他自己也是想写的，这样即便有什么万一，他以后也不会留下什么遗憾，省得日后成了妖怪祸害人间……”李晋满意地看着吴承恩的反应，频频点头，仿佛自己做了一件大善事。然后他招呼着让青玄找出来墨石，大家相识一场，他愿意帮着吴承恩研墨……

吴承恩摸索了一下，几乎本能地开始挥笔落字。只见吴承恩那本来干枯的笔尖，渐渐凝了一股黑光。吴承恩舞弄着毛笔，虽然字迹潦草，看起来简直像是鬼画符，但是仿佛墨水蘸得太饱一样，力透纸背，笔笔成书！

渐渐地，吴承恩下笔越来越快，仿佛是有什么东西握住了他的手腕一般，行文流畅，落笔有神。越来越多的文字，频频落入书中，讲述了众人是如何偶遇杏花妖，又如何与这金目大仙一斗二斗，整个故事跌宕起伏、引人入胜……

杏花妖眨了眨哭红了的大眼睛，甚至已经顾不上那吴承恩，情不自禁地开始看着书中的故事。

“这是……”李棠十分诧异，不明所以地看着青玄，想让青玄解释一个大概。青玄只是凝着眉，却没有说话。

可能就连吴承恩自己也没有察觉到，笔尖正在引着吴承恩体内那几股红钱生成的妖气，一缕一缕地浸入了书里。

灵感见状，没再围着吴承恩游弋，而是重新游回玉坠，做回那个安静神秘的金鱼。

一个个形象在吴承恩的笔下凝聚，那远在南秀城的蜘蛛精、狰狞的金目、慈善又怪异的土地……

一笔一笔，封尽天下疾苦。

一画一画，道尽苍生万事。

“喂。”李晋的脸上，再也不见了之前一贯的玩世不恭。只见他缓缓站起，摘下了背后的大弓拿在手里，而身上的文身也露出了瘆人的杀气。李晋笑了笑，然后对青玄说道：“他这本事，可不仅仅是‘袖里乾坤’啊……你俩，到底是什么人？”

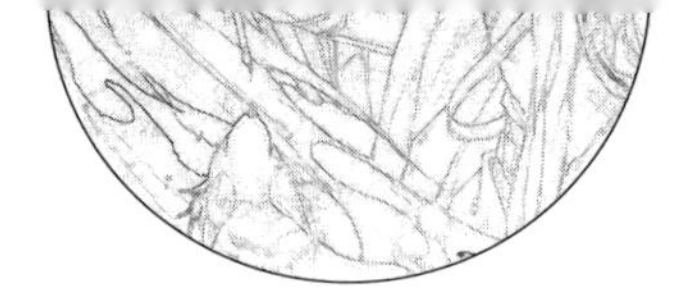

第二十章

李征

京城，子时，镇邪司衙门。

麦芒伍看着床上依旧昏迷不醒的血菩萨，良久都没有说出一句话；自己去面圣不过半天而已，血菩萨却在这期间被人打成了重伤，甚至还被丢在湖边等死……

血菩萨的两个膝盖都已经碎掉，其他部位也因为巨大的外力断了十几根骨头。最重要的是，等到血菩萨的乌鸦回来报信之际，他已经在妖雨里面淋了一天一夜。眼下经过麦芒伍的调养，血菩萨伤口复原得倒还顺利；只是这高烧一直不退，人也一直没有醒过来。

麦芒伍不晓得到底发生了什么事，也不知道到底是谁伤了自己的同僚。只不过，这笔账可不能简简单单说一句“报仇”就可以作罢的。明知道血菩萨是镇邪司的人还敢在京城之内下手……

这几天妖雨连连，京城里有了戒严令。镇邪司衙门口更是有不少五军的细作在附近监视着里面的一举一动；麦芒伍虽然心中焦急，却忌惮于皇上的天威，不敢在此时太过招摇，以免落下话柄。

留守在京城衙门内的二十八宿除了血菩萨之外，还有几人在衙门里。趁着这三天大雨出不了城，大家也关起门来认真地聊了聊关于血菩萨遇袭的种种可能。只不过，这些年镇邪司确实树敌众多，到底是哪边前来寻仇，一时间着实没有定论。

“倒不如趁这个机会，有仇报仇有怨报怨，省得麻烦。”不少二十八宿成员倒是支持这个法子呢。

当然了，如果真的仔细列一本在京城之内有嫌疑的仇家名册，倒也不是不可。只是麦芒伍心里明白，这本名册真要写出来，一定会牵连甚广，而且杂乱无章；与镇邪司结仇的人各式各样，上至位高权重、手握雄兵的朝廷栋梁，下至衙门口大早起吆喝着买卖吵人美梦的小贩，都可能被列入名单。倘若真的如此大动干戈，此等复仇规模近乎血洗半个京城，皇上非得认定这是谋反不可！

联想到皇上约自己下棋时的种种暗示，麦芒伍自然是一口回绝了这种莽撞之策。

“冤有头，债有主。”麦芒伍留下了这么一句话，“这件事，我会给大家一个交代。”

此言一出，这场骚乱才算是平复了下来。

只是，所有人对于这件事都已经达成了共识：无论凶手是谁、官居几品，只要有了真凭实据，即便是天王老子也要带回这衙门里，见识见识人间地狱！

其实麦芒伍私底下早有了些想法：按照当时乌鸦报信的方位来看，血菩萨出事的地方正好是鬼市北门。按道理来说，如果没有什么事情的话，血菩萨不会不吭一声离开京城。那会不会跟神机营的异常调动和这场雨有关呢?

事关重大，如果血菩萨真的躲不过这一劫而一命呜呼，别说镇邪司里面的这群人不会善罢甘休，对朝廷来说也是有人私杀命官。老板应该知晓其中的利害关系，自然不会与朝廷过不去。所以等到这戒严令刚刚结束，麦芒伍便打定主意，换上了便装只身一人前往鬼市。

这一路上，基本上一个人影都没有见到。

正当麦芒伍庆幸之际，哪晓得今天的鬼市北门，摆渡用的小舟竟然被底朝天置放于岸边；那奔波儿灞和灞波儿奔正在笨拙地朝着船底的窟窿眼挥舞木锤。

麦芒伍看到眼前这一幕，心中顿觉蹊跷。

“奔波儿灞，灞波儿奔。”走近几步之后，麦芒伍开口招呼道。自己与老板身边这两个成了精的家伙没少打交道，交情自然是有一些的。

两个鱼精听到有人呼唤自己的名字，抬头细瞧了一阵，这才匆忙还礼：“伍大人！没穿官服，一下子有点认不出您。这两条腿的东西，长得七七八八，着实不好分辨。”

麦芒伍看了看那艘破船，叹口气道：“我有急事要见老板，不知道二位可否相送？”

两个鱼精互相看看，似乎非常为难。

“老板出远门了……这几日都不在鬼市。”奔波儿灞挺了挺腰身，大声说道，仿佛是在给自己壮胆。

“那么，我便去鬼市逛一逛吧。”麦芒伍不动声色，说着便要上船。

灞波儿奔急忙闪身拦住，赔了个难看的笑脸：“大人您看，船漏了……”

话声未落，灞波儿奔已经倒吸一口凉气，急急忙忙躲在了奔波儿灞的身后；只是因为，眼前的麦芒伍已经亮出了手里的两根银针，而且脸上也不见了之前的几分客气。

“外行人可能也看得出，你们两个分明不是在修船底，反而是想凿穿。”麦芒伍的语气不容置疑，“这小舟乃是老板提供给朝廷的方便，你们竟敢暗地里做这些手脚？莫不是想害死哪个朝廷命官？”

这灞波儿奔和奔波儿灞可是知道麦芒伍的厉害，一时间话都说不好了：“这，空口无凭，你有什么证据？别以为你是老板朋友，就可以血口喷人……”

“镇邪司的传统之一，逢妖必杀。这个理由，够了吧？”言语间，麦芒伍两根银针已经出手。只听得呜呼一声，奔波儿灞颓然倒地，只留下了那灞波儿奔不明所以，颤抖着面对着眼前的麦芒伍。

“再问一次，”麦芒伍的右手在袖子里微微一转，随即又多了两根银针，“老板在不在鬼市？”

看看近在咫尺的同伴尸首，那灞波儿奔知道自己难逃一死，索性双眼一闭，坐在了地上：“动手吧！”

麦芒伍却没有任何动作，只因为自己面前的湖水微微颤动。片刻之后，滴水不沾身的老板从湖水中冒出了身影，朝着岸边走来。那灞波儿奔显然注意到了身后的异动，回头看到老板之后嘴巴几乎合不上。

“老板怎么来了……不用管我！为老板，我死而无憾！而且，面前这家伙未必能有多少胜算！”灞波儿奔似乎一脸迷茫，但是随即语气坚决，重新站起身来，准备同麦芒伍搏命，“来啊！让你领教一下我的手艺！”

“还叫人家领教你的手艺，怎么，你现在要做一道红烧鱼给他尝尝看能撑死他吗！”老板拍了拍身子，瞥了一眼灞波儿奔，随即朝着奔波儿灞的“尸体”就是一脚，“起来！这丢人的玩意，人家没碰到你，自己倒是吓晕了！你说你俩，一个跑堂一个厨子，能不能不要每次都自告奋勇出来给我丢人！”

那地上的奔波儿灞挨了一脚，真的晃晃身子，重新爬了起来。

原来，刚才虽然麦芒伍银针出手，却是扎向了湖底，为的就是亲自通知老板，省得同这两个鱼精费口舌。只是没想到，这鱼精太胆小了些，竟然就这么吓晕了。

即便如此，这两个鱼精也没有任何打算出卖老板的意思，忠心倒是可见一斑。

“多有得罪。”麦芒伍收了手中的银针，朝着老板俯身施礼。老板倒也没多说什么，只是看了看眼前的破船，随即朝着湖面抬起手——那湖水顿时被一股锐气切割成两半，留出了中间的一条小路。

“你不找我，我也要去找你。”老板开口说道，随即招呼着麦芒伍跟上自己，“这里不是说话的地方，随我来。”

两人顺着这夹在湖水中央的小径，信步朝着老板的宅邸走去。

进了屋子，老板匆忙将门关好，慌慌张张引着麦芒伍去了房间里面。麦芒伍抬头看看，发觉到平日里这间房子中堆积如山的金银财宝全然不见踪迹。

“怎的，你这里遭了贼？”麦芒伍不禁皱眉，转身开口问道。

身后，老板已然悄无声息地化作了巨龙，顺着四周的墙壁浮游一番之后就地盘起了身子，朝着麦芒伍眨眼：“祸事了……这鬼市我是万万开不下去了。时至今日，我也只能收拾收拾东西，回我那碧波潭避避风头……”

麦芒伍看着老板这副表情，并不像是说笑挖苦。

"有人为难你？"麦芒伍思来想去，还是冒着大不敬的罪过，开口问道。老板好面子，这么发问确实不太妥当。

谁知道，一向急脾气的老板却没有刁难麦芒伍。那巨龙点点头，又急忙摇摇头，同时甩起尾巴支住了下巴，不断唉声叹气："这都是命啊，我这么老实本分，突然间一个大屎盆子就扣在了我的脑袋上。哎，我就说吧，不该掺和你们人间的事情。下雨这件事和我真的没有关系啊，不能因为我是龙就非得讹上我吧？照此说，这外四海里三江的龙王不也脱不了干系吗？为什么就不能好好查一查这场雨的来龙去脉呢？哦，就因为我同你们镇邪司有几分交情，便不由分说地……"

"老板何出此言？"一番话，听得麦芒伍简直云里雾里，"这场大雨，与我镇邪司何干？"

"啊？你不知道神机营的事情啊？"这一下子，反倒是老板变得云里雾里；因为，那血菩萨无论怎么看也就是个炮仗脾气，脑子说不定跟湖边的奔波儿灞它们一个水平。这种人，是万万不会有什么韬略于心的。所以，老板早就觉得，血菩萨是得了这麦芒伍的安排。

只是眼下，似乎中间有什么隐情，双方都不知晓。

不过……巨龙端详着麦芒伍，随即又甩了甩尾巴，似乎心事重重；老板也知道这个节骨眼上多少人都盯着自己。凿穿船底，为的就是表现自己的一个态度：自己和镇邪司其实没有太多牵扯。但是，麦芒伍这人又和自己私交不错，眼看着他进了火坑，似乎又有些于心不忍……

"算了，说了也无妨。"思忖良久，老板终于下定了决心，压低了嗓音，暗暗说出了这个惊天大秘密，"老伍啊，当今皇上要杀你们。"

"嗯，"麦芒伍毫无反应地点点头，"多谢老板提醒，不过这件事并不稀奇。"

"……你多少假装惊讶一下也好，这为人处世，怎么就学不会呢？！"看着麦芒伍的反应，反而是老板一脸惊愕，随即摆出了平日里不爽的表情，尾巴也不耐烦地开始拍打着地面，"总之，皇上似乎看不顺眼，调了神机营打算围剿你们镇邪司。不过这件事是我听血菩萨说的……"

麦芒伍心中一动：听血菩萨说的？那么从时间来算，也只能是自己面圣时有了这些变故。这么说，那次神机营调动，目标真的是镇邪司。要知道，即便是镇邪司高手如云，面对着神机营突如其来的攻势，也注定会一败涂地。

关键中的关键是，自己竟然对于神机营的一番调派丝毫没有察觉！对于掌管着朝廷火器的这支军队，麦芒伍表面上不说，其实已经私下里安排了不少眼线，因为他也知道朝廷秘密研制的大连珠炮不是好惹的。

看来皇上勒令自己在禁宫下棋，为的就是切断自己在外面布置的眼线通风报信……

“后来吧，你们都知道了。”眼见得这麦芒伍低头沉思一声不吭，巨龙忍不住打了个哈欠，似乎困意袭来，“下了一场大雨，把神机营的火器全浇了，于是不了了之……那，现在你懂了吧？”

说着，巨龙伏下了脑袋，用须子拨弄着自己的牙缝。

麦芒伍听到这里，双眼放光，急忙收拾好了自己的穿戴，朝着老板就是一拜：“在下明白了，银票不日送上。感谢老板仗义出……”

“去他娘的，不是我啊！下雨与老子真的没有关系！”老板看到这似曾相识的一幕，忍不住发出了一声高吼。

那麦芒伍自然是不晓得其中的来龙去脉，抬头之后一脸不解。

“李家不让下雨的！特意派人嘱咐我们，那一日不可降雨！”巨龙扭动着自己的身子，似乎气不打一处来，“但是，偏偏那天就下雨了！结果倒好！一来我平日里就与镇邪司有所往来，二来那一日你们的那个乌鸦又与我见面提及了此事！现在我真是跳进黄河也洗不清了！”

“等等，老板是说，下雨那一日，您见过血菩萨？”麦芒伍无意间听到了自己最想知道的答案，不由得开口问道，“那老板可知道，当日里血菩萨与何人争执，导致重伤？”

“老子现在要死了啊！你还有心情关心我见没见过你们那只乌鸦？”巨龙的声调，现在与其说是愤怒，倒不如说是委屈，“当时他跟你一样也是倒头便拜！你们怎么都这么喜欢拜天地？去找个媳妇好好过日子算了！我都说了，下雨与我无关，他还非得抵命给我。对对对，他要抵命给我报恩！一句话也听不进去的榆木脑袋！要不是我出手打伤了他，那乌鸦真的要自行了断了！你们镇邪司招人时，能不能不要光是武试，留下几个读书识字的不行吗？我跟你说啊老伍，这日子真的……”

老板并没有继续说下去。

空荡的房间里，传来了清晰的敲门声。

麦芒伍站起身，朝着门口望了望。而老板则立刻收了声响，把尾巴放在嘴边，朝着麦芒伍做了一个“嘘”的姿势。

只是，屋子外面敲门的人并没有见好就收。只听得外面安静了一会儿，两扇大门之间的门闩忽然被一把钢刀挑开，一个脸上缠满了布条的人握着钢刀，走了进来。

“没想到，您这里还真的遭贼了。”麦芒伍打趣了一句，手里已经亮出了银针。

谁知道，老板根本就没有理会这一句玩笑话，反而急忙收了身法，幻化人形。

那人看了看眼前的麦芒伍，又看了看他身后的老板，开门见山说道：“朋友，能否行个方便？在下要找鬼市老板。之前有笔买卖，该清账了。”

“你就说我不在。”老板在麦芒伍身边悄声说道，随即装成了一个看热闹的普通老头儿，嘴里是止不住地咳嗽，走起路来都是哆哆嗦嗦的。

只是这语气之中，充满了惧怕。

“敢问阁下是……”麦芒伍并没有退让的意思，反而是抬起手掌，光明磊落地亮出了自己的“兵器”。

“李家执金吾，办事。还有……”那人看到麦芒伍这般举动，一下子心知肚明，明白对方是告知自己他手中的并非暗器。不过这京城之内，用针的行家倒也算是天下闻名……那人眼见于此，抬手缓缓开始拆卸自己蒙在脸上的布条：“没猜错的话，阁下是二十八宿中的那位太医吧？”

麦芒伍点点头：“办先生……”

“阁下误会了，”那人不禁笑了笑，脸上的布条已经悉数拆下，缠在了自己的双手上面，露出了本来的面孔，“是有事要办。虽然大家各为其主，但是先生也该知道，我们执金吾如果真的同你们二十八宿交手，恐怕这件事就不止老板一条命能扛下来了。这可能意味着这些年的太平盛世可就要到头了……还是说，先生碍于同鬼市老板之前的某些情面，不得不出手呢？”

麦芒伍明白，对方指的就是之前那场大雨。这一句话出口，听得老板简直绝望：麦芒伍不出手，那么自己就难逃一死……但是这麦芒伍一旦出手，就相当于这老龙王已经不再中立，而是站在了李家的对立面，李家的杀手会源源不断……

一句话，堵死了老板所有退路。

“阁下误会了，”麦芒伍微微抬头，一把抓住了老板的脖子，“此人伤了锦衣卫镇邪司的要员，在下是来捉拿他回去抵命的。”

一番话说完，老板几乎目瞪口呆地看着麦芒伍。

“既然目的相同……”那人似乎轻松了不少，点点头后亮出了手里锃亮的弯刀，“倒不如让我替先生动手。如此一来，也算是先生给在下一个方便。”

麦芒伍听到这里，笑了笑。而提刀那人，也笑了笑。

“锦衣卫镇邪司要杀的人，不能死在别人手里。”

“那是，那是。我们执金吾要斩的人，也不能死在别人手里。而且在下身为李家执金吾，自然是不能在外面耽搁太久。事关重大，还望通融。”这人缓缓说道。

麦芒伍没有退让的意思，重复了一句：“还是请问，阁下怎么称呼？我也听个明白。”

这人在身上摸索一番，掏出了一张名帖，递了过去。

“在下，李征。”

既然如此……

“老板，请在外面把门关上。”麦芒伍松开了老板的脖子，开口说道，“在下要与这位贵客谈一谈才能妥当了。”

“烦请老板在门外稍等片刻。”那李征也侧身让开了门口，眼睛却死死盯住了麦芒伍，“在下，也要与先生好好聊聊了……”

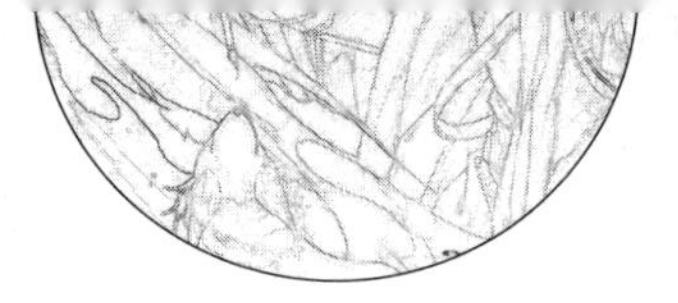

第二十一章

对弈

按照一般的时辰来算，鬼市之中此刻本该是人声鼎沸，即便是内集也该有三三两两的贵客在此徘徊。今日里倒是天公作美，偏偏内集之中一个人影都见不到。

鬼市老板听了麦芒伍的话，出来把门关了，这会儿正追悔莫及。

祸事啊……真是祸事！

那麦芒伍早不来晚不来，偏偏与那李征打了个照面，自己与镇邪司勾结这点事算是人证物证俱在了。不过，幸好那麦芒伍为人聪明，只言片语间多多少少帮着自己撇清了关系。

现在只希望李家能够放自己一马，否则的话……

“哟，难得这个时辰老板出门。”身后，一个声音响起。

老板回了神，随即一回头，但见一个穿着华丽的凡人站在了自己面前。

老板仔细端详一番，确定自己与此人并无交集。但是此人竟然见面便能认出自己，想必多少有些来历。

不过，这种节骨眼上，老板哪里还有心气去理会别人呢？

老板正在思忖之间，房间里已然传出了一阵打斗声响。这点动静，足够将老板的心提到嗓子眼了。

见老板对自己不理不睬，那人却也不恼，只是恭恭敬敬行礼：“一直在老板的鬼市讨饭吃，今日里才来拜见，实在是在下礼数不周。在下桃花源掌柜，铜雀。”

桃花源掌柜的？

听到此人如此自报家门，老板错愕间盯紧了眼前这人。

原来最近在鬼市中一直流传的神秘组织掌柜，就是他。

“那么……看来老板也知道里面的两位客人如果打起来的话，你我都担待不起。只不过，双方各为其主，似乎又不得不打……”铜雀带着一脸笑意，仿佛顷刻之间看破了老板的重重心事，“既然如此，在下倒是有个办法，可以解开这个死结。不知老板意下如何？”

谈吐之间，那铜雀带着一脸诡笑，朝着老板伸出了手……

老板来不及去想此般情景是否有人故意为之，面对着铜雀伸出的手，老板几乎本能地抬手握住。那铜雀微微点头，自言自语道：“成了。之后，老板便不用再牵挂于凡间。”

老板歪了歪脑袋，脸上有了几分不悦，似乎不太理解对面这人说的是什么混账话：“什么意思，你这是在安慰我吗？有事说事，没事的话我便走了。”

说着，老板甩开了铜雀的手掌，一步三回头，朝着鬼市的北门走去。

那铜雀略有几分惊疑，抬起自己的手看了看，手掌心里面湿漉漉的，仿佛刚才握住的只是一片海水。铜雀抬头，看着老板远去的背影，明白自己多少小瞧了这个老头儿几分：这个碧波潭来的老家伙纵使夹杂在几方势力之间，却依旧能够在短短几年内一手做大鬼市。如此看来，即便李家真要杀他，也不会这么容易。

铜雀明白，自己刚才的偷袭失败了。

这铜雀虽为货真价实的凡人，却藏有一招“点石成金”。只要被他手掌接触到的生命，便会化作黄铜。

看来，刚才自己握住的老板本体只是由海水幻化而成，真正的老板，还躲在海洋的后面。铜雀并非没想过冒险去那海水之中寻找老板的本体，只是他略微思忖片刻，就明白自己面对的是一整片裹在老板身上的汪洋大海。

那是一种令人看不到底的深不可测。

思来想去，铜雀即便出手，也不会伤及老板皮毛，说不定反而会即刻收拾了自己。所以铜雀只是耸肩，侧身给老板让开了路。身为一个掌柜的，怎么可能做这种赔本买卖呢？

即便自己不能亲手除掉鬼市老板，对铜雀来说倒也无妨。顶多，自己只是错过了一个讨好李家的机会而已。反正，老板今天一定走不出这鬼市，而且他一定会死。

到时候，这鬼市自然是群龙无首；那么下一任老板的位置，顺理成章就会交由自己了……

铜雀思及此，看着老板蹒跚的背影，满意地笑了笑。

“老板您印堂发黑，只希望您能逢凶化吉。”铜雀开口朝着老板喊道。

老板不理不睬，已经走到了鬼市北门，轻轻推着门扉，却发现此门似乎是被人从外面用什么东西顶住了。唔，这倒也算是答出了自己心中之前的一个疑问。

老板第一反应，这是个好消息：内集之所以门可罗雀，并非自己的鬼市生意惨淡，这是被人有意封锁，所以才没有一个客人进得来。

不过，坏消息也是有的；老板略微拍了拍那门面，知道外面有人作法，估计这内集也是没有一个人出得去。

这一来，那老板不禁有几分慌了神：怎么办呢？

房间里面，李征似乎早就知道外面的老板逃无可逃，所以并不着急。

虽然按照规矩来说，身为执金吾的自己的确不该与二十八宿在这里做生死互搏；但是，现在这房子内外别无他人，面对着一个久违的高手，李征怎么可能错过这么有趣的事情。

麦芒伍一直在小心应付着那李征手中的大刀；趁着对方左劈右砍之际，麦芒伍已经利落地出手了十三根银针。其中的十根银针闪烁寒光，力道极大，纷纷朝着李征要害而去，可见皆为杀招。

那李征也绝不含糊，只用了一招便悉数击落。

一时间房间里叮叮当当、火花四溅。

只是，刚才的银针却皆为虚招。

剩下的三枚银针被灌入麦芒伍的内力，已然稳稳封在了对方的丹田上。

如此一来，对方内气便无法运行，应该算是胜负已分。麦芒伍自然而然地想到：这样甚好，大家无伤大雅分个高下，不至于败者头破血流狼狈不堪，也算是双方都有面子。

那李征果然一个就地踉跄，随即低头看着自己的肚子。麦芒伍不动声色，只等对方开口客套一番，自己再接上一句“承让”，便打算就此了结。至于老板，趁着自己争取的这番工夫，也足够逃去天涯海角了。

但是，麦芒伍明显想得简单了。

那李征揉了揉自己的肚子，抬起头后似乎十二分地不过瘾：“我就觉得阁下出手时刻意谨慎，果然，这故意挨了你一招后也是不疼不痒。阁下莫非是担心你我在此厮杀，传出去后会引得天下大乱，所以才处处留手吗？你放心吧，这件事没人知道的，鬼市已经封闭。还望阁下全力一战，否则我也胜之不武。”

麦芒伍刚要开口，谁知道那李征嘴唇动了动，脖子向后一仰，开口吐出了三枚银针。也不等麦芒伍回答，李征掏出怀中的手绢擦拭了一下自己，然后重新握紧了手中的兵器，一字一句说道：“但是……二十八宿的人，是不是太小瞧我们执金吾了？”

随着李征的语气越来越重，麦芒伍也听得出对方动了杀心。

李征抬起手中的宝刀，开口说道：“此兵器名曰‘坠梦监’，刀中铸有明镜，只要被砍中一刀，明镜之力便会顺着伤口嵌入脑海，而被砍之人生生世世都会堕入被我斩首的梦境之中，可谓生不如死。中刀的懦夫，多数都扛不住梦魇而选择自行了断。”

麦芒伍并没有做出什么反应，只是重新亮出了三枚银针攥在手里：“李先生客气，何故特意明示在下。”

“这样，我就不得不除掉你了。”李征哈哈大笑，用手中的兵器指向了麦芒伍的脑袋，“不然，我这本事若是被你泄密出去，那我岂不是要吃大亏？”

话声未落，刀风先至。

这一刀，远比刚才的几招要快得多，麦芒伍险些来不及反应。最好的证明，便是麦芒伍第一次抬手一挡，硬生生凭着手中纤细的银针隔开了对方的大刀。如果不是来不及躲闪，那麦芒伍是断断不会与对方近身硬碰硬的。

李征微微一笑，赞叹一句“好身手”，紧接着，后退一步，摊开自己的左手，朝着房间的四面八方挥洒一番。

麦芒伍定睛一望，那李征在房间里撒下的不是别物，而是一群小妖。

这些小妖似乎并非帮手，反而一个个双眼紧闭，而身上都有或新或旧的刀伤。

麦芒伍仔细端详一番，也推不出对方这到底是何居心。而面前的李征，则重新摆出姿势，开口喝道：“看刀！”

霎时间，麦芒伍想通了一切，心中暗叫不好——果然，面前的李征并未随着大喝迈步上前，反而凭空消失，从一只落在麦芒伍身后的小妖身上幻化而出，朝着麦芒伍侧举的胳膊便是一刀！

看来，自己推测得没错……麦芒伍急忙抬手，勉强躲过了这一刀：这李征，应该是可以随意遁入自己砍伤之人的体内。所以刚才李征撒下的那些个小妖，就是用来打自己一个措手不及的。

麦芒伍连忙退后几步，明白对方也算是手下留情。刚才李征的一刀如果打算要砍自己的身躯，那麦芒伍能不能躲过就很难说了。

刚才被李征利用的小妖，身子抖了抖后化作了妖烟，缓缓飘散。麦芒伍把这一幕看在眼里，推测一具小妖只能被李征利用一次。不过，即便自己的推断正确，这房间里还有十一具小妖落在四面八方，正在梦中不断挣扎。

自己有本事悉数躲开李征接下来突如其来的十一刀吗？麦芒伍心里并无十分把握。如果自己再以只是封锁对方的行动为前提而出手的话，恐怕……

凶多吉少。

麦芒伍打定主意，重新站直了身子，拍了拍刚才被自己拧皱的衣袖：“李先生看来也是有几分手下留情的意思。那么……”

麦芒伍抬手指了指李征的身边。

那李征正等着麦芒伍说出后半句话，忽然间觉得腿上一疼——惊疑间，那李征低头一看，发现自己刚才召出的小妖此刻正在怒目圆睁，咬在了自己的腿上。

而在小妖的脖子后面，插着一枚刚才被李征吐出来的银针。抬眼望去，那麦芒伍手中似乎缠绕着一丝真气，看来是他隔空操纵自己的银针，准确地扎入了穴位，唤醒了小妖。

李征愣了愣，抬脚踢开了那小妖。但是，房间里面其他小妖也已经被悉数插入了刚才落在地上的银针，随即全部醒来，发出了迷茫的响动。

“厉害，”李征钦佩地开口，语气之中并无挖苦，“只看了我一招，就猜到了这么多。怪不得江湖上都说二十八宿中的伍太医心思缜密，乃是朝廷栋梁。”

确确实实，这李征只能利用睡着后的小妖潜入梦境，从而杀对方一个措手不及。如今小妖醒来，刚才的那一招算是被彻底封杀了。

“过奖。”麦芒伍抬手抱拳，算是还了一礼，“如此一来，还望李先生能给在下几分薄面，关于老板的事情……”

“只是……还是那句话，”那李征虽然语气豪爽，却话锋一转，顷刻间再一次咬牙切齿，“你们二十八宿的人，还真是太小瞧我们执金吾了！”

眼见那李征怒目圆睁，肆无忌惮地散出阵阵杀气。麦芒伍知道，这一次对方是打算全力以赴了。

既然如此……

房间的门突然“吱呀”一声被人推开，让房间里正在针锋相对的李征和麦芒伍同时一愣。开门进来的不是别人，正是铜雀。

“请将门关上，”那李征话说得彬彬有礼，但手中的刀丝毫未松懈，“我与伍太医有话要说。”

铜雀听完之后点了点头，关上门后打量了一番站在房间另一端的麦芒伍。

与表面上的波澜不惊不同，铜雀心里此时正在打鼓，说真的，铜雀并不想眼前的这两个人在这里拼个你死我活。

一旦李征战败，老板可能不会离开鬼市，自己想要取而代之的想法极有可能会付诸东流。但是，如果李征赢了，那这坐落在京城脚下的鬼市，可以说是完全暴露在镇邪司的眼皮之下了。

铜雀之前听闻镇邪司查黄花饼的事，立刻派金角、银角去寻那金目的麻烦，估计等到她俩回来，金目不死也是残废，除黄花饼外以后也不大能够派得上用场了，这一步棋，就是为了让镇邪司查不到自己，只因为他现在断不能同镇邪司正面为敌。

若麦芒伍今天死在这里，试想自己接管鬼市之后还能有好日子过吗？

此时此刻，铜雀才算是彻底明白了之前老板到底有多了不起。这进退两难的局面，实打实也让铜雀被将了一军……

等一下，将军？

铜雀似乎想通了什么，笑了笑后开口说道：“两位大人，能否赏脸听在下一言？”

麦芒伍并不知道这到底是何人，不过，那李征倒是真的耐着性子先将刀垂在了地上。看来，这个人说话还是有几分价值去听的。

那铜雀做出一副谦卑的样子，走到了两人中间：“请恕在下直言，两位各为其主，就该为各自的主子多考虑一些。如果真的在这里打起来，无论伤及哪一方性命，恐怕双方都不大好收场。只是要分个高下而已，何必非得动刀动枪呢？而且，据我所知，二十八宿的人已经赶过来了……两位即便想光明正大，估计也来不及了。”

这番话，不禁吸引了麦芒伍的兴趣，而那李征也皱了皱眉，嘟囔道：“你的意思是……”

很明显，纵使李征并不想放过和眼前高手单挑的机会，但是对于他来说，完成任务比什么都重要。如果真的有其他二十八宿赶过来的话，那自己可能要愧对主上的吩咐了。铜雀笑了笑，重新打开了门，抬起双手拍了拍掌。很快，门外传来了几个轻轻落地的动静。

“掌柜的请吩咐。”外面的人清清楚楚说道。

铜雀对着跪在自己面前的人轻声说了几句什么，那些人点头消失。片刻后，再次从半空落下一个身影，手里多了一个包袱。铜雀拿着包袱进了房间，外面的人立刻心领神会将门关上。

“不如，两位就用这些小玩意分个高下。”那铜雀说着，将包袱摊开，将里面的东西展露开来，整整齐齐摆在了麦芒伍和李征的眼前。

是一副围棋。

李征哈哈大笑，抬头看了一眼麦芒伍。

麦芒伍丝毫没有迟疑，径自走了过来，坐在棋盘前拿起了白子：“李先生远道而来，我就不好先声夺人了。”

“请。”

“请！”

李征毫不客气，将自己的兵器收好，然后也坐在了棋盘前，抬手便落了一子。

“鬼市的老板必须死。”李征开口说道。

“他是被牵连的。”麦芒伍思忖片刻，也即刻落下一子。

“无所谓牵连不牵连。我家主子叫他死，他就不得不死。”李征似乎心思并不在棋盘之上，落子奇快无比，“毕竟连一条龙都管不了，李家这么多年的威望岂不扫地。”

“我只是奇怪，为什么一向不问世事的李家会牵连于此。”麦芒伍胸有成竹，落下了一枚白子，“这京城事，本不是李家地盘吧？”

李征哈哈大笑，落下一子：“这件事，也难怪你们想不通。其实吧，我们家也不过是做个顺水人情，本来不想参与太深，这件事起源于两个人。”

“如若方便，还请李先生明示。”麦芒伍听到这里，第一次将目光从棋盘上移开，重新落在了李征身上。

“你们镇邪司之前是不是逃走了一个叛徒？那名列二十八宿之一的奎木狼，便是促成今天局面的其中一人。”李征毫不在意地又落一子，之后也抬起了眼睛，看着麦芒伍说道。

麦芒伍微微点头。即便家丑不可外扬，但是听李征的口气，应该是已经知晓了这件事。既然如此，自己也没什么好藏着掖着的。

而且，李家知道这件事，麦芒伍也并不意外，毕竟……

“毕竟那奎木狼娶的女人也算是个孽缘。即便她是主上的远亲，她身上也是流着李家的血。”李征似乎扬扬自得，嘴里面滔滔不绝：“那奎木狼从你们镇邪司逃走之后，你们的皇上便开始信不过二十八宿了吧？毕竟是和李家的女人私奔。那奎木狼今日虽然在南疆隐姓埋名，却……”

“大人！”铜雀听得有些云里雾里，却还是开口打断了李征的口无遮拦，“您是不是说得太多了？”

不对劲。

铜雀抬头看着眼前这一幕，不知道哪里出了差错。李征不该是这么没有城府的人啊……

只不过，铜雀没有注意到，甚至连李征本人也没有注意到：在李征的腿上，刚刚被那小妖咬了一口的位置，隐隐约约插着一根银针。

麦芒伍抬起手，假装落子；铜雀却眼神一慌，紧接着发现自己已经无法开口说话了。

看来眼前这个掌柜的已经发觉了什么……麦芒伍心里明白，只得加快自己的计划了。

“那么，李先生嘴里面的另外一人又是谁呢？”麦芒伍落子之后假装闲聊，语气中却已经有了几分焦急。

“那可更不得了！你可能不知道，这个人的出现，不仅预示着我们李家要重新接管这锦绣河山，而且更是千秋万代！为了这个征兆，即便天下生灵涂炭，血流成河，我们执金吾也在所不惜！”李征似乎扬扬自得，语气之中虽然有几分炫耀，而更多的，却是忠诚、尊崇之意，“她就是……”

与此同时，远在千里之外的李棠，情不自禁地打了个喷嚏。

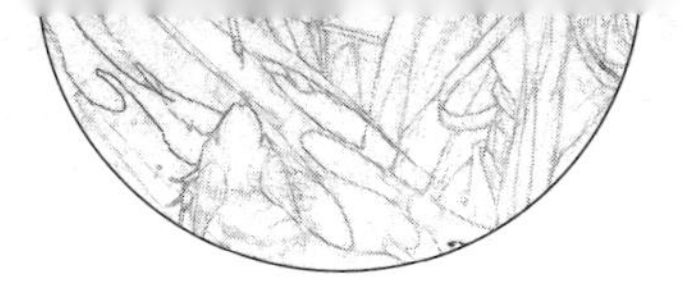

第二十二章

斩龙

大雨已经下了三天，到了今天，雨势总算是开始缓和。

笼罩在黄花镇上的雾气已经被雨淋散，所以即使是一大早，也有许多村民已经起床。对于之前的事情，他们就像完全没经历过一样，连提都不提。

整个黄花镇被几日前的妖火袭击，又遭大雨，已经非常破败，但酒馆里依然早早有人坐下。角落里坐着一个惹眼的花臂大汉，正在同三个戴着白色面具的人交杯换盏。

“我都说了……”那花臂汉子正是李晋，听语气似是醉了几分，“小姐真的不在黄花镇……你们怎么就信不过我。你们看这里又没有客栈，以小姐的脾气，总不能风餐露宿吧？哎哟，你们又不是不知道咱们家小姐那个脾气那个性子，受不得一点苦吃不得一点亏，一言不合能把别人的腿踢断了！那么娇生惯养的一个姑娘，怎么会来这种穷乡僻壤受罪？你们啊，用用脑子！”

“小的真心不敢怀疑大哥。但是……”那戴面具中为首的一人略微为难，开口说道，“李棠少主的气味确确实实断在了这附近，而且之前有回禀，说是有二十八宿的人自报家门，身上也沾染着少主的气味。主上得知此事，一下子派出了许多人马，一定要寻到小姐。在下不能不做周全。我们这些时日一直在找黄花镇，要不是这场大雨，断断是走不出那迷魂阵的……”

李晋打了个酒嗝，点了点头：“确实啊，小姐和少爷都是年纪轻轻……李家的重担就落在了肩上，一个要当家，另一个要嫁人，两位少主着实不易。话说回来，少爷最近好吗？哦不对，一时嘴快叫惯了，现在不能叫少爷了……应该是家主。对，你们别回去给我穿小鞋啊……我这不是喝了酒吗，酒后失言而已。”

与李晋喝酒的这三人并非什么显赫人物，他们乃是附近山上的几名山野小妖；一直没说话的，分别是精细鬼和伶俐虫；而一直急着想要向李晋探听口风的，名字则是来如风。不知修了多少福分才能有机会投靠李家，对李家自然唯命是从忠心耿耿。

李晋这会儿其实心里正暗自庆幸，还好自己起来得早，在镇子上拦住了这几个。

眼下，李棠他们就在不远处，一旦被眼前这三个糊涂蛋看见之后满世界那么一嚷嚷，那么“李晋以执金吾职位之便拐带李家小姐”的罪名一旦传开，自己可真是有嘴说不清了。

到时候不用问，保准李家的杀手们蝗虫般铺天盖地而来……

那自己的逍遥日子，可就算是到头了。

其实李晋心里明白，自己这次算是彻底给自己挖了一个大坑，然后纵身一跃，现在真是进退两难。

“我问你们，你们知不知道我为何从李家出来？换句话说，你们在这里遇到我，就没觉得有什么古怪？”李晋压低了声音，神神秘秘地问道。

这一问，显然是问住了面前的三人。

确确实实，这李家的“执金吾”按道理来说只为看家护院，即便有天大的事情也不会派出去的。今时今日，在这里看到李晋，三人却一时间没有反应过来。

“咱们是兄弟，那我便实话实说，也省得你们三个为难。”李晋抬手招呼，示意对方再凑近一些，这架势，看来真的是有天大的秘密了，“你们也知道，这次小姐失踪的事情呢，和二十八宿有些关系。坦白讲……主上这次正是派了秘密任务给我，要我去镇邪司卧底，为了日后的大事埋下伏笔。”

一番谈吐，那三个白面具似乎是彻底被镇住了，久久之后只能说出几句客套话：“这……这任务，也只能非李大哥莫属。别看您在李家日子不长，但是您性子豪爽，处处吃得开。主上安排这样的使命，正说明了主上对您的认可，平日里李家流传的那些您靠着哮天上位的谣言自然也是不攻自破。主上看重的果然是您，否则，为何不叫那哮天去卧底？大哥，今时今日，您可谓李家心腹中的心腹，无出二人……”

那三人虽是恭维，却是实实在在，打心眼里佩服了一把李晋。

“他娘的，什么心腹不心腹的。李家规矩，有事抽签。结果这九死一生的倒霉差事就扔到了我脑袋上……”李晋见其他人是这般反应，忍不住抱怨了几句，“那镇邪司可是戒备森严、处处提防，进去个人能把你八辈子祖宗都查一遍。里面呢，每个人都跟长了八个心眼一样，当面一套背后一套，叫人防不胜防，一点都不像咱们李家这么逍遥自在。别人我就不多说了吧，单说那个麦芒伍，简直就是个王八蛋！算了我也不多说了……总之，这件事越少人知道越好。所以，三位还是继续寻找小姐的下落，就别为我大动干戈了吧……来来来，咱们兄弟喝酒，喝酒！”

说着，李晋带着眼前的三人换了张桌子，继续把酒言欢。

酒过三巡，这三人才唯唯诺诺起身告退，前往下一个城镇继续搜索李棠的下落。

看到三人远去的身影，李晋不禁长出了一口气。

李晋也没想到事情会闹这么大，正如李晋刚才絮叨的一样，他这一次离开李家，并不是为了寻找李棠。正相反，李晋确实是得了这样一个不得了的光荣使命，才垂头丧气地踏上了自己的旅途。

只是没想到，自己一路上游山玩水打发着时间、盘算着主意，这走着走着便遇到了吴承恩一行人，以及他身边的李棠。

让李棠回去，那是不可能的，别说他了，就算李家执金吾全都来，也不一定能请得动。

李家一向是赏罚分明的。他刚才如果伙同那三个小妖硬是绑了李棠回去，那带回少主这件事自然是要赏，除了主上赐下荣华富贵之外，说不定还能连升三级。

但是，这之前对李家少主大不敬的罪过，也得按家法来追究。

按照李家的规矩，“对本家人不敬”这个罪责仅次于谋反。犯下此罪的家伙需要先关起来，不给水不给饭直到咽气为止，然后从躯壳里面取出的内丹也要被磨成粉末，撒在李家的后花园里当成肥料。

在李家，从来没有“功过相抵”这一说。

李晋不怕这些，只是，他现在自己也有不能回去的理由。而他的命就和李棠绑在一起，现在，李家不知道他见到了李棠还好，一旦走漏了消息，以吴承恩等人现在的本事，恐怕熬不过三天便要被人囚禁起来。等待着他的，便是这辈子永无天日的生活。

“算了……总之，这样好歹能拖些时日。只要李棠这丫头快点回去，说不定这天下依旧太平。”李晋喃喃自语着，仿佛有许多心事涌上心头。

“这奎木狼离开二十八宿也有段时日了，也不知道麦芒伍他们是不是已经有了看中的家伙来填补空缺……真是的，奎木狼啊奎木狼，你可真能惹事啊……”李晋同哮天有一搭没一搭地念叨着，一瘸一拐地朝着村口走去。

在村口，青玄、吴承恩、李棠几人都已经收拾好行装，正等着李晋，准备一起出发，离开黄花镇。

京城鬼市。

李征揉了揉自己略微酸痛的脖子，最终还是带着几分不甘心抬起了头，坐在对面的麦芒伍只是盯着两人之间的棋盘，似乎全无防备。

看到这个情景，李征微微伸了伸手作为试探，觉得自己在这个距离内有把握一招就取了对方的性命。

想到这里，李征情不自禁哈哈大笑，扶着膝盖站了起来：“阁下棋高一筹，在下认输。”

麦芒伍这才抬起头来，双手抱拳，不卑不亢地回了一句“承让”。

旁边端坐的铜雀一直看着这场棋局，这个时候才猛地感觉脖子背后一松；刚才麻痹的舌头，此时此刻涌出了大量口水，几乎被呛吐了。

麦芒伍瞥了一眼铜雀，也随着李征起身，对着铜雀开口说道：“此场对弈，希望可以麻烦这位朋友做个见证。”

铜雀捂着自己的嘴巴，并没有第一时间回应麦芒伍的请求。毕竟铜雀也有着自己的立场，他先是看了一眼李征，用眼神询问着李征的态度。

只不过，此时李征的脸上似乎有几分为难的神情。平心而论，李征的棋艺绝对算是一等一的高手，所以之前铜雀提议以围棋决胜负时，李征一度觉得这简直是欺负对面的锦衣卫。

只是今天的李征，似乎不是很在状态，脑子一直晕晕的。难道是自己久在西方的李家蛰伏，一时间来到这中原后有些水土不服？

无论如何，李征在此之前万万没有想到自己真的会输掉这场棋局。这下李征有些进退两难：自己毕竟是得了主上的命令，不远千里来这京城处理龙王的。只是输了一场棋，就真的要让自己白跑一趟吗？

可是这麦芒伍确实光明磊落。对弈之中，李征假装无意间三番五次散发出阵阵杀气，就连坐在一旁的铜雀也被牵连其中、冷汗直流，但是那麦芒伍却一副不闻不问的样子，只是专心下棋。

君子坦荡荡，萍水之交自当以礼待之。

这么一来，李征反而不好拉下脸来与对方动武。

“龙王还在鬼市吗？”李征用鼻子嗅了嗅，那股海水的味道似乎并没有走远。

铜雀急忙点头称是。

李征叹一口气，缓缓把刀握紧后，看着对面的麦芒伍：“在下输了，但是在下实在输不起。事到如今，在下只能以主上为重。但是，在下先前答应了先生的事情，也不能当儿戏。权衡再三，在下只能先去收拾了龙王，然后再来先生面前以死谢罪。这也是万般无奈之举，还望先生见谅。”

麦芒伍眉头一皱，刚要开口已然晚了半分。李征的下半身就地化作一股虚无的光芒，盘旋着朝门口冲了过去。一枚银针从李征腿上悄然掉落，麦芒伍不动声色，一个闪身挡住了铜雀的视线，将银针接住后小心放入了怀中。

李征已经冲到了鬼市内集；外面蹲伏着不少铜雀的手下，纷纷抬头张望着，想要先确定房间里面铜雀的安危。

“在哪里？”李征没头没尾地大声问道。

房子里的铜雀略微点头；外面的手下即刻心领神会，抬起手指了指鬼市北门。李征立刻马不停蹄地闪身而去。

而屋子里面的麦芒伍，却一直都没有追出去。

“伍太医不去看看吗？”铜雀在一旁看到处变不惊的麦芒伍，此时却是有几分好奇。

“恐怕阁下就是鬼市里最近一直在招兵买马的桃花源老大——铜雀吧？”麦芒伍转过身，第一次与铜雀对视。

铜雀略微迟疑，立刻俯身施礼：“伍太医竟然还知晓小人姓名，小人着实受宠若惊。”

房间外面，不少铜雀的手下已经用手去探摸兵器了。铜雀其实心里也在打鼓：这麦芒伍看来已经知晓了自己的身份……不晓得此时此刻忽然间提及此事，是否是要刁难自己？鬼市里面，纸可包不住火。毕竟金目大仙……

“朝廷规矩，鬼市之内只得独来独往，不得形成组织。”麦芒伍似乎并不打算与对方客套，说出来的话字字见血，“如若不然，这鬼市距离京城不过半日脚程，一旦有了势力，皇上岂可安心？”

听到这里，铜雀长出了一口气。看来麦芒伍似乎只是就事论事，很可能并不知道其他的事情。

“大人说得极是。但是，这只是朝廷的规矩，不是朝廷的律法。”铜雀微微抬头，示意手下不要冲动，同时对着麦芒伍毕恭毕敬，“律法不可改，而规矩是可以改的。”

麦芒伍转身，扫视了一圈外面那群杀气腾腾的桃花源杀手：“我一直想，你们这些人为何参与到这场纠纷里面。今日看来……阁下是觊觎鬼市老板的位子，早就有意代之。”

“小人只是区区一介草民，自知资质愚钝，非妖非仙，何来大人说的那种惊天抱负？”铜雀嘴上这么说，却依旧笑了一下，“这鬼市乃是天下的耳目，小人可不是咱们龙王老板，肯定担当不起。不过，如果只是将这鬼市交由在下打理，替咱们朝廷经营一番，小人还是有几分把握——断断不会叫大人失望的。”

这铜雀虽然嘴上放低自己，听在麦芒伍的耳朵里却着实不是那么一回事。

外面跪着的那些手下，随随便便看一看，也有三五好手夹杂其中。一个普通人类，竟然能号令得住这么多厉害的妖怪……

麦芒伍心里明白，铜雀这人肯定不简单。

“你应该……跟李家的关系不浅吧？竟然能让李家的人帮你除掉老板……”麦芒伍说着，手中亮出了一枚银针。外面的那群人一阵骚动，不少家伙已经拔出了兵器，只等麦芒伍有任何下一步的动作。

铜雀笑了笑，再次抬手示意，让外面的手下不必惊慌。

“伍大人的厉害，即便如小人这种与朝廷八竿子打不着的草民也是略有耳闻。”铜雀并不慌张，反而背过身，用手指了指自己的脖子，“小人知道，在大人面前说谎是没用的。在下只是与李家有几笔生意而已。此次老板遭险，乃是李家与老板之间的恩怨，着实与小人无关。顶多也就算是捡了个便宜而已。如果大人不信，尽管可以用您的‘方式’问一问。”

看到铜雀这般反应，麦芒伍反而觉得有些不好办了——显然，对方不仅知晓一些关于自己的信息，此番也是有备而来。既然如此，就代表着自己现在的一举一动都在对方的掌握之中。他倒不担心自己的安危，毕竟敢一个人单刀赴会，自是有脱身的手段，反而铜雀所言的“李家与老板之间的恩怨”值得推敲。

天下三年大旱，龙王一直不作为，竟与那李家有关，那李家究竟是何目的？难不成对大明有颠覆之心，若真是如此，便其心可诛了。可若大明真与李家对上，以对方的实力，孰强孰弱也未可知？

巧合的是，皇帝调遣神机营打算炮轰镇邪司也是不能下雨的，一开始他以为是皇帝对龙王有密旨，可是龙王又否定了他的想法，且直指李家，那么李家在这件事上的动机可能又多了一重。要么是顺水推舟想离间皇帝和镇邪司的关系，要么是借刀杀人，欲直接铲除镇邪司。那么，问题又来了，李家和镇邪司之间到底是怎么产生仇怨的？这一点令麦芒伍百思不得其解。

然而，在如此大的背后推力之下，龙王缘何又敢冒着得罪李家和当今圣上的风险突然布雨？麦芒伍想到此前看到的红雨及镇九州的提醒，暗忖或许真如那龙王所言，下雨与他没半点关系，而是有人借助了红钱妖力降下妖雨。

无论怎样，妖雨虽然来得蹊跷，却也顺带给镇邪司解围了，只是苦了龙王。

在麦芒伍的脑海里，无数的想法电转来去，实际上也就是须臾的工夫。

他正了正神色，开口道：“老板有恩于我们镇邪司，他今天肯定不能死。”

随即叹了口气，收起了银针，“如果掌柜的真与李家有几分交情，只要替老板说几句好话化解了今天这场危难，那么鄙人保证老板即刻便永远离开鬼市。而这下一任老板的位置，也会交给掌柜的您来坐。”

有仇报仇，有恩报恩。麦芒伍的这番话倒也算是情真意切。

镇邪司的规矩，铜雀心知肚明。此番麦芒伍的让步，算是给足了自己面子。如果就坡下驴，铜雀不仅同样可以达到自己掌握鬼市的目的，还可以顺水推舟卖麦芒伍一个人情，说不定日后还能与镇邪司交好。

仿佛无论怎么想，麦芒伍开出的条件都足够诱人。这笔买卖无论怎么算，都应该是稳赚不赔。

“多谢大人抬爱，只是……”铜雀开口，利落地拒绝了麦芒伍的提议，“小人之前说过，自己只是与李家有几笔生意，并无深交。在下人微言轻，即便真的去找那李征……恐怕好话说尽，人家也不会给我一丝一毫的面子。”

麦芒伍皱着眉点头，似乎并不为难对方。

“多谢大人体谅。”铜雀笑了笑，心里面明白了一件事：这麦芒伍真心不简单，自己可不能再多说什么了。

世上哪里有什么稳赚不赔的买卖！铜雀揣度一番，明白麦芒伍这番话明显是在试探自己。若不是铜雀反应迅速，一口回绝了麦芒伍的提议，真的应承下来去找李家说和，恐怕在对方心里此刻就会断定——桃花源就是李家那边的爪牙！

这罪名要是坐实，那自己就是跳进黄河也洗不清了。这麦芒伍话里话外处处都是陷阱，铜雀自然知道“言多必失”这个道理。

“既然如此……”麦芒伍不再追问，只是抬起左手握住一根银针，然后拍了两下手掌。银针在手心之中，发出了好听的颤响。

一双棋盘大小的眼睛，忽然间在铜雀背后凭空睁开，浮在半空里扫视了屋子四周一番，最终看着面前的麦芒伍。

“能听到吗？”麦芒伍对着那双眼睛说道。那双眼睛眨了眨，算是回答。

“让他过来，依计行事。”麦芒伍开口吩咐，说完后想了想，补充道，“还有，不要与他多说什么，以免节外生枝。”

那双眼睛耐心地等着麦芒伍说完，然后眨了眨。再然后，这双眼睛缓缓闭上，继而凭空消失。

旁边的铜雀看着眼前的一幕，似乎波澜不惊：“这就是镇邪司的千里眼、顺风耳吧？闻名不如一见，果然镇邪司里面藏龙卧虎，能人辈出。只是……”

铜雀一番吹捧后，把后半句话咽了下去，生怕自己的语气之中会被麦芒伍察觉到几分得意。只是，这李征已经杀出去有一刻了；现在再想救人，谈何容易？况且这鬼市已经被自己从四面八方堵死，即便是二十八宿，也不是随便说进就进的。

麦芒伍只是笑笑，拱手告别，继而转身离开。

老板正在尽力撕扯着内集北门上面那些密密麻麻的符咒。

不晓得这些符咒到底是何人所制，蕴含的法力着实高深。每次老板抬手碰触到那些鲜红的符咒，手上都会被灼烧到生烟的程度。

表面上这种程度似乎平淡无奇，但是老板的身躯外面包裹的可是大海。能透过自己的保护直达肉身，老板不免觉得有几分棘手。

而且，自己最讨厌的就是火了；说起来，之前自己的胡子就是抽烟的时候不小心睡着，然后被烧了个精光的……哎呀，难道那个时候就是提醒自己今日的不祥之兆吗？

正在思忖间，老板忽然察觉到背后猛地袭来一阵风声。

老板连头也不回，直接朝着后面甩手——一道五丈高低的波浪瞬间化成龙爪，朝着身后抓去。

背后袭来的，正是挥舞着手中“坠梦监”的李征。

自己这一刀确实算不上光明磊落，只能算是偷袭。主要是眼前的龙王看起来有些狗急跳墙，李征担心他会逃走。

这突如其来的一爪，可谓来势汹汹。李征不禁本能地横刀去挡——但是巨浪却直接将李征拍到了地上不算，胸前也留下了三道深深的抓痕。

李征揉了一下胸口，吐了一口带血的唾沫。

“来得好！”李征大喝一声，再次腾空而起。

老板正在专心逃命，听到后面有人喊叫，不禁心烦，转头正要呵斥几句——然后他这才看到，自己刚才击倒的人乃是李家的那个执金吾。

认出了对方的身份，老板一下子没了底气，身子一扭化作龙形，朝着半空中盘旋而逃。李征一刀劈空，落在地上后抬头看着老板此时硕大的身躯。

虽然老板已经上天，但是他的尾巴还留在李征面前。李征横起一刀，用手里的宝贝朝着龙尾劈砍！

老板低头，看到了李征的这一招。只见他的尾巴忽然一甩，朝着李征的方向用力扫去。

李征急忙收刀一挡，却落了空——巨龙的尾巴和李征擦身而过，拍中了一个不知何时出现在李征身边的身影，将其凶狠地击落在地。但是那个身影挨了如此厉害的一下，第一反应竟然是顺势抬手，一把揪住了盖在自己脸上的巨龙尾巴。

李征也情不自禁一愣：此人是谁？竟然可以电光石火之间摸到自己身边，而且不被自己察觉！这身手，简直……

“得罪了镇邪司你还想走！没那么容易！”那个身影大吼一声，同时手上用了力气，语气里面颇为开心，“你给老子下来！”

“镇九州你别胡来！他可是执金……”巨龙一声吼叫，似乎是想提醒下面这个不速之客关于李征的身份。只不过，话没说完，地上的身影已经反身狠狠一甩，拽着老板的尾巴将他整个摔在了地上，发出阵阵轰响。

烟消云散之后，那老板重新变成了人形陷入半昏厥状态，而且被这个不速之客掐住了脖子，动弹不得。而这个时候，李征才看到那扇贴满了符纸的小门，不知何时已经被人踹开。

李征抬眼望去，这人脸上血肉模糊，并不能辨得是谁。不过听他刚才的那句话，此人应该是镇邪司中的一员无疑。

那人仿佛这才注意到了眼前的李征，上下打量一番后开口问道：“你瞅啥？镇邪司办事，凑什么热闹！”

李征知道此人厉害，但是依旧先礼后兵：“在下是来……”

还没说完，对面那人忽然间抬手，一把夺过了李征手中的兵器，然后朝着老板的脖子便是一刀！霎时间老板身子一抖，血喷了出来。

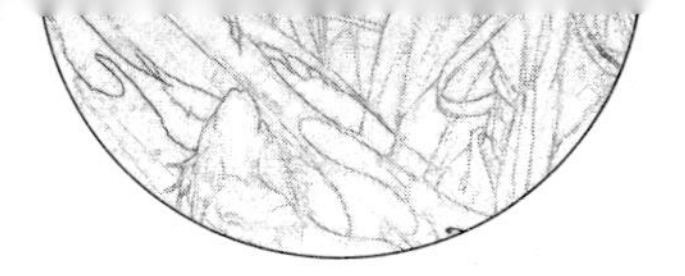

第二十三章

奎木狼

“躲躲躲！你躲得了吗！”那人砍了这一刀后，似乎心满意足，转身将兵器扔还给了目瞪口呆的李征：“谢了！”

李征没有轻举妄动，因为他一下子明白了一件事：眼前这人，不仅是个高手，更是个疯子。

只不过，李征自然是有主意的。他握着“坠梦监”，略微施法，深入明镜的力量里，察觉到了一个新的“落脚点”——这代表着，哪怕对方只是做做样子演戏给自己看，这一刀也是劈中了老板的。

只要中了自己的刀，那就代表着死定了。

李征不禁有些恍惚——这个情况倒是意外解决了镇邪司和执金吾之间的难题：老板确实是死于镇邪司之手，但是杀了老板的，却又是执金吾的兵器……

看来这番安排，应该是那麦芒伍的主意。这样的情况，锦衣卫和执金吾之间算是心照不宣。如此一来，李征觉得这个结局，自己也算是能交差了。

那人拎着老板的尸首，却见得李征纹丝不动，不禁奇怪道：“你干吗？”

“此人的尸首，不晓得阁下打算如何处理？方便的话……”李征开口说道。

“如何处理？自然是拿回家炖汤啊。这玩意是烤不熟的，而且鳞片容易塞牙。”那人大方地把老板拎到了李征面前，理所当然地说道，“你没吃过龙肉吗？很好吃的。想试试的话，一千两银子便让给你。大补哦！”

李征显然没想到对方会从这个角度理解自己的问题，此人疯疯癫癫的，实在是……

“看了半天，要打吗？”那人似乎被盯得不耐烦了，将老板扔在一边，开口问道。

李征此时确实想要同这个难得一见的高手一较高下。只不过，自己现在的状态已经被那麦芒伍破了小半，准备的小鬼也已经悉数用尽。轻易动手的话，不仅必败，也实在是不够过瘾。而且，现在既然已经可以不同镇邪司起什么冲突，自然是要以大局为重。

想到这里，李征笑了笑：“改日，在下一定前来讨教。”说完之后，李征便从那扇被破开的小门闪身离开。

那人看着远去的李征消失在了视野之外，才淡淡笑了笑。只是这人的左臂上，多了一道新鲜的刀伤，正在血流不止。

直到半炷香时间之后，麦芒伍才踱着步子姗姗来迟。除了地上倒着的老板外，刚才那个身影已经不见了。

“还在吗？还是回了天牢？”麦芒伍张嘴问道。

“有人跟着你呢。”一个声音凭空响起，散落在四周。

“我知道。铜雀的人，跟了我一路了。”麦芒伍并不意外，抬起手，朝身边猛地一刺。本来麦芒伍身边空无一物，此刻却模模糊糊出现了一个透明身影的探子，跪在了地上。

而他的脖子上，已经多了一根银针。

“回去就跟你的主子说，老板死了。”麦芒伍低声说道。

那个探子恍惚间点点头，然后四肢着地，熟练地朝着内集跑去。

“顺利吗？”麦芒伍开口问道。

“下次这种事，你提前告诉我一声！”一声愤慨，老板翻身坐起，看着麦芒伍斥责道，然后捂着自己的脖子拼命咳嗽，“他是个疯子，他是真的想杀了我！”

“啰里啰唆，我若是想杀你，你现在还能喘气？”刚才的声音冷笑着，听着像是躲在小门之外，“别谢我啊，要谢你就谢伍太医。”

“李征身上之前影响心智的银针拔去，效果只能到气血行至下个穴道前。还好你动作快，若银针失效，这点招数肯定骗不过他的眼。”麦芒伍现在讲起来轻描淡写，其实一直到刚才，他都捏着一把汗，如果其他二十八宿手慢一点，他还真没想到该怎么收场。

老板看到这一幕，脸上倒是有了几分不好意思。为了帮自己脱难，二十八宿可是大费周章啊……

一时间老板似乎又不大能够当着麦芒伍的面威风起来了。

“多有得罪，老板无恙便好。”麦芒伍赔了个笑容，对老板说道，“下一步，便是请老板暂居天牢，暂且避人耳目。不然让李家的人知道老板您还活着，恐怕不妙。”

老板听完，脸色一下变了。

“哟，来和我当邻居啊？”那个声音听到麦芒伍这么说，笑得格外开心，“挺好，反正我正无聊呢……”

千里之外。

“我们这是要去哪里啊？”吴承恩一边停下来休息，一边气喘吁吁地问道。

他因那日借用红钱之力令得天降大雨三天，自己则被妖力反噬昏迷了好几日。后来强撑精神写下了黄花镇的故事，伤势竟渐渐好转，大概是妖力顺着笔尖被写进了书里的缘故吧。不过，即便伤势已经好转，毕竟还未痊愈，是以走了这么久的路，他确实感觉有点力不从心。

一行人离开黄花镇后，也没说有什么特别的地方要去，看似随意在走，但大家前进的方向却似乎是往南。

果然，听到吴承恩的问话之后，青玄在旁边回道：“南疆。”

去南疆，青玄是有私心的。他想了解一下“故人”的境况，加之其他人并无什么别的目的地，所以他才有意无意地带着大家往南走。

不过……看了一眼李晋，青玄又有些不确定了。此人自从那次看过吴承恩以笔封妖的技能，就一直特别盯着吴承恩，而且……李晋好像对他也多了几分探查的意思，不知是不是被他看出了什么……

吴承恩对青玄的决定向来是言听计从，不过这不妨碍他的好奇：“南疆？有什么好玩的吗？”

“也没什么……”青玄还未说完，旁边李晋叹了一口气，忍不住接了话头：“南疆，有个叫奎木狼的家伙。”

听到李晋开口，其他人便将视线转向他，仿佛在等着他的进一步解释。

毕竟大家都不知道为什么要去南疆。尤其是杏花，她眨着大大的眼睛，对外界之事更是充满了好奇。

说起来，杏花跟着他们一起离开黄花镇是有些出乎其他人意料的。

当日金目身死以后，大家本以为杏花会继续留在黄花镇，打理她那漫山遍野的杏花林，可是她说这里刚刚和妖怪经过了一场恶战，虽然金目死了，难保没有路过的小妖逃走，如果发现她站在了降妖的队伍里，后果可想而知。

“我本来也没有家，只是这里住几年，那里住几年。李棠姐姐，让我和你们一起走吧。”杏花的诚意打动了李棠。

李棠本就和妖怪的关系好，虽然在黄花镇这里经历了金目一事，她心底震撼颇大，认识到妖怪竟然还有作恶多端的一面，甚至连她这位“李家人”也不放在眼里，但杏花的善良她是知道的，所以多收一个小跟班也无伤大雅，还能与自己做个伴。

倒是李晋，看到吴承恩在自己说出“奎木狼”三字却仍露出好奇的神色，忍不住有几分来气。别人不知道也就是了，怎么这位也不知道？

“我说，你们也算是浪荡江湖的漂子，奎木狼的名号都没听过？这奎木狼，曾经是镇邪司二十八宿中的一员。”

“曾经。”青玄敏感地捕捉到话里面的信息，情不自禁重复了一遍。原来这李晋不动声色地默许着他带众人前往南疆方向也是另有目的。只不知此人跟那奎木狼有何关系。

吴承恩有了兴趣，问道：“我听人说过，二十八宿每个人的名头都是一辈子的担当。那奎木狼到底是……”

“那奎木狼，据说是镇邪司自成立以来，唯一一个叛徒。他之前就是负责镇守南疆的高手。”李晋看大家都感兴趣，就继续讲了下去，“奎木狼是二十八宿之一。后来吧，他闲着没事娶了一个姑娘，名叫‘百花羞’……就这么一个故事。”

一番话说得吴承恩等人云里雾里，禁不住面面相觑。

“他娶的百花羞，是我们李家的远房亲戚。”李棠见李晋并不想说得太细，索性接了话茬。

“本来按李家的规矩，万万不能同朝廷扯上什么瓜葛的。结果那奎木狼倒是挺深情的，一直追着百花羞转，有情人终成眷属。只不过，后来本家的人知道了这件事，勒令那百花羞即刻归族……再后来，两人终于决定归隐山田，不再问这世上的是是非非……”李晋见李棠也不在意，就又补充了几句。

“哇……”杏花听到这里脸上也露出崇拜的表情，“情深不渝，不过如此。”

李晋伸了一个懒腰：“总之就是，奎木狼本来是二十八宿之一，结果非要娶我们李家的女子。后来为了那女子，不惜从镇邪司中叛逃。这破事藏着掖着也就算了，结果反而一发不可收拾，害得我还被家里的主子派过去……”

说到这里，哮天突然轻吠一声，李晋急忙住嘴，这才发觉自己险些把肚子里的话连着牢骚不经意间全都吐出来。

“所以，我们现在去的，就是奎木狼的方向咯？”李棠兴致勃勃地开口问道，“我倒是想去看看。这个人为了百花羞敢开罪哥哥，还背叛他的镇邪司，一定是个了不得的人物。”她平生最是喜欢这样不羁世俗的人物和故事，尤其是跟李家有关的。

“行吧，既然如此……”李晋耸耸肩膀，抬手将哮天唤了回去，“我带你们去找那奎木狼……”

吴承恩似乎愣了一下，转头看了看青玄，似乎并没有什么特定的主意，若是青玄要去，他便跟去好了。

而此时的青玄却是一副默认的态度，他的目标虽然不是奎木狼，可却势必要走一趟南疆的，既然李晋给了借口，倒正好有了托词。

吴承恩看青玄不表态，有点茫然。

这时，李晋倒是忽然劝起吴承恩来：“那奎木狼的故事甚是精彩，跟南疆的一个大角色有甩不脱的干系，他的故事写出来虽然算不上惊天地，怕也能泣鬼神了。既然你是个写书的，如果不去岂不可惜？”他特意强调“大角色”，还对吴承恩挤眉弄眼，在吴承恩看来，“大角色”就像是“大妖怪”的代名词。

不过，李晋这话还真是劝到了点子上，没有什么比著书更令吴承恩兴奋的，立时便说动了他。

“那奎木狼之前可是镇邪司二十八宿之一，虽然逃出来很久了，但降妖的本事可不会落下。他要是见了妖怪，哼哼，说不定很高兴呢。”李晋的嘴一直没闲着，眼睛直瞟杏花。

“我，我不是坏妖怪，我又不害人。”杏花不卑不亢地争辩着，又从路边的杏树上摘下一颗杏子递给吴承恩，“我就是想……想跟着你们，去看看那个奎木狼。你们说的那个爱情故事，我也颇喜欢……”

杏花的这番话说得越来越小声，最后甚至细若蚊鸣。

“你有没有脑子，竟然着迷于奎木狼那种人！他就是色迷心窍，哪里来的什么爱情故事！”李晋忍不住打断道，“说好听点叫私奔，说难听点，奎木狼那厮就是拐带妇女外加通敌叛国！”

“这杏子皮还青着，应该是酸的吧。”一直沉默的青玄突然从李晋手中夺走了杏子，随即扔进口中。

李晋刚要说什么，却眉头一皱，立刻明白了。

在这深山之中，五人已经走了三天。每到一个岔口，那杏花都会按照青玄的嘱咐种下一棵杏花树作为标记，防止迷路。杏花现在法力已经高深了不少，种下的果实在不到一炷香的时间里就会生根发芽，开出花来。

而那些花朵，在夜里面甚至会微微发着光，好像一树的小星星。

三天之后，杏花种下的树甚至已经结果子了，她随手摘给李晋的却被青玄夺去，李晋明白青玄的意思，他要先试一下这果子有没有妖气才能让大家入口，只是，如果明说的话，恐怕会伤到杏花的心。

“不错，皮虽然青，味道却很甜，大家都吃几个解解渴。”青玄闭着眼睛默默把杏子吃完，放心地说。

那棵杏树的果子很快被瓜分一空，连李棠也吃了不少，杏花一直微蹙的眉头总算展开了，她总算给大家做了些什么，而不再是一个路途中需要人照顾的小包袱了。

其实，眼下更让青玄担心的，却是那吴承恩。

这几日里，吴承恩眉心之间有一股黑气久聚不散，而且越发浓厚。印堂发黑乃是不祥之兆，青玄倒是早就有心理准备：他知道自己跟吴承恩这一路走来也算是历尽千辛万苦，可谓置生死于度外。

但是，吴承恩这几天的印堂也太黑了吧……

青玄只能希望，这般情景只是自己看错了。

这一天又是入夜，李晋捡了些枯树枝，吴承恩写了个火字，点了一处篝火作为过夜的地方。李棠和杏花靠在哮天的身上，手中还拿着吴承恩写的书。

倒是吴承恩颇有抱怨："这都走了三天了，为何还没有找到那个什么狼呢？"

当日黄花镇扑灭妖火后，吴承恩仿佛打通经脉，一口气写出许多卷故事来，将自己和青玄从京城出来的经历都写了一遍，蜘蛛精、蜈蚣精、土地老儿，甚至于一些他脑中的龙王、金角、银角都有故事，连李晋这样刻薄的人读起来，都忍不住称赞几句。

但只有青玄，只是一直在旁边看着，不加任何评论。

"你们师兄弟不一直是一起除妖么，怎么这故事里，看不到多少青玄的影子？"没看几章，李棠就看出了问题，"难道你不乐意跟你师兄一起除妖？"

李棠话虽不多，但口无遮拦这点吴承恩也早习惯了。

"我当然要写青玄。现在这不是还写不好而已，写书这种事，要有体验有灵感才行……"说起这个，吴承恩偷偷瞟了眼不远处的青玄，但青玄那时正闭着眼睛养神，看起来没有听到。

"灵感啊……"李棠若有所思地低头看了一眼腰间的玉坠。说起来，她身边倒是有个灵感呢。

"你这个玉坠里头的金鱼是不是就叫灵感？"吴承恩也注意到了李棠低头看灵感的动作，他目光一亮，凑过来，笑盈盈开着玩笑讨要道，"能不能把灵感送我？说不定我从此之后就灵感大发，文思泉涌了呢！"

灵感从玉坠里面游弋而出，讨好般绕着李棠的手指蹭来蹭去，表达着它不想被送出去的意愿。李棠伸手把它笼在手心，呈保护姿势冲吴承恩摇头："不行！灵感是我的！你写文的灵感跟我的宝物灵感有什么关系？我才不送你呢！"

“它们都叫灵感啊，有时候，名字也是能带来好运的。”

“不要强词夺理，不送！”

“真不送？”

“不送就是不送！”李棠捧着灵感跑走，跟杏花去说悄悄话了。

吴承恩看着她跑走的背影笑笑，将方才李棠看的那卷书包好揣了起来，压在另一卷书的上面——那卷书被仔细地用丝线缠着，看起来很久没打开过了。

篝火噼里啪啦地燃烧着，没多久，杏花和李棠都睡熟了。就连那靠在石头上的吴承恩，也不轻不重地说了几句梦话。

“为了李棠的一句话，不会耽误你之前的行程吗？”青玄忽然开了口。

青玄虽然一直微闭着双眼坐在地上打禅，却没有放过李晋这一刻表情上的变化。

守着火堆的李晋抬起了头，先是握住了手边的弯弓看了看其他人，在确定了其他人都已经熟睡后，李晋才笑了笑：“我是该问你为什么不睡觉呢，还是该问你是什么时候发觉的呢？”

李晋手中的弓并没有松开，窝在一边的哮天也昂起了头颅，带着几分威胁般朝着青玄露出了自己的牙齿。李棠倒是没有丝毫察觉，只是翻了个身，身子也蜷了蜷让自己更舒服些。

“从你露面的时候。”青玄坦然回道，似乎并没有介意哮天的反应，“你第一次见我们时，黄花镇，客栈里。还记得吗？”

“不过，当你看到李棠时……”一边说着，青玄一边朝着李棠望了一眼，“你展现出来的是惊喜，却并不是安心。”

“此话怎讲？”李晋似乎一时间弄不明白青玄的意思。

“从这些时日里的相处，我能看得出，无论你的身份到底是什么，你是真的关心李棠。”青玄继续拨弄着手里的念珠，“所以，当你看到李棠露面，确定了她其实并没有惹出什么大乱子时，你着实松了一口气。但是，你眉头之间的那股子烦躁，却始终没有减弱。后来那妖怪金目不断招惹我们，你却又很享受，仿佛巴不得一直留在黄花镇一般。也就是说……”

李晋点了点头，心中不免对面前这个行者有了几分钦佩，他耸了耸肩，倒也没有隐瞒：“我这次出来，领的命令很简单，就是去镇邪司当卧底。”

青玄面色如常，似乎并不惊讶他会有这样的任务。

李晋看了一眼李棠，随手往篝火里加了几根柴火，好让这个夜晚更暖和一些。

哮天也重新俯下了身子，伸出舌头舔了舔李棠的头发。

“其实，还有另一件事。我也不怕告诉你……”李晋仿佛存了一点看热闹的心态，他盯着青玄缓缓开口，“知道我为什么嫌弃这个任务吗？因为我本来就是镇邪司派去李家的卧底。”

李晋本以为这回能看到青玄惊讶的表情，结果仍然失败。他只好叹了口气，继续说道：“来回卧底，实在没劲透了，还不如跟着你们游山玩水呢。”

忽然，李晋举起了手中宛如残月的弯弓；旁边的哮天似乎也一下子警觉了起来。

青玄也握紧了念珠。

李晋先是揉了揉自己的腿，尝试着站起来，基本上已经不碍事了。紧接着，李晋抬手比出一根手指，做了一个“嘘”的手势，示意哮天安静下来，不要吵醒李棠；然后，李晋看了一眼青玄，指了指黑色的林子。

青玄刚要起身，李晋却指了指篝火。青玄即刻领悟，随即张开了一个方圆五六丈的结界，将其他人罩在其中。

“青玄，你这人心思缜密，就别揣着明白装糊涂了。管好那吴承恩，让他别接近我家小姐。”李晋说着，重新坐下，语气不知不觉又变得轻佻了起来，“让他癞蛤蟆别妄想吃天鹅肉，最好有点自知之明。你我等人同舟同路只是缘分，而且我有预感：咱们的这份缘分差不多快到头了。李家和朝廷这些年摩擦不断，我等理应静观其变，切不该置身于其中。我活了许久，深刻明白一个道理：这世上，没有什么比做人更难。真的，做狗都比做人容易得多。”

哮天听到这里，仿佛是想印证自己主人所言非虚一般，心满意足地舔了舔自己的牙齿。两人互相看看，却良久没有下一句交谈。

青玄越发觉得，自己看不透李晋这个人。

——尽管他已经如此坦诚。

但青玄直觉他还有更重要的事瞒着自己没有说。他的身份，以及他真正的目的……

火苗渐渐暗淡，青玄微微一笑，并没有在意这份威胁："我师弟是个单纯的人，他只想封尽天下疾苦，写完他手里的那本书。"

"师弟？"李晋倒是有几分好奇，"说起来，你们两个师从何处？一个五行变化，一个袖里乾坤……如果是同一个师父教的，那这个人本事应该很大。"

"倒是这些个埋伏的人本事更大。"青玄避而不答，回头朝着李晋刚才射箭的方向张望了一眼，避开了之前的话题，"知难而上，看来你没有吓走他们，反而引得他们过来了。"

"这群家伙，为何不肯给我几分面子！"李晋说着，忍不住唉声叹气，"早些年的时候，李家的名号还能不战而屈人之兵。现在倒好，二十八宿能让人闻风丧胆，执金吾倒没人认识了！"

"敢来找麻烦，必然有些来路。"青玄捏着念珠，站起身来，打算喊醒吴承恩来帮上一手。

"不必，再睡会儿吧。"李晋摆摆手，示意青玄不用再多做什么，黑林里的身影已经作鸟兽散，不再纠缠，"这批人的手法，是探子。真正的伏兵，估计一会儿才到。"

"是你们家的人？"青玄问道。

李晋摇摇头："像是本地的……说到这南疆的话，你也该知道这里是谁的地盘吧？朝廷既然把奎木狼安排在这里镇守，就是为了提防着那个家伙作乱。所以，奎木狼即便叛逃，也是在此隐居。虽说此人这些年表面上安分守己，私底下却给这附近的百姓、妖怪秘传了很多南苗秘术……要是说他不想谋反，我死都不信的。这南苗秘术，哪怕是凡人用出来也是凶险。"

青玄点点头，想起了之前降服蜘蛛精时偶遇的那个赤发怪人。

只不知……他的南苗秘术是否也是从那人手里学来的？

周围的林子里，突然窸窸窣窣地传出了声响。

李晋抬手，招呼哮天悄悄过来。哮天抬抬头，先将李棠和杏花放在了一边，然后一个龙跃跳进了李晋的身体之中。

“你知道南苗秘术里面，最厉害的是哪一招吗？”李晋不经意地问道，然后站起身，走出了青玄的结界。

“尸蛊。”青玄倒是痛快，“驱尸而战，不伤不死，无往而不利。”

“那你知道几年前，朝廷宫里那场惊天变吗？”李晋继续问道，眼睛却一直朝着林子里打量。

青玄没有作声，他明白李晋的意思，那人确实擅长操纵尸蛊，表面上看确实与前几年京城之祸有千丝万缕的关系，而这次，自己来南疆也便是要探探那人的虚实。

李晋继续说道：“当日里，落下的尸首仿佛受人蛊惑一般，全部就地掘坑，躲进了京城地下。这样一来，倒是避免了一场瘟疫肆虐。不少人都说，这是净通寺的天鼎降福，才免了一场祸事。”

青玄听出了李晋话里有话，不禁看着李晋。

“不过，在我看来，这简直是个天大的笑话……”周围安静了下来，李晋这才收回了目光，“那些僵尸并非被妥善处理掉了，只是在地底下潜伏了起来。说不定，等时机一到，就会……”

话音未落，李晋脚下四面八方不断涌出穿着盔甲的士兵，戴着一副干枯的面孔凶狠地围了上去。

“就会有千军万马，在京城内大开杀戒。”李晋一字一顿说道。

青玄依旧没有说话，但确认了一件事。

——是的。

——看来，惦记着天下的，不仅仅是李家。

第二十四章

白骨夫人

吴承恩还在睡梦之中，便感觉到自己的屁股被人踢了一脚。

待他缓缓打了个哈欠睁开眼后，愕然发现面前已经开始了一场厮杀：一群古代兵卒打扮的僵尸，正在挥舞着手里的粗铜兵器，围着李晋没头没脑地拼命砍杀。

一时间吴承恩觉得自己一定是还没有醒过来。

思及此，吴承恩不禁急忙换了个舒服的姿势继续卧着，觉得眼前这个梦不仅如此逼真，而且还格外解气。

要不是怕高声喧哗吵醒了自己，吴承恩恨不得翻身而起，拍着巴掌叫两声好。

于是吴承恩屁股上挨了更重的一脚，转身望去，青玄脸上已经布满了汗珠。

“终于醒了？赶紧动手。”青玄沉着气，维持着几人周边的结界。

“你别怕，等会儿你看我们快打不过了，就朝后面的山上跑，跑回你的黄花镇去。”李棠把锦绣蝉翼刀横在胸前，对身后的杏花说。

“他们……”杏花没有血色的嘴唇吐出几个字，“是古尸？”

这次的场面虽然很像不久前那群多足怪围攻客栈，但是规模和凶险程度完全不能同日而语。

从地底下钻出来的尸兵，都是拿着朴刀和盾牌，脑袋上也戴着统一的头盔。

单看这身装扮，似乎应该是秦代的。

而围攻李晋的尸兵更是明显，并非贸然而上，反而行军布阵之间将那李晋团团围住。

李晋虽然挨了几刀，但是身上的文身借着月色闪闪发光，兵器砍在李晋身上之后，冒出层层火花。看来，这是哮天的功劳。

只不过，现在李晋似乎只能以守代攻；他手里只有一把弯弓，被人近身之后难以施展身手，只能挥舞着弓弦朝着四周左劈右砍。

别看这弯弓并没有刀刃，却依旧可以伤及筋骨。

但是这群尸兵似乎不痛不痒，即便胳膊被砍断也没有退后半步。

“砰”的一声巨响，李晋不禁闻声回头；吴承恩已经冲出了青玄布下的结界，手中紧握着一直藏在袖子里、冒着青烟的火铳。

其中一个俯身藏在李晋身后的僵尸被准确地击中了脑壳，瞬间翻身倒地不起。

李棠跟在吴承恩的身后，本想一并冲出去；但是青玄在背后一把握住了李棠的刀鞘，将她拉了回来：“不要近身！”

李棠险些摔倒，站定后，脸上又惊又怒：“我去帮吴承恩！”

“这些都是驱尸之术，有毒。”说话间，青玄瞥了一眼李棠身上的金鱼腰坠；他也知道这灵感大王乃是难得一见的法宝，可以护主，令妖气无法上身。

所以李棠虽然久居李家，身上却一点妖气也没有沾染。

只是，今日的对手并非平日的妖。

他们身上都带着尸毒，一旦李棠上去，短时间内自然是可以破开盾阵，但是这些尸兵肢体断开之际会将自身的尸毒喷洒于四周。

尸毒固然比不上妖气厉害，类似于李晋、吴承恩这样的体格倒也并无大碍。但是李棠本身体质羸弱，万一染上尸毒，这荒郊野外还真未必有什么办法。

吴承恩甩手又是一枪，可是这一次却打空落在了树上。不少尸兵被这巨响吸引了目光，转身朝着吴承恩杀了过来，却对咫尺之外的青玄等人视而不见。

吴承恩一时间手忙脚乱，翻身向后，抬手甩出了一沓宣纸，每一张上面都已经写好了一个“矛”字。

只见扑上来的尸兵大部分身前都被宣纸黏住，然后身子顿时一歪，似乎是被钉在了地上，不断地挣扎着想要挣脱开这种束缚。只有两三个家伙的脑袋碰到了宣纸，才立时头破血流倒在了地上。

其实，吴承恩本打算用火攻的，但是青玄在他动手前，特意嘱咐不得用火。一方面，吴承恩用宣纸写“火”只能维持一瞬而已，这零星的火花最多就是生个篝火而已；另一方面，这里野草杂生，加上山风正猛，如果引起山火，那可比尸兵还要凶险。

敌人众多，普通的刀劈斧砍没什么作用……对付这些家伙，似乎好用的手段只剩下了吴承恩自己一直藏着的龙头火铳——想当年，自己在京城神机营刚刚得到这把宝贝时，便按照朝廷规矩，用南苗僵尸雕琢枪法。起码从当时的成果来看，火器对于这些行尸走肉还颇为有效。射得准一些的话，基本上可以一枪一个。

事实上，几乎所有神机营的兵器，都会在暗地里利用南苗的尸蛊来进行试验杀伤成果。自然，每日招惹死人，神机营的人都觉得这个方法太过晦气。只不过，这是皇上刻意安排的，神机营也不好违抗。

没想到昔日里的一段过往，竟然在今天派上了用场。

吴承恩不禁觉得，说不定一切冥冥之中自有定数也未可知。

思忖之间，吴承恩抬手又是一击，射倒了身边一个被宣纸控住的尸兵。

吴承恩正在得意自己的枪法竟然如此出神入化——明明瞄的是另外的方向，身前的僵尸反而倒了——却没有发觉到刚才被矛贯穿的僵尸已经撕开了自己的肉身，朝着吴承恩劈了过来。

“小心……”那杏花贴着结界边缘，看到这一幕急忙奋不顾身，冲出去扑在了吴承恩的身前。只是她的话音还在耳畔，肩上便被砍中了一刀。

杏花默默地站定，低头看着那只受伤的肩膀，杏黄色的衫子破了一道三寸长的口子，倒是看不清伤口有多深，她也不敢撕开去看，只能看到一道细细的粉色的血迹慢慢浸湿了黄衫，一圈一圈地扩大着，血迹扩到了拳头大小，然后……停止了。

血止住了？好像也并不是很疼。杏花惊惶地回头看了李棠一眼，似乎在问她：“怎么回事？”

“松开！”李棠对握着自己刀鞘的青玄喊道，“杏花受伤了！”

青玄没有言语反驳，却也没有松开自己的手——自己和李晋言语之中，明白眼下李棠可绝对不能有任何闪失，否则指不定李家会如何刁难——之前一路的冒险，李棠可以安然无恙已经算是奇迹了。

不过，眼下的这一次和之前的战斗相比，性质完全不同，之前都是他们去招惹妖怪，而这些尸妖，反而像是在等着他们。

难道他们，是为李棠而来?

李棠的眼睛却直了，忽然盯着青玄的身后，脸上的表情又惊又喜：“救兵来了！”

青玄心思耿直，断然想不到在这种关头李棠还会使诈。他一转头，只见身后松涛阵阵，荒草连天，哪里有什么救兵。

再回过头来，李棠已经抽身入阵。

青玄看着手里空空的刀鞘愣了一下，只得收了自己的结界。霎时间，外面的那群尸兵发觉到了青玄和李棠的存在，急忙调整了阵形，准备围而杀之。

李晋这才看到了已经陷阵的李棠，慌忙之间还是抽空瞪了青玄一眼。青玄无奈摇头，手握念珠，杀到了吴承恩的身边。

李晋明白眼下拖延不得，只得一把抓住身边的一个略微高大的尸兵，顾不上他一直胡乱挣扎，反手拉弓。只见李晋身上的文身一亮，瞬间将手中的尸兵朝着李棠面前的尸群射了出去。那尸兵一下子天旋地转，横舞着砸飞了一片敌人。

黑暗之中，刚刚离开篝火的李棠还不大能看得清楚，只听得一阵风声朝着自己这边飞来。纵使李棠刚才还信心满满，这未知的危险还是让她心里一颤。

只不过，李棠生性好强，咬咬牙后反而抬起自己的兵器，迎着风声向前迈了一步——管你是什么来头，只要一刀便要你七零八落!

近了，风声近了——李棠定睛一看，不禁吓了一跳，她也是第一次见到这种毫无生气的死脸。

就在这一慌一忙之际，李棠脚下的土壤忽然松软，几个尸兵猛地伸出手，仿佛从地狱之中爬上来一般。

“你愣着做什么！”吴承恩一个箭步，一脚踢中了其中一个尸兵的脑袋，让他彻底断了气。亏得这一脚，吴承恩打开了一个包围住了李棠的尸兵缺口。吴承恩匆忙伸手，想要将李棠从这尸兵的圈子里拽出去。

“多事！”李棠这才醒过神来，却并不领情。她急忙吸了一口气，捏紧了手中的锦绣蝉翼刀横着在自己肩头举起，眼睛睁得仿佛夜星一般，原地挥了一刀。

裙摆借着这股刀风好看地飘起，李棠这才吐出了嘴中的那口气，卸了力气。刚才这一刀李棠已经尽力拿捏，将刀锋在自己的脚下画圆避开了吴承恩的胳膊。这一招下去，周围的尸兵悉数被击败。

“你看，哪里用得着你多……”李棠喘着气，捂着胸口。她刚想斥责几句吴承恩，却发觉自己脚下不稳，就要向后倒去。

吴承恩急忙一把抓住了李棠。

李棠已经顾不上斗嘴；刚才自己吸的那一口气，充满了让人无法忍受的尸臭。

她平日里都是与精细的胭脂为伍，从没闻过这种恶臭，一时间，李棠两眼发黑，忍不住咳嗽了起来。

李晋已经打穿了包围着自己的那些尸兵，而青玄则是按住地面，念了一声“金”。地面传来了不断敲打的声音，却不再有新的尸兵爬出来。

“不知道是哪一边的朋友？如果方便，请借一步说话！”李晋抬起头，朝着这片漆黑的林子大声喝道，“在下执金吾李晋！自古井水不犯河水！而且你要是真的想打，起码露个脸来！神龙见首不见屁股，缩在见不得人的暗处下罩子，阁下这脸面也能算是条汉子吗！”

几声叫骂挖苦，在这深山之中不断盘旋。一时间，其他尸兵都停止了动作，似乎在等着驱使自己的主人的回应。

“李先生说得在情在理。”一个声音，凭空在夜色之中混沌响起，叫人辨不出方位。不过，这个声音出乎李晋等人的意料，竟是一个女子的音色，“既然我并非男子汉，咱们是否可以继续尽兴了？”

言语间，那些尸兵同时转头，死死盯着李晋。

“这么多的尸兵，我还以为是那家伙……结果是个大姐啊。”李晋听到这个声音后，自言自语之间不禁轻蔑了几分。青玄倒是松了口气：如果真的是李晋之前提过的那个人，那么自己这边一定会凶多吉少。

“女施主可否借一步谈话？”青玄一边说着，一边闭上了眼睛；即便现在目不可视，但是青玄有把握能辨出敌人的大概方向。

“这里本是一条死路，前面除了一道流沙河天险之外，别无他物。”那个女声寥寥响起，落入青玄耳朵之中却来自四面八方，“几位身手不凡，想必不会是因为迷路才走向这个方向吧？”

青玄睁开了眼睛，轻轻皱眉。

李晋朝青玄望了一眼，青玄只是轻轻摇头。

李晋别无他法，只得回口道：“在下只是带着几个朋友去见一个朋友，绝对无意冒犯南疆。况且，姑娘用用脑子，我们李家要是真打算发难，也断断不会只派我一个执金吾带着两个弱女子和两个拖油瓶前来吧？”

黑暗之中传来了一声吴承恩的叫骂，大体意思是李晋这个瘸子才是拖油瓶。

“那么，莫非五位是来见奎木狼的？”这女子一声冷笑，缓缓问道。

“如果是呢？”

“主子前往京城之前，特意吩咐过，不得放任何人接触那奎木狼。无论是朝廷的人，还是你们李家的人……”女子的声音落脚处虽然杂乱无章，却能听得越来越近，“但是李家毕竟是李家。倒不如我卖李先生一个面子，你今夜败于我这件事，我绝对不会说出去，省得辱了执金吾的名声。先生觉得怎样？”

李晋忍不住一声狂笑，只是还未来得及开口，一股妖气铺天盖地砸了下来。

青玄急忙一个闪身，凑到吴承恩他们身边张了结界。

李晋原地一愣，本能地抬手一挡，却发现这股妖气径自从自己身上穿了过去。

下一个瞬间，近百名尸兵汹涌而出，只是手中已经不见了之前的粗铜兵器；相对地，他们手中纷纷换上了一把狼牙棒一般的白色武器，借着月光发出森森阴亮。

众人也都看清了，那哪里是什么兵器，分明是死人身上抽出来的骨头。

而那青玄的结界之内，杏花也是一愣一愣的，手中不知道什么时候多了一把这种白色兵器。青玄低头看了看，急忙一把拍掉——吴承恩倒是好奇，将那兵器捡了起来细细端详。

那是一段人类的脊椎。

放眼望去，数不清的尸兵持着这种缠绕着妖气的白骨。这女子的招式，即便表面上略略无奇，但是究竟伤了多少人命才有了今天的修为？

青玄轻叹一口气，举起手，朝着自己身后指去。

“干得好。”李晋看到了青玄的手势，身上的文身缓缓亮了些许，抬起头看看，虽然不是满月，但是也有几分月光洒下。下一个动作，李晋拉开了手中的弯弓，朝着青玄所指的方向瞄去——

这女子最终还是大意了。即便听不到看不到，但是妖气来的方向，青玄可是能够清楚地感觉到的。即便李晋此时还不能使出“天地一色”，但是只要知道大概方向，这一箭射去出其不意先发制人，哮天八九不离十可以夺了对方性命！

“砰！”

一声巨响。

李棠皱了皱眉，微微睁开眼。身边的吴承恩站起身子，径自朝着青玄指着的方向放了一枪火铳。一旁的李晋不禁愣住，侧目看着吴承恩这番没来由的举动。

远处，传来了那女子的一声“咦”。很快，一阵风声从四面八方传来，听得出那女子断然是换了自己的位置。

“你这该死的拖油书生做什么！你到底和谁一伙！看风放哨吗！”李晋只得悻悻然松了弓弦，然后忍不住转头朝着吴承恩高声骂道。

吴承恩一脸愧疚，嘴里面只能嘟嘟囔囔“我以为青玄是给我发的信号”这一类辩白。杏花急忙点头，表示连自己都以为青玄是给吴承恩打的手势。

青玄忍不住摇头叹气，抖擞了精神，警惕着周围的尸兵。

“几位果然有一套，也多谢这位公子好心。来而不往非礼也……”女子的声音再次铺天盖地落下。但是随着声音消失在山涧之外，那些围着的尸兵纷纷罢了手，重新钻进了地下。“如果几位可以迷途知返，今天的事情就当没发生过。但是如果再让我见到几位……”

声音连同着那些尸兵，一并消失不见。

荒野之中，只剩下了李晋那络绎不绝的叫骂声。青玄收了结界，查看了一下李棠的脉象——还好，并无大碍。

但李棠轻轻喘着气，心中的惊恐慢慢扩大。刚才她清楚地看到，青玄悄悄将刚才那段人骨藏进了袖口之中。

那段白骨似乎并没有什么稀奇，只不过上面刻着四个小字……

“白骨夫人”。

难道这青玄和白骨夫人……有什么渊源?

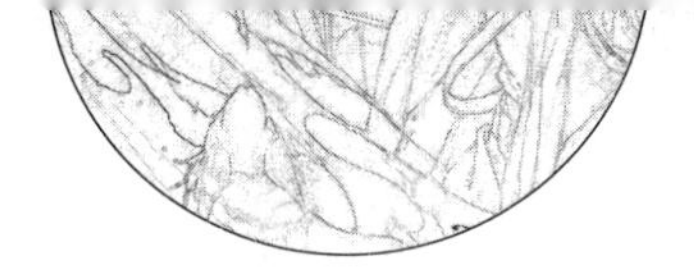

第二十五章

深沙大王

京城，镇邪司。

麦芒伍端坐在天楼之内，面前放着一盏凉透了的茶，却一言不发。

面前的棋盘，摆出了几日之前自己和皇上对弈的那一场残局。

无论怎么看，皇上应该不会出乎自己的意料。这场“和棋”的结局，理应信手拈来。

但是麦芒伍心中，却如同无风的海面；纵使表面上平静如斯，却藏着一股说不清的暗潮，令他略感不安。

门敲了敲，麦芒伍没有回应。

片刻后，血菩萨拄着一根拐杖，推开了天楼的大门——一只乌鸦乖巧地栖息在门环上，替自己的主人继续用嘴叩击着门扉。

麦芒伍这才抬起手，招呼着那只乌鸦展翅而飞，落在自己的手指上。

麦芒伍轻轻捋着乌鸦的羽翼，眼神里也和刚才的死静不同，夹杂了一分关切。

“辛苦了。”麦芒伍这句平淡无奇的话，听起来说不准到底是说给帮着主人敲门的乌鸦听的，还是说给那刚刚落座、日渐消瘦的血菩萨听的。

“听镇九州说，李家的人回去了？”血菩萨没有接话的意思，自顾自开了口。

麦芒伍手中的乌鸦随着自己主人的发问，显得不再安分，眼神变得凌厉了起来。

麦芒伍点点头，放那乌鸦迫不及待地飞回了血菩萨的肩头。

麦芒伍并没有打算告诉血菩萨，那日里与二十八宿交手的人乃是李家执金吾中的一员——血菩萨出于朝廷立场，多少能够理解自己的举动，其他人就不一定了。

镇邪司之内人多嘴杂，血菩萨又略有几分耿直；万一被那镇九州知道了来龙去脉，说不定为了吸引李家的刺客再次前来，会故意把“鬼市老板未死一直藏在天牢”的消息散布出去。

既然锦衣卫镇邪司欠老板一个人情，那么颜面这种事，多多少少究竟比不上情谊重要。

倒是神机营这近在咫尺的大军，仿佛肉中生刺。

麦芒伍知道，神机营此前从未有过大规模调动。

针对锦衣卫镇邪司而行动，有了第一次就会有第二次。神机营这股火炮势力，从射程、杀伤力、先发制人等方面来说，都非常克制锦衣卫镇邪司。

甚至皇帝都配合，难道真如镇九州所说，真的想灭掉镇邪司吗？还是只是为了好玩……

麦芒伍想到这里，不禁眉头一紧，知道自己出于大局考虑，不得不防着这一手。这就好比眼前的棋盘呈现的局势一样：明明麦芒伍胸有成竹，皇上却可以突然撒下一把棋子，将整个棋局的胜负关系重新定义。

最要命的是，皇上如果输了棋，大可以重新来过。镇邪司只要输一次，估计皇上不会留给二十八宿下一次翻盘的机会了。

“皇帝对于奎木狼叛变，已经恨到如此地步了？”血菩萨十分不解。

虽然奎木狼叛变了，但他并未做出什么伤害朝廷的事，而且距他离开镇邪司也已经有段时日了，为何当初皇帝不提，看似不甚在意，现在却又突然拿此事来做文章？

“或许吧，帝王之心，无法揣测。”麦芒伍轻轻叹了口气，“我们只能尽量避免被怀疑。”

麦芒伍还有一句话没有说出口——他也觉得皇帝突然发难有些蹊跷，莫不是受了什么人的蛊惑……

“派九剑去找那叛徒行吗？”血菩萨问道，“前几天黄花镇那边才传来消息，他并没能活捉金目。”

“无妨，”麦芒伍继续布着棋局，“他已经在自责了，正好给他一个戴罪立功的机会。”

“但是他太嫩了，而且心太软。”血菩萨声音里带着不满。

“若非如此，我还不派他去呢……”麦芒伍话还未说完，突然听到“吱呀”一声响，天楼的大门被人毫不客气地推开了。

如入无人之境一般大步进来了一个面相俊美的年轻人——抬眼望去，此人正是之前在户部尚书门口茶楼监视的那个“傻子”。

傻子见到麦芒伍后并没有客气的意思，只是走到面前席地而坐，同时抬眼瞥了瞥身边坐着的血菩萨，眼神里带着几分提防。

一连串举动，仿佛不识朝廷规矩的粗人。这份对麦芒伍的不敬，不禁让血菩萨有些来气。他肩头上的乌鸦也一直朝着这年轻人丧叫。

“自己人，但说无妨。”麦芒伍似乎没有责怪这个傻子的百般无礼，只是开口吩咐道。

那傻子这才伸了个懒腰，双手支着自己的身子好让自己更加舒服一些：“鬼市里面已经被那个桃花源的铜雀全面接管。我们之前的眼线都没了——不是说与那些眼线断了来往，而是之前的眼线都失踪了。看来他们掌柜的铜雀确实有些手段，这才几天，就把我们好几年建立的耳目一网打尽，一个没留。”

“也就是说，查不到？”麦芒伍点点头，似乎对这个惨重结局并不意外。虽然自己和铜雀只有一面之缘，但是从他一直稳操胜券的笑容来看，就知道骨子里这个人和自己有几分相似——为达目的，不择手段。

“是啊，神机营本来就是层层设防，这些年虽说一直声势浩大地操练着，但是对外却烟雾重重。”傻子表面上附和着麦芒伍的话，语气中却是毫不在意，“尤其是咱们失了鬼市的支持，现在又不得不全部困在这京城之中，瞎了聋了就是这感觉吧。”

那神机营确实棘手，且不说别的，单是大营门口，便竖立着两块西域进贡来的磁石。表面上说，是防止神机营的兵卒携带火器出逃；实际上，麦芒伍的银针都过不了这一关。所以，对于神机营方面的情报，一直以来只得仰仗于鬼市遍布于江湖的庞大消息网。

“不过，倒也并非一无所获。”傻子看到麦芒伍一语不发，搔搔头，继续说道，“你们最近不是说要纳一个书生进二十八宿吗？叫什么来着……对，吴承恩。他倒是有一点有意思的传闻。”

听到这里，血菩萨几乎是和麦芒伍同时抬起头。

吴承恩？

不知这个他们从南秀城就开始关注的年轻人，又会给他们什么样的惊喜。

当初在南秀城，血菩萨与之有过一面之缘，也见识过了他的封妖技能，但这并不足以让镇邪司下定决心吸纳他加入镇邪司。但是他们也并未放弃这个备选之人。后来在黄花镇一战，吴承恩表现不俗。这次在九剑传回的消息里——那连降三天的暴雨正是吴承恩借用红钱之力引发的！在关键时刻解了他们镇邪司的燃眉之急！

虽然不知他的所谓“袖里乾坤”到底能达到什么样的高度，但这年轻人有潜力是没错的了。

也就是在知道暴雨是因吴承恩而下的时候，麦芒伍才下定决心，一定要把吴承恩拉拢到镇邪司的阵营来！

刚好因为奎木狼的背叛，镇邪司空出一人的名额，用吴承恩来填补空缺，虽差强人意，却也算一个不错的选择。

当然，他加入镇邪司之后，肯定还须试炼调教。

“他之前不是独自来过京城吗？只是据听来的消息，说是那姓吴的书生是来赶考的，但是正赶上五年前的惊天变。”傻子说道。

听到惊天变三个字，连麦芒伍都倒吸一口凉气。

“虽然不能说他就跟惊天变有关吧，但是后来在京城市面上流行着一个话本。”傻子将一本小册子递给了麦芒伍，“这个话本特别好看，十个说书先生里九个都在讲这个话本。”

“而且，他离开京城之际，身上带了三枚红钱。”傻子想了想，觉得似乎这才是最重要的地方。不过麦芒伍却似乎并未对他说的红钱投以更多的关注，显然是已经从别的渠道知道那姓吴的小子拥有红钱之事了。

汇报完毕，傻子没再等麦芒伍继续吩咐，就直接离开了。

麦芒伍则自顾自地翻开了傻子留下的册子，迅速浏览过后眼神微变。

“武举在什么时候？”麦芒伍突然放下册子抬头问道。

血菩萨想了想：“还有不到一个月的时间了。”

“速速安排将那吴承恩先请回来再做打算。”麦芒伍言语之间，加重了一个“请”字，“此事重大，不能失手。”

“好，我让九剑去办。”

另一边，吴承恩等人的脚步倒是悠闲了不少。本来，让李棠拼命杀敌的是杏花受伤，但杏花的伤却愈合极快，看起来根本没伤及根本，这几天下来李棠已经恢复了精气神，却因为这几天吃的东西略有粗糙而体力不支。

李晋专门给李棠准备的点心盒里面，牛肉干已经吃完了，馋嘴的感觉比饥饿更让李棠心里不爽。再加上这一路吴承恩忙里抽闲写的几篇游记有失水准，更是让李棠多了几分抱怨。

“故事越发不好看了。”李棠骑在哮天身上，随随便便看了几眼吴承恩递过来的稿纸，嫌弃地扔回去。

吴承恩也有些无奈，他当然想写出精彩的故事，但最近一直找不到写作灵感，虽然黄花镇经历的金目一事十分精彩，但那之后，他们就一直在赶路，也没有更好玩的经历可以拿来当作素材。

而且……最重要的是……他真正想要写好的人……是青玄。

李晋和青玄走在前面，一言不发。

听到后面吴承恩又开始与李棠拌嘴，两人竟然难得地都没有开口劝说。

“敢和李家的少主斗嘴，万一被其他的执金吾知道了，吴承恩就是有一百个脑袋也不够。”李晋闲着无事，开口嘟囔道，似乎是想引一引青玄的话茬。

青玄跟在李晋身边，依旧是摸着自己手里的念珠，没什么反应。

李晋耸耸肩，继续问道：“等那吴承恩写完了他的书，你有何打算？你有你自己的事情要做吧？”李晋话里有话一般，就是不肯住口，“我看你本事不错，那五行变化用得得心应手。倒不如我去引荐，你来李家当个执金吾。你这本领，李家定会重用。到时候，一辈子的荣华富贵，享之不尽用之不竭……”

青玄听到这里，不禁皱眉：“这并非在下所求。”

“怎么？真的无欲无求？”李晋一边问着，一边扭头看了看后面——李棠已经抽出刀来，挥舞着四下追砍吴承恩——哎呀！要是能一刀砍中那该多好……李晋琢磨着，继续说道，“总不能真的一直跟着这个书生写书吧？你是修行之人，又不能婚娶，还不好好盘算做一番事业，换得青史留名？”

李晋见青玄并不想聊这个话题，忽然语气一转：“不过也是，修行者嘛，淡泊惯了。你让我数数这史上留名的修行之人，我也就能说出一两个而已……”

李晋吹了个口哨唤过一旁的哮天，蹲在自己的脚边，拿下了背着的弯弓，忽然间以迅雷不及掩耳之势拉开弓弦，朝着吴承恩便是一箭——

哮天化作一道闪电，呼啸着从吴承恩身边盘旋而过。吴承恩自己倒是压根儿没反应过来，只觉身子一麻，随即被哮天带来的一阵风旋倒在地，摔了个狼狈。吴承恩挣扎几下，匆忙爬起，正要朝着李晋叫骂几句，却见得李晋压根儿没有再看自己。

正相反，李晋手里拿着一本书，正在翻开细读。

吴承恩一愣，匆忙摸了摸怀中——果然，李晋手里的那本书正是自己的心血！

“李晋，拿来还我！”吴承恩似乎真的动了脾气，手中已经亮出了纸笔。

哮天看到这一幕，朝着吴承恩摆出了准备扑食的姿势，嘴里面呜呜发出了威胁的声音。

李晋抬头，似乎并不打算继续激怒杀气腾腾的吴承恩；相反，他将手中的书直接扔还了回去。吴承恩急忙一把接住，小心收好。

“你应该拿这本书给小姐看。”李晋并无争执之意，收起了自己的兵器，“这本书里面讲得真是精彩，比你平日里写的好看多了。尤其是其中有一章……”李晋笑着，继续说道，“说是有个天生石猴，拿着一个巨大的棍子，一棍子砸坏了天宫。文笔实在是高超。这个，倒让我想起来，五年前，京城流传的一个传说……”

李棠歪歪脑袋，有些疑惑。不晓得平日里一向毒舌的李晋为何今日竟如此好话连篇地夸赞吴承恩。莫非，那篇真的这样好看吗？

“对了……”李晋说着说着，做出了一副恍然大悟的样子，转头看着青玄，“我记得，想要往这本书里面写东西，需要的所谓‘墨水’，乃是故事中妖怪的内丹吧……”

李晋话到了这里，青玄和吴承恩同时一愣。

“且不论两位到底是如何知晓京城里前几年的事情的……”李晋说着，哮天已经幻化成了文身，附在了自己主人的身上，“我更关心的是，两位该不会要告诉我，你们已经打赢了那妖怪，取了它的内丹吧？”

此事乃绝对机密之事，这李晋如此试探不知是何用意……

吴承恩和青玄都握紧了手中的武器，瞪大了眼睛看着李晋，哪知李晋却并不与他们对峙，反而哈哈笑着，继续向前走去。

仿佛他刚才只是随口说了个笑话，不值得大惊小怪。

远处隐隐约约听到了河流的声响，杏花急忙奔了几步，似有喜色：“正巧口渴了，不如我们到河边歇息一下，再赶路也不迟。”

“还远得很。”李晋抬头望了望，明白杏花想得太美了，“错不了，这应该是流沙河的响动。听这个声响……我们还有一天多的脚程才能到。不过……”

在说到“流沙河”这三个字的时候，李晋刻意加重了自己的语气，同时瞥了一眼身边的青玄。

青玄面无表情，似乎并没有在意。

见得青玄没有反应，李晋只能继续说道：“不过，我们可能确实需要歇歇脚了。旁边的几位朋友，已经跟我们一路了。”

说着，李晋停下了自己的脚步，扭头朝着身后望去——

此地，已经属于南苗的腹地。

这一片深山野林，自己也不是太熟。但是身后跟着的人，从一开始的小心谨慎，到现在毫不掩饰的杀气腾腾，变化颇为微妙。

也就是说，身后跟踪的那些人一开始似乎只是提防着吴承恩等人，而现在随着不断前行，已经绷不住了。李晋立刻想到了，一定是自己带路，误入了别人的地盘。

正这么想着，吴承恩突然脚下一歪，随即被一根草绳套住了脚踝，惨叫一声后便直愣愣地被拽到了一棵十余丈高的大树上面。

看到这一幕，青玄和李晋却同时松了一口气：这陷阱一眼便能看出，是苗人用来猎取山中走兽的，而不是用来害人的。这么推断的话，后面跟着的人并非想要袭击，更可能是打算防卫自己的猎场。

虽然在很多人的眼中，苗疆和化外之地没啥两样，但苗人心地却较为单纯，只要澄清误会，便可以避免一场无妄之灾。

果然，李晋他们路过的林子后面，涌出了几个人影，都是一只手握武器，另一只手藏在怀中，似乎握着什么，叫人不得不防。

但李晋看得出来，他们的穿着和武器也只是普通猎人的配备。

这些人呜呜喳喳，一边跳着一边叫骂。只是嘴里说的都是南苗土语，令那想要开口的李晋有些摸不着头脑。

青玄看了看对面，似乎面有惊讶，开口朝着对面说了几句土语。未想到，这话不说还好，话一出口对面的人反而夹杂了几分愤怒一般，眼瞅着就要杀过来。

“咦？”骑在哮天身上的李棠坐直了身子，对着对面的一个苗人定睛细看，随即拿手一指，“青玄，那人不是在南秀城见过的那个吗？就是戏弄了震九州的那个……”

言语之间，对面的那个苗人停下了动作，抬头也是细看了一番对面的李棠。果然，这人赤发大嘴，就是之前在南秀城遇到的苗疆怪人。看来，这赤发怪人应该是这群人的统领，转头说了几句话，其他人立刻收了兵器，各自离开。

其实，青玄刚才也认出了那赤发怪人，所以才开口招呼。

赤发怪人拎着手中的钢叉，朝李棠等人走了过来。

那哮天立刻发出呜呜声，似乎在警告对方。

赤发怪人愣了愣，发觉那畜生是在提防自己手中的兵器，索性张开了自己的血盆大嘴，一口将兵器吞了进去，然后才两手空空地走了上来，对着李棠叽里呱啦了一番，而他旁边的人也三下五除二把吴承恩放了下来。

“他说什么？”李晋皱着眉，催促着青玄翻译。

“他说，他认出了李棠，只是没想到大家会在这里又一次相见。”青玄一边说着，一边迎上前去，同那赤发怪人攀谈起来。几句之后，青玄的脸色越发严肃。

青玄说：“他们来这里，是为了给神做供奉。”

“等等啊，”李晋虽然不懂那南苗的言语，但是有一个词似乎不断被那赤发怪人提起，“据我所知，这里的苗人，信的是……”

“杀神。杀神。”赤发怪人一直这么喊叫着。

李晋和青玄互相看了看。

“是……沙神。”李晋开口，在空中写了“沙”字，纠正了李棠之前的猜测。李晋看了看流沙河的方向，“苗人所信的，是一个叫深沙大王的神。”

他在说完之后特意又去看青玄，对方依然不为所动。

“深沙大王？”李棠歪了歪脑袋，似乎想起了什么，“我记得，那妖怪有点名气，小时候我好像还见过。”

“自然是见过的。”李晋说道，同时看着青玄，“不过小姐你可能不知道，深沙大王其实并不算妖怪。他之前一直都是镇守着流沙河，这些年更是统率起了河畔另一面的南苗民众。朝廷虽然一直想要开土扩疆，甚至也派遣重兵前来南疆，却苦于两道屏障而无法如意：其一，就是流沙河这道天险；其二，就是这南苗人嘴中无所不能的深沙大王。”

“哎？这听着确实不像妖怪，像是当皇帝带兵打仗的样子……”李棠似乎有些迟疑，觉得李晋的描述超乎自己的想象。

“说起这沙神，倒还有个流传民间的有意思的传说……”李晋咂摸一番，继续说道，“说起这传说，这就不得不提起另一个人，便是金蝉子。这人虽法力无边，但传说中，他每一次轮回转世，都会在流沙河被那深沙大王吃掉……你说他倒霉不倒霉？说来这妖怪也真是过分，可着一个人往死里欺负。但是呢，这金蝉子每每转世，还必须得从这流沙河过一遭……”

“那岂不是每一次那什么蝉都会死在流沙河？”吴承恩第一次听这个故事，觉得这人虽然命运坎坷，却又着实有些好笑，“次次都羊入虎口，而且是周而复始，这人也不长些记性。”

“是啊，”李晋赔着笑，却看着那青玄，“其实这就是个传说而已。事实如何，我们又怎么会知道呢？”

但是青玄却一直在认真听怪人说话，怪人越说越激动，让吴承恩不禁好奇，催问青玄他到底说了啥。李晋对青玄的表现略有些失望。

这时的青玄听了很久，与其说是听，倒不如说是在想，终于他转头对所有人说：“刚才他说，深沙大王此时并不在南疆。”

等等……李晋忽然间陷入了沉思，想起之前那个白骨妖似乎也有意无意提及过一句“主子前往京城之前”云云，李晋早知道，这深沙神仗着苗疆蛊术，统领着各种死尸骷髅，那个自称白骨夫人的一定是他的手下。

难道说，这沙神此时确实恰巧不在流沙河？这就怪了，李晋的印象中，极少听说深沙大王会离开苗地。

“那这深沙大王去哪里了呢？”

“京城。”青玄淡淡地道。

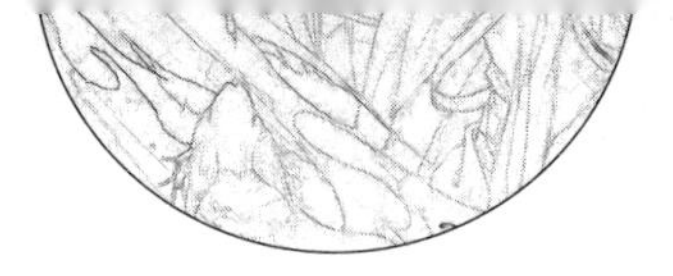

第二十六章

天牢

平日里，这繁华的京城之中唯一不可见光日的地界，也只剩下了那充满了绝望的天牢之内。

除却几个特殊的日子，能让天牢之中的死囚们为之一振外，基本上天牢之中总是死气沉沉的。

当然了，在天牢正中最近才改建出的那间巨大的牢笼里，是个例外。

这间由朝廷出银子不遗余力大兴土木建造的牢房，从外面看，更像是京城里面随处可见的上等客栈。

除了所谓的墙壁都是用铁柱替代以便监视外，牢房里面可谓古色古香，案台、太师椅、卧榻应有尽有，甚至还有一个新挖出的池子，看起来是供人泡澡所用。

只是这个池子其实内有乾坤；当时被召到天牢里做活的几个年轻工匠看了图样，都觉得是不是朝廷的老爷们搞错了：这池子竟然要挖五丈深，而且进口窄、内里宽。

倒是有个老工匠看完了图纸直打哆嗦，觉得自己洞察了朝廷的阴谋：这分明是朝廷不打算给结工钱，挖这个池子就是意图把这几个干活的人埋进去！

不过，既然是朝廷的旨意，那该干的活儿还是要卖力干的。

没过多久新的牢房建成了，工匠们竟然也顺利地得了工钱。而那池子，还真的被注了水，越发像是个真的泡澡池子。

只是天牢里面的这间地牢到底为何所用，到底是没人能说透。

眼下，天牢之中虽然处处弥漫着人身上特有的腐坏气味，但是新牢房里，却传出了一阵炒菜声，随之而来的是一股叫人忍不住流口水的菜香。

不少囚犯都被这香味引得垂涎欲滴，纷纷站起身来靠在门上张望，恨不能吃上一口。哪怕这是上路饭，也心满意足。

人生在世，不就是为了一口饭吗。

“酱油可是要见底了。”奔波儿灞摇晃着手里的竹筒，朝着灞波儿奔招呼着。

眼瞅着小灶里面的红烧鱼就要出锅，灞波儿奔实在是忙不开手，只能嘴里面嘟囔了几句不好听的话，说给牢房里面的人听。

牢房正中躺着一个赤膊的汉子，正在呼呼大睡，肆无忌惮地打着震天的呼噜。在他身后，刚刚才建好的铁笼，整整齐齐的铁柱子硬是被人徒手扯开了一个大口子。看来此人正是这个缺口的始作俑者。

此时这人也是天牢里面唯一对满屋子菜香没有反应的家伙，更是叫人觉得匪夷所思。

最后一步，红烧鱼顺利出锅。奔波儿灞急急忙忙将鱼放进盘子里，偷偷摸摸、蹑手蹑脚地溜到了池子边上，轻轻叩击几下水面，嘴里轻声说道：“老板，吃饭了！”

水面晃了晃，化作巨龙的老板巍巍战战探出头来，小心地瞥了一眼房间正中熟睡的那人，然后才张开了嘴巴——

“炒好了？”正睡觉的人忽然间一个鲤鱼打挺坐了起来，揉揉眼睛后，便直勾勾盯着奔波儿灞的背影，“炒好了还不叫我起床，是讨打吗？”

那奔波儿灞心一横，直接将手里面的红烧鱼甩手塞进了老板的嘴里，然后自己转身瞪着那衣衫不整的无礼之人，大声喝道：“镇九州，你莫要欺人太甚！这才几日啊，你吃我们老板的住我们老板的！没皮没脸，倒也要有个分寸！我且告诉你，老板虽说给你们镇邪司几分面子，但你若是成心捣蛋，可莫怪我们心狠手辣！而且明鱼不做暗事，你到时候也别哭着说我们鱼多欺负人少！我们这边，可是有三个！”

奔波儿灞一边说着，那洗干净了锅铲的灞波儿奔也急忙跑到了他的身边，一起朝着那颓废汉子叫骂。

是的，此人正是天牢里的常住民，镇邪司二十八宿中的那个疯子——镇九州。

老板在自己的两个手下后面咂摸咂摸嘴巴，似乎意犹未尽，然后张开嘴，吐出来了一个盘子，盘子正中间摆放着整整齐齐的鱼骨头。

“别，可别说咱们三个，咱们鬼市出来的，可不能以多欺少啊。”老板的尾巴也从池子里面露了出来，灵巧地在自己嘴巴里盘旋着剔牙，“要是打，你们俩就够了，可别扯上我。我不想跟这个疯子交手。”

说着，老板似乎就要潜回水里，巴不得立刻避开眼前这个晦气的镇九州。说时迟，那时快，奔波儿灞和灞波儿奔还在张嘴叫骂之际，一个身影闪身而过，快到让人来不及提防。

弹指之间，那镇九州看似原地没动，手里却捏着老板刚才吃剩下的鱼骨头，仰起脖子放进了嘴里。

“真是的，你们怎么这么小家子气？”镇九州一边心满意足地嚼着鱼骨头，一边瞪了一眼老板三人，“说什么我吃你们的，住你们的？来，说说清楚。这天牢也讲究个先来后到，我可是几年前就被关在了这里。而且，你去这群死囚里面打听一下，谁不知道天牢是老子的家？论理，我是主，你们是客。这可是你们住我的！然后再说吃，无非吃了你们几顿饭而已，且不说你们在我这里暂居，一直也没有什么表示，就算是按市估价，几顿饭能换几个铜板？还他妈鬼市的老板呢，小便宜算得这么清楚，一点有钱人的样子都没有。”

这番话一说，那老板也是动了脾气，即刻两只前爪攀上了池子沿儿，顺带着整个身子一跃而出：“镇九州！你说话倒是伶牙俐齿的！吃住我们算是扯平了，那，且说说我这池子！我这是安身睡觉的池子！可你倒好，明知如此，还隔三岔五来我这池子里洗澡！弄得我这水里面一股子除不去的腐臭！这笔账，咱们怎么算？”

说着，老板微微抿起嘴唇，露出了龙齿。

镇九州歪着脑袋想了想，开口说道：“这又不怪我，谁叫这段时间一直不下雨。我身子上着实痒得难受，这才……”

“放屁！”奔波儿灞忍不住高声骂道，“我还看到过，你那天赖在我们这里喝酒，喝多了往我们老板的池子里撒尿呢！这也是天公不作美吗！”

这番话说完，老板顿时目瞪口呆，随即转头看着奔波儿灞：“啊？什么日子？”

“就前天！当时老板你已经睡下了，我们就没及时禀报！”奔波儿灞急忙指证，而灞波儿奔立刻表示自己也亲眼看到了这一幕。两个家伙顿时觉得抓住了镇九州的把柄，总算是占了上风。

只是这老板的脸色算是难看到了极致，鬓毛全部顺着四散的杀气耸立起来。

“欺人太甚……”老板一字一句说道。

那镇九州眼见如此，不仅没有丝毫慌张，反而悠闲地抹了一把嘴，拍拍手起身后一脸期待：“哎哟，总算是能找点乐子了——来，你们三个一起上！我让你们一手一脚！”

老板即便动怒，也知道眼前这个匹夫可不是一般货色。只见老板嘴巴微张，一股海水气息扑面而来，紧接着汹涌的波浪开始注入天牢。

“你这是流口水呢还是打算淹死我？”镇九州看着这一幕，开口挑衅。

老板并未还嘴，刚才吐出的海水猛然间形成一股龙卷之势，将那镇九州搅在其中。镇九州都没来得及说完话，身子便离了地，进了海水之中。

“任你千斤力气，这脚下无根，我看你如何使得出……”老板一边说着，一边迈步朝着龙卷漩涡走去，准备动手收拾收拾这目中无人的家伙。

但是，显然老板还是大意了——镇九州的一只手猛地从漩涡之中伸出，然后准确地揪住了老板的一根胡子——下一刻，老板“哎哟哎哟”叫着，整个龙身便被顺势扯进了漩涡之中。

旁边的奔波儿灞和灞波儿奔不明所以，只见得海水之中那老板似乎一直追着镇九州啃咬，几次都近在咫尺，一时间拍手叫好。

老板疼得受不了，吞吐一番，霎时间龙卷消失，自己则和镇九州一并落在了地上。只见镇九州一只手揪着老板的胡子，一只脚踩着老板的尾巴，似是占了上风。

"怎么样？"镇九州用另一只手抹了一把脸，说道，"一手一脚。"

老板瞪眼抬头，随即朝着镇九州露出了一个诡异笑容，然后张开龙口——但见得老板嘴中凝了一个几寸大小的水球，似乎顷刻间便要喷薄而出。镇九州虽然依旧满不在乎，却背了自己的诺言，抬起手去挡——

"玩笑而已，老板何必当真。在下在这里替那镇九州赔罪了。而且这一招用了……还望老板高抬贵手，给在下一个面子。"一个声音，在牢笼之外响起。

老板似乎并不打算停手，但是为了回嘴，只得先将水球吞进了肚子里，然后才开口骂道："麦芒伍！你别这个时候做和事佬！天杀的玩意，今天定要让你们镇邪司知道天高地……嗝……厚！"

刚才的水球似乎已经跌落于老板肚子之中，发出了雷鸣般的轰隆声，也让老板忍不住打了个嗝儿。本来老板那杀气腾腾的气势，一下子失了风度。

天牢里，唯一一个站在笼子外面的人，正是麦芒伍。那镇九州打了个哈欠，心不甘情不愿地朝着麦芒伍的方向瞪了一眼："妈的，竟然扰了老子的乐子，找死呢？"

而麦芒伍依旧一副毕恭毕敬的样子，让人找不到什么借口发难。

牢房里，奔波儿灞和灞波儿奔正在手忙脚乱地收拾残局。这一仗虽说弄得乱七八糟，不过老板刚才召唤的海水倒是留下了不少海鲜，也算是因祸得福。

麦芒伍端坐在牢门之外，里面则是依旧在斗嘴的老板和镇九州。

"我跟你说，我是没法再躲在这里了……为什么要让这个疯子与我同住！"

"别，你听我说！他竟然说我浑身都是臭味！这可是辱了咱们镇邪司的威风……"

"你闭嘴！麦芒伍，你倒是要负起责任，给我个交代！否则今天我便不客气！"

"哎呀哈你想干啥？我可告诉你！你要是不客气，我也不客气！"

麦芒伍只是静静地听，一时间插不上嘴。眼见两人几乎又要打起来了，那麦芒伍才轻轻咳嗽一声，算是劝架。

"老板听我一言，"麦芒伍开口说道，"我这兄弟，为人莽撞，多多少少还请老板担待。不过，李家的人是否已经放弃追捕老板，我们还未得知；留得镇九州在您身边，也是为了图个周全，这是其一。其二，老板说的臭味，并非源于活人。几年前的惊天变，留了些念想在皇城之下，一直不能根除，所以，也只能让老板多加忍耐。其三……”

“他往我的池子里撒尿！”老板打断了麦芒伍的辩解，开口说道。

“……其三，其三……”麦芒伍突然间听了这么一句话，一时间口舌竟然有些打结，不知道该如何应变。牢房里，却还传出了镇九州“嘿嘿嘿”的得意笑声，实在是火上浇油。

“这，天牢里，镇九州一向是来去自由，没有规矩惯了。如果老板介意，倒不如我令人帮老板重新注一池子水，也算是将功补过。”麦芒伍这么说着，老板已经暴跳如雷。其实就算麦芒伍自己，也觉得老板不会这么善罢甘休。既然如此，便只能……

“而且，我镇邪司愿意多赔给老板一千两银子，作为招待不周的歉意。小小意思，还望老板海量。”麦芒伍说道。

“他撒尿的时候，我可是在池子里面！”老板的声音，愤怒似乎没有减弱分毫。

“……两千两。”麦芒伍咬咬牙，说道。

“他还总来我房里蹭吃蹭喝，前几日还偷了我的酒……”老板的语气变得弱了一些，但是依旧强硬。

“……衙门里最近实在周转不开，倒不如老板等些时日，我定会就此事再做答复。”麦芒伍思来想去，只能以退为进。

牢房里面，除了几句老板不太高兴的嘀咕外，倒也没了声响。

镇九州一屁股坐在了牢房门口，隔着牢门，也是先开口抱怨了几句。

“听说你找我？”麦芒伍听了一会儿后，才淡淡开口。

“是的，这几日总做噩梦。”镇九州打了个哈欠，语气总算是恢复了以往的样子。

“莫不是，因为那李征？他可以梦中斩人，你又替老板挨了一刀，所以才……”麦芒伍听到镇九州如此说，急忙问道。毕竟这镇九州可是从来不会抱怨任何伤痛的。

“并不是，并不是！”镇九州急忙辩解道，随即哈哈大笑，“确实，梦里有人砍我脑袋，而且即便明知是梦，却依旧能感到刀刀到肉。只不过，这种小事对我来说，不过消遣而已，哪里配得上‘噩梦’二字……”

麦芒伍听到这里，才长长出了一口气。

“那你梦到了什么？”麦芒伍追问道，同时手中亮出了银针，“如果睡不踏实，我倒是知道几个穴位，可以安神。”

“我梦见了一个人，那个把我造出来的人……”镇九州的声音，越来越小，也越来越凶狠，“那个把我变成了今天这样不能死的怪物的人……”

麦芒伍听到这里，收了银针，点点头说道：“多少年都不曾梦到他了，你是不是最近有什么心事？”

“不知道。已经连续三日，我都会清楚看到他的脸庞。就在我面前不到一尺的距离，让我恨不得当时就……”镇九州说这番话时，似乎异常兴奋，手舞足蹈。

一时间，麦芒伍不知道自己该如何开口，只能叹了口气。

“其实，叫你来，就是想找个人听我说说话。”镇九州在里面发泄了一阵，才意识到自己失态了，“知道你忙，所以才半夜差人去找你。”

此时已经是丑时，麦芒伍本该在镇邪司休息，但是天牢里的兵卒急急忙忙跑来禀报，说那镇九州闹了脾气，点名要见“镇邪司里的那个王八蛋”。麦芒伍听完这口信后，便直奔此处而来。

没想到，镇九州却只是想同自己说上几句话。

麦芒伍并没有客气，在镇九州说完之后，起身准备离开：“近日里，确实格外忙碌些。武举将至，京城迎来了天南海北来的不少能人异士，我们锦衣卫镇邪司不得不防。而且，这次武举涉及锦衣卫镇邪司二十八宿的新人选，我们自当是要加倍小心。”

镇九州点点头，变成了平日里那副百无聊赖的样子：“赶紧回去吧……哎，早知道那龙王这么好玩，我便不打扰你睡觉了。这眼瞅着一会儿天就亮了。卯时一到，连平安签都要求下来，你可真就睡不了了。”

麦芒伍点头，转身离去。

离了天牢，麦芒伍步伐匆匆，急着回那镇邪司。

京城里面，已经有了些人影走动，大部分都是准备早点的商贩。而京城大门外，此时已经聚集了不少人，正在排队入城。

这些人，就是麦芒伍所说的前来参加武举之人，身上多多少少带着兵器，京城门口的戍卫自然是大意不得。每一个人都要登记好姓名、籍贯，查清了是否有刺客之嫌，才能放进去。

这群匹夫本来就是好勇斗狠之徒，挤在一起难免有所摩擦。但是，只有一个行者打扮的家伙，一直旁若无人，安心地排着队，等待着兵士的盘问。

很快，兵士走到了这行者面前，大声喝问着老一套的问题："姓名！籍贯！"

那行者微微施礼，然后缓缓开口：

"大人辛苦。在下自南疆而来，名叫……"

"……卷帘。"

同一时间，净通寺的天鼎内，跌落出了今天的签子。仿佛是为了应承这秋高气爽的天一般，签子上，出现了两个久违的黑字：

极凶。

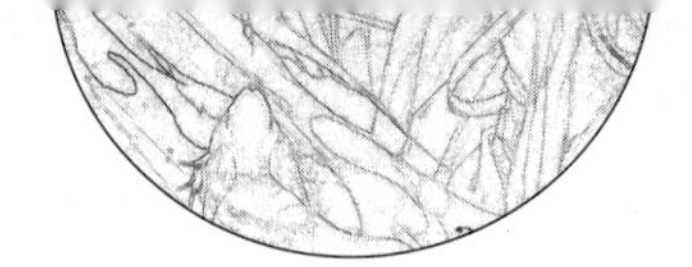

第二十七章

墓碑

南疆。

林子里的树叶已经开始随着秋风瑟瑟发抖，仿佛不经意间就会被扯断。

原本被植被所覆盖的山丘，已经慢慢剥开地衣，露出了颓色。

本该是一个丰收的季节，在这深山之中，却不见一丝喜悦。

赤发怪人轻车熟路，领着青玄一行人在山野中穿行。

这一路上，李晋忍不住一直啧啧称奇：原本听起来已经近在咫尺的流沙河，居然走了这么久还没到。

只不过，这些深山看来是被高人布了一个极其古老的阵法——九转连环阵。

按道理来说，李晋如果发觉自己进入了别人的圈套，以他的经验和阅历，走出这个九转连环阵还是有七八分把握的；甚至，李晋认定连青玄都可以用他的五行之法在这阵里闯一闯。

只是，一向警觉的青玄居然没有察觉到任何不妥。

究其原因，是这个“九转连环阵”实在布得太大了，外人实在无法判断自己是何时入阵的——这些看似杂乱无章坐落在南疆的大山，实则是一座座按照阵法的标位耸然而立，准确地禁锢住了所有在山林之中穿梭的身影。

毫不夸张地说，可能整个南疆的这一大片野山，都是对方的阵法。

这些石山坐落的位置到底不像浑然天成，怎么看都像是被人动了手脚；只是，能够随心所欲移动这么多大山，可见布阵的人法力高深到了什么程度。

若不是那赤发怪人与吴承恩等人在南秀城有些交情，可能他们真的会一辈子困死在这深山之中。

南苗人虽然生性凶狠诡异，但是对于朋友，他们还是有最淳朴热情的一面。

那赤发怪人一路上嘴基本没有停过，一直在和众人说着分开后这段时间的种种。

正念叨着，赤发怪人忽然停住了脚步，并且朝着远处呜啦呜啦地喊着什么，像是在打招呼。

只是这番交流，换回来的却是突如其来、铺天盖地的箭矢——

每一支弓箭的前端，全部缠绕着破破烂烂的布条，凌凌乱乱地写满了咒文，散发着黑紫色的妖气。只不过，虽然不知道敌人是谁，但是对方似乎并无杀意。

箭矢的目标并非吴承恩等人，只是落在了他们的周围。

每一支箭矢落地后，都迅速钻入了地面，紧接着原地就会拔地而起一座新的苍山——很快，落地的箭矢涌起的座座高山层层叠加，形成了一个深渊，将所有人围在了里面。

因为周围的箭矢还在不断落下，导致四周的山头越垒越高，相对来说，围着人的深渊也是越来越深。

所有人都呆住了，看着眼前这一场猝不及防的地动山摇，杏花甚至还发出了惊呼。

四周一片巨石滚动、地表隆起的巨响。

那巨响持续了好一会儿，周围终于重新安静了下来，青玄立刻张开了结界，防止有碎石从高空坠落。

那赤发怪人朝着头顶上的缺口叫嚷了几句，语气里听得出并非好话。青玄同他交谈几句，皱了皱眉头，走回到了吴承恩等人身边。

“幻术吗？”吴承恩摸了摸自己周围的石壁，开口问道。

青玄摇了摇头：“货真价实。而且，这只是开始……”

一阵匆忙的脚步声，不远不近朝着上方迈进，即便隔着石壁也能被清楚听到。

人数不少，差不多是一支军队的规模。

青玄抬起头，看着离地面越来越远的豁口，继续说道："现在，他们要赶到山顶，从上往下放箭，将我们活活埋在这个洞里。"

李晋听了这话，抬头望了望，随即指了指头顶上的豁口。哮天立刻亮出爪子，顺着周围的石壁攀旋而上，朝着唯一的出口奔去。

且不说一会儿落下来的大山会活活挤死里面的人，就单是堵住了这个口子，那也会憋死人的。

哮天脚程显然比外面袭击的人快上不少，不一会儿就接近了出口；也是难为了哮天如此卖力，一路上基本不能停顿。李晋也有几分后悔：早知如此，倒不如自己将哮天射上去更好——

眼看哮天就要成功，那缺口处却突然间伸进了一只巨大的白骨手掌，一把便死死攥住了哮天。

紧接着，一个女子的脸，出现在了缺口附近。

那赤发怪人看到这一幕，匆匆停止了咒骂，跪在地上朝着上面叩头。

李棠看到哮天被抓的这一幕，一下子叫出了声。哮天被巨骨攥得越来越紧，嘴中也忍不住朝着李晋呜呜叫着，看起来格外可怜。

"上面的家伙听着！"李晋还没来得及开口，李棠却先声夺人，"你若是再不放开我家的哮天，我定然不会放过你！"

"我不是奉劝过几位不要妄图深入南疆了吗？"女子的声音似曾相识，看来就是之前借着夜色下手的那个白骨夫人；但是，这一次对方显然是有备而来，而且霎时间已经取了先机。

那白骨夫人顿了顿，点名李晋道："李家的执金吾，这是你们有意冒犯在先，一而再再而三，我们已经给足了你们李家面子。事到如今再下杀招，恐怕阁下也不能再挑我的不是了。这座巨大的墓碑，也算是给你们李家的一个交代。"那只白骨手把哮天攥得更紧了一些。

李晋一边听着她的说辞，一边不耐烦地摘下了自己背上的弯弓，拉开空弦朝着顶上的缺口瞄去："吴承恩，你过来。"

"啊？"吴承恩不晓得李晋这个时候叫自己的名字是什么意思，但是本能地觉得没有好事。

“我把你射上去，你想办法让那个疯婆娘放开哮天。后面的事，交给哮天就好。”李晋压低了声音，开口吩咐道。

“我？”吴承恩诧异地指着自己。

青玄也皱眉，开口说道：“倒不如让我……”

“她居高临下，而且看那截子白骨的身手，连哮天都抓得住……”李晋倒是有自己的考量，回绝了青玄的提议，“本来对付这种家伙，小姐的刀法最管用，但是，估计冲上去的一瞬间，对方也会展开反击，哮天凶多吉少。”

“所以，让我去？”吴承恩听到这里，忍不住噘嘴。

“第一，那婆娘之前以为你放走了她，与你也还算有几分情面，说不定不会一下子就取你性命。”李晋说得有理有据，同时又瞄了一眼吴承恩，开口说道，“第二个原因……没了，就一个原因。”

“第二个原因？其实是你也盼我早死吧？”吴承恩点点头，替李晋说完了后面的答案。

“不要胡思乱想，赶紧过来，一会儿外面射箭的家伙赶到了，咱们可能就没机会了。”李晋活动着手腕握紧了弓。

吴承恩抬起手，放在了李晋的弓弦之上，还想多叮嘱几句：“一会儿我上去后，你……”

话音未落，李晋已经不耐烦地松开了弓弦。之后这吴承恩便带着一阵惨叫，朝着天空的方向飞去。

那白骨夫人居高临下，着实占尽了优势，却也没有提防到突然间一个大活人蹿了上来。吴承恩嘴里面骂着下面的李晋，手里却没有闲着，已经朝着上面的白骨夫人抛出去了几张写着“刀”字的宣纸。

白骨夫人并没有要躲闪的意思，反而是抬起了另一只手——果然，这一只手也是一只白骨巨掌，一个巴掌便悉数拍落了吴承恩的一片杀招。那些宣纸虽然砍进了白骨之中，但是看那白骨夫人的脸色，似乎无关痛痒。

这吴承恩人在半空脚下无根，实在是用不上更大的力气。照这么看来，想要砍断握着哮天的那只骨爪，还得依靠别的对策。

思及此，吴承恩忽然掏出了怀里的火铳，瞄着骨爪没头没脑放了一枪——

可惜，弹丸落空在了石壁上。

不过这惊雷一般的响动，让上面的白骨夫人不禁眉头一皱，抬手将还在飞升的吴承恩一把捏住，捞了上去甩在地上。

吴承恩几乎没有任何防备，摔在地上后接连翻滚，身上的各种零碎撒了一地，只剩下那火铳还握在手中。

抬起头，吴承恩觉得有些眼冒金星，他闭了闭眼，很快就清楚地看到一队尸兵拎着弓、背着箭篓已经快要到达山顶，箭篓里面放满了刚才那种变出大山的箭矢。

“放开哮天！”吴承恩用尽力气，勉强爬起来，握着火铳瞄准了那白骨夫人的后脑。

那白骨夫人听到这句话，缓缓转过脸来——

却是一个清秀的女子面孔，见不到脸上有一丝杀机。

只是这女子给人的感觉依旧是叫人背后一凉。

因为那张看起来清秀可人的面孔，令人感觉格外不真实，仿佛是一张面具摆在了脖子上面的位置。

“砰！”

吴承恩手中的火铳冒了一阵青烟。

一发弹丸，准确命中了那白骨夫人的面门，几乎将她掀翻在地。

有那么一瞬间，吴承恩以为自己得手了——但是那白骨夫人后撤了一步，终于还是稳住了身子，她重新摆好了姿势，看着眼前的吴承恩。

吴承恩不禁吓了一跳：看来，那白骨夫人的弱点并不在于脑壳；但是自己的一击，却将这妖物的脸颊全盘掀飞，露出了肉皮下的赫赫白骨，着实狰狞。

看着这些完好无损的骨头，吴承恩知道，对方根本不在乎自己的偷袭。

但是，那白骨夫人朝着自己脸上一摸，随即慌了阵脚一般，即刻收回了两只骨爪变作平常大小，四下搜寻着什么宝贝一样，十分焦急。过了一会儿，她将那张被吴承恩打掉的血淋淋的脸皮，俯身捡起后捧在了手里。

吴承恩清楚地看到，那白骨夫人的双手止不住地颤抖。同一时间，背后的洞穴口忽然冒出一阵银光，准确地落在了白骨夫人的肩头上。

是哮天，它被松开后一跃而出，凶狠地从背后咬在了白骨夫人的脖颈处。

只不过，那白骨夫人只是抬起头，朝着面前的吴承恩露出了一个惨笑。

“你可以杀了我，但是不能毁了我的脸。”

哮天的下颌还在用力，却发现自己啃不进去面前的这块骨头。

相反，那白骨夫人的脊骨突然间耸起、变长，似是一根尾巴一样脱出了身体，然后灵巧地将背上的哮天一圈一圈捆住。

“没有这张脸的话，他就不认得我了。”白骨夫人朝着那吴承恩迈步走去，一字一句道，“我又该再等多久呢……”

一边说着，白骨夫人左手的中指变得越来越长，挣破了肉皮之后，露出了一根白骨化成的锐刃。吴承恩知道不妙，刚才那一下，一定激怒了这个白骨夫人，他只能再次举起火铳，认真提防，结果却被白骨夫人甩下来的哮天一下子拍落了手中的救命稻草。

吴承恩还想去摸那掉在手边的火铳，喉咙却已经被白骨夫人的中指逼住。

一股冰寒袭来，令吴承恩连吞一口口水都做不到了。

“你，自寻死路……”那白骨夫人的声音几近狰狞，每一个字都夹杂了恨意。

不远处，尸兵已经成群结队地赶了上来……

被困在山中的青玄等人，正在翘首企盼着上面会传来好消息。

李晋一直嘟囔着，说按照时辰来算也不短了，哮天早该得手才对。

杏花一直见不到上面有什么反应，忍不住开始抹眼泪。

李棠心中也是有几分焦急，手搭在眼睛上，朝着上面凝视：“哎！来了！”

一道银色的身影，从洞穴的口子钻了进来。不用细看也知道这是哮天。紧接着，吴承恩也从洞口跃了下来。李晋喜形于色，吹个口哨抬起了手，想要唤那哮天回到自己身上。

但是，他们马上发现了不对的地方——哮天和吴承恩都毫无反应，直直地坠了下来——

“不好！”青玄和李晋同时说道。

杏花忙托起手掌向空中虚抬一寸，一棵杏树拔地而起，用自己的枝叶堪堪撑住了坠下来的吴承恩和哮天。

哮天眯着眼睛吐着舌头，显得疲惫不堪。

李晋不晓得上面发生了什么，正要找吴承恩询问，但是，抱着吴承恩的青玄，脸上的表情无比凝重。

吴承恩一句话也说不出来，只是用手指着上面，嘴里不晓得念叨着什么。他的喉咙被人割开，伤口很深，血流不止。

“书……”吴承恩用尽全力说着，指着天空的手终于还是跌了下来。

头顶上，一群尸兵已经赶到，纷纷搭弓上箭，瞄准了石洞中的青玄等人。

“放箭，封洞。”

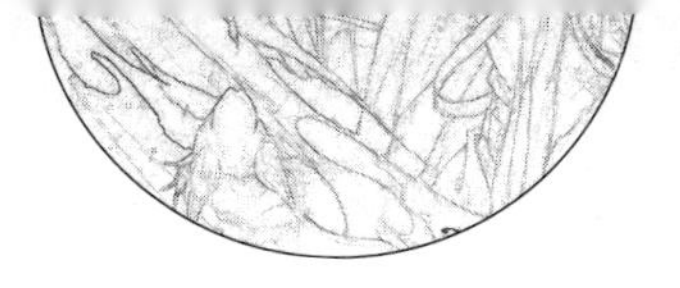

第二十八章

梵音

洞穴之中漆黑一片，伸手不见五指，只剩下了一片红光勉强可以叫人看到四周的石壁。李晋手里举着一枚红钱，照亮了自己的脚下，抚摸着趴在地上发出呜呜声的哮天。

“青玄，你过来看看。”李晋头也不回，朝着后面手忙脚乱的人群招呼着，意思是让青玄抽身来一下。

洞穴中的另一边，吴承恩的脸色越来越差，嘴唇已经没了血色；纵使青玄用尽了法力，吴承恩脖子上的伤口却每每在愈合片刻之后，又突兀地自发撕裂开。

这伤口细看之下，下刀十分齐整，深浅也格外用心，准确地切开了吴承恩的喉咙，叫他在生不如死的痛苦中一步一步走向死亡。

赤发怪人阻止了青玄，摇了摇头，青玄明白，他的意思是，白骨夫人的兵器有毒。

小杏花在一旁急得跟什么似的，一边哭，一边紧紧握住吴承恩的手，尽自己之力将命元注入吴承恩的体内，维持着他的体温。

但吴承恩的眼神已经开始涣散，嘴里的气息有出无进，所有的话到了嘴边，都只剩下了一个不成形的读音：

书。

其实，吴承恩无论如何也不可能在这里找到自己的书了。

那些之前跌落的零碎，大部分都已经被白骨夫人当作战利品捡回了自己的洞府之中。

只不过拿回去之后，白骨夫人才发现，这些东西大都是些市井玩意而已。

当然了，夹杂其中的，还有一本闪闪发光的书。

百无聊赖之际，白骨夫人翻看了其中的几页。

只是短短几行字，霎时间就彻底吸引了白骨夫人的全部注意力。

书里面描写了一个除妖人历经层层磨难，想要为天下苍生谋得解脱的故事。文笔掠过眼眸，故事里的画面简直历历在目……

而那人的脸孔，也越发清晰，他就是——

白骨夫人手中的书卷跌落在地，而她本人此时不经意间也已是梨花带雨。

旁边的一个小妖不明所以，打算替自己的主子捡起地上的书——

“刺啦”一声。

那小妖已经被白骨夫人甩起来的尾骨刺穿了胸膛，准确地贯穿了内丹的所在。

小妖挣扎几下，血肉之躯便随着内丹开始枯萎。

门口的几个守卫听到了异响，急忙拎着兵器冲杀进来。白骨夫人没有任何迟疑，站在洞中原地转了一圈——几个守卫便悉数被白骨化成的利刃拦腰斩断。

良久，再无别的动静。

白骨夫人抬起手，几个尸兵从地底爬出，将那些刚刚死去的妖物尸首拖了出去。

白骨夫人匆忙擦了擦眼泪，然后小心地将书卷捧在了怀里，向着内洞走去。

不枉费我投身于卷帘的旗下，这件事绝对不能让其他人知道……

白骨夫人情绪激动，步伐也轻盈了不少，三步两步便到了内洞。

墙壁上，悬着一个精致的梳妆台。

令人可怖的是，梳妆台旁边摆放的并非一般女孩子用的胭脂等物；相反，上面悬着的，是一张张人脸。

这并非什么装饰，而是一张张几乎一模一样的、年轻姑娘的脸。

白骨夫人走到梳妆台旁边，嘴中哼着小曲，摘下了其中一张脸皮，遮在了自己狰狞的白骨之上，然后对着铜镜左右端详：“嗯……没有变，一点都没有变。这样……你便能一眼认出我了。”

玄奘，我真的，等你好久了……

洞中，青玄擦了擦脸上的汗珠，知道自己现在已经是黔驴技穷：他可以让伤口快速愈合倒是不假，只是这道刀伤却无法根除。自己再怎么努力，也只是让吴承恩一遍一遍重新体验喉咙被割开的痛苦罢了。

李棠这个时候也真心着急了起来。

她本以为这吴承恩只不过是受了些轻伤，万万没想到竟然是如此重伤，而且无法愈合，现在已然命悬一线。

只见她面色有些焦急，不断地围着吴承恩踱着步子，手中捧着的则是那腰坠灵感，时不时抬头朝着上面望去。

“李棠小姐，你的灵感大王有什么办法吗？”青玄脸色苍白，转身向李棠求救。

李棠捧着灵感，抬头看着天空。

天空的方向，只有层层石山带来的漆黑，却没有任何可以称之为希望的光亮。

李棠的眉头皱得更紧了一些，甚至有些粗暴地摇晃了几下手中的灵感。

李晋在一旁看到了这一幕，耸耸肩，叹口气道：“小姐不要试了……若不是你本人遇险的话，那灵感是不会有反应的。而且，为了这么一个半道认识的书生，就把执金吾召集过来，实在是有些小题大做；况且，小姐也会被抓回家的。这么做可不值得啊小姐，事情要分轻重缓急，眼下有别的事情更要紧。”然后对着青玄说，“我说，青玄你倒是过来啊，我喊你半天了……”

“闭嘴！”李棠生气地喝道，其实她也知道，李晋说的是对的——灵感只会在她遇险的时候灵验。

李棠想到这里，放下腰坠，从自己的腰间拔出了锦绣蝉翼刀后走到了石壁边上。

李棠的目的很明显：只要能劈开这座石山，那么吴承恩还是有机会获救的。

这把兵器跟了自己这么多年，还从来没叫自己失望过。想到这里，李棠暗暗吸气，然后抬手便是一挥——

一只手突如其来地握住了李棠的手腕，硬是将这一刀拦了下来。李棠不免吓了一跳，回过头去，却发现拦住自己的人竟然是李晋。

“小姐先别急着出手，一会儿要是真没办法，再动手也不迟。”李晋语气上虽然是请求，但是握住李棠的手却着实用了些力气，显得那么不容置疑，“这石壁还不到打破的时候……是吧，青玄。”

李棠抬头望去，见到青玄已经走到了刚才李晋的位置上，手中也举着一枚红钱照亮，耐心地端详着漆黑的石壁。李棠不禁有些奇怪，甩开了李晋的手后，跑到石壁边上摸了摸。

上面似乎刻着花纹。不，从这些痕迹的排布来看，更像是文字。

“像是梵文。”在一旁的青玄差不多围着石壁转了一周，开口说道，“箭矢上面缠绕着的布条，大概写的就是这些东西。”

李晋稍微轻松了一些：既然青玄知晓这些图案是梵文，那么起码应该对这种文字略知一二。说不定这里面会有什么线索呢。但是，青玄的表情却没有轻松下来。看来，青玄真的只能算是见过而已，并不认识。

眼看得最后的救命稻草就要断掉，李棠似乎有些沉不住气了。

赤发怪人站起身，走到了青玄身边，哇啦哇啦说了什么。青玄踌躇片刻，瞅了一眼地上的吴承恩，随即点头，从吴承恩身上摸出一枚红钱来。

那赤发怪人一脸满意，即刻接过了青玄手中的红钱，也是高高举起后绕着石壁走了一圈。

再回来后，赤发怪人似乎有些失望，对着青玄低声说了什么，然后看着自己手里的红钱越发犹豫。

李晋看着这一幕心中不免奇怪，对身边的李棠悄声问道：“小姐，他们在说什么？”

李棠轻咬了一下嘴唇，悄悄说了一番。

原来，那赤发人认识梵文，看到青玄一筹莫展，竟以此为条件，同青玄索要一枚红钱……

这坐地起价，生意倒是做得稳赚不赔。

赤发怪人看完了石壁上的字，大体上说那些文字基本都没有实际意义，并不能救下那吴承恩。所以，赤发怪人现在也有些过意不去，觉得自己是乘人之危，不晓得该不该收下青玄的这枚红钱。

青玄却没有与他争辩，只是施礼道谢，然后重新跑到吴承恩身边，思考着想要找出别的办法。

不得不说，那赤发怪人虽说贪心，但却也有些江湖义气在身上；青玄此番光明磊落，那赤发怪人心中确实佩服几分。

想到这里，赤发怪人走了过去，蹲在了青玄身边，附耳说了几句……

青玄眉头一皱，抬头看着赤发怪人。赤发怪人咧嘴一笑，抬起手，稍微用力，便将自己的脑袋“摘”了下来，放在了青玄手边。

紧接着的一幕，让一旁的李棠看得目瞪口呆：那赤发怪人不紧不慢地将自己“大卸八块”，嘴里面却依旧吐字清晰，指挥着青玄将自己的肢体围着吴承恩摆放成了一个阵法模样。一切准备得当，那赤发怪人高喊一声，让周边的人退下。

“南苗秘术……移花接木。”李晋急忙抬起手，挡住了身后的李棠，然后不禁也是啧啧称奇，他也是第一次亲眼看到这传闻中的法术。

只见赤发怪人浑身开始发出幽暗色的白光，渐渐包裹住了中间的吴承恩。

这“移花接木”乃是南苗不示于外人的秘法，本是高手用来帮助族人除蛊的险招。

青玄猜得不错：吴承恩的伤口上，确实有毒。但是，即便从这洞穴中逃出去，这种天下奇毒也怕是无人能解。赤发怪人刚才已经同青玄说了个明白：白骨夫人乃是南疆沙神手下干将，抛开她那万般无穷的形体变化、肉搏战极强之外，更为致命的便是绕在她那些白骨上的蛊毒。

一旦有人染上了这种蛊，人的骨头便会被烙印上当前的伤痕，直至死亡。

这种蛊有一个好听的称谓，名为：刻骨铭心。

虽然这种蛊术极为险恶，但是赤发怪人还是打算用自己的身体一试。

毕竟他也算是个高手，在凡人的层面上来看，他的南苗秘术已经算是登峰造极，练到了躯首分家也可不死的地步。

纵使大家只有几面之缘，但是刚刚青玄为了自己的朋友，毫不犹疑地答应了赤发怪人的要求……

这让赤发怪人不免有几分动容。

大丈夫行走于世间，讲究的就是一个“义”字。既然青玄已经仁至义尽，那么自己也该有所表示，才能无愧于心。否则，自己有何颜面将手中的那枚红钱留在身边？

赤发怪人周身散发出的白光缠绕住了吴承恩的周身，仿佛洗涤一般不断贴身盘旋；一炷香的工夫，那白光散开，归到赤发怪人的身上。

赤发怪人深吸一口气，脑袋抬起；身体的躯干仿佛得了召唤，顷刻间组在了一起。

赤发怪人活动了一下自己的身子，然后跳了起来，捂着脖子使劲喘了几口气——看来，施法已经完成了。

再看地上的吴承恩，虽然依旧面无血色，但是脖子上的伤口已经不见了。杏花几乎喜极而泣，跑到吴承恩身边拉起他的手，嘴里面一直念叨着“太好了，真的太好了”，然后眼泪便一直滴下来。

青玄也不免动容，脚步比平时急了不少，俯身开始帮着吴承恩恢复元气。

“哎呀，好了好了。大难不死，说不定有后福。”即便是平日里喜欢泼冷水的李晋，此时也难得地说了一句吉利话。

李棠此时也很开心：吴承恩没事了，自己又见了这广阔天地间不为人知的一幕。有惊无险，也不枉远远跑来南疆一趟。

众人一时之间都有些忙乱，杏花想起一事，她起身走到了那赤发怪人身边，恭敬施礼：“多谢你仗义出手，救了吴……”

那赤发怪人抬着头，看着眼前的杏花，似乎不明所以一般眼神涣散。杏花当是对方听不大懂自己的语言，正要喊李棠来翻译，突然间，鲜血从赤发怪人捂着脖子的手缝之中，汹涌地流了出来。

“啊！”杏花惊呼出声。

李棠吓了一跳，看见这边的情况后，急忙招呼着别人过来。

那赤发怪人摊开自己的手心细细看了看，脸上露出了一个从容的惨笑；紧接着，他开始剧烈地咳嗽，鲜血不断从他的七窍之中喷薄而出，止也止不住。

青玄看到这一幕，急忙一把抓起了赤发怪人的手，然后自己捏着念珠，开始默念咒文。

赤发怪人擦了擦嘴边的血迹，摆了摆手，示意青玄不要再浪费体力。同时，他抬起手，指着四周的石壁，喘息着说着什么。

一番话说完后，赤发怪人眼中充满了歉意。

原来，这石壁上确实是有些秘密的，但是那赤发怪人当初索要一枚红钱之际，总觉得青玄等人不会轻易答应；即便当时口头允诺，事后反悔也是大有可能的。所以，他才故意没有说出石壁上的文字所包含的真正含义。

未曾想到，青玄真的将红钱交给了毫无作为的自己，这一下倒是令他觉得羞愧难当，所以才铤而走险，帮着吴承恩除去蛊毒，也算是给自己一个交代。

只不过，似乎自己想要顶天立地的代价，有些始料未及了。

青玄不为所动，只是继续发功，想要将赤发怪人的伤势控制住。

赤发怪人见青玄并不肯听自己的话，索性手上用力，一把推开了毫无防备的青玄，然后抬起头，朝着周围的石壁喷出了口中最后的鲜血——

石壁上的梵文似乎受到了什么召唤一般，上面的刻痕悉数被点亮起来。

霎时间，整个洞穴之中充满了诵经的声响。

而在洞穴正中的赤发怪人，一脸心满意足，盘膝而坐，开始随着经书的诵咏慢慢风化。

到了这一步，青玄明白自己已经无力回天：这也是南苗秘术之一，因为蛊术很多都是藏于躯体之中，死后尸首也断不能落入敌手。

风化一旦开始，便是结局已定。

青玄默默合掌，随着石壁的咏诵，自己也开始了超度。

这无名无姓的朋友，就在众人眼前，渐渐变成了一地残沙，消陨殆尽。

青玄叹了口气。

没有人说话，除了杏花“呜呜”的哭声。

一只手缓缓抬了起来，随即，地上的吴承恩睁开了眼睛。

“奇怪……”吴承恩喘息着，开口说道，“为何听到了青玄诵经的声音……”

众人转了目光，看着地上的吴承恩；但是，大家还来不及欣喜，就已经发现吴承恩说得没错——这石壁诵经的声音，确实和青玄的嗓音如出一辙……

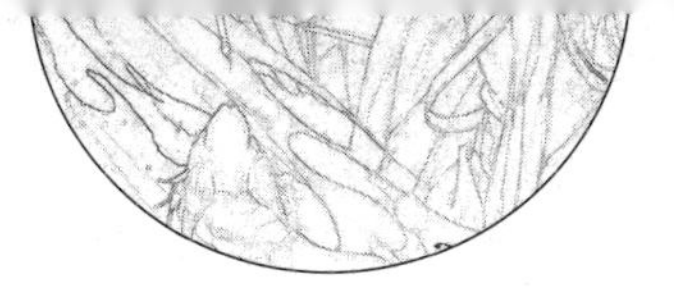

第二十九章

人蛊

在吴承恩一行人被围困山洞之前，同在南疆的九剑正在赶路。

他摘下了杏树上的一枚果实，剥开皮之后一口吞进嘴里。

好甜，好像咬了一包蜜水入喉。

九剑皱了一下眉头，山中野果大多酸涩，只有经过苗匠师傅侍弄过的果树才能甘甜入口，难道这里的杏树是他从来没听说过的品种吗？

九剑忍不住又摘了一颗。

九剑擦了擦嘴巴边上的果肉残渣，握了握自己的拳头：很好，已经恢复得差不多了。虽说自己其实并不想与奎木狼交手，但是，不依靠武力就带着奎木狼回京城投案，想必是做不到的。

是的，九剑并不想与奎木狼交手。

想当初，奎木狼领回百花羞时，九剑还没有当上二十八宿。

听说，当时京城朝野里因为这个漂亮的女人轰动一时：毕竟文武百官还是知晓一些关于“李家”的渊源的。

眼下这镇邪司二十八宿中的奎木狼竟然迎娶了一个对头家里的女人，难免会有人说三道四。

当时的锦衣卫镇邪司其实暗地里已经与三军、五寺、六部等衙门交恶，只是矛盾还没有放到明面上。

一群官员上朝之际，都会有意无意提醒皇上要加强京城戒备，防止有敌人安插眼线，甚至是谋反。

这话头，表面上说的是奎木狼的个人行为，实际上所有矛头全部直指整个锦衣卫镇邪司。

如果说锦衣卫镇邪司内部行事低调，可能百官也只能睁一只眼闭一只眼，抓不住什么把柄。可是，这奎木狼是个耿直汉子，虽然顶着整个朝廷的压力，却依旧打算按照之前的承诺，开宴设席招待百宾，明媒正娶百花羞。毕竟她一个深闺娇女，为了这份感情背井离乡跟着奎木狼只身来到京城……

奎木狼压根儿没打算让她受一点委屈。

哪怕要和其他人刀兵相见。

这时候，唯一一个不断为这件事奔走的人，就是麦芒伍。

当时的麦芒伍刚刚从太医院离职卸任，之前由于自己医术高超，论起来和百官之间多少都有一些交情。

麦芒伍是挨个府邸送请帖，数不清吃了多少闭门羹和冷脸子。

只是这麦芒伍既不急也不恼，单是按礼数办事。今日被家奴拒了，明日到了时辰，麦芒伍必定再次上门求见。

俗话说，伸手不打笑脸人。这麦芒伍如此周全，反倒是让人不好拒绝。

如此过了半个月有余，终于有了转机：当朝宰相最先收下了麦芒伍递了许久的请帖。丞相的老母亲偶感风寒，吃了几日草药都不见好，甚至咳得更厉害了；最终，还是连夜里请了麦芒伍去，药到病除。

这样一来，百官也不好再做推辞，只得纷纷收下请帖，表示到了日子必然凑凑热闹，给这对新人捧场。

一场风波，总算是被麦芒伍连日里的忙碌压下来了。

婚宴上，奎木狼和百花羞这对新人算是风光，几乎满朝文武都来镇邪司道贺，就连皇上也钦赐了一幅字画——当时的九剑只是一名普通的锦衣卫，论道理来说只能上桌去吃流水席而已，论资排辈是无论如何也见不到奎木狼本人的。

但是这奎木狼却拎着一壶酒，带着百花羞借故避开了文武百官，来院子里与每一桌锦衣卫敬酒。

无论官职高低，奎木狼都喝了一杯。多多少少，这顿婚宴奎木狼喝下了好几坛美酒，豪爽至极。

抛开婚宴最后，从天牢里特赦放出来的镇九州喝了个烂醉而撒了酒疯不谈，这顿饭倒是算得上美满。印象里，那一天是锦衣卫镇邪司里面最后一次把酒言欢。

事后，麦芒伍用尽手段，将本该留在京城接受严密监视的奎木狼调去南疆镇守一方。毕竟南疆那边苗民甚多，朝廷却也不得不防。这一来，奎木狼的出行倒也算得上名正言顺。

临行前，奎木狼谁也没有见，单单将麦芒伍约去一个僻静酒馆，喝了一顿酒。听说双方发生了争吵，最终不欢而散。

只是短短几年后，麦芒伍嘴里面的美酒还没有散尽，奎木狼便如同当年百官进谏的一样，真的叛了锦衣卫，叛了朝廷，叛了皇上。

麦芒伍知晓这件事后，似乎并没有感到意外。获得消息的当天，麦芒伍只是和其他二十八宿交代了锦衣卫的一些事端和杂务，吃了一顿简餐后便穿戴整齐，独自去面圣——按照时日来说，当日是为皇上请脉的日子。

在确定了皇上身体无碍后，麦芒伍便摘了自己的官帽，跪在皇上面前。

锦衣卫既然已经知道了奎木狼叛变的事情，那皇上自然也应该知道了。

只是希望皇上能够念在这些年锦衣卫没有功劳也有苦劳，要杀要剐，由麦芒伍一人承担。

但是，皇上并没有想象中的龙颜大怒。

相反，皇上当日似乎心情不错，不仅出人意料地免了锦衣卫的罪责，甚至令麦芒伍陪自己下棋。

“一两个叛徒，正常，你不必自责。”皇上宽慰着跪地不起的麦芒伍，手中把玩着棋子，“再说了，如果锦衣卫出了叛徒，就要你这个头目负责，真这么算的话，朝廷出了叛徒，岂不是要朕来担这个责任？没有这个道理嘛……”

麦芒伍连忙叩头谢恩。

“只是……朕的天下，自然是朕的规矩。”皇上笑着，抬手招呼着麦芒伍抬头看着自己。麦芒伍缓缓举首，看到皇上手中的玉石棋子，已经碎成了两半。其中一半掉在了地上，摔得粉碎；而另一半，被皇上捏在了手里。

“记住，他叛了锦衣卫……”皇上说着，抬手一扬——麦芒伍脸上，便横着多了一道深深的伤口。

“他叛了朝廷……”一边说着，皇上朝着麦芒伍的脸上，反手又是一挥。麦芒伍纹丝不动，脸上再添一道深伤。

“他，叛了朕！”锋利的棋子边缘，最后一次从麦芒伍脸上扫过。

皇上手中的那半个棋子沾染着鲜血，摔在了地上。麦芒伍依旧一脸平静，任凭鲜血直流，这副面孔看起来格外瘆人。

“跪安吧。”看着一言不发的麦芒伍，皇上似乎略感无趣，摆摆手示意麦芒伍可以走了。麦芒伍跪地叩安，站起身，流着一路的血走出了大殿。路上见到几个小太监，看到这般情景无不被吓得丢了魂一般。也难怪如此：此时那麦芒伍的脸皮几乎都被划烂，抛开平静的双眼之外，简直面如恶鬼。

麦芒伍回了锦衣卫镇邪司，第二天就发布了通缉令，悬赏捉拿奎木狼。而麦芒伍本人则是闭门谢客一个月有余；再次出门时，他脸上已并无大碍。再次面圣时，皇上还称赞麦芒伍医术高超，竟然只让脸上留下了三道浅痕，再无其他。

麦芒伍只是谢罪，口称自己只是出于需要面圣而考虑，才不得已对自己的脸面修整一番。

“朕的规矩，记住。”

说心里话，九剑打心眼里佩服麦芒伍可以为了镇邪司的弟兄们如此忍辱负重。而他自然也是要想尽一切办法，带回奎木狼那叛徒，为麦芒伍洗刷罪名。冤有头债有主，只要奎木狼归案，一向办事没有瑕疵的麦芒伍就能重新获得皇上的赏识。

况且，麦芒伍对昔日的兄弟奎木狼可谓推心置腹，这奎木狼倘若尚有一丝血性，早该一人做事一人当。即便是不想牵涉于妻小，最起码也该主动向朝廷送上自己的人头，以示认罪。但是，这奎木狼竟然就安安稳稳躲在南疆，跟着那百花羞过着自己的小日子……

九剑把玩着手里的巨伞，下定了决心，断断不能容得奎木狼这种懦夫继续逍遥，玷污了镇邪司的名声。

又吃了几个杏子，看看时辰，九剑知道自己应该继续上路了。

为防之后几日依旧没有野物充饥，他干脆折了一枝被果子坠得弯了腰的树枝揣入怀中，继续赶路，只是走没几步，就又停了下来……

手边的山壁上有几道剑痕，正是自己两个时辰前留下的——这是九剑为自己所做的路标。

这一片南疆的深山，如同被诅咒了一样，永远叫人分不清东南西北。

再这么下去，别说捉拿那奎木狼了，自己倒可能真的会困死饿死在这一大片荒山之中。

虽说几个时辰前，九剑远远瞥见了几个苗人的身影，但是从那些人背负着厚重的行李来看，可以推断出这附近不会有什么人烟。

否则，那些苗人也不会带着这么多的干粮上路。

九剑很想上前寻得那些苗人问一下路，可以的话，甚至打算厚着脸皮讨要一口热饭吃。只是自己开口高呼几句后，那些苗人只是朝着自己的方向望了一眼，便神色匆匆地避开，身影很快消失于大山之中。

九剑叹口气，他并未对苗人的举动感到意外，他知道苗人一向对朝廷没有什么好感；自己一身官服打扮，向苗人喊话简直是自讨没趣。再加上苗人生性凶蛮，没有与自己发生争执已经算是走运了。

九剑蹲在地上，从怀中掏出了之前存下的几枚果子，勉强充饥。

抬头看看天空，依旧是万里无云，连一片能够定个大体方位的云彩都看不到，真是见了鬼了……

忽然间，一阵地动山摇，震得九剑几乎站立不稳。

大概一炷香后，这股震动才逐渐平息。

九剑抬头向不远处看去，不禁有些目瞪口呆，嘴中喃喃道："真的，见了鬼了……"

刚才还是一片山路的地方，突然间耸立起了一座漆黑色的高山！

定睛细看，上面似乎还有不少人影走动。

九剑三口两口吃完手中的果子，随即动身——起码，有了这么一个参照物，自己总算是能辨得清方向了。确实，那些走动的身影格外僵硬，看起来并非一般百姓。与其在这里胡乱猜测是福是祸，倒不如过去看看。

等到九剑走到这座石山面前，却又慢下了脚步——眼下已经四顾无人，自己又失了线索。空气之中，只剩下了一股子淡淡的尸臭，还有一丝没有散尽的硫黄味。

正当九剑打算登上山顶，拔高远望之际，忽然间从山中传来了诵经的声音。

唔，确切来说，倒不像是有人在山中诵经，反而像是这一片大山、这一片土地都在微微震颤，低声念诵着经文。

虽然九剑不懂经文，但是听到这经声的感召，他还是本能地虔诚下跪，朝着石山拜了一拜。

“不要听。”一个熟悉的声音，在九剑背后突兀响起。九剑几乎吓了一跳，略微狼狈地匆忙起身，手也朝着背后的伞柄摸去——

然而身后并没有人。

九剑向后伸去的手渐渐松开了，顺势揉了揉自己的耳朵。

此时，九剑觉得这经声里面有些不妥的地方，弄得自己颇有些心烦意乱。

莫非是自己的心魔作祟，杀心太重，才被这悠扬的经声扰得坐立不安？

正在九剑思忖之际，一行苗民背着厚重的行李，从山脚下走了上来。

那些人之中有老有少，其中最小一个孩童看起来不过十岁的年纪，小手被旁人牵着，略有拉扯。不过，他们全部低头登山，步伐稳健，似乎并没有留意到山上已经有了一个朝廷官服打扮的不速之客——九剑避无可避，只得负手而立，侧身让出一条路来，尽量显示出自己并无恶意。

当然了，这很难。且不说自己的嘴唇早就干裂，肚子也一直咕咕叫着，身上的衣物也是风尘仆仆……

无论怎么看，九剑此时都很像是一个走投无路准备劫道的歹人。哪知那一行苗人对九剑似乎视而不见，与这个背着兵器的大汉擦身而过时，甚至没有人抬头侧目。只有那个孩子，怯生生地偷瞄了一眼九剑。

虽然九剑生得有些面相凶狠，但是说起怎么逗孩子，还是颇有一套的；他不动声色地在自己怀中摸索一番，只找到了一张纸。九剑微微侧身，三下五除二，就在腰间叠出了一只纸鹤，然后假装不经意地顺着风脱了手。

纸鹤飘了飘，落在了那个孩子脚边。那孩子急忙弯腰拾了起来，脸上满是惊讶和欣喜，仿佛手中的纸鹤是无价的宝贝一般，嘴里兴奋地说着些什么。

拉着孩子的那个苗人抬起了头，先是看了看小孩捧着的纸鹤，然后才与九剑四目相对。片刻后，那苗人朝着九剑略微点头，似是道谢。九剑急忙转过身，掩盖着脸上的不好意思，还假装受了山风一般咳嗽了几声。

脚步声并没有在九剑身边留太久，那些苗人继续着自己虔诚的步伐，一步一步走向山顶。确信这些人走远后，九剑才回过头来，思量着自己下一步该如何是好——没想到的是，自己的脚边，已经整齐地摆上了两块干粮和一个装满了泉水的竹筒。

九剑盘膝坐下，摇晃了一下竹筒，听到里面水花溅起的声响，情不自禁吞了一口唾沫。

这真是受之有愧啊……

九剑一边开始了狼吞虎咽，一边心存感激地抬头看了看那些苗人淳朴的背影。

他们怕是要在这深山中赶远路的，现在竟然如此慷慨，一下子给了自己这个萍水相逢的陌生人这么多口粮……

谁说南疆乃是蛮夷之地?

九剑心中一时感慨，心想等到自己完成了朝廷的使命后，说不定也会主动请缨，来这里镇守边疆吧。

想到这里，九剑心中忽然一紧，随即告诉自己：起这个念头，绝非为了接替奎木狼的差事。

周围诵经的声音仿佛越来越大。霎时间，那个熟悉的声音再一次出现在了九剑的脑海之中：“捂住耳朵！不要听！”

九剑一个激灵，猛地站了起来，左顾右盼却发现周围依旧没人。刚才的声音却似曾相识，语气也是焦急不堪。

奇了怪了。

九剑向远处眺望，无意中看到刚才的那一行苗人已经走到了山顶；此时，除了那个孩子之外，其他人已经围成一圈，仿佛受到了经声感召一般，跪在地上朝着山顶叩拜。叩拜之后，那些苗人竟然如同汉人一样，双掌合十，开始诵经。

经声伴随着山风一起越来越大。一阵阴风刮来，吹跑了那个南苗孩子手中的纸鹤。孩子跌跌撞撞，跑出几步想要去捡——

就在此时，围成了一圈的苗人一个个死命地扣住了自己的喉咙，发出了痛苦的嘶吼。九剑一怔，随即从背后抽出兵器迈步而去。

在那几个苗人围成的圈子正中涌出了一股流沙，那流沙像泉水一般蔓延开来。接触了沙子的苗人，身体连同衣物一起逐渐变成了枯石。

过程相当快。九剑飞奔至山顶附近时，这些苗人已经不会再挣扎了。他们定格于最后痛苦的动作，仿佛经历了千年风霜摧残的石雕一般脆弱不堪。随着吹过的山风，这些石像化作了一片散沙。

“人蛊……”九剑咬着牙，一把抱起幸存的南苗孩子，转身朝着山下逃去。幸好，刚才脑海里的那个声音不断警醒自己；否则，九剑很有可能也会迷了心窍，顺着这经声跑到山顶的位置跪拜了。

这座刚刚平地而起的巨山，此时已经从山顶的位置开始崩坏；不，这般情景，说是融化更为贴切。仿佛这座石山是由沙子铸成，此时正在由内而外缓缓化作一片沙海。只不过，这些沙子与常见的沙漠不同，颜色更猩红些许。用鼻子略微闻一闻，不难分辨出里面夹杂了一股子浓重的血腥味。

九剑深知这些沙子不妙，却一时间也没有对策，只能先护着怀里的孩子逃命。

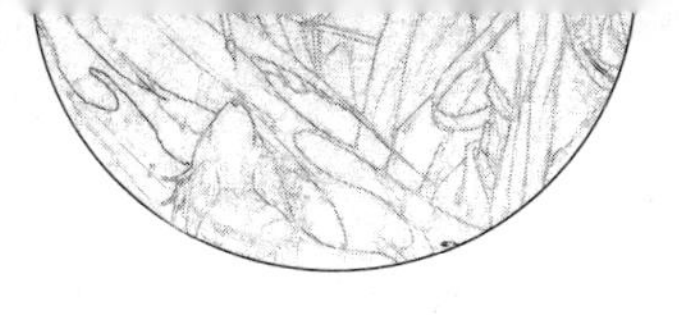

第三十章

脱困

被困在这座石山里的吴承恩等人，此时目睹的却是另一番景象。

原本漆黑的山洞，此时从正顶位置裂开了一道口子，随即下起了沙雨。

青玄就地打坐，如同走火入魔一般，固执地随着石壁诵经。吴承恩猜测一番，觉得说不定是青玄在施法，才让这石山有了缝隙。

李晋抬手，接了几滴落下的“雨点”，随即放在鼻子边上嗅了嗅，眉头便是一皱。

李晋急忙一把搀起了地上的青玄，然后让李棠与杏花骑上了哮天。眼看两个姑娘已经占满了哮天的后背，地上却还躺着一个吴承恩落单。

只见李晋朝着哮天吹了个口哨，小声说了几句什么；哮天便点点头，走到了吴承恩身边俯下了身子——

“不用背我，我还撑得住……”吴承恩猜到了李晋的打算，开口说道。此时，他已经收拾了一些那赤发怪人留下来的遗物。话音未落，吴承恩横着腰，被哮天轻轻一口叼住，悬在半空。

一瞬间，吴承恩便猜到了李晋的真正打算。

“怎么能这样！”吴承恩大声喊道，“李晋！让你的狗放我下来！弄得我跟一根骨头一样，多丢人！”

“看来这石山乃是沙神的手段；估计，这沙子里面融了他的血水。”李晋不理会吴承恩的叫嚷，开口说道，“不过，也算是咱们运气，估计是沙神与什么人打起来了，用到了他的精元，咱们才有机可乘。只不过，这沙子可不太妙，正忙着为自己的主人寻找血肉充饥呢……现在不逃的话，估计是会尸骨无存了。”

一旁的吴承恩还在叫骂，李晋听着心烦，便朝哮天打了个手势，哮天随即放下了吴承恩。吴承恩起身刚要责怪几句，却被哮天吞进去了半个脑袋，轻轻地衔在嘴里。剩下的粗话，吴承恩只能朝着哮天的肚子里喊了。

骑在哮天身上的李棠忍不住莞尔一笑；杏花却担心不已，小声提醒道：“这样会憋死吴承恩的。”

李晋倒是不管不顾，手上用力抱紧了青玄，一边躲避着落下来的沙子，一边找寻冲出去的机会。

只是，头顶上是这座巨坟唯一的出口；而那里，却在不断剥落着滚滚红沙。李晋不禁有些焦急，对李棠说道：“小姐，你可万万要小心避开。否则的话……”

“只是沙子而已，还真能伤了自己不成？”虽然心里这么想着，但李棠还是拔出了自己的锦绣蝉翼刀，小心地注视着不断跌落的沙雨。

这股沙子果然有些蹊跷。现在沙子已经不再像刚开始时那样随意坠落；这些沙子仿佛有了目标，凝成了几股沙流，单单朝着几个人的脑袋准确坠下。

哮天驮着几个人来回跳跃，躲避着坠下的沙流。只是随着时间流逝，地上的沙子已经渐渐累积了起来，哮天想要将爪子拔出来，已经有些吃力了……

哮天行动上略微的一个迟缓，便露了破绽；一股沙流朝着李棠落下。李棠抬手挥刀，劈散了沙流——但是，沙子本无形，那股沙流散开后，依旧淋在了李棠身上，霎时间，李棠忍不住轻哼了一声，脖子的位置红肿了几分……

经过了差不多一炷香的时间，石山化成的沙海开始渐渐分流，朝着地势更低的方向渗去。如果有人能够在此时登高远眺的话，他会清楚地看到这些流沙的布局如同大地的脉络一般缜密，流动之时形成的沙浪也会如同心跳一般上下起伏。

流沙经过的地方寸草不生。就连石缝之中的青苔也被这些沙子舔舐殆尽。摄取了大地足够的生命后，流沙仿佛获得了满足一般终于静止，然后缓缓地渗入了地面之下。

就在石山刚才的位置，一个巨大的包袱渐渐从沙中展露出来，轻轻抖落了沾在表面上的沙子，然后包袱皮如同蚕茧一般缓缓抽丝，露出了内里。

这个阵法之中，渐渐出现了几个人的身影。青玄依旧瘫软着身子，嘴里面喃喃自语着经文。吴承恩和李晋都是捂着自己的喉咙，干呕着方才吹进嗓子的沙子。而李棠，已经端着哮天的爪子，脸上露出了奇怪的神色。

正在讨论间，吴承恩却缓过神来，重新伏在地上四下寻找："书呢？我的书呢？"

李棠拍打着身上的尘土，看到吴承恩毫无顾忌地在地上爬来爬去，忍不住上前踹了一脚："起来！怎么跟哮天似的满地打滚！"

一旁的哮天听到这句话忍不住一惊，然后委屈地看着自己的主人。

但很快，它就朝着众人背后的方向咆哮起来，如临大敌。

"怎么了？"李棠安抚地摸了摸哮天的头。

"我就说这阵法有动，原来真的有人闯了进来。"一个声音突然在众人身后响起，这声音浑厚有力，莫名地给人一种安定感。

李晋率先转头，看见一个身穿黄袍的中年男人出现在沙海中，他一手拎着一把狼牙棒，一手则拎着一个大大的酒葫芦："这地方可不是什么游山玩水的好去处，奉劝各位尽快离开！"

"奎木狼！"李晋只看了一眼就立刻认了出来，或者说，不是认出了人，而是认出了那个他从不离手的大酒葫芦和那个狼牙棒，"哎呀，这都多少年了，你都发福了！想必武功早就忘到犄角旮旯去了吧？"

"就算我武功退步了，也能揍你二十回合！"奎木狼轻蔑地扫了他一眼，"你这个只能靠狗的人还有脸嘲笑我？"

说着，奎木狼的目光在众人身上一一掠过，而后定格在青玄身上。

这些人里，他能感觉到修为最高的也就是这个人了。

青玄仍然在闭目诵经，他的额上已经布满汗水，可见用诵经的法子来对付这些绵延不绝的沙海虽然有效，却是极其耗费心神的，不知他还能撑多久。

吴承恩则因之前被白骨重伤，战斗力减弱许多，这会儿能跟着众人不掉队已经不错了。

至于杏花和李棠……

奎木狼自认帮众人脱困的本事还是有的，不至于让两位姑娘家也出手帮忙。

李晋的话……

奎木狼暗自摇了摇头，这家伙以前在镇邪司的时候就惯会躲懒，多数时候还不如哮天可靠，自然也不用指望了。

果然，听见李晋在嚷嚷着什么“来来来，有本事就来大战三百回合，我李家执金吾还怕了你镇邪司二十八宿不成”之类的话过嘴瘾。

奎木狼没理会他，他将狼牙棒往沙地上一戳，继而拎起大酒葫芦，拔掉葫芦口处的木塞，然后就地浇灌起来。

只见被奎木狼浇灌到沙地里的酒仿佛带了某种神奇力量，酒水经过的沙地不知是融化了还是怎的竟不再聚集。明明从酒葫芦里流出的酒就只有一点涓细的水流，可这水流却仿佛拥有极大的力量。

眼前的沙海在酒液的浇灌下，仿佛被无形的利刃劈开一般，往两侧流去，空出一个可容众人通过的窄小通道。

在奎木狼用葫芦里的酒开路的时候，杏花和李棠都在偷偷打量他。

——这就是传说中那个对百花羞痴情不悔的奎木狼？

看来也没什么特别的……

李晋自然没错过大小姐偷偷打量奎木狼的眼神，他轻咳一声，不怎么情愿地开口，给大家介绍了一下奎木狼：“奎木狼，前任二十八宿之一，除了我路上跟大家讲的他跟他夫人百花羞的故事，你们已经知道他是个重色轻友的人了，现在再看看他手里那个大酒葫芦，就知道他除了爱美色还喜欢喝酒，简而言之就是个酒色之徒……”

奎木狼一点都没在意李晋对他的言语“诋毁”，他只是趁其他人不注意的时候，低声问了李晋一句：“你怎么跑到这儿来了？”

李晋假装没听见，却偷偷使了个眼色，朝吴承恩、青玄所在的方向看去。

奎木狼心领神会，顺着李晋的视线望去，同时想起来这里之前白骨夫人跟他做的交易，他忍不住多看了两眼吴承恩。

传说中总被沙神吃掉的人，就是这个人吗？怎么看这人都不像是金蝉子转世，倒是那行者看起来有几分相似，莫不是白骨夫人错把冯京作马凉？

“青玄，没事吧？”吴承恩注意力都放在青玄身上，方才青玄停止了诵经的声音，缓缓睁开眼睛，但身子却晃了晃，好像站立不稳。吴承恩忙上前扶住，并关切询问。

“无妨。”青玄言简意赅地站直身体，神色复杂地看了一眼奎木狼，很快收回视线。

奎木狼却走到吴承恩面前，将酒葫芦递给吴承恩：“我看这位公子有伤在身，不如喝两口酒暖暖身子？”

吴承恩下意识地看了一眼青玄，见青玄没有反对，这才接过来喝了一口。

酒不像他想的那样烈，反而带着一种淡淡的花香。

奎木狼收回酒葫芦，沿着酒液开辟的道路前行，他的酒葫芦好像无底洞一般，里面的酒液取之不尽用之不竭。

众人依次跟上，吴承恩和青玄落在最后的位置，青玄因耗费太多心神，神色有些憔悴，吴承恩反倒不再如之前那般面色苍白，浑身无力。刚才喝了一口奎木狼的酒，竟然觉得好了很多。他正想建议青玄也去喝一口酒的时候，听到青玄低声问他：“你还愿意继续走下去吗？”

吴承恩微微一愣：“什么？”

青玄看了一眼前面已经离他们有段距离的几人，逐渐放慢了脚步。转而盯着吴承恩认真说道：“这一路行来，你自己应该也有所悟，修行之路并非大道坦途，其中之艰辛凶险非常人可想象，稍有不慎便会万劫不复。”

吴承恩摸了摸自己几个时辰前曾被白骨夫人割开的咽喉，濒死的痛苦还萦绕于心，他明白，青玄是在提醒他，在情况还没到最不可挽回的地步之前，及时止步是最稳妥的办法。

他们从京城一路行来，路途坎坷，妖魔丛生，几次险象环生，这条修行之路、捉妖之路真的太难走了。

但是……都已经走到这里了，焉有半途而废之理？虽然及时止步最稳妥，可收获也最小啊！

“这次若非那个赤发怪人出手相救，你恐怕就……”青玄话没有说完，但话里的意思已经表达得很明确了，他本意只是想让吴承恩能在保证安全的情况下提升捉妖技能，却害他三番两次地受伤，而吴承恩的本意也不过是想多见识几个妖怪为他喜欢的故事话本收集素材，但如今总是威胁到生命安全。他这一路沉默至今，终于决定跟吴承恩好好谈一次：“若你想退出，我不会阻拦。”

“为什么要退出？”吴承恩大咧咧伸手钩住青玄的肩膀，安慰道，“好不容易才走到这里，当然是继续往下走了。我还要见识很多没见过的大妖怪，之前那几个区区蜘蛛精、蜈蚣精根本不值一提。而且我想写的故事才刚刚起了个头，不能虎头蛇尾。就算这条路凶险万分，不是还有你吗？你肯定会一直保护我的，对吧？”

青玄确认吴承恩眼底的坚定，最终没再多说什么，只是点了点头，表达自己的确是会一直保护他。

吴承恩扶着青玄，将话题引到方才自己想说的酒上：“我觉得那奎木狼的酒挺不错的，你要不要喝一口？”

“不用了。”

“喂！你们两个！怎么走那么慢！”李棠回身喊道。

“这就来了！”吴承恩应了一声，扶着青玄加快脚步。不过青玄很快就摆脱了他的搀扶，径自走在前面：“我还不至于那么虚弱。”

吴承恩笑了笑，追上前去。

半个时辰后，众人在奎木狼的带领下，终于从这蜿蜒曲折的沙海中走了出去。

奎木狼领着众人一路前行，四下望去，路边竟然丢弃着不少妖物和人类的尸骸——确切地说，大部分尸体都只剩下了一张肉皮，内丹自不必说，连骨骼都已经被人抽走。这些不速之客应该都是死于那白骨夫人的手段。而且，越接近奎木狼的府邸，被干掉的人越多。

“看来，你这里也挺热闹的啊……”李晋感慨道，“不用我动手你这地盘也被别人给砸得乱七八糟了……”

而李棠的脸上，早已没有了刚刚离开家门时的新奇与快乐，她的视线故意避开路边那些残破的肢体，看向远方。

这是个弱肉强食的世界，这个世界人与妖是共存的，但又不能是共存的，他们彼此互相争斗，有捉妖人想杀妖，也有妖想杀人，跟自己之前所见所闻简直大相径庭。

李棠第一次明白妖也有坏的时候，尤其是在黄花镇目睹蜈蚣精祸害百姓，那时的震撼尚未散去，如今再一次感受到了妖怪的残忍手段，内心深处不免有一些茫然和失落。

她有一点点想家了，在家里，是绝对不会发生这种事情的。不过想到哥哥给她安排的婚事，李棠又收回了自己方才兴起的想法。

这一次，众人是在奎木狼的引导下顺着大地的流沙而行。虽然感觉才走出了五六里的距离，实则已经移动了将近百里。周围的荒山渐渐有了植被，景色也变得越来越好看了。

终于绕过最后一个山头，奎木狼率先站在山顶居高临下地放眼望去，语气顿时轻松了不少："到了。"

这九转连环阵颇为棘手，这些年来，他就是被这阵法困住无法脱身，只能在阵中活动。旁人进不来，他也出不去。

一旦有人入阵，不是被黄沙淹没就是被那白骨夫人杀掉，而奎木狼虽然逐渐熟悉了阵法，可也破不了阵法从而传递消息出去。

双方一时之间僵持住了，形成一个微妙的平衡。

但奎木狼心中明白，这阵法正在一点点收缩，自己被困死在阵中，不过是时间早晚的问题。

幸好……幸好来的人有些本事！

其他人并不知道奎木狼心中所想，听到他说到了便都围绕过来，同他一起向下看去，只见群山环绕之中，树影幢幢之下，有一座别致典雅的别院。从高处看，这别院占地极广，周围竖起高墙，墙内亭台楼阁、假山池塘、吊桥石路，都布置得井井有条。

院中开满了鲜花，姹紫嫣红，蝶飞燕舞，好不热闹。

待众人到得近前，便见正门处有一块牌匾，上书几个泼墨大字：

波月府。

“进来吧。”奎木狼率先跨进院门，并嘱托道，“我这院子里的花香能感受杀气，众位可别存有杀心啊！否则一旦动了杀念，便会被花香麻醉。”

说着，他还特意看了一眼李晋。

李晋若无其事道：“只要你不动手，我肯定也不会动手的！”

鸣谢参与…

/出品方/
不空文化

/出品人/
铜雀叔叔 林水妖 白毛毛

/项目经理/
王策 林黎倩 叶白二

/项目运营/
蓝夕 云中雾岚 江伊望 诗雨

/内容协助/
王建雄 佟天珍

/美术视觉/
赵老湿 41 陈彤 Miolu 猫爷 董董

/营销宣传/
白玉 王冬梅 黄玉玲 赵凯娜 郑美宁

/官方番外作者/
李维北 沈鱼藻 暗号大老爷 翊_李茜茜 梳楹 南陌枕流 北棠墨 薄葬子 里吃香

/官方插图画师/
爆弹熊、不愿意透露姓名的光战、deoR、-gaosheng 一、GS、韩一杰、JanusLausDeo、吉猫小弟、九明、九千坊、橘贩、俊霊 CG、林跃然是好叉子、木美人 -yuki、shishio 、狮央、孙云飞、_徒手撕咩 104、wehip 鹤、小枣子、杨杨和夏季、咬人、烨火

/视频支持/
香辛 文火慢炖 志树

/周边支持/
杨帅

/平台支持/
微博读书 张婷 白洁

吴承恩捉妖记

图书在版编目（CIP）数据

吴承恩捉妖记. 上 / 有时右逝著. — 北京：北京联合出版公司，2018.10
ISBN 978-7-5596-2134-4

Ⅰ. ①吴… Ⅱ. ①有… Ⅲ. ①长篇小说—中国—当代 Ⅳ. ①I247.5

中国版本图书馆CIP数据核字（2018）第112576号

吴承恩捉妖记. 上

作　　者：有时右逝
选题策划：北京磨铁图书有限公司
责任编辑：徐　樟
封面设计：蜀　黍
版式设计：美味的蘑菇酱

北京联合出版公司出版
（北京市西城区德外大街83号楼9层　100088）
北京嘉业印刷厂印刷　新华书店经销
字数290千字　700毫米×980毫米　1/16　印张18.5
2018年12月第1版　2018年12月第1次印刷

ISBN 978-7-5596-2134-4
定价：49.80元

九剑封魔记

番外别册

番外别册

Once Upon a time

01

京郊外有处乱坟岗，专埋来路不明的死尸。附近有一老一少靠给人背和掩埋尸体为生。

老人这夜得了生意，和孙子骨碌碌推着小车，车用草席遮住，上头撒了药粉和酒，用以遮掩味道。

爷俩儿找到一块空地，刨开石堆推下尸体一通掩埋，之后两人上了炷香表示尊重。大汗淋漓的两人正要收工离开，突然听到一阵低低的抽泣声。

不知什么时候在他们旁边的一块巨石上坐了一男一女。

一老一少吓得手直哆嗦。

月光下女人眼泪未干，眼睛发红，可怜兮兮道："你还要作弄我多久啊，金宝大人？"

男人很年轻，模样俊俏，脑后绑个马尾，左耳戴一只黄铜耳环，嘴巴微翘："废什么话，快，别停。"

"手好酸啊。"女人抱怨说。

"就是这个速度，不然我就把它们砍下来。"男人说着无情的话，脸带笑意看向旁边的祖孙二人，"没见过折纸鹤？"

孙子吓得说不出话来，还是老人家稳得住："不敢打扰贵人……"

的确如年轻人所说，他和那位疑似被劫持的女子都在折纸鹤，巨石上插了把油布伞，伞下放着一沓纸和很多折好的纸鹤。

老人下意识地抬头，今夜晴朗。

他这时候回过神来——那把伞是怎么插入那块巨石的？木头怎么可能击穿坚石？

年轻人腰上木牌……

老人浑身一颤。

锦衣卫镇邪司！自己千万不要看到不该看的事……他拉起孙子没命地逃走，那个傻孙儿还想去拿镐头，气得老人一脚踹在他屁股上。

年轻人盘腿坐在巨石上，看向旁边女人手里的轻盈精巧的纸鹤：“不愧是藤妖，手真是巧。”

“大人……”藤妖嗲声嗲气道，“我折得手都要断了，之后你就放过我嘛，我只是初犯，不会有下次啦。”

“少来，什么初犯？你把人家院子里的珍贵药材全部吸干了，那片地至少十年种不出东西，最多给你算个主动自首，酌情轻罚。”

年轻人嘻嘻笑着说，用手指捏了捏藤妖的脸：“保养得真好，谁知道你都几百岁了。”

“人家还年轻呢。”藤妖不满地回了一句，转而问，“金宝大人，我纸鹤折这么多了，你的相好也没来呀，到底要多少啊？”

年轻人摇摇头，指了指伞下：“是给我师父的。”

“知道遇到我师父，你会是什么下场吗？”

“肯定不会像大人这么绝情。”藤妖嘀咕说，“对我这样无意犯错的小妖怪，肯定会好好教育，而不是让人在半夜折纸鹤折得手指抽筋……”

他腰间的长剑出鞘，亮银色月光印在剑刃上，配合年轻人一脸杀气，吓得藤妖小脸煞白。

“我师父，逢妖必杀。”念这四个字时年轻人仿佛变成了另一个人。

转眼年轻人又恢复原本的模样，语带缅怀：“虽然他经常嚷嚷‘逢妖必杀’，却是个脾气很好的人……没有他，我今天应该也是个不小的魔头，说不定你我正在一起吃香喝辣呢……”

02

金宝有点怕那个汉人。

他面容实在太凶，背上的东西看似是把大伞，冒出的几个武器的把柄却出卖了他。

这是一个卖刀的？

更小一点时，金宝所在的苗寨里来过一个卖刀人。他带着自己打造的各种刀具在寨子门口吆喝：“宝刀，饮血宝刀，见血封喉，一把虫草一把刀！”

有苗人让他拿刀来看，一看发现刀不太好，要讨回虫草，结果卖刀人一刀砍在桌子上。

“跟你讲，你们这种人我们看多了！买刀，大家就是朋友，想要戏弄我，我背上的刀每一把可都见过血！有的刀我还砍过自己！”说着他就拔出刀兴奋地对着自己胸口就是一刀！

“怕不怕，我问你们怕不怕！”

“谁不怕？”

最终这个疯狂的卖刀人流血过多死在苗寨，官府问津，要解释有人会用刀捅自己很麻烦，苗人们感到无比晦气——从此万不敢惹卖刀人。

正想着，眼前的男人突然摸出一张写了字的纸，手指来回折叠两下，手掌摊开，一只纸鸟儿被风带到金宝脚边。他趁男人没注意到，赶快一把抓起来藏在怀里，用苗话对叔叔们说：“我抓到了他的鸟儿！”

叔叔们一脸为难，看向那个凶神恶煞的“卖刀男”。

一个叔叔低声说：“金宝，你又惹麻烦了！”

大家计算了一番，那个男人背上有九把刀，在场的苗人才八个人，一刀砍死一个人……他还可以剩下一把。形势所迫，不能惹“卖刀人”，大家摸出了身上的干粮和水。

苗人没什么钱，首饰具有重大意义，却是不能给的。

希望这个“卖刀人”能够息怒，不要砍人……

众人不敢走快了，怕“卖刀人”以为他们是要逃单，发现那人收下了众人凑的份子，大家总算松口气。

此时金宝没有捉住纸鸟儿，一不小心让它被风带动翅膀朝远处飞了去。他跑起来抓，却听到身后有人在念什么，让他脑子晕晕乎乎的。

回过神来，他面前只剩“卖刀人”一人。

金宝有些怕，其他人都被他杀了吗?

“卖刀人”指了指旁边夹杂赤红色的凸起的沙堆，比画道：“人蛊，听得懂吗？”

金宝用汉话重复：“人蛊。”

人蛊是卷帘大人的恐怖法术，可是他为什么要杀我们？金宝脑子里更多的是困惑，苗人信奉图腾里也包含卷帘大人，他还曾给苗人祝福，为什么……

“卖刀人”蹲下，背对金宝，说：“上来。”

金宝爬上“卖刀人”的背，接着腰部一紧，“卖刀人”用腰带将金宝拴好，迈开大长腿在沙海之中奔跑起来。

金宝伸手摸了下旁边那把藏刀的大伞，手感和普通伞没什么不同，只是伞骨之中的兵器却不是刀，是直剑。

金宝松了口气。

原来不是可怕的“卖刀人”。

很快金宝发现一件怪事，背剑人不断在沙海里头绕来绕去，来回兜圈子，把脚印踩得近乎成了辙道。

金宝用汉话提醒：“大叔，再绕下去天要黑了，天黑有风暴的……”

“你会汉话？”背剑人吃惊道，“你是汉人？”

“我是苗人。”

金宝是货真价实的苗人小孩，只是他有一门独家绝技，生来过目不忘。由于这种本领太过于神奇，甚至导致他睡觉时脑子里都在回现白天的每一幕，他不得不大多数时间保持发呆，放空头脑，免得记忆过度。

汉话金宝学得很快，硬背，加上和汉人货郎对话，给采药的汉人指路，他年纪小小，却已经是半个汉人。几个苗人此次外出带他就是让他来当翻译，好同汉人交易，没想到遭遇卷帘大人发怒，将众人化作黄沙。

背剑人奇怪道：“你认识路？”

金宝点头。

在他指引下，背剑人不断调整脚步，没多久就真的走出了沙海迷阵。

夜幕低垂，他将金宝从背上松绑放回地面，捡了枯枝树叶生火：“你叫什么名字？”

“金宝。大叔你呢？”

“我叫九剑。”

金宝领悟。

对方背上有九把剑，叫九剑很合理。

火光下，金宝认真审视对方的容貌。

九剑三十来岁，身材高大，脸部表情给人一种凶恶感，让人联想到某些深山恶水间的猛兽。可如果你将五官分开来看——

他眼部刚毅的弧线太过于浓黑，双目沉敛，其中没有任何邪气。

挺拔的鼻子充满阳刚之力，只是鼻梁偏窄，单独看反而让人觉得有些秀气。

嘴唇随时用力抿着，导致原本不大的嘴唇拉长，造成一种线条被拉长的压迫感。

眉毛之间的皱起更像是肌肉记忆，而非临时反应出来的“皱眉”。

金宝得出一个吃惊的结论：“你……你化了妆。”

向来以硬汉姿态出没的九剑第一次慌张起来，捂住金宝嘴：“别乱讲话，我怎么可能……化妆……小孩子不要乱说话。”

金宝透过对方手指缝细声细气地说：“寨子里有个小姐姐也是你这么画眼线的，我帮她画过像……”

气氛一时有些尴尬。

金宝本能感觉到自己似乎说出了不得了的事情，想想也对，一个如此“刚猛”的男人，竟然化了那么细致的眼妆，仔细看还能发现他嘴唇也调了唇色。

那是一种奇特的紫黑色，令他嘴唇色调偏冷，配合一张冷脸让人难以接近。

真实的九剑应该眉毛较淡，眉眼偏长，嘴唇薄而浅。金宝脑子里显现出一幅人像，很奇怪，那是一张让人很容易亲近的面孔。

“大叔，你为什么要画那么奇怪的妆？”金宝好奇地问，他机灵地补充了一句，“我不会乱说话的，乱说话的小孩子会吞一千根针！”

九剑表情古怪：“说了你也不会懂，是为了执行任务需要。”

金宝恍然大悟：“原来大叔你是故意化妆成这个样子，让人怕你。”

小孩的聪敏令九剑十足意外，之前他认为金宝是个普通的苗人孩子，怯生生的，看来那仅仅是表象，其实机灵着呢。都说最会骗人的是孩子和女人，自己还真是上了一回当。

九剑也稍微有了些兴趣：“你怎会知道？”

“大叔，我们苗人从小就在山里长大的，化妆需要的料子都是从山上花花草草里找的，你嘴上、眼睛的线都是那种很难洗掉的颜色。”金宝提醒说。

“就是要让它们保持这样。”

九剑用树枝拨了拨火有些变小的篝火，添了几根树枝和一堆干树叶，火焰烧得毕剥作响。

他看向金宝：“给我指路，明天我送你回你们寨子。”

金宝说："我记不得怎么回去了。"

九剑板起脸："你记忆力如此之好，完全是依靠细微记忆差别带我出沙海，你还真以为能骗过我？我乃朝廷命官，没有时间和你兜圈子。"

金宝有一阵没有说话，他双手抱住膝盖，看着自己的赤脚："大叔，我本就是被捡来的孩子，没有父母，靠几个和汉人做药材买卖的叔叔养活。现在他们都死了，我回去也会被大家赶出寨子，我是不祥人。"

"他们捡到我那天，寨子就起火了，烧死了好些人。"

"后来我跟着一个叔叔去采药，山崩了，他被压在石头里，我被滚动的石头送了下来，擦伤都没有。"

"有天我给寨子带来了一个卖刀的人，和你打扮差不多，他背着很多把刀，结果他逼大家用药草买刀，不买就要砍人，最后他生气地砍了自己一刀，死了。汉人军官过来，抓了寨子里的人去打棍子……"

"现在，我又害死了叔叔们。"金宝抬起脸，眼睛里都是泪，"我是不祥人，不能回去害他们。"

"竟然也是……"九剑愣了愣，脸色还未缓和多久就又恢复冷漠，"小小年纪，一肚子阴谋诡计，这样博取同情，没什么好说的。"

说罢他拉了拉背上的伞剑，大步趁夜赶路。

金宝飞快跟了过去……

一连三天，两人埋头赶路。

后来金宝终于忍不住说："九剑大叔，你又在绕圈了啊。"

03

九剑身体一抖，脚步更快了。

第四天，九剑终于成功地甩开了金宝。他松了口气后找到一个洞穴，躺进去，从外面搬来大石块封住，休息了两个时辰。

醒来后正要赶路，九剑突然想到一个问题：金宝是突然消失的，不是被自己不断拉开后落下的，而是仿佛一瞬间就不见了。

会不会遇到了某种不可抗力的危险？

九剑往前的脚步越来越慢，最终他猛地停步，扭头往回迅速走去。他记忆力没有金宝那么好，可也知道做标记，找到之前的几个大致方位不难。

他在一个平地塌下的洞里找到了金宝。

这孩子左脚掌被捕兽夹完全咬住，伤口周围的血已经发黑。他靠坐在坑洞里，侧着头，由于失血过多而陷入了昏迷。

九剑将他救上来后发现金宝脑后有个大包，估摸是他脚下先被捕兽夹咬住，而后塌陷，头部撞击在了石头上。

尽管九剑已经小心翼翼地掰开有些锈蚀的捕兽夹，伤口被剧烈撕扯的疼痛还是让金宝一下子惊醒了，看到是九剑后“哇”的一声哭了出来。

九剑有些不知所措，只能用手捂住他的嘴：“别吵……会引来野兽。”

九剑给金宝包扎伤口时只能撕掉自己衣服的下摆用作绷带，好在随身携带的酒还有一点，清洗伤口能一定程度缓解恶化。

金宝就地找到一种草药，说可以止血和麻痹疼痛。九剑试了试发现无毒，揉碎给金宝敷上。由于金宝左腿受伤严重，红肿流脓，九剑只好再次将他扛在背上。

九剑离开前摸出一点碎银子放在架子处，算作对毁坏对方捕兽夹的补偿。

金宝恢复过来之后又神采奕奕：“你是不是很厉害？”

“我不厉害。”九剑敷衍道，“下面有个村子，我送你过去，你只要不声张，他们听不出你的口音。”

九剑和金宝接触多了，发现他根本不是什么老实孩子，不过是看到生人佯装成普通孩子的羞怯样，熟稔后嘴上就停不下来。

“你很厉害。”金宝双手在九剑脖子前交叉搂住，“背我好几天了，你走路都不喘气，你一定是个非常厉害的高手。”

他倒是会拍马屁。

将金宝送到前方他好不容易松了口气，没想到一回头，金宝跟在后面跑得飞快，如同小尾巴一样甩都甩不掉——腿脚居然已经好了。

九剑大为头疼。折纸鹤折出一个野孩子来，这是什么怪事！

“不要跟，我警告你最后一遍。”九剑翻出腰间的木牌，“你可知道这是何物？”

金宝摇头不知。

“锦衣卫名牌，我乃镇邪司二十八宿之一。”九剑摆出官威，“阻挠朝廷命官办案，可以直接将你押入大牢，懂吗？”

金宝小脸严肃：“可是我没有阻挠你。”

明明就是跟踪尾随朝廷命官……九剑话到嘴边又说不出来，金宝只是一个好奇百姓，可他和自己纠缠越多，对他越是不利。

就在此时九剑余光一瞥，冷笑道：“镇邪司办案，魑魅魍魉还敢出没。”

背上一把剑自伞中飞出，银光一闪插在树上。

九剑几步赶去，从枯树上拔出剑插回后背的伞中，树上顿时落下一团软软的物体。金宝过去一看，是一条表皮发黄的大蛇，蛇头三角状，双眼发红，头部还有九剑留下的致命伤口……联想到之前自己恰好站在树旁，这蛇妖是想要袭击自己。

九剑将蛇妖剖开，取出一颗小小的内丹装入怀里，把蛇尸则就地掩埋，在上面压上一块石头，看得金宝一阵焦急：“别，别，可以吃的，妖蛇大补。”

九剑看了他一眼：“我是官，它是犯妖，杀妖是职责所在。吃妖，那与吃人妖物有何区别？”

金宝没想到如此厉害的九剑这么死脑筋，赶紧说：“它还是蛇啊，蛇可以吃的，就和猪、牛、鸟一样的，你不吃肉吗？”

“吃。”九剑淡淡道，“只是不吃犯人犯妖的血肉，人之所以为人，皆因有所为有所不为。”

正要挖坑掏蛇妖尸体的金宝呆住了，他一瞬间只觉得无比羞耻，自己就像是一个茹毛饮血的野兽。

他脸红到耳根子，低下头：“我……我……我不吃就是了。”

九剑突然就地盘坐下来：“金宝你很聪颖，跟着我到底是想要什么？”

金宝咬牙：“我想学你的本事，就是可以让剑飞起来的那个本领。如果我会的话，我就可以帮助寨子里的人，更多的寨子，更多的人，就不用怕起火，不怕‘卖刀人’那样的人。”

九剑点点头：“你可知道，世界上没有可以解决所有问题的方法。纵然你学会了我的御剑术，还有比我更强的人，山洪、天火、落雷，人力无法抵抗。更何况，我也无法教你御剑术。”

金宝无比失望：“为什么？我不会害人的。”

“镇邪司有个前辈奎木狼告诉过我一句话，‘你会什么不是取决于别人教你什么，而是你真正想要什么’。你性格张扬，一旦使用御剑术必定血溅五步，对性情更是损伤，我不会教你的。”

金宝气道：“我不信你就是天生就会的！明明是不想教我！”

苗人性格直，想什么说什么。

“不信吗？”九剑似笑非笑，“不信也行。总之，你可以看成我愿意教你什么，而不是你想要学什么。”

金宝这下子反而想得通了——对嘛，他肯教什么自己才学得到什么，点头：“大叔，请教我。”

“站好。”

九剑教金宝第一件事是站马步。

“行得直，才走得直。”九剑令金宝蹲好马步，用手中树枝击打他姿势不对的部位，“站得稳，才心无畏惧；无惧者，方能一展所长。”

蹲马步一个时辰后，哪怕一直在山上跑来跑去的金宝也浑身颤抖，汗如雨下。他心中一想，会站这种傻乎乎的步子有什么用？别人不会站着让你打，难道就这么站着被敌人揍吗？

越想越是觉得九剑是在敷衍和搪塞，金宝开始偷懒，膝盖打直，脚下也不断来回挪移，换重心省力。

“你觉得马步无用是吗？”

被看似不怎么聪明的九剑一眼识破让金宝有些慌张。

“过来。”

九剑扎稳马步，背上两把剑飞到左右手中。

金宝站九剑身后才意识到一件怪事，周围太静，听不到一丁点声音，没有虫鸣，没有鸟叫……遇到何种情况只有一个可能。

凶物来袭。

重物摩擦地面和枯叶产生的迸裂声来回穿梭交错，蔓延到四面八方，周围噼噼啪啪响个不停，仿佛燃起火来。一条条蛇从树上、叶子间、泥里钻出来，扭动柔软滑腻的躯体，把九剑和金宝围在中央。

来的都是手臂粗细的大蟒，吐着芯子，用冷血眼眸锁定九剑，数目有近百条。

山上人对蛇有经验，蛇冷血，很少集体聚拢，群起出动围困只有一个理由——复仇。

金宝脸发青。

是之前那蛇妖被九剑斩了，血腥味早就引得蛇群出动，它们在不断召集同类团团围住敌人。

九剑大叔太蠢！都不知道快点离开，这下子完蛋了……

金宝有些绝望。

蛇报复欲望极强，一旦开始就不死不休，越是遭到顽强抵抗、死伤惨重，越是能激发凶性。面对蛇群最大问题是一定不能被近身，否则难有生机。

九剑却保持奇怪的马步，双手持剑，轻微下垂剑尖，浑身放松，呼吸平缓，目不斜视。

他甚至还在提醒背后的金宝："两肩放松，平心静气，慢慢呼吸，蹲好马步。"

金宝已经被吓得有些脑子不清醒了，迷迷糊糊按照他所说的恢复马步姿势，竟然感觉到自己跳动和慌乱的心脏慢慢平缓下来。

游离的林间杀手们距离两人只有两三步，金宝奇迹般没再有之前大脑空白的情况，只是恐惧刺激依旧导致他全身肌肉僵硬，皮肤发凉。

九剑静若石雕。

蛇身上浓郁的腥味已经让金宝鼻子发痒，却不敢打喷嚏。

有一条青蛇突然翩若惊鸿游到了九剑鞋子上，就在这一瞬间，九剑往前一步，嘴里轻念："虎。"

右手的剑上多了道淡淡的血迹，青蛇蛇头在地上颠簸了两下，嘴不断张合，似乎想要撕咬什么。失去头颅的蛇身浑身扭曲，在地上来回翻滚着。

血激发了蛇的凶性，四面八方的蛇朝九剑奔涌而来……

这时金宝才意识到，自己完全猜错了。

根本不是什么上百条，而是漫山遍野的，它们变成了五颜六色的波纹，一圈圈散开，后浪鼓动前浪，源源不绝的蛇想要将九剑淹没。

金宝闭上眼，脸上、手臂、嘴唇上不断被溅射到液体，冰凉的触觉从自己的手臂、双腿、脚趾之间不断擦过。腥臭的血味令他身体僵直，根本动弹不得，唯一的感觉是冷，好冷。

就像是……突然在山林之间刮起了一阵风。

他抬起被血液染红的眼皮。

背对他的男人依旧保持马步姿势，左手的剑纹丝不动，右手的剑的剑刃往下滴着血。九剑的手臂、身上被血液浸透了，最可怕的是金宝听得到他的呼吸声，依旧平稳。

周围都是不断扭曲挣扎的无头蛇尸，泥土都变成了紫红色，一个个张大嘴的蛇头组成了一片人间炼狱。

周围的蛇开始慢慢退散。

野兽的本能，遇到无法力敌的怪物时逃跑是唯一选择。

蛇群来得快，逃得也快，丢下一地残尸。

金宝突然听到一声响亮的嘶吼。一只巨大的斑斓猛虎突然从草丛之中踱步出来，迈着矫健的步伐，眼睛谨慎地打量着九剑，喉咙低低嗷呜了一声，面带疑惑，转身摇着尾巴消失无踪了。

龙行云，虎生风。

金宝明白过来，原来九剑使出的那一招“虎”竟然让那只虎王误以为他是一头要挑战自己地位的猛虎。人的力量竟然能够达到这种不可思议的以假乱真的程度……金宝受到了巨大的震撼。

“洗洗，今晚可以吃蛇肉了。”

九剑回插双剑，站直。

04

继续上路，九剑再也未提让金宝离开的事。

金宝跟在九剑身后，背着自制装水的竹筒，用藤蔓和根茎编织的小背篓里还有些被他烤好后用岩盐腌渍的蛇肉干，倒是有了些小跟班的模样。

每天只要有空，金宝就开始蹲马步，自从看到九剑“虎剑”杀退蛇群、震慑猛虎，他就意识到那才是货真价实的本事。

九剑让自己练习蹲马步，金宝也发现了其中的妙处。

马步能够让自己心平气和，锻炼忍耐度，哪怕遭遇再大的险境也能够泰然处之。再者，腿脚力量也变得更强，负重不再觉得辛苦——想想九剑大叔背着那么多把剑的大伞，腰、臀和双腿一定要足够强壮。

唯一令金宝懊恼的是，最早九剑“送”的纸鹤在遭遇蛇群时被他弄丢了。可以说，金宝命运的改变就来自那张形态奇怪的纸。

他很怕九剑问起，于是自己琢磨着再折一只。然而金宝能够爬树、摸鱼、上悬崖、钻林子，手指却拿纸鹤没有办法。他用一种宽草叶偷偷折叠了十几次，不是折成蚂蚱就是蛾子，和之前的纸鸟儿差太远。

“你想学折纸鹤？”九剑少有地主动提起和马步无关的话题。

金宝可怜地点点头。

“我教你。”

九剑的手指细长，令金宝想起苗寨里吹芦笙的乐师。

他手指轻盈翻飞，一只用草叶折叠的纸鹤就出现在了金宝面前。

“这样，先对折，理一理纹路，然后……”九剑耐心地指导金宝折纸鹤的方法，就和他教导马步一样认真，仿佛在他眼里，折纸鹤和马步、御剑术一样重要。

金宝不由得想到最近发现的一件怪事。

照理说九剑这样的大高手应该是放荡不羁，大口喝酒大口吃肉，擅长除妖伏魔的。可金宝看到九剑洗衣服如此熟练，而且快速洗掉了血渍，并且将他身上的衣服也洗得干干净净时，他惊呆了。

难道自己下一步要练的是洗衣服吗?

不只如此，九剑大叔还会缝衣服。行走野外难免衣服破损，他直接用蛇骨穿着从衣角理出来的线，搭配破布一点点从内缝合衣服的破损处，不用手触摸根本分辨不出来。

看来下一步自己就该学缝衣服了吧……

抱着如此觉悟，金宝主动请缨，要求提前学习下一课。

听了他悲壮的话，九剑一愣，少有地露出笑容，笑起来的九剑就展露出金宝假想到的一面，真的十分温和——或许九剑本人就是这样的吧，因为自己是镇邪司二十八宿之一，不得不硬起心肠，冷面以对。

“不是你想的那样。”九剑咬断线，开始给金宝缝衣服后背的一道口子，“以前，我才加入锦衣卫的时候，做的最多的事情就是给前辈们缝补衣服和靴子……”

他声音平和而舒缓：“对于锦衣卫来说，鞋子是另一件武器。”

锦衣卫都得有一双好鞋。

刚进入锦衣卫时，前辈们如此告诫他说，“不要以为刀剑才是武器，一双合脚的鞋子使用的时间远远长于大多数常规兵器”。作为皇帝监听天下、巡历四方的耳目，锦衣卫大多数时候不是在去目标的路途中，就是在折返汇报的途中。

跑得多自然就费鞋子。

九剑记得清楚，他的第一件任务就是替大家缝补靴子。

锦衣卫的靴子又叫“行外革鞜”，由牛皮缝制，鞋面鞋颈都是皮质的，鞋底由裹浆布与牛骨浆状物熬制凝固而成，耐损，柔韧。

然而锦衣卫上山下海，大多时候无暇顾及鞋子如何，折返时皮子不是被割裂就是底子坏了。行伍之中缝制者亦是男性，却少有如九剑一般灵巧的男针线者。

听起来虽然有些不可思议，九剑前两年基本都是帮大家缝缝补补，跟在前辈们身后就行。

针线，殿后。

针线，往后靠。

针线，帮我一把，把尸体抬起来。

针线，快跑！

…………

久而久之，锦衣卫老油子们对这个老实灵巧的小弟又有了新的不满。

针线这小子听话又做事踏实，只是……

针线，你要凶一点！别忘了咱是锦衣卫，为皇上办差，不要那么好说话。让你缝补就做，会被人看不起，懂吗？

九剑面部皱在一起，作咬牙切齿状。

不行，还是吓不到人。我们这一行，如果别人不怕你，就先天难度多了一分，让我想想……一群人你一言我一句拉扯起来，最后得到了一个办法……

不明所以的九剑被他们拉进了附近最好的一家青楼，吓得九剑抱住柱子不敢进去。众人直接像对待犯人一样拖着手脚，路上大喊："没见过锦衣卫办事？你瞅啥？"一路吓退围观者。

眼下可是公务时间，九剑慌得不行，监督大人发现他们几个逛青楼是要打板子的……

带头大哥黄哥一拍桌子："叫你们最招牌的姑娘出来！"不，他又改变主意，"要最漂亮的！"

九剑被几个大哥用绳子捆在椅子上，动弹不得，羞愧无比。

选了个容颜姣好的姑娘，黄哥塞给女子一块银子，咱们执行公务，姑娘，给我这兄弟化妆，按照我所说的来。

原本看到一群彪然大汉，还是锦衣卫，姑娘吓了一大跳，可一听后反而满脸兴趣。

两炷香的时间后姑娘拍了拍手掌："这位大人，看看奴家手艺满意吗？"

九剑看向铜镜。

镜子之中的男人眉毛直而浓密，双目形状犹如两把小刀，嘴唇色泽偏深冷，眉毛之间永远有一团皱起……

这还是自己吗……九剑震惊了。

一群同僚纷纷点赞说“厉害，厉害”。

姑娘得意道：“奴家祖上来自东洋，描面本事可是娘胎带来的。这位大人太过于秀气，偏偏又并不轻狂，眉目和善柔细，即所说的‘男生女相’……奴家所用的描面色都是自己调制的，很难消退。大人，这是卸面膏，抹在脸上，用清水洗涤即可恢复原本容貌。”

与镜中显得凶恶和充满男子气的自己对视，九剑含糊说：“不用，就这样。”

如此一来，他就和锦衣卫众人面相一致了。

凶神恶煞，冷酷决绝，原本就是“锦衣卫”三个字所代表的态度。

东洋化妆术虽然令九剑变得充满男子气概，一脸狠厉，可这张脸下的九剑还是那个九剑，依旧会很熟练地给大家缝补衣服和靴子，兢兢业业做好分内事。甚至以黄哥为首的几个人都曾经酒后感叹，如果九剑是个女人，就娶回家好了……

这话不知道被谁传了出去，变成了茶肆之间好几个不同的版本。

有说，锦衣卫里全是断袖癖，最后那个针线就是大家的玩物。

也有说锦衣卫由于杀人太多已然扭曲，脚上靴子里的线都是人的头发……

最离谱的是说擅长针线的九剑原本是女人，被锦衣卫们施展残忍的手术，变成了不男不女的妖人供给大家亵玩——如此就不算违背大明律法，行营之中不得有女性。

你看啊，以前那人脸就像是一个女人的，现在却完全不同了，就是这么回事。

九剑几次外出购买针线、布料和皮革，老板、帮闲、摊贩，来去的姑娘、男女老少都一脸奇怪地看着九剑，在他身后低声窃语，“这个人，听说啊原本是女人……被大夫做了手术，看起来和男人一样……”

九剑一路低着头，就仿佛真有其事一样羞愧，好多天都不敢再出门。他手指被针戳破好多次，练习剑术也老是走神。

夜里突然有人敲门。

九剑从剑匣上抬起头，手中剑已出鞘。

“是我。”黄哥低声说，“跟我走。”

九剑迅速穿上衣服，此时已是深夜丑时，想必是有突发任务。

他跟随黄哥闷头赶路，踏过静悄悄的街巷来到郊外的一处荒地，其他人已经在此站好。在众人面前有一个麻布口袋，旁边已经有一个极深的坑洞。

“你来埋。”黄哥低声说。

口袋剧烈抖动起来，就像是里头有什么活物。

“巡城校吴侃，就是这小子在外面乱嚼舌头。”黄哥对麻袋就是一脚，“真他娘嘴碎，看起来五大三粗，他娘的完全是个软蛋，之前才罩住他脑袋就给跪下了……别担心，他耳朵、嘴都被塞住了，听不到，喊不出。”

九剑大惊：“大家都是为朝廷效命，黄哥你也用不着活埋啊。”

“谁说活埋了？”黄哥嘿嘿贼笑，“把他埋在这里，脑袋和一只手露出来，让他自己把自己刨出来，只是这周围可有不少野狗，就喜欢啃贱骨头。”

九剑不忍：“还是不要了，放了他吧。”

黄哥看了看大家，似乎得到某种同意：“这次你说了算，好人我们就不当了，你去救他吧。风紧，扯呼。”

说罢，一群锦衣卫脚下生风消失无踪。

九剑把吴侃眼上的布拉下来，原本铁塔般的汉子都哭出来了：“谢谢你，谢谢你，我差点被歹人杀害了，他们竟然谋害朝廷命官，还有天理吗！”

吴侃声音里都是哭腔，腿也软得厉害。

九剑把他扶起来送回屋，吴侃千恩万谢。

第二天，吴侃告发九剑雇用盗匪袭击自己，自己拼死跑出重围还差点被九剑追杀。另一头锦衣卫自然不可能承认，迅速揭发吴侃贪污一事，双方都没落得好。

这次波澜令锦衣卫再次站在了风口浪尖上。

黄哥、九剑等参与这次“目击意外”，九名锦衣卫由于“踩坏农田”被内部严惩，每人笞杖二十，批准他们十五天休养时间，并且给予每人医药费十两。

九剑十分羞愧，自己的迂腐反而害了自己人。

被执杖者一下下拍打屁股，黄哥倒是一脸无所谓地趴在地上：“没事儿，这次就是要打出锦衣卫的气势，什么玩意儿，一个小小的巡城校敢在背后搞事。上头也就是表示惩罚了一下，其实算是嘉奖啦，十两银子呢，头牌小姐都可以去照顾一次生意，大吃一顿也有结余。”

九剑一想还真是。

趴在地上的臀部包裹牛皮的锦衣卫众人都哈哈大笑起来……

“行刑禁止喧哗！笞杖二十完毕。”行刑者抬起眉眼，不紧不慢地离开。

“后来呢？”听得入迷的金宝追问，丝毫没有意识到两人已经谈了一整夜，天已泛白。

“后来，大家都死了。”

九剑站起来，将伞剑背好，拉紧系带：“我们九人执行一次任务，最后活下我一个。”

他踩熄火堆，金宝乖巧地提起竹筒竹篓，两人继续上路。

05

金宝很烦恼。

九剑依旧想要甩掉自己。

“学好马步，你已经可以应付很多麻烦。”九剑站在一处山冈上，眺望远方，“现在我们缘分已尽。”

金宝拉了拉背上的竹篓：“九剑大叔，我可以帮你打水、拿伞、看天气、摘果子、抓兔子和田鼠，我不会拖你后腿的，我还会认草药。我洗衣服也很干净，不会丢你脸的。”

“走。”九剑依旧语气坚决。

金宝咬牙：“我不走！我都还没有学会折纸鹤！”

这话让九剑一愣。

金宝并没有说谎，别看他这个野孩子懂很多东西，又天生脑子聪明，可他折纸鹤始终不得要领，笨手笨脚。开始九剑怀疑是他故意装笨，可看到金宝折得满头大汗他才意识到，这孩子折东西是真的没有天赋。

哪怕再天才的人也有不擅长的事。

就像是镇邪司二十八宿，擅长针线的也就九剑一人。

“你太着急了，着急就很难掌握形状……”九剑叹了口气，右手一揽，把“龙剑”握在掌中，“让你走你不走，现在迟了。”

三只狼妖从石头后面溜达出来，体形比起普通野狼更加高壮，背脊上的毛发硬得像是骨刺，赤红的眼眸牢牢锁定九剑。

九剑身后也出现了三只狼妖，为首的一只瞎了左眼，身材干瘦。金宝知道这才是几只狼妖的头儿，老狼最难缠，性格古怪孤僻、狡猾残忍。

“你不是一直想要学剑吗？每天都在偷偷练习，之前是虎剑，今天给你施展一次龙剑，能明白多少，看你领悟。”

九剑嘴里突然吐出一口白雾：“行云。”

九剑用手中的龙剑一瞬间刺向面前的一头狼妖，狼妖迅速就地一滚，九剑的剑竟然绕了个弯儿，反手回刺，通过肋下恰好刺入扑向他背部的一头狼妖的柔软腹部。

剑身带血。

受创狼妖趴在地上，身体摇摇晃晃想要站起来，只是怎么都做不到，最后只能趴在地上，已经命不久矣。

一次交锋，六只狼妖折损其一。

老狼抬爪朝着九剑膝盖划来，与龙剑拼了一记，老狼稳稳落地，爪子上多了一些红色，它警惕地打量了一番九剑，嗷呜一声带头退走。众狼妖见头领发令，纷纷跟着离开。

九剑脸上露出一丝疑惑。

狼妖已经如此聪明了？知道没有压倒性优势就放弃了目标？

躲在石头后面的金宝松了口气。一路上九剑火眼金睛，他总能够嗅到妖物的味道，沿途击杀了好几只妖怪，都和第一只蛇妖一般处理，取内丹，埋葬，用石头做简易墓碑。

前方有一荒凉的小村落，里头人聚集在小村子的中央处，共有十八人，男女老少都有，每个人都被绑住手脚，瑟瑟发抖着。

九剑赶紧给他们一一松绑：“到底是怎么回事？”

“狼妖……”

村民都被吓坏了，嘴里反复念着“狼妖”两个字。

“狼妖造孽……”一个老人似乎知道一点，伸出干瘦的拳头，“狼妖是为了这个东西……”

难不成是红钱？

九剑心中疑惑。

老人张开的手掌突然一抖，一道白色粉尘冲向九剑面门，让他双目火辣辣地疼。他龙虎双剑顿时在手，闭紧眼睛：“你们干什么！镇邪司办案，闲人退散！”

箭矢破空声是对他的回应。

九剑尽力挡格，依旧双腿中箭。他尝试用御剑术，却发现自己身体虚弱得要命，根本调动不了足够御剑的内力。

那药粉里有毒物。

纵然再难以置信他也明白过来，这群“难民”是陷阱……

更麻烦的是，这群人突然齐刷刷地安静了下来，令九剑更是被动。如果对方和他拼死一搏，九剑还有很大机会能够突围，可现在对方明显是等待九剑体内的毒发作，利用群狼战术消耗自己。

不能等。

九剑手持双剑朝着一个方向疾步而去，沿途虽然遭受了不少箭矢洗礼，九剑却已经顾不了那么多。九剑闷头压低重心，左手虎剑在前，右臂龙剑护在身侧，急速往前冲去。

周遭围住他的“村民们”互相使了个眼色，让开一条路，前面靠近山谷处铺满了一层层枯叶。

九剑一脚踩上，差点被下面的尖锐木刺给扎穿脚掌，好在他反应够快，改踏为踢，借一踢之力小范围不断跳跃往前，感受到越来越猛烈的风，九剑心里一喜。

只要自己能够到那处峡谷……

他脚下猛地一蹬，背上的大伞张开，整个人如同一只有金属翅膀的大鸟朝着下面滑翔而去。

在九剑身后，一个不起眼的妇女放下手中的弩机：“三支毒箭都在他背上，空中是无法躲避的。去收拾尸体，这笔血债就算了了。”

手下人立刻领命，沿着旁边的小路往下赶去。

半个时辰后，领头的女人换了装抵达山谷之中，她面部白净，不复之前农家女的羞涩和惶恐，取而代之的是冷漠惨白的脸和血艳的红唇。

“人呢？”她看向旁边一个男人，“人呢？你耳朵是不是听不清楚？”

说着她用手指抓住对方耳垂，一点点将对方耳朵撕裂开来，对方痛得身体发颤，脸部抽搐，却不敢丝毫反抗。

“听到了吗？我问你，人呢？”

“回蛇姐，那个男人……消失了……”捂住耳朵伤口的男人哆哆嗦嗦道，“下面的五个兄弟搜遍了，除了这里地上有点血，什么都没有留下。”

“废物。”

女人将细长的手指探入嘴里，夹出一条金环小蛇：“宝贝儿，找到这个男人。”

小蛇舔了舔地上的血渍，朝着前方密林慢悠悠地游去。

被撕耳朵的男人竖起大拇指：“还是蛇姐有办法，您不愧是我们老大。”

“废物，拍马屁倒是一把好手。”

女人突然娇媚一笑，将男人拉过来，嘴唇在他脸上轻轻吻了一下，下滑到脖子处，男人浑身一僵，双目失去神采，身上皮肤骤然灰白。

女人松开手，擦了擦嘴角，舔了舔舌头：“弄坏我的宠物，镇邪司也得死在这里。”

地上男人的脖子上有两个深深的尖锐牙印，黑洞洞的伤口没有一丝鲜血流出。

06

呼吸好沉重。

九剑的鼻子被完全堵住，只能够嘴巴呼气吸气，嘴里不知道被谁插了一根细竹管，身体则仿佛陷入糨糊中完全动弹不得。

眼睛睁不开，手臂动不了，体内更是紊乱。

我是不是已经变成了一具尸体？

九剑恍惚间还以为自己死了。可是心脏依旧在跳动，一下一下，犹如打鼓，脸上还有某种软乎乎的虫子在爬，让他皮肤发痒。痒，就说明自己还活着。

可他身体状态实在不好，身上被箭矢扎中的伤口都被九剑通过肌肉手法止血，可是毒素是很难依靠自己清除的。九剑浑身犹如被泡在冰库里，手臂、膝盖、腿、脖子，都是麻痹状态，失去控制。

突然他感觉到眼前黑暗正在散去。好像有什么东西正从上方往下钻来，很快他能够睁开眼睛，看到一双脏兮兮的小手。

“这是古丁虫。”手的主人用急切的少年音说，“快吃下去，能解毒，快。”

“金宝？”

九剑虚弱地喊了一声他的名字。

“是我，你先吃了，我去把他们引开。”少年说罢将手里的虫子塞入九剑嘴里，然后开始迅速盖上土。

埋九剑的地方靠近一处小溪，水流可以淡化气味，金宝虽然年纪不大，力气却不小。

之前他远远看到那个村子就觉得不对劲，没有辙痕。

每个村子都有不得不到外面做买卖的时候，歉收，购买必备的油、酒、布、鱼米……有的村庄用牲畜拉车，有的只能靠双脚步行，不过都有共同特征，会走出路来。

可眼前的村庄周围太过于荒芜，没有看到任何一条被踏出来的大道。

金宝躲在村外，如果里头有危险自己也帮不上九剑，倒不如在外面看看能不能发现点什么。他就目睹到九剑从中急速奔跑出来，浑身像是被撒了面粉一样沾满了白色粉尘，九剑紧闭眼睛，身上还插着好几支箭。

金宝替他捏了把汗。

之后九剑似乎是根据风声跑到了另一侧的峡谷处跳下去，被后面的人弩箭射中。金宝偷偷朝着峡谷里拼命跑去，为了比那些人提前找到九剑，有的地方他直接抱头滚下去以抢夺时间。

找到九剑后，金宝就地找了一个靠近溪水的地方，用剑刨开松软湿润的泥土，将陷入昏迷状态的九剑和他身旁的剑都埋进去，用布条堵住他鼻子，在他嘴里塞上一根中空的秸秆。将秸秆斜斜地藏在一堆高大茂密的杂草之中，确认几乎不会被发现。

金宝紧接着咬破自己的手指，在地上滴了不少血，用以混淆对方可能用来追踪的狗。他开始朝着远处密林跑去，一路上不时抹一些血液，引开追兵。

在深处金宝已经做好了一路往里，死在里头的决心，最后却发现了一只“古丁虫”。古丁虫是一种非常稀有的奇珍，据说只有珍贵烟叶存在的地方它们才能生长。古丁虫具有很强的解毒性，它与普通药材的最大不同在于快效。

古丁虫几乎一服用就能够消除疼痛，让人短时间内完全不觉得累，伤口也会迅速愈合，使人处于极度亢奋状态。

拿着这只难得的宝贝，金宝咬牙跑回去，冒着生命危险塞进重伤的九剑嘴里。剩下的，只能看九剑命有多硬了……

此时金宝躲在一块巨石下，他太累了，脚下的水疱早就破裂了，停下脚步时他只觉得脚掌是放在燃烧的炭火上，烫得要命。

林子里此时却下着大雨，水不断倒灌到金宝所在的狭小的空间里，让他身体不停哆嗦，他只能拼命搬起自己的脚避开那些泥水以避免流脓腐烂。

后背上突然一凉。

金宝动也不敢动。

贴着衣服，一条滑腻腻的蛇在他还未发育的身体皮肤上游来游去，令金宝汗毛倒立，咬紧下唇。

“野小子，你可是真的浪费了我很多时间啊。”

蛇姐的脸从缝隙里看过来，狭长的双目让金宝心沉到谷底。

她一只手扯着金宝的头发从里头抓出来。

可就在这一瞬间，金宝突然发现脑袋上传来的巨力消失了。奇怪的是，头上还有沉甸甸的感觉，他用手摸了摸，竟然发现是一只手，吓得他赶紧丢掉。

断了手掌的蛇姐冷冷地看着站在金宝后面巨石上的男人：“能杀你第一次，就能杀你第二次。”

“锦衣卫镇邪司，逢妖必杀。”

有些沙哑的声音说。

恰好亮起的闪电将他身体照亮，九剑湿漉漉的头发遮住他双目，背上的伞剑如同孔雀翎毛一样朝四周舒展开来，九把利剑向空中扬起剑刃，一把把雪亮的利器组成了他背后银色的剑翼。

“闭上眼。”

这是对金宝说的。

金宝乖乖闭上眼。

血的浓郁味道连暴雨也无法浇灭，阵阵雷鸣，盖住了败者的哀号。

天微微亮，林子里还弥漫着水雾，阳光慢慢刺入树荫之中。

埋葬蛇姐是金宝在做。

九剑有些失落。

因为蛇姐居然并非妖怪，她是一个如假包换的人，嘴里镶了两颗蛇妖的尖牙，里头有剧毒，能够迅速麻痹人致死，还能够凝固血液。

她正是依靠着自己的残忍和“妖”一般的身份，驾驭着这一群亡命之徒，甚至连蛇妖狼妖都将她看成自己人。她是另一种形态的妖怪。

学九剑的样子将蛇姐埋好，金宝在上面压了一块石头。

太阳出来了。

重新上路。

九剑没有再驱逐金宝，只是看着前方问：“你为什么一定要跟着我，下一次或许就没有这个运气了。”

金宝认真地说：“你是朝廷命官，跟着你吃香喝辣。”

九剑扭过头，对在自己背上偷摸自己剑柄的金宝训斥：“胡说八道。”

07

“奎木狼是谁？”金宝好奇道。

“以前的镇邪司一员，教我马步的前辈。”

听到如此回答，金宝肃然起敬：“原来是大师父。”

九剑眼神之中有些少有的挣扎：“不再是了。”

“前方是波月府，我要去办点事。”九剑摸出身上所有的银子递给旁边的苗人老人，“麻烦照顾。”

对方点头用夹生的汉话回答：“晓得，晓得。”

几天之后，九剑回来，表情明显有些烦躁。

难不成他没打过那个奎木狼，被揍了一顿？金宝想着，开口道：“他是不是跑了？”

“怎么你在这里？”

九剑问孤身一人蹲在石头上的金宝：“不是让你暂时待在那家苗人屋里吗？”

“想法是这样……”金宝摊摊手。

事实上那苗人老人拿着银子，将金宝安置在一个老茅屋里就没了人影。金宝隐隐感觉到不对劲，于是外出看情况，结果在外面一处岩壁边找到了老人的尸体。

他躺在地上，双眼无神，胸口有个被刀捅的窟窿。在老人尸体旁边有一个包袱，里头有一条破毯子、一双草鞋、一包盐，一副出远门的样子。

金宝闭着眼都能够想到到底发生了什么。老人拿了银子就准备跑路，根本就没想过照顾自己，可惜路上遭遇强盗，银子没了，命也丢了。

自己果然是一个专门克人的倒霉星。

九剑也只有认了。

麻烦的事情接踵而至。九剑已经耗尽盘缠，身上值钱的就剩那九把剑了，当然不可能当卖。金宝倒是建议他去卖艺筹钱，这一带人少，日子清淡，因而一点点热闹都会吸引很多人。相信只要九剑玩出那一手“孔雀开屏”，大家绝对掌声雷动，给钱、给粮、给肉。

可是九剑却怒道："我堂堂朝廷命官，锦衣卫镇邪司二十八宿，怎么能够卖艺！"

高手就是抹不开面子。

金宝也无奈了。

九剑沉稳道："不用担心，我有办法。"

他所谓的办法就是吃一顿饿一天。没有相应工具要捕猎也并不容易，山里禽兽在和猎人纠缠多年后也变得谨慎无比，九剑拿着龙虎剑在附近大山上转悠了三天，只抓到两只河虾，两人吃掉后只觉得更饿了。

九剑安慰说："我有经验，不用担心，多睡觉就不会饿了。"

金宝语塞。

毕竟是高手，不知道普通人又饿又累，多睡觉反而容易醒不过来。金宝于是开始用自己的法子自救。这天夜里他一路小跑，手持两个烤鸡腿。

原本在睡觉的九剑闻到味道猛地睁开眼睛，吞了吞口水："你打到野鸡了？"

金宝递给他一只鸡腿："野鸡早就被猎人打得躲到很远的地方去了，这是山下村子里买的。"

"你哪来的钱？"九剑硬生生停住自己就要触碰到金黄色鸡肉的嘴唇，"说清楚！"

"我用药草换的。"

"说谎！"九剑双目变得无比犀利，"附近禽兽都少，说明猎人常常过来，怎么可能留给你草药！是不是偷的？"

金宝慌乱了，九剑这人一旦看着你，就会让人产生一种无地自容之感，自己做过的各种大恶小坏在他眼里都无处遁形。

九剑狠狠将鸡腿丢在地上："行得正才站得直。我教过你，你这样子偷盗，本性顽劣，我教不了你，你给我走！"

金宝解释道："你是高手，可是高手也要吃饭。"

"我九剑就是饿死，也不吃偷来的东西！"九剑掷地有声道，"我们就此别过，你走还是我走？"

"有什么了不起，走就走。"金宝也气得不行，明明饿得要命，这人死要面子，装什么好人！

他边走边回头说："我真走了。"

"我走远了。"

声调逐渐提升。

“我再也不回来了。”

“没人给你背东西了，没人给你采药了。”

“忘恩负义的人要吞一千根针……”

九剑听得头皮发麻，脸都要抽搐起来，闭上眼睛叹气：“回来……”

金宝小跑回来站在他面前，依旧气呼呼的。

九剑认真道：“你想跟着我，不是你的不拿，能做到吗？”

“我只是借。”金宝倔强说，“借来用。”

“你多久还？”

金宝想了想：“等我有钱了……”

九剑气得不行：“行得正才走得直，教你马步就是要让你懂这个道理，若世界上人人什么都拿别人的，你认为是好事吗？君子爱财，取之有道。”

金宝用苗话嘀咕说：“堂堂二十八宿九剑还不是差点被毒针和蒙汗药给埋了……”

九剑怒道：“蹲好马步，不准顶嘴。”

两人一人让一步，金宝答应不再骗人，九剑拉金宝去他偷了钱的那家，在人家柴房里劈了一夜柴作为赔偿，这才愿意吃那掉在地上的鸡腿。

“大叔，我感觉有些不对劲。”

回来时金宝敏锐地嗅到了空气中的异味，他一扭头发现竟然是九剑在烤袜子，立刻捏住鼻子：“原来是你……”

“我洗了很多次，没味道的。”九剑认真地说。

九剑对于干净整洁有着近乎偏执的审美，每早必定会整理仪容，注意衣着，清洗。

金宝猛地喊：“不好，是火……”

最后一个“药”字还未说出口，金宝听到“轰”的一声惊天巨响。回过神来，金宝发现自己已经在空中了，双脚离地，身体却轻飘飘没有落下。

为什么……

身后有什么东西似乎在带着自己飞？

他扭头用余光看去，原来是九剑那把剑伞完全撑开来，伞就仿佛长在了自己背上一样，给金宝凭空生出一只巨大旋转的金属翅膀。

剑伞带着金宝朝远处滑翔。

空中能够清晰看到地面上不断升腾起的尘土形成的一朵朵蘑菇云。金宝无比焦急，九剑把武器给了自己，他怎么办？

蘑菇云终于开始慢慢消退，金宝也在剑伞的带领下落地，他脚一踩到地面大伞就飞向前方衣衫褴褛的九剑，被他右手牢牢握住。

地面上躺着横七竖八的五个人。

金宝分辨了一番，发现他们都是之前那个用蛇女人的手下……没想到竟然如此忠心，想要给首领报仇。

“他们只是晕倒，我已经给附近锦衣卫发了信号，马上会有人赶来。我们不必在此久留。”

说罢九剑就朝着前方走去。

金宝一肚子疑问，也只能跟上。

在一处隐秘的洞窟口，九剑停步生火：“前方不远就是大道，上了大道就能够通过驿站骑乘马匹，回到京城会很快，在此之前我们都需要修整一番。”

然后他摸出蛇骨针开始缝衣服，一针一针地。

金宝半夜迷迷糊糊醒来，看到九剑身上原本破破烂烂的衣服居然完好起来，只是颜色变得有些驳杂，惊了，他哪来的布料？

很快，金宝就知道是怎么回事了。

看着自己原本破烂的外套恢复成正常样子固然不错……只是……大叔，我们现在就真的不穿内裤一路走到京城吗？

九剑很有经验地说：“不用担心，看不出来，这样也比较凉快。”

金宝张了张嘴，说不出话来。

靠近大道，前方驿站已经肉眼可见，九剑看向金宝：“我再说最后一次，之前你看到的也许还只是最简单的程度，京城看似繁华，实则杀机四伏，你还确定要跟去吗？”

金宝毫不犹豫：“吃香喝辣，说到就一定要做到。”

九剑一笑：“终于有了些男子汉风范。”

08

吃香喝辣。

金宝在京城九剑的小房子里住了几天才认识到，大概是不可能了。

九剑就是个穷光蛋。

屋子里就一张床、一张椅子、一张桌子，桌上一点灯油，衣服两套，所有家当如上。隔壁的几个巡城校，按理说还不如九剑这个锦衣卫精锐，金宝看到他们天天下馆子，大鱼大肉，吃得油光满面。

反正九剑对金宝的要求就是每天练习基本功和使用剑的最基础的刺、撩、挂。发饷银这天，金宝忍不住偷偷跟在九剑身后，以金宝的年纪在街上溜达几乎不会引人注意。

九剑常去一条名为“忠义巷”的窄道，那里是无依无靠的军人遗孀的蜗居处，户部免去她们租子，只是每月生计就得自己想办法。金宝看到这里的妇女不是在纺织就是做鞋，有的正担起挑子要外出卖小货，外来者一进入就被敏锐发现，交谈声戛然而止。

金宝佯装出一副天真无邪的小孩子的模样：“这位婶婶，范家在哪儿呀？”

被问到的胖大婶手指还在穿线，嘴上不停：“是北大营还是神机营的范家？”

“锦衣卫的范家。”

这话让胖大婶神色警惕：“你是谁？”

金宝指了指外头说：“外面有人让我给他们家带一句话。”

顺着胖大婶的指点，金宝很快找到范家所在，这是九剑曾经去过的一家，因为金宝看到他把银子装入炒栗子的窄口布袋里，外面用笔写了个“范”字。

过去后，金宝看到范家女主人正在晾衣服，依稀看得出她年轻时一定是个美人，皱纹更像是短时间内增长的文身。

“范家女主吗？”

听到有人称呼，范氏扭过头来：“你是谁家孩子？”

“有人托我带话和帮你传话。”金宝说，“九剑赚钱不易，让你不要再拖累他。”

听到这话范氏柳眉倒竖：“我从没让九剑帮什么！他那些钱是我们母子，还有其他八家母子该得的！就凭他现在镇邪司的位置是我男人他们用命给他搏出来的！”

她冷笑：“告诉那位，不管他是谁，九剑吃了我们家人血馒头，他这辈子都欠我们范家。”

金宝似懂非懂地点点头：“知道了，我这就去回话。”

走了两步，金宝挠挠头：“我记性差，有些忘了……是九家还是八家，锦衣卫，北大营？”

范家女主倒也没有生这个传信小孩子的气，耐心道：“锦衣卫，镇邪司，告诉让你传话的人，九剑那些钱本就欠我们八家男人的，他们用命给他铺了路。”

“铺了路。”金宝重复道，一副似乎在努力记忆的样子，“铺了路，铺路。”

范家女主继续教他：“九剑吃了人血馒头……”

“什么叫人血馒头，我怕记不住。”

金宝有些不好意思地低下头。

“那就换句话，九剑拿了本该我们这八家有的东西。记住了吗？”

“记住了。”

金宝一溜烟地跑了出去。

情况他已经很清楚。出于某种原因，曾经和九剑一起的八个锦衣卫都死了，唯独剩下九剑一人高升，进镇邪司纳入为二十八宿之一。

他闷头撞进前面一人的怀里。

“你去了忠义巷。”

九剑鼻孔对着金宝，神色复杂：“你不该去那里……回去说。”

回到那间窄窄的漏风的屋子里，九剑坐在椅子上，缓缓开口。

他所有俸禄都去救济那些死掉同僚的妻儿，大家却依旧恨他，和他共事的人都死了，就他一人升迁进入镇邪司，遗孀们遭遇重大变故后性格大变，甚至不少怀疑是他做过手脚。

金宝不懂：“得不到好，值得吗？”

九剑轻声道：“但求心安，他们几个对我很照顾。”

顿了顿，他看向金宝：“用你的话说，当时，是他们带着我吃香喝辣的。”

“你以后，也会遇到这样一群志同道合的人。”九剑笑着说，“不用说话，你们就能够明白彼此的意思。他们几个，就像是我背上的九把剑，永远站在我身后，需要时就会站出来。”

金宝想到那一招“孔雀剑屏”，的确美妙无比。

“他们是怎么死的？”

金宝上次就想问，这次不想错过机会。

“那是一次突发任务。”

九剑脸上收起笑容：“锦衣卫正在追捕一个大妖，我们小队奉命堵截它……”

一只黑色乌鸦扑扇着六只翅膀落在九剑肩头，金宝都没有发现怪乌鸦是从什么地方钻进来的。

“我要回司一趟。记得不要荒废马步和练剑。”

九剑跟随乌鸦急匆匆离去。

09

回来之后九剑破天荒请金宝吃饭。

金宝自从跟着九剑混，自己在京城吃得最好的还是一次炒栗子，平时都是粥、白饭和咸菜，比苗寨里的都还要朴素。

“今天至少补偿一下。”九剑很豪气地带着金宝来到一个看起来就很贵的酒楼，“好吃好喝都上来，牛肉、鸡肉、鱼肉都要。”

金宝一时间差点觉得是九剑疯了。

他根本没钱啊……

小二倒是一脸笑呵呵：“九剑大人，今天鱼和鸡都不错，肥。还是老样子记在镇邪司账上？”

九剑点点头。

金宝松了口气，敢情是镇邪司可以赊账啊……如果说镇邪司都是这样赊账干事，那么的确用不了太多现银。

然而金宝还是有些慌，九剑实在反常。

“吃。”九剑齐了齐筷子，夹起一块鱼肉率先开动，“这里的糖醋鱼很不错的。”

两人闷头一阵胡吃海喝，肚子里饱得七七八八，最近缺乏的油水和肉总算补了回来。到了这个阶段，九剑和金宝的筷子也慢下来了。

或许是喝了点酒的缘故，九剑少有地主动开口：“以前，我们九个人执行任务前都会在这里大吃一顿，好酒好肉壮胆。”

金宝有些惊讶：“锦衣卫也会害怕？”

“怕。怎么不怕？”九剑喝了一口酒，“别看我现在这样，当初执行任务时好几次都吓得腿抽筋，走都走不动，还有次逃跑时摔了跤，躺了好些天。”

听到九剑最初笨拙胆小的故事，金宝反而觉得现在的九剑有些让人难过。

在他身边已经没有可以和他一起喝酒吃肉壮胆的人了。

他也不再需要别人壮胆。

九剑的朋友只剩下背上的九把剑，还有镇邪司“逢妖必杀”的信条。

“一直对你太严厉。”

九剑朝金宝抬起手，又放下，他还是太不习惯触碰别人。

“我是按照镇邪司的资格来要求你的。”他眼里带着一些说不清的歉疚，“我没什么积蓄，也不会经营，没有朋友，镇邪司二十八宿里也不算前列，吃香喝辣，要靠你自己。”

金宝终于意识到自己感觉到的那股危险来自哪里。

九剑从始至终都在若有若无盯着对面那一栋楼，名满京城的一笑楼，里头现在坐着一位跺跺脚都能让京城震动的巨头，卷帘。

此次九剑的任务已呼之欲出。

金宝抓住他的袖子：“不要去。”

“你太聪明了，以后一定会比我过得轻松很多。”九剑赞叹，将少年眷恋的手指慢慢拉开，犹豫了一下，拍了拍他肩膀，“练好马步和剑招，我回来验收。”

九剑站起来，拉紧胸前的系带，整理仪容。

金宝不懂：“为什么要去拿自己的命做办不到的事？京城那么多大官、神机营、军队都不敢碰的人，你怎么可能抓得住他？你打不过他，会死的啊。”

九剑背对金宝推开门：“九剑不敌，自有下个亢金龙继续找他。从此之后，天上地下，再无卷帘容身之处。”

外头淅淅沥沥地下着雨，背伞剑客没有用他的伞遮挡，孤身大步迈向京城里最危险人物所在的楼阁。